教育部人文社会科学研究青年基金项目
项目批准号：14YJC751034

东汉晚期士人活动与文学批评

宋亚莉 ◎ 著

中国社会科学出版社

图书在版编目(CIP)数据

东汉晚期士人活动与文学批评/宋亚莉著. —北京：中国社会科学出版社，2016.12
ISBN 978-7-5161-9903-9

Ⅰ.①东… Ⅱ.①宋… Ⅲ.①中国文学-古典文学-文学批评史-东汉时代 Ⅳ.①I206.09

中国版本图书馆 CIP 数据核字(2017)第 034528 号

出 版 人	赵剑英
责任编辑	任　明
特约编辑	李晓丽
责任校对	李　莉
责任印制	李寡寡

出　　版	中国社会科学出版社
社　　址	北京鼓楼西大街甲158号
邮　　编	100720
网　　址	http://www.csspw.cn
发 行 部	010-84083685
门 市 部	010-84029450
经　　销	新华书店及其他书店

印刷装订	北京市兴怀印刷厂
版　　次	2016年12月第1版
印　　次	2016年12月第1次印刷

开　　本	710×1000 1/16
印　　张	16.5
插　　页	2
字　　数	270千字
定　　价	75.00元

凡购买中国社会科学出版社图书，如有质量问题请与本社营销中心联系调换
电话：010-84083683
版权所有　侵权必究

目　录

导论 ·· (1)

上编　东汉晚期士人活动与审美风俗

第一章　东汉晚期党人活动与风尚变染 ································ (12)
第一节　结党、清议（谈）之风与党锢 ································ (12)
第二节　党锢与独行、放诞之风 ·· (24)
第三节　党锢与慕士、尚名、崇义之风 ································ (30)
第四节　私谥、会葬之风 ··· (36)

第二章　东汉晚期士人活动中的人物品鉴与文艺审美 ············· (40)
第一节　从名士识鉴实例看人物批评特色和方法 ················· (41)
第二节　士人政治、军事等活动中的人物品鉴 ······················ (52)
第三节　东汉晚期士人的艺术审美 ····································· (61)

第三章　东汉晚期风气转折中的皇权、士人活动与鸿都门学 ······ (76)
第一节　鸿都门和太学 ·· (76)
第二节　鸿都门学与皇权、士人及社会风气 ·························· (81)
第三节　风气转折中的鸿都门士活动 ··································· (91)

第四章　《风俗通义》与东汉晚期审美批评 ···························· (97)
第一节　应劭及其家世 ·· (97)
第二节　《风俗通义》中的风俗视野与批评精神 ····················· (99)
第三节　《风俗通义》中的风俗批评与审美批评 ···················· (106)

第五章　蔡邕的政治、交游、创作与文艺批评 …………… （113）
  第一节　蔡邕的政治活动与政治审美思想 …………… （113）
  第二节　蔡邕的交游与文学批评 ……………………… （122）
  第三节　蔡邕的创作与文艺思想 ……………………… （132）

下编　东汉晚期士人活动与建安文学批评高潮

第六章　孔融与建安文学批评的形成 ………………… （146）
  第一节　孔融人物批评与审美艺术特色 ……………… （146）
  第二节　孔融之"气" …………………………………… （150）
  第三节　孔融交友、诗歌创作活动中的"情" ………… （153）
  第四节　孔融与建安文论的构建及对后世影响 ……… （156）

第七章　蔡琰的文艺审美思想 …………………………… （162）
  第一节　蔡琰作品真伪的讨论及艺术风格 …………… （162）
  第二节　蔡琰诗歌的文本细读 ………………………… （166）

第八章　《昌言》与《中论》中的人文精神及风俗批评 …… （174）
  第一节　《昌言》与《中论》中的风俗批评 …………… （175）
  第二节　《昌言》与《中论》中士的审美精神 ………… （179）
  第三节　《中论》中的美育思想 ………………………… （186）

第九章　从曹操与士人交往活动看建安文学批评的形成 …… （190）
  第一节　曹操与汉末士人的关系 ……………………… （190）
  第二节　曹操与建安文士的离合 ……………………… （196）
  第三节　曹操对建安文学批评的贡献 ………………… （199）

第十章　士人流动及非曹魏集团的文学批评 …………… （205）
  第一节　各集团士人分布、流动及与党锢名士的关系 …… （206）
  第二节　士燮交州集团的文学批评发展 ……………… （211）
  第三节　刘表与荆州的文学批评发展 ………………… （214）

第十一章　二曹与建安文士的文论对话及建安文学批评高潮 …… （220）
  第一节　二曹与吴质的文论对话 ……………………… （220）
  第二节　曹植与杨修的文论对话等 …………………… （226）
  第三节　《典论·论文》等与建安文学批评的高潮 …… （230）

第四节 建安歌诗中"清"、"悲"、"慷慨"等审美范畴 ……… (235)

结语 ………………………………………………………… (250)

参考文献 …………………………………………………… (253)

后记 ………………………………………………………… (255)

导　论

中国古代文学批评史的研究中，东汉晚期（桓灵时期）至建安时期的文学批评的环节，历来语焉不详，留下许多空白。而这一段历史，不仅不应当成为研究的空缺，而且对于我们了解魏晋南北朝文学批评乃至艺术批评，都是至关重要的。这段中间环节的研究，虽然头绪繁多，不易梳理，易为学界所遗弃，但实际上却是深入探索前后发展因果关系的重要环节。因此，对于东汉晚期士人活动与文学批评关系的研究，就不仅是拾遗补阙，而且是探明前后演变的重要研究。基于此，本书以东汉晚期士人活动与文学批评为研究课题，旨在洞察自东汉晚期至魏晋文学批评因革的奥秘。

东汉文艺批评与审美研究，历来研究者不多，现有的文学批评专著大都简略提及。郭绍虞先生《中国文学批评史》中的东汉文学批评，仅有一节"王充之文学观"。认为王充之文学观，出于班彪而主善，出于桓谭而主真。就文论，以能造论著说者为高，以鸿儒为超，以真善为美。王运熙、顾易生先生《中国文学批评史新编》谈及东汉文学批评，涉及作家仅有班固、王逸、王充。罗根泽先生《中国文学批评史》也谈王充的文学批评。就"尚文与尚用"、"作与述"、"实诚与虚妄"、"言文一致与文无古今"等展开讨论。蔡钟翔等先生的《中国文学理论史》中东汉文论同样仅谈王充文学思想。朱东润先生《中国文学批评史大纲》谈及"东汉之文学批评"，增加桓谭，言"东汉一代，文学论者，首推桓谭、班固，其后则有王充"。之后的诸多文学批评史著作，或将秦汉合并一章，或两汉合并一章，讨论范围不外乎上述内容，对东汉的文艺批评皆鲜有系统完整的论述。探其缘由，盖就整个中国古代文学批评理论史而言，东汉既尚无可足称道的系统著作，也无思想泽溉深远之大家，似乎是一个文艺批评暗沉的时代。

当下对东汉的文艺批评关注不够，源于对东汉文论在中国文艺批评史的地位认识不足所致。东汉在古代文艺批评史上是一个承前启后的时代，前有孔孟老庄，确立了中国文论的基本范畴，之后中国文学进入"自觉时代"，涌现出文论的集大成著作《文心雕龙》等。作为转折时期，东汉尤其是东汉晚期，诸多政治、文化运动同时发展，时代的迅速迭变，儒士卷入其中，未有足够的时间沉淀，但在诸多方面却蕴含了具有文艺审美的思想和思潮，泽溉了后代。东汉晚期桓帝、灵帝时，王室大坏，九州幅裂，乱靡有定，生民无几，士人由五经谈论转而品评政治，后形成太学的清议风气，成为强大的政治舆论。郭泰等名士的人物品藻以及李膺、陈蕃等官僚的相互援引，与之后的两次党锢之祸密切相关，东汉晚期的人文思潮在其中得以兴起，这是学术界公认的事实。但究竟具体如何从经学而清议，士人社会活动与人物品鉴有何联系，党锢之祸反映了东汉晚期怎样的思潮以及是如何反映的，其中的思想如何泽溉后代魏晋的审美思想，较少有研究者讨论。以士人活动为思考点，结合正史，考察蕴含的文学思潮，是一个值得深入探讨的问题。

本书尝试从东汉晚期切入，研究桓灵时期至建安时期的士人活动与文学批评，旨在洞察自东汉晚期至魏晋文学批评因革的奥秘。魏晋文学批评源于东汉晚期人物品藻，人物品藻则是在东汉晚期政治活动中得以形成，以活动入手研究文学批评，能够突破以往传统从观点到观点的研究方法。还可对东汉晚期政权结构与曹魏集团、袁绍集团等官僚构成进行爬梳，从而对儒学与政权意识形态、士人活动与曹魏等集团的文学批评加以厘清。

正文之前，有必要对全文的一些概念加以说明。首先是本书所谓"东汉晚期"的界定。东汉一朝，自光武帝刘秀建武五年（25）至汉献帝延康元年（220）共195年。论题中的"东汉晚期"，理论上指的是自汉桓帝即位（146）始，至汉献帝延康元年（220）止，在实际研究中，由于相关作家的卒年及其影响、相关文学现象的影响涉及魏初，故而这段时期则因研究的需要而加以必要的前推和后延。

这种界定，基于如下考虑：其一，以往中古文学理论以魏晋六朝为正宗，对东汉关注较少。在为数不多的研究中，讨论的重点也在东汉前期，集中在桓谭、王充和班固等的文学批评观和审美研究，对东汉后期的作家、作品和关涉文学理论的文学现象的关注远远不够；其二，东汉晚期的文学批评，尤其是士人活动与文学审美，是魏晋之后诸多文学理论命题的源流，对于自东汉晚期风云变幻时代与各种政治和文化势力造成的文学思潮变化，学术界的关注远远不够，由于学科的人为割断，这一段的士人活动与思想文化的互动，往往委诸思想史研究领域，而文学史与文学批评史则很少介入，从而制约了研究的深度，使汉代向魏晋文学批评的演进缺少内在原因的说明。因此，关注东汉晚期这一段士人活动与文学批评内在关系的梳理与探讨，在通贯汉魏六朝文学理论批评史的前提下，将其独立出来而加以研究，有助于中国古代文学理论批评向前推进，也是此时期文学理论批评学术研究的增长点之一。

对本书所谓"文学批评"的说明和研究方法的说明。在未有系统性古典文学批评论著如《文心雕龙》出现之前，中国古代文学批评散见于各类典籍中。结合研究时间阶段的特点，本书将从广阔的社会文化背景、士人活动的动态中把握和分析各个层面的文学批评。本书所讨论的文学批评包括以下内容：

1. 关涉文学理论、文学审美的士人的政治、文化活动。
2. 作家作品中的文学批评观念和审美观念。
3. 社会审美风俗和审美风尚。
4. 相关文学批评范畴。

本书力图从广阔的社会文化背景中把握和分析各种关涉文学批评的现象，与袁济喜先生一贯提倡的文学批评理念、美学研究思路相一致。袁济喜先生在《中国古代文论精神》一文中指出："站在今天的角度来看，中国古代文论属于中国古代文化的一部分，是指古代中国的人们依据一定的哲学观与美学观，对于文学现象以及相关的自然、社会和精神现象所作的阐说，其中既有着深邃的理论，亦不乏印象式的随感。""今天我们对于中国古代文论这门学科与学问的认识和界定，也应当随着今日学术的交叉与互动而有所发展，既要从传统的文献学与个案研究出发，也要重视从文化与精神的层面去加以阐释，以使中国古代文论在解释与研究中生生不息，走向将来。"① 从此思路出发，东汉后期作为魏晋文论的源头，必然在士人活动、作家作品、社会文化现象中蕴含着泽被后代的审美风尚、审美观念和批评观念。

---

① 袁济喜：《中国古代文论精神》，山西教育出版社2005年版，第1页。

本书基本的研究方法是文史互证法。对相关问题的研究，首先建立在对大量史料的收集和梳理上，进而发掘其中蕴含的批评理念和审美倾向。既有对大量史料的考辨梳理，又有对关涉文学理论、文学审美现象的清理。文学批评层面的研究构筑在史学层面的考论、辨析、厘清之上。在具体研究中，使用承传统的文献与考据方法的同时，也吸纳与融会西方文学理论批评中的精华，最后，还将采用考证的方法、数据统计法以及对比论证等方法。

本书所言的"士"的范畴和士人活动的界定。本书所探讨的士，主要指东汉晚期三国中在社会政治、经济、文化活动中与中国古典文学批评有所关联的儒士，他们或承教于名师，或具有世家传承的家学基础，有其礼乐诗书的修养和追求。

需要说明的是，有名士味的割据军阀统治者不少也是"士"，钱穆先生在《国史新论》中谈道："黄巾乱后，继之以魏、蜀、吴三国，曹操、刘备、孙权皆士也。"① 所持的就是这种观点。但是在具体的讨论中，本书更加强调在历史和社会的发展中动态地考虑其身份的复杂性。如曹操早年出身宦官，又与党锢士人交往密切，后成为割据政权的统治者，其身份和思想几经新变。再如汝南袁氏，汝南袁氏在士林中威望极高，有"四世三公"之声誉。其四代位居三公司徒、司空、太尉者共有五人，又有"四世五公"之美称。东汉晚期的袁绍出身高贵，又能礼贤下士，在诛灭宦官集团的最后斗争中功绩卓越，更因其叔父袁隗被董卓灭族，士林各界痛惜德高望重的袁老太尉，各地贤士纷纷投奔袁绍。袁绍的身份更倾向于清流官僚，或者割据政权的统治者。诸如刘表之类，则是典型的士阶层之成员。刘表的身份首先是东汉晚期名士，是荆州士林文化的领袖，其次才是荆州的军阀。东汉晚期党锢之祸，刘表是宦官集团搜捕的党人之一，《后汉书·刘表传》载"（表）与同郡张俭等俱被讪议，号为'八顾'，诏书捕案党人，表亡走得免"。正因为如此，刘表从骨子里亲近天下士人，在他治理荆州的二十多年里，接受了大批避难的士人，从某种意义上讲，荆州可以称得上当时全国的士林中心。

界定是不是本书讨论的"士"，要从根本上看其是不是符合以下士的

---

① 钱穆：《钱宾四先生全集·国史新论·中国智识分子》，联经出版事业公司1998年版，第164页，以下《钱宾四先生全集》引文皆出自此版本。

特点：具有一定的人生信仰与道德追求，师出有门、有其诗书礼乐的文化渊源、在士林有一定的威望、最能体现士的审美趣味和审美理想。故而，东汉晚期的蔡邕、应劭、郑玄、孔融等人，名士范滂、张俭等人，魏初的仲长统、王粲、缪袭等人，都在本书的"士"讨论之列。同时，诸如曹丕、曹植与这些文士有书信往来中关于文学批评、文学审美的讨论，也归属到"士"的活动范围内进行讨论。本书所谓的"士"在社会发展中形成自己的特点。

1. 士与朝廷清流官僚关系密切，两者在舆论上互相支持，在政治上相互帮助。东汉晚期三国的士阶层，无论如何清高尚谈，他们都不可能和官府划清界限，士林实际上就是朝廷清流官员的后备军，不少名士通过荐举的方式入仕，儒家的"修身齐家治国平天下"是每一位儒士的理想，而实现理想，"奉时以骋绩"，入仕是不二选择。

2. 东汉名士，重视社会交际、朋辈名誉远胜于朝廷爵禄。他们有进入仕途发展的理想，然皇帝政权旁落，外戚、宦官把握朝廷的现实，使得他们更愿意选择通过"同志"者的引荐、品评而在士阶层中占有一席之地，这是官职、爵禄所不能代替的荣耀，因而士阶层之间的亲缘、师生、同门、同乡等关系得以极大的凸显。

3. 名士和名士之后在士林威望极高，能极大影响和操控社会舆论的导向，其能力远在政府之上。名士的世袭，承袭的不是名利爵位，而是显赫声名威望。当时的风流名士不少家世显赫，如颍川荀彧是东汉名士荀淑的孙子；弘农杨修，其父是汉东清流官宦杨彪，祖上是"关西孔子"杨震，四世三公；颍川钟繇，祖父是名士钟皓，而颍川陈群的祖父则是东汉名流陈寔，山阳王粲的曾祖父王龚和祖父王畅都位列三公，等等。

4. 士开始精神贵族化、艺术化，有了特定的审美趣味，并能导引社会，从风义节操到言语举止皆成为一种美，他们在残酷的政治旋涡中绽放了自己的人生之美，为人所追慕。

东汉晚期是士发展史上最为绚烂多彩的篇章，他们重名尚节，以清流自许，蔑视权贵，他们有着高贵的疏离王权的尊严，钱穆先生说得极妙，"书生的潜势力，已在社会植根甚深，他们内心有一种自高位置，不同凡俗的直觉。他们成为书生贵族，不像战国时代平民学者之剑拔弩张，也不像西汉时代乡村学者之卑躬折节，他们的社会地位使他们蔑视政治权力,淡置一旁。那时是名胜于爵,政府的爵禄,敌不过社会的名望。君臣关系远逊于朋友"。① 桓灵之际至于建安时期的士阶层,独步千古,是士阶层最为绚烂之群体,为后代士所敬仰、追慕,是中国古典美学和文学批评的渊源,可谓"振衣千仞岗,濯足万里流",这也正是本书所探讨的。

广义的士人活动应包括士人政治活动、经济活动、军事活动、文学艺术活动、日常交友活动、游宴活动等。本书力图从东汉晚期士人活动中挖掘此时期文学批评、文学审美的发展脉络,故而在所有士人活动中,关涉此时期文学批评、文学审美的上述士人活动都在讨论之列。当然,军事活动中涉及较少。

本书所谓的"党"等概念。党在中国古代,始终带有贬义色彩。繁体的"黨",从黑,尚声,有晦暗不明之意。《说文解字》载"党,不鲜也",不鲜,不明亮,也是晦暗的意思,这是形容词的用法。党作名词时,是古代的户籍编制单位,《周礼·大司徒》载"五家为比,五比为闾,四闾为族,五族为党",五百家为一党,所以党又有为特定利益或目的而结成的群体。而作动词时,侧重于"偏袒、偏爱"之意。

本书所谓的党人,指东汉桓灵之际被宦官冠之以党人的东汉晚期名士和清流官僚。(这里分为名士和清流官僚两类,其实难以截然分开,不少人既是名士又是清流官僚,如李膺等,为了表述方便,姑且如此叙述。)《后汉书·党锢列传》载:"凡党事始自甘陵、汝南,成于李膺、张俭,海内涂炭,二十余年,诸所蔓衍,皆天下善士。"东汉晚期的这两个群体与朝廷宦官集团有尖锐冲突,宦官利用皇帝年幼,巩固本集团之权势,排挤和压抑进而迫害名士和清流官僚。党锢,因被指为党人结党而遭受牵连、禁锢。遭受党锢者,封闭禁止的是入仕的权力,并牵连五族。东汉晚期,虽宦官诬陷清流官僚和名士,党人二字在社会舆论中却享有极高的声誉,被诬陷为党人者不以为耻,反以为无上之荣耀,党人被逮捕逃亡,人们破家相容。皇甫规,朝野皆知他和党人无丝毫关系,却上书皇帝自言附党。东汉晚期党锢,使得名士和清流官僚(多数从士阶层而来)成为社会的精神领导者,书生的潜势力,经由党锢之祸,被最大能量地激发出来,他们的精神世界里,声望重于爵禄,朝廷

---

① 《钱宾四先生全集·国史新论·中国智识分子》,第164页。

的爵禄，分量远不及社会的名望，君臣关系更比不上师友情谊，重情尚义，为之死尤嫌不足。最后，需要说明的是，本书的讨论中，名士、清流官僚、党人三者之间或有兼容，有部分人既是名士又是清流官僚还是党人，部分兼有三者之二。

上　编

东汉晚期士人活动与审美风俗

东汉晚期政治黑暗，经济衰败，昔日强盛繁荣的汉帝国犹如一艘慢慢朽烂的大船，虽然仍在行驶中，却渐走向沉没的不归之路。皇帝年幼，宦官、外戚擅权，桓灵二帝，卖官鬻爵以充盈国库。据《后汉书》载：

> （桓帝永寿四年）秋七月，京师雩。减公卿以下奉，贷王侯半租。占卖关内侯、虎贲、羽林、缇骑营士、五大夫钱各有差。①
>
> （灵帝光和五年）是岁，鲜卑寇酒泉。京师马生人。初开西邸卖官，自关内侯、虎贲、羽林，入钱各有差。私令左右卖公卿，公千万，卿五百万。
>
> （灵帝中平四年）是岁，卖关内侯，假金印紫绶，传世，入钱五百万。②

桓帝卖关内侯、虎贲、羽林、缇骑营士、五大夫；灵帝也卖关内侯、虎贲、羽林，更卖公卿爵位，卖官鬻爵，灵帝甚于桓帝，可知朝廷政治经济日益衰败。为了填补空虚的国库，公卿皆明码标价。这种情形之下，有钱之人买得高官爵位，当官之后更易中饱私囊，桓灵二帝此举，看似迅速直接地解决了朝廷的经济问题，充盈了国库，实则为亡国埋下了隐患。然而，值得注意的是，即使政治腐败、经济衰退如是，东汉帝国从公元147年桓帝即位到公元220年曹丕称帝仍然延续了73年，不能不说是个奇迹。司马光在《资治通鉴》中分析了东汉晚期衰而不亡的原因：

> 及孝和以降，贵戚擅权，嬖幸用事，赏罚无章，贿赂公行，贤愚混淆，是非颠倒，可谓乱矣。然犹绵绵不至于亡者，上则有公卿、大夫袁安、杨震、李固、杜乔、陈蕃、李膺之徒面引廷争，用公义以扶其危，下则有布衣之士符融、郭泰、范滂、许邵之流，立私论以救其败。是以政治虽浊而风俗不衰，至有触冒斧钺，僵仆于前，而忠义奋发，继起于后，随踵就戮，视死如归。夫岂特数子之贤哉，亦光武、明、章之遗化也！当是之时，苟有明君作而振之，则汉氏之祚犹未可

---

① （宋）范晔撰，（唐）李贤等注：《后汉书》卷7《孝桓帝纪》，中华书局1965年标点本，第308—309页。以下《后汉书》引文皆出自此版本。

② 《后汉书》卷8《孝灵帝纪》，第355页。

量也。①

　　司马光认为，东汉晚期社会动乱不堪，然犹绵绵延续而未迅速亡国，在于社会上自上而下有一大批有责任、有道义担当的"士"，士是维持这座帝王大厦倾而不倒的中坚力量，朝廷上有如袁安、杨震、李固、杜乔、陈蕃、李膺等，"用共义以扶其正"，民间有如符融、郭泰、范滂、许邵等名士，"立私论以救其败"，这些士在动荡的时代展现了令后代望尘莫及的品格与情操，左右甚至操控了东汉晚期的时代风向标，使得东汉晚期政治虽浊而风俗不衰，以至于各路军阀拥兵自重，互相争斗蚕食，但仍然不敢不以尊汉为名，曹操乃至身殁不敢废汉自立，不是没有野心，而是世道风俗之评，"畏名义而自抑"。士阶层在社会政治、经济及日常活动中展现的个体魅力、鉴识能力、文化品格、审美风尚，是东汉晚期社会得以维持之深层力量所在。

---

①　（宋）司马光：《资治通鉴》卷68《汉纪》，中华书局1956年版，第2173—2174页。以下《资治通鉴》引文皆出自此版本。

第一章

东汉晚期党人活动与风尚变染

文学批评成为一种自觉，实需有独立纯粹之审美精神成为其先导，然在其发展的初始，可能颇为混沌，与其他文学艺术活动乃至政治活动等纠缠一体。《典论·论文》的产生不是偶然为之，《文心雕龙》的集大成也是起于前代毫末之微，这是文学批评发展的必然。东汉晚期的党锢之祸促进了东汉晚期士大夫群体意识和自我意识的觉醒与发展，而独立审美意识和批评也因之生发。东汉晚期党锢事件前后的士阶层之独立审美精神、审美风格、审美风尚较之前代有大发展，为后代文艺批评之先源。

党锢是东汉晚期的重大政治事件。自桓帝延熹九年借张成事件引发第一次党锢之祸，灵帝建宁二年借张俭事件引发第二次党锢之祸，直至灵帝中平元年党锢解除，党锢前后持续了二十多年，对东汉晚期社会的政治、经济、文化、风俗、心态等各个层面产生了深远的影响。党锢之祸实非一日一事一时之起，而与东汉中后期士人阶层自身发展、士人阶层与宦官阶层的社会矛盾、皇帝与宦官的离合等密切相关，党锢之前、中、后的士人活动及其引导的审美风尚贯穿始终，令当世以至后世仰慕不已。本章试以党锢事件为切入点，结合史料，对其中审美风俗之发端、形成进行探索，进而勾勒起东汉晚期的风俗批评与文化批评之形成。

第一节 结党、清议（谈）之风与党锢

东汉晚期士人阶层的结党之风在党锢之前早已有之，这种结交或基于共同的价值理想，或是出于利益尤其是博取名誉之需，王符《潜夫论·务本篇》载："尽孝悌于父母，正操行于闺门，所以为列士也。今多务交游以结党助，偷世窃名，以取济渡，夸末之徒，从而尚之，此逼贞士之节，

而眩世俗之心者也。"① 就是认为士阶层结党之风实为士阶层中博取名誉者为之。甚至有人专门著书以讽刺此种现象。

刘梁（？—181）常疾世多利交，以邪曲相党，乃著《破群论》。时之览者以为："仲尼作《春秋》，乱臣知惧。今此论之作，俗士岂不愧心！"其文不存。……桓帝时，举孝廉。② 刘梁因对社会世俗多因利益而结交，故而著《破群论》以批评结党之风气。然而，所谓的结党，既有士人出于利益博取声名之需要，更有士人出于共同的价值理想、审美理想和志同道合而气味相投的交游交友，尤其党锢事件中的士人结党，更需仔细辨别分析之。第一次党锢之祸后，"正直废放，邪枉炽结，海内希风之流，遂共相标榜，指天下名士，为之称号"，有"三君"、"八俊"、"八顾"、"八及"等称号，而这些被赋予士人价值理想和世俗审美评判的名士在党锢之前已多有结交与往来：

> （荀）淑博学，有高行，与李固、李膺同志友善。③
> （李）膺性简亢，无所交接，唯以同郡荀淑、陈寔为师友。④
> 岑晊有高才，郭林宗、朱公叔等皆为友，李膺、王畅称其有干国器。⑤

荀淑博学有高行，与"八俊"之首李膺交好；"八及"之一的岑晊与"八顾"之一的郭林宗为友，又与"八俊"之一王畅相识，名士之间的这种结交，更多的是基于共同的文化需求、审美价值观。再如众多名士对黄宪的推崇，完全出于对其人物品性才能的敬佩而形成一致的观点，荀淑与黄宪交友，视为"吾之师表"；袁阆与之交友，称为"吾叔度（黄宪字叔度）"；而恃才自傲戴良与之交谈，则言"固难得而测"；陈蕃、周举言"明月之间不见黄生，则鄙吝之萌复存乎心"；陈蕃言"叔度若在，吾不敢先佩印绶矣"；郭林宗言"奉高之器，譬诸氿滥，虽清而易挹。叔度汪

---

① （汉）王符：《潜夫论》，中华书局2010年版，第20页。
② 《后汉书》卷80《文苑列传》，第2635、2639页。
③ （晋）陈寿撰，（宋）裴松之注：《三国志》卷10《魏书·荀彧传》引张璠《汉纪》，中华书局1982年标点本，第231页。以下《三国志》引文皆出自此版本。
④ 《后汉书》卷67《党锢列传》，第2191页。
⑤ 同上书，第2212页。

汪若千顷陂，澄之不清，淆之不浊，不可量也"①。众多名士相互交友，又共同对一位名士赞叹不已，这其中如果仅以博取声名解释之，恐太过不合理，而共同的价值理想和士阶层的审美文化需求才是其主要原因，而这种对文化审美的共同需求，也促进了东汉晚期审美的发展和士阶层自身的觉醒。士阶层间以学问、品行、言论而结交，而其中优秀者能够成为领袖：

> 李膺风格秀整，高自标持，欲以天下名教是非为己任。后进之士有升其堂者，皆为登龙门。②

那些能够代表士阶层崇尚的审美标准（风格秀整，高自标持、共同的价值理想、以天下名教是非为己任）之人，自然成为整个士阶层的引导性人物，使得天下士人仰慕不已。这些名士一方面博学多才，品行高尚，谈辞如云，然而当这些名士进入政治管理层面，展现的更可能是疾恶如仇、恃才傲物而被人诟病，进而被冠之以"结党"恶名：

> 太守宗资先闻其（范滂）名，请署功曹，委任政事。滂在职，严整疾恶。其有行违孝悌，不轨仁义者，皆扫迹斥逐，不与共朝。显荐异节，抽拔幽陋。滂外甥西平李颂，公族子孙，而为乡曲所弃，中常侍唐衡以颂请资，资用为吏。滂以非其人，寝而不召。资迁怒，捶书佐朱零。零仰曰："范滂清裁，犹以利刃齿腐朽。今日宁受笞死，而滂不可违。"资乃止。郡中中人以下，莫不归怨，乃指滂之所用以为"范党"。③

范滂被宗资委任功曹，但严整疾恶，但凡有违背孝悌仁义之事都丝毫不放过，甚至宗资的用人都受其约束，在其左右者评定其清裁，而更多的不了解内情的人和居心不良者则多有埋怨，将衷心辩护、宁死不违的范滂

---

① 人伦品鉴章节有详细引文论述，此处不赘文引用。
② （南朝宋）刘义庆撰，徐震堮校笺：《世说新语校笺·德行》，中华书局2001年版，第4页。以下《世说新语》引文非特殊说明皆出自此版本。
③ 《后汉书》卷67《党锢列传》，第2205页。

朱零等认作"滂之所用以为'范党'"。这展示了问题的两面，与范滂志同道合者自以为问心无愧，高举道义；而不理解和反对者则趁机而入，冠之结党之名。随着形势的发展，东汉晚期士阶层与宦官阶层的矛盾激化，这种原本在士阶层内部的不甚明了的"结党"恶名被宦官集团利用，逐步引发党锢事件。据《后汉书·党锢列传》所载，第一次党锢之祸导火索为李膺杀张成：

> 时，河内张成善说风角，推占当赦，遂教子杀人。李膺为河南尹，督促收捕，既而逢宥获免，膺愈怀愤疾，竟案杀之。初，成以方伎交通宦官，帝亦颇谇其占。成弟子牢修因上书诬告膺等养太学游士，交结诸郡生徒，更相驱驰，共为部党，诽讪朝廷，疑乱风俗。于是天子震怒，班下郡国，逮捕党人，布告天下，使同忿疾，遂收执膺等。其辞所连及陈寔之徒二百余人，或有逃遁不获，皆悬金购募。使者四出，相望于道。①

从这段史料的记载来看，第一次党锢之祸缘由在于李膺杀张成，张成弟子牢修诬告李膺而使帝大怒，遂成党锢祸事。史料言简意赅，却隐含着诸多有待发掘的信息。其一，张成与宦官勾结，宦官与士人阶层矛盾由来已久，宦官集团由此发难，欲给士大夫清流阶层以致命打击，故而是蓄谋已久，借机发作；其二，李膺愤疾杀张成，置皇帝大赦于不顾，于道义或可称，然而极大地藐视了皇权，这是构成皇帝后来大怒的重要原因；其三，尤其值得注意的是，张成弟子诬告李膺等清流官僚的内容中点出了党锢之祸发生的根本原因，一是结党以谋逆皇权；二是清议以疑乱风俗，二者皆是威胁到皇权，动摇国本的大罪，此时，名士即使并未刻意实行结党，或者并未意识到原先出于共同价值理想和审美观念结成的关系是结党，也是有口难辩的。且看范滂受审时的回答：

> 王甫诘曰："君为人臣，不惟忠国，而共造部党，自相褒举，评论朝廷，虚构无端，诸所谋结，并欲何为？皆以情对，不得隐饰。"滂对曰："臣闻仲尼之言，'见善如不及，见恶如探汤'。欲使善善同

---

① 《后汉书》卷67《党锢列传》，第2187页。

其清，恶恶同其污，谓王政之所愿闻，不悟更以为党。"①

范滂认为自己疾恶如仇，为士之道义和责任，与结党根本不搭边。范滂的大公无私之言使得"甫憨然为之改容，乃得并解桎梏"。然而，当第一次党锢事件略有平息后，士阶层已逐渐意识到与宦官集团斗争之激烈，政治局势的白热化使得士阶层必须团结起来，实现匡救国家的理想。国家兴亡之责任和道义是士阶层心中之至高，"士不可以不弘毅，任重而道远"，并以"同志"相称，"（窦）武于是引同志尹勋为尚书令……于是天下雄俊，知其风旨，莫不延颈企踵，思奋其智力"。② 士阶层的团结行为和与清流官僚合作对抗宦官的行为在实际上已是一种结党行为了。

所谓"同志"即志同道合者，朝廷官员窦武、刘瑜、冯述等与名士李膺、刘猛、杜密、朱宇等结成统一战线与宦官抗衡，相同的志向和"风旨"是匡正皇室、打击宦官，目的极为明确而不加掩饰，"天下雄俊，知其风旨，莫不延颈企踵，思奋其智力"，而"同志"也好，天下雄俊的支持也罢，已然是一种结党行为。正是在这个过程中，"结党"和"党人"逐渐成为褒奖之词而非贬义的批评。当时党人名士被士阶层加以名号如"三君"、"八顾"、"八及"、"八厨"等，不仅在内的名士引以为傲，天下风俗亦污秽朝廷而高尚党人，党人之称成为无上的光荣和荣耀，即为明证。

士阶层与宦官之矛盾不可解，则激烈之斗争必不可避免，第二次党锢之发端，宦官仍以结党为由。据《资治通鉴》载：

> 大长秋曹节因此讽有司奏："诸钩党者故司空虞放及李膺、杜密、朱宇、荀翌、翟超、刘儒、范滂等，请下州郡考治。"是时上年十四，问节等曰："何以为钩党？"对曰："钩党者，即党人也。"上曰："党人何用为恶而欲诛之邪？"对曰："皆相举群辈，欲为不轨。"上曰："不轨欲如何？"对曰："欲图社稷。"上乃可其奏。③

---

① 《后汉书》卷67《党锢列传》，第2205页。
② 《后汉书》卷67《窦武列传》，第2241—2242页。
③ 《资治通鉴》卷56，第1818—1819页。

皇帝年幼，不知何为钩党、何为党人，只知皇权之地位不可动摇，谋逆是不可饶恕之死罪，故而当宦官进谗言，以欲图社稷、谋逆大罪归结于士人群体和清流官僚，加之党人恶名，皇帝便允许其大加考治。于是列出党人名单：

> 又张俭乡人朱并，承望中常侍侯览意旨，上书告俭与同乡二十四人别相署号，共为部党，图危社稷。以俭及檀彬、褚凤、张肃、薛兰、冯禧、魏玄、徐干为"八俊"，田林、张隐、刘表、薛郁、王访、刘祗、宣靖、公绪恭为"八顾"，朱楷、田盘、疏耽、薛敦、宋布、唐龙、嬴咨、宣褒为"八及"，刻石立埠，共为部党，而俭为之魁。灵帝诏刊章捕俭等。①

建宁二年的第二次党锢起于朱并告发张俭，而朱并告发的理由就是张俭与同乡二十四人别相署号，共为部党，图危社稷。第二次党锢之烈不逊于前一次，名在第一次党锢名册的"三君"、"八俊"、"八顾"、"八及"的名士，大多死于狱中，"其死徙废禁者，六七百人"。故而党锢称为"党锢"，顾名思义，因结党而遭受禁锢。结党谋逆皇权是宦官集团攻击清流官僚和名士集团的最大借口，也是皇帝支持党锢的根本原因，即使在矛盾最为激烈之时，宦官也一口咬定士阶层和清流官僚的结党，如党锢事件中，窦武、陈蕃欲杀曹节、王甫未成，反被其陷害造反废帝，遭到迫害。王甫与窦武相遇对质中有极为重要的一句话："公为栋梁，枉桡阿党，复焉求贼！"王甫直指窦武利用手中大权结党，意图谋反。正是抓住了此点，才敢加害朝廷重臣窦武，给清流官僚和士人阶层以致命打击。②而从史料的记载和党锢发展的事实来看，士人阶层的结党此时大致已成事实。这一点，余英时先生在《士与中国文化》中也谈道：

> 东汉之政治，自和帝永元元年（189）以降，大抵为外戚宦官迭握朝政，且互相诛戮之局，然略加深察，又可为二大不同之阶段，而以延熹二年（159），即桓帝与五宦官诛梁冀之岁为其分水线焉。前

---

① 《后汉书》卷67《党锢列传》，第2188页。
② 《后汉书》卷66《陈王列传》，第2170页。

乎此，外戚之势为强，后乎此，则阉臣之权转盛，而东汉之士大夫亦遂得在其迭与外戚宦官之冲突过程中逐渐发展群体之自觉。东汉外戚之祸极于梁冀之专权，士大夫之清流集团似亦肇端于此际，至其后于宦官争斗之结党，则是更近一步之发展耳。①

余英时先生认为，梁冀被诛后，东汉晚期社会政治矛盾转为宦官与士大夫清流官僚之矛盾，士人阶层在此矛盾斗争激烈发展中结党。东汉晚期士阶层的"结党"已是事实，结党之风盛行也是事实。结党虽于东汉早已有之，但笔者以为，东汉晚期士阶层的结党之风有其特殊性，其一，基于与宦官集团斗争的现实政治需要，以天下道义为己任的士人逐步在现实斗争需要中，将基于共同审美理想和价值理想的友逐渐发展为"党"；其二，党锢之祸中，士人并不以自己为"党人"而可耻，士阶层内部和天下舆论反而以党人为高尚，朝廷为污秽者；其三，在东汉晚期结党之风盛行过程中，结党之风始终与士阶层的审美理想同在，伴随着士阶层独立的审美意识、审美精神、审美风格的成长。其中第三点的实现，其直接原因主要在于党锢中的党人，都是士阶层的精英群体，他们有着极高的文学素养和审美精神，现实的政治斗争之激烈使得他们无法与和平年代的士人一样专心于文学艺术，然即使投身政治斗争，也时时彰显其内在的底蕴。而东汉晚期士阶层结党之风盛行，又与东汉尤其是东汉晚期发展的重视门第、重视师门两大风气密切相关。

一方面，东汉晚期社会极重门第，上层士大夫自重门第而不轻易结交，其结交有固定的圈子：

> 融幼有异才。年十岁，随父诣京师。时，河南尹李膺以简重自居，不妄接士宾客，敕外自非当世名人及与通家，皆不得白。融欲观其人，故造膺门。语门者曰："我是李君通家子弟。"门者言之。膺请融，问曰："高明祖父尝与仆有恩旧乎？"融曰："然。先君孔子与君先人李老君同德比义，而相师友，则融与君累世通家。"众坐莫不叹息。②

---

① 余英时：《士与中国文化》，上海人民出版社 2003 年版，第 252 页。
② 《后汉书》卷 70《孔融传》，第 2261 页。

李膺不妄接宾客，不是当世名人及与通家不得通传，上层士大夫自重门第不轻易结交于此可见。孔融年幼，以机智和才能与之攀上"累世通家"。孔融于建安十三年（208）被曹操所杀，卒年五十六岁，故而孔融与李膺的这次见面在元嘉二年（152）前后，距第一次党锢之祸延熹九年（166）还有十几年的时间。

另一方面是重视师门之传统，名师授徒以千计数：

> （楼望）教授不倦，世称儒宗，诸生著录九千余人。年八十，永元十二年，卒于官，门生会葬者数千人，儒家以为荣。①
>
> 颍容字子严，陈国长平人也。博学多通，善《春秋左氏》，师事太尉杨赐。……初平中，避乱荆州，聚徒千余人。刘表以为武陵太守，不肯起。著《春秋左氏条例》五万余言，建安中卒。②
>
> 谢该字文仪，南阳章陵人也。善明《春秋左氏》，为世名儒，门徒数百千人。③

自东汉中期盛行的重视师门之风（楼望授徒以万计）一直沿袭至东汉晚期，东汉晚期名儒授徒亦以千计数，士阶层以师门为纽带结成深厚情谊和密切的关系纽带，这种以学问维系的师门、同门关系更为亲密而真实，事师如事父，如名列党锢"八及"之一的孔昱，"后遭党事禁锢。灵帝即位，公车征拜议郎，补洛阳令，以师丧弃官，卒于家"。④ 基于此，士阶层在逐渐发展中形成自矜门第、看重师门；而当现实政治斗争激烈之时，党锢以结党为由发端，推动了士阶层内部基于共同道义的实质结党，促进了基于共同价值观和审美理想的艺术之花的绽放。

党锢事件后不久，宦官集团被袁绍一举歼灭，存活下来的东汉晚期名士不少进入各割据政权中避难或寻求新发展，袁绍尚名，曹操尚实，袁绍统治下的冀州朋党标榜之风盛行，袁绍与东汉晚期名士多有交接，故而东汉晚期名士结党余风尚存，曹操看到此风在政权统治中的弊端，故而力

---

① 《后汉书》卷79《儒林列传》，第2580—2581页。
② 同上书，第2584页。
③ 同上。
④ 《后汉书》卷67《党锢列传》，第2213页。

除之：

> 令曰："阿党比周，先圣所疾也。闻冀州俗，父子异部，更相毁誉。昔直不疑无兄，世人谓之盗嫂；第五伯鱼三娶孤女，谓之挝妇翁；王凤擅权，谷永比之申伯，王商忠议，张匡谓之左道：此皆以白为黑，欺天罔君者也。吾欲整齐风俗，四者不除，吾以为羞。"①

曹操对东汉晚期结党之风深恶痛疾，并下令严整风俗，整个曹魏政权的统治者如曹丕，也是大力抑制此风。

党锢与清谈之风。很难说清结党有了更多清谈的机会，还是清谈推进了基于共同审美价值观的结党，总之此二者之间有着千丝万缕的难以鏖分的密切关系。清谈的内容起初主要是人物批评，以儒家的道德臧否人物，此时东汉晚期的清谈与清议或可互称：

> 时郑玄博学洽闻，注解典籍，故儒雅之士集焉。原亦自以高远清白，颐志澹泊，口无择言，身无择行，故英伟之士向焉。是时海内清议，云青州有邴、郑之学。②

郑玄以学问著称，邴原以品行扬名，天下评论其为"邴、郑之学"，又有秉正的赞许在内，所谓的"海内清议"，实际就是人物批评。当然，清谈士人中也不乏沽名钓誉之徒，诸如"刺史焦和好立虚誉，能清谈"③，"孔公绪清谈高论，嘘枯吹生"。④

清议之风在逐步发展中，尤其伴随着党锢事件，清谈（议）的内容加入了对社会时政的关注，议的分量逐渐加重，士人通过清议以激浊扬清、引导社会舆论。当然，由人物批评的清谈（议）发展到议论时政的清议，既有士阶层自身发展的因素，更与社会政治斗争尤其与宦官斗争激烈化相关，还与结党之风有千丝万缕的关系。据《后汉书》所载：

---

① 《三国志》卷1《魏书·武帝纪》，第19页。
② 《三国志》卷11《魏书·邴原传》引《原别传》，第265页。
③ 《后汉书》卷58《臧洪传》，第1886页。
④ 《后汉书》卷70《郑太传》，第2258页。

自光武中兴以后，干戈稍戢，专事经学，自是其风世笃焉。其服儒衣，称先王，游庠序，聚横塾者，盖布之于邦域矣。若乃经生所处，不远万里之路，精庐暂建，赢粮动有千百，其著名高义开门受徒者，编牒不下万人，皆专相传祖，莫或讹杂。至有分争王庭，树朋私里，繁其章条，穿求崖穴，以合一家之说。①

初，桓帝为蠡吾侯，受学于甘陵周福，及即帝位，擢福为尚书。时同郡河南尹房植有名当朝，乡人为之谣曰："天下规矩房伯武，因师获印周仲进。"二家宾客，互相讥揣，遂各树朋徒，渐成尤隙，由是甘陵有南北部，党人之议，自此始矣。②

东汉中期士人因门第、师门而交游、结交，以同志相互结交、推举，必然已有对学问、社会风俗、时政的争议。而发展至桓帝，权势不相上下的两家中，其宾客各为其主而争议不休。从引文记载来看，所谓的"党人之议"始于不同派别的甘陵周福、河南尹房植两家宾客互相讥揣，各树朋徒，以言论为武器维护各自的派系利益，这个"党人之议"，也是清议的一部分，构成党锢爆发的重要原因。这种争议与舆论上的发难最初未必出于什么特别光彩的原因，而可能仅仅是士阶层内部的小派系的利益与权力的争夺，而当国政多失、内官多宠，政治形势日益紧张、士阶层与宦官集团斗争日益激烈，士人的"以天下为己任"的责任心被激发，这种隐藏在经学中的争议、小集团的派系之争而逐渐发展成为关涉时政的清议。清议成为士阶层引导天下风俗，力图在舆论上获得主动的利器：

太学诸生三万馀人，郭泰及颍川贾彪为其冠，与李膺、陈蕃、王畅更相褒重。学中语曰："天下模楷，李元礼；不畏强御，陈仲举；天下俊秀，王叔茂。"于是中外承风，竞以臧否相尚，自公卿以下，莫不畏其贬议，屣履到门。③

范滂等非评朝政，自公卿以下皆折节下之，太学生争慕其风，以

---

① 《后汉书》卷79《儒林列传》，第2588页。
② 《后汉书》卷67《党锢列传》，第2185—2186页。
③ 《资治通鉴》卷55，第1788页。

为文学将兴,处士复用。①

这些言论主要是臧否人物,既有士阶层的互相褒重,如郭泰、贾彪与李膺、陈蕃、王畅互为推崇,太学生的推崇之歌谣,更有对朝廷公卿高下优劣的辩论,以致"自公卿以下,莫不畏其贬议,屣履到门",其内容"上议执政,下议卿士",从其中不难看出,对士阶层内部多赞扬,而对朝廷、时政多指责,而这种做法,又得到了社会舆论的大力支持,"是以郭泰、许劭之伦,明清议于草野;陈蕃、李固之徒,守忠节于朝廷"②,朝廷清流官僚与在野名士团结一致,欲从舆论上掌握主动,引导天下风俗。

前文曾谈及党锢事件中宦官告发党锢士人之罪,"养太学游士,交结诸郡生徒,更相驱驰,共为部党,诽讪朝廷,疑乱风俗",可总结为两条,结党以谋逆皇权、清议以疑乱风俗。可知清议也是党锢发生进而日益激烈的原因之一。这一点已被不少学者所指出。赵翼在《廿二史札记》中指出:"盖东汉风气,本以名行相尚,迨朝政日非,则清议益峻。号为正人者,指斥权奸,力持正论。由是其名益高,海内希风附响,惟恐不及。而为所贬訾者,怨恨刺骨,日思所以倾之。此党祸之所以愈烈也。"③清议在东汉晚期斗争日益激烈之中发展为两个极端,一是士阶层中互为人物品评之褒奖越多,声望越高;二是对朝廷、宦官的指责更为严苛,致使其声誉扫地。故而宦官的报复也更加激烈。而不少士人,如申屠蟠、郭林宗等,看到了这点,不参与其中,选择逃避。

东汉晚期清议具有以下特点:其一,清谈最初的内容较为广泛,有文学品论,人物品鉴,时政议论总体倾向褒义;其二,清谈自始至终都伴随着士人的艺术审美品位,这与士阶层的素养品德有关;其三,清谈与清议有时互称,使用者有时无严格区分;其四,随着政治形势的严峻,党锢前清谈中对时政和朝廷公卿、宦官等的评价更为严苛,而致使党锢愈烈,之后士人多遭迫害,少有人敢公开评议时政。党锢事件后,涉及社会现实的

---

① 《后汉书》卷53《申屠蟠传》,第1752页。
② (唐)房玄龄等:《晋书》卷43《山涛列传附子简》,中华书局1974年标点本,第1229页。以下《晋书》引文皆出自此版本。
③ (清)赵翼:《廿二史札记》卷5,凤凰出版社2008年版,第71页。

讨论内容显然不能进行，至少不能够公开化，士人清议的内容有两方面的发展。一方面，最大限度剔除了政治内容，主要内容仍旧是臧否人物，评价善恶：

> 艳字子休，亦吴郡人也，温引致之，以为选曹郎，至尚书。艳性狷厉，好为清议，见时郎署混浊淆杂，多非其人，欲臧否区别，贤愚异贯。①

> 先贤行状曰：琰清忠高亮，雅识经远，推方直道，正色于朝。魏氏初载，委授铨衡，总齐清议，十有馀年。文武群才，多所明拔。朝廷归高，天下称平。②

艳子休性格狷厉，其人"好为清议"，既然好之，亦可说明他自认比较擅长品评人物，故而用在管理官吏之上。崔琰"总齐清议，十有馀年"，使得才尽其用，可见其在人才鉴识方面极为擅长。另一方面，清议即使有涉及政治的内容，也可能更为隐晦，不然会招致杀身之祸，不少言论通脱的士人因而备受牵连，孔融、祢衡无不因言论放荡而招致祸端，再如：

> （孙）皓性忌胜己，而（张）尚谈论每出其表，积以致恨。后问："孤饮酒以方谁？"尚对曰："陛下有百觚之量。"皓云："尚知孔丘之不王，而以孤方之！"因此发怒收尚。③

张尚因谈论在孙皓之上而招致其怨恨，终被其找理由收捕，故而士人中能善自保者，虽清谈，但不轻易言是非，如陈群，"其谈论终日，未尝言人主之非；书数十上而外人不知。君子谓群于是乎长者矣"④。

晋之后，清议与清谈逐渐区别开来，清议作为一个名词仍在使用，人物品鉴的含义仍有，但主要是臧否人物，又以带贬义或略带贬义的批评为主。

---

① 《三国志》卷57《吴书·张温传》，第983页。
② 《三国志》卷12《魏书·崔琰传》，第278页。
③ 《三国志》卷53《吴书·张纮附孙尚传》引环氏《吴纪》，第922页。
④ 《三国志》卷22《魏书·陈群传》引《袁子》，第476页。

巴西陈寿、阎乂、犍为费立皆西州名士，并被乡闾所谤，清议十余年。攀申明曲直，咸免冤滥。①

父卒，继母不慈，缵恭事弥谨。而母疾之愈甚，乃诬缵盗父时金宝，讼于有司。遂被清议十余年，缵无怨色，孝谨不怠。母后意解，更移中正，乃得复品。②

从上则材料看，清议更有贬义了，而清谈，逐渐融入其他内容，如抽象的思想讨论，向着老庄玄谈的方向发展，成为虚玄之谈。唐长孺先生指出："一部分较为敏感的士大夫开始感觉到依据这个标准（指儒家所宣扬的道德）所选拔出来的人才不能符合统治阶级的要求，于是在怎样确立选举标准这个问题上重新加以考虑。玄学是从这一点出发的，清谈从清议的互称转变为玄谈就是玄学形成的过程。"③ 其中人物品鉴部分，为早期名理家所关注，成为研究从名实出发的名理学的内容。如《隋书·经籍志》的子部名家类收录有魏文帝《士操》一卷、刘劭《人物志》三卷等。

第二节　党锢与独行、放诞之风

东汉士人独行之风与东汉选举制度密切相关，汉代选士诏举贤良方正，州郡察举孝廉秀才，东汉则举荐敦朴、有道、贤能、直言、独行、高节、质直、清白、敦厚之属，独行是当时选士的一科。在传统儒家典籍中，独行之义，本指节操高尚，不随俗浮沉，《礼记·儒行》载"世治不轻，世乱不沮……其特立独行有如此者"，所谓的独行，强调的就是品德高尚的层面。

《后汉书·独行列传》记载了不少东汉晚期名士的独行风范，如刘翊，家世丰产，多周旋帮助士人而不求回报，为救故知，与友一同饿死，为独行之舍己救人。再如王烈，王烈与当时名士华歆、邴原交好，以党锢名士陈寔为师：

---

① 《晋书》卷45《何攀传》，第1291页。
② 《晋书》卷48《阎缵传》，第1349—1350页。
③ 唐长孺：《魏晋南北朝史论丛》，中华书局2009年版，第278页，以下《魏晋南北朝史论丛》引文皆出自此版本。

> 王烈字彦方，太原人也。少师事陈寔，以义行称乡里。有盗牛者，主得之，盗请罪曰："刑戮是甘，乞不使王彦方知也。"烈闻而使人谢之，遗布一端。或问其故，烈曰："盗惧吾闻其过，是有耻恶之心。既怀耻恶，必能改善，故以此激之。"后有老父遗剑于路，行道一人见而守之，至暮，老父还寻，得剑，怪而问其姓名，以事告烈。烈使推求，乃先盗牛者也。诸有争讼曲直，将质之于烈，或至涂而反，或望庐而还。其以德感人若此。察孝廉，三府并辟，皆不就。……建安二十四年，终于辽东，年七十八。①

王烈以德行、义行闻名于世，故而盗牛贼宁可身受刑戮也不愿为王烈所知，贼人后被其感动，有拾金不昧之行为。《先贤行状》曰："烈通识达道，秉义不回"，秉义不回，可知王烈以义为重，《先贤行状》又载王烈能化俗，"使之从善远恶。益者不自觉，而大化隆行，皆成宝器"②，能诲人向善，使人成才，可知其德行非一般人所能及，故而列在独行传内。所谓独行，还有言语方面的超出常人：

> 友字子正，吴郡人。年十一，华歆行风俗，见而异之，因呼曰："沈郎，可登车语乎？"友逡巡却曰："君子讲好，会宴以礼，今仁义陵迟，圣道渐坏，先生衔命，将以裨补先王之教，整齐风俗，而轻脱威仪，犹负薪救火，无乃更炽其炽乎！"歆惭曰："自桓、灵以来，虽多英彦，未有幼童若此者。"③

沈友年十一，便展现了少年英才的特质，其言语中对社会政治、风俗洞若观火，更指出华歆"整齐风俗，而轻脱威仪"的矛盾之处，认为华歆之行为无疑负薪救火，于事无补。这些言论出自十一岁的少年，实在难得。独行虽指独特的言语、行为，但这种独特，是儒家传统范围内的独辟蹊径、别出心裁，更重视的是这种言行能够劝人从善，移风易俗。

作为个体的士，其独行之风，源于对自我价值的肯定，展现了士阶层

---

① 《后汉书》卷81《独行列传》，第2696—2697页。
② 《三国志》卷11《魏书·王烈传》引《先贤行状》，第267页。
③ 《三国志》卷47《吴书·吴主传》引《吴录》，第826页。

在参与社会活动中对个体生命价值之确认。独行之士能够在德义、言论上超越一般人而成为引导性人物，成为天下士人的榜样。从审美意义上讲，则反映了此时期个体生命美学观的形成与构建。

东汉晚期，儒家道德沦丧，传统的伦理规范无法维系社会的运转，所谓独行，更多的指士人奇特的言论、行为。如《后汉书》载士人谅辅，夏季大旱，谅辅以身家性命与天祈雨，"积薪柴聚菱茅以自环，搆火其旁，将自焚焉。未及日中时，而天云晦合，须臾澍雨，一郡沾润，世以此称其志诚"①。焚身祈雨，这与传统的儒家伦理中"身体发肤受之父母"多有违背，而祈雨成功后，世人称誉其"志诚"，谅辅应是知晓不少天象知识的，却能凭此博取独行之声名。再如戴良：

（戴）良少诞节，母憙驴鸣，良常学之，以娱乐焉。及母卒，兄伯鸾居庐啜粥，非礼不行，良独食肉饮酒，哀至乃哭，而二人俱有毁容。或问良曰："子之居丧，礼乎？"良曰："然。礼所以制情佚也。情苟不佚，何礼之论！夫食旨不甘，故致毁容之实。若味不存口，食之可也。"论者不能夺之。良才既高达，而论议尚奇，多骇流俗。同郡谢季孝问曰："子自视天下孰可为比？"良曰："我若仲尼长东鲁，大禹出西羌，独步天下，谁与为偶！"②

母亲喜欢驴叫，戴良学之，为母心欢，无可厚非。然其不行儒家守丧之礼，故意食肉饮酒，更以放诞的言论令质问者哑口无言，认为礼以制情，情若不合，礼有何用；情若其中，又何必在乎外在形式。戴良的言行，已然从独行进而发展为放诞，展现了东汉晚期士人在特定觉醒时代对于个体生命、社会规范于士人束缚等诸多方面的反思。

戴良批判束缚理智而弃深情，认为情不必拘于礼，放言自己如仲尼、大禹，独步天下，《后汉书·戴良传》载戴良"论议尚奇，多骇流俗"，《后汉书·祢衡传》又载祢衡"气尚刚傲，好骄时慢物"，都可证其行为非一时一事偶然为之，戴良与周举、陈蕃、黄宪是同郡且交好（据《后汉书》卷五十三《黄宪列传》），可知放诞、独行之风在士阶层已蔚然成

---

① 《后汉书》卷81《独行列传》，第2694页。
② 《后汉书》卷83《逸民列传》，第2773页。

风。东汉晚期独行、放诞之风备受批评，葛洪《抱朴子》的批评尤为激烈：

> 汉之末世，则异于兹。蓬发乱鬓，横挟不带。或亵衣以接，或裸袒而箕踞。朋友之集，类味之游，莫切切进德，门言门言修业，攻过弼违，讲道精义。其相见也，不复叙离阔，问安否。……及好会，则狐蹲牛饮，争食竞割。掣拨淼折，无复廉耻，以同此者为泰，以不尔者为劣。终日无及义之言，彻夜无箴规之益。诬引老庄，贵于率任，大行不顾细礼，至人不拘检括，啸傲纵逸，谓之体道。呜呼，惜乎，岂不哀哉！①

葛洪描述了东汉晚期士阶层的种种放诞作为，蓬发乱鬓，衣冠不整，聚会则狐蹲牛饮，又多排除异己，更诬引老庄，率性任真以为体道，葛洪认为此为士阶层的悲哀，也是士阶层博取声名的方式。正如葛洪所言，东汉晚期放诞、独行之风的确为士阶层欲博取声名的方式之一，名与"异"密切不可分，高明之士必有奇异之行。流风所及，士之欲博名者，必然竭尽所能求奇求异，以得到独行超迈之誉。《资治通鉴》载："（袁）阆不修异操而致名当时，蕃性气高明，龚皆礼之，由是群士莫不归心。"②汤用彤先生在《魏晋玄学论稿》中指出："后汉书袁奉高不修异操，而致名当世。则知当世修异操以要声誉者多也。"③说的也正是此点。

以异行、奇言博取声誉固然是士阶层独行、放诞之风盛行的原因之一，但似乎不是东汉晚期独行、放诞之风盛行的主要原因。其盛行当与东汉晚期士阶层自身的发展密切相关。戴良、孔融、祢衡都是熟读儒家经典、儒学修养极高的名士，他们在动荡乱世中长大，目睹儒家体系在维系东汉晚期社会运行中的无力，转而追求真我性情，此时传统的情礼规范、儒家的孔孟成为他们首先抵制的对象，他们的言论之高蹈，对孔孟之时时驳论，越能反证其在士人觉醒阶段的内心斗争、冲突之激烈，越能促进士阶层的觉醒、反思与进步，这一点不仅仅是博取声名所能够解释的。如

---

① （晋）葛洪撰，杨明照校注：《抱朴子外篇校笺》，中华书局1991年版，第631—632页。
② 《资治通鉴》卷50，第1623页。
③ 汤用彤：《魏晋玄学论稿》，生活·读书·新知三联书店2009年版，第8页。

张升：

> 张升，字彦真，陈留尉氏人，富平侯放之孙也。升少好学，多关览，而任情不羁。其意相合者，则倾身交结，不问穷贱；如乖真志好者，虽王公大人，终不屈从。常叹曰："死生有命，富贵在天。其有知我，虽胡越可亲；苟不相识，从物何益？"仕郡为纲纪，以能出守外黄令。吏有受赇者，即论杀之。或讥："升守领一时，何足趋明威戮乎？"对曰："昔仲尼暂相，诛齐之侏儒，手足异门而出，故能威震强国，反其侵地。君子仕不为己，职思其忧，岂以久近而异其度哉？"遇党锢去官，后竟见诛，年四十九。①

张升率性自然不矫作，与其情意相投者，则倾身相交，志向不合者，虽王公贵族，亦丝毫不让。其率性的一面，颇有魏晋率性任真之性情，而当有人指责他为何严厉对待小吏，张升亦以儒家仲尼为例反驳。而其遭党锢被杀，也与其言行有关。张生言行、性格中有执着的自我肯定和自我认同，对魏晋名士影响极大。《世说新语·品藻》载："桓公少与殷侯齐名，常有竞心。桓问殷：'卿何如我？'殷曰：'我与我周旋久，宁作我！'"魏晋士人将东汉晚期士人内心对自我价值的肯定继承与宣扬得淋漓尽致。

在言行上特立独行的士人在性格上多表现为刚烈、倔强，不易折挠，故而与独行之风相关的则是东汉晚期婞直之风。《后汉书》载："逮桓、灵之间，主荒政缪，国命委于阉寺，士子羞与为伍，故匹夫抗愤，处士横议，遂乃激扬名声，互相题拂，品核公卿，裁量执政，婞直之风，于斯行矣。"② 婞直指刚强、倔强的士人风格。在与宦官集团的激烈斗争中，不少士人展现了刚烈的婞直之风：

> 侯览大怨，遂诈作飞章下司隶，诬弼诽谤，槛车征。吏人莫敢近者，唯前孝廉裴瑜送到崤渑之间，大言于道傍曰："明府摧折虐臣，选德报国，如其获罪，足以垂名竹帛，愿不忧不惧。"弼曰："'谁谓

---

① 《后汉书》卷80《文苑列传》，第2627—2628 页。
② 《后汉书》卷67《党锢列传》，第2185 页。

荼苦，其甘如荠。'昔人刎颈，九死不恨。"①

宦官侯览诬陷史弼下狱，无人敢近前，士人裴瑜不畏，大声在路旁与史弼交谈，认为史弼如果获罪，正可以名垂青史，故而不必忧惧，史弼言辞更为刚烈，"昔人刎颈，九死不恨"，表达了士人的刚直之性。即使是太学生的上书也体现了这种婞直之风：

> 太学生刘陶上疏陈事曰："夫天之与帝，帝之与民，犹头之与足，相须而行也。陛下目不视鸣条之事，耳不闻檀车之声，天灾不有痛于肌肤，震食不即损于圣体，故蔑三光之谬，轻上天之怒。……窃见故冀州刺史南阳朱穆、前乌桓校尉臣同郡李膺，皆履正清平，贞高绝俗，斯实中兴之良佐，国家之柱臣也，宜还本朝，挟辅王室。……"书奏，不省。②

太学生刘陶在上书皇帝的奏章中直言指责皇帝，批评得极为露骨，"陛下目不视鸣条之事，耳不闻檀车之声，天灾不有痛于肌肤，震食不即损于圣体"，并且直接告诉皇帝应该怎么做，这样直白犯上的言论只有在婞直之风盛行的时代士人才敢脱口而出，陈蕃等人的上书也是如此。陈蕃在上书中直接责问皇帝，"今陛下临政，先诛忠贤。遇善何薄？待恶何优？"又言，"谬言出口，则乱及八方，何况髡无罪于狱，杀无辜于市乎！"其责问之苛刻，大大超越了儒家规范的君臣礼节。整个社会的婞直之风在士人的倡导下盛行起来。

婞直之风与独行、放诞之风有内在一致性，是士人传达自身价值理想与审美观的不同方式，更是士人疾世忧时的反映。在野的士人，如范冉、张升，以奇异的言行向传统礼制规范质疑，在朝的士人，如史弼、刘陶，则以刚直的言行，直言不讳忤逆皇上的言语向朝廷抗衡；东汉晚期士人阶层性情、风采所以光耀千古，魅力久远，其缘由就在其中了。

独行、放诞之风，魏晋承袭之而更为肆虐，"魏末阮籍，嗜酒荒放，露头散发，裸袒箕踞。其后贵游子弟阮瞻、王澄、谢鲲、胡毋辅之之徒，

---

① 《后汉书》卷64《史弼传》，第2111页。
② 《资治通鉴》卷53，第1731页。

皆祖述于籍，谓得大道之本。故去巾帻，脱衣服，露丑恶，同禽兽。甚者名之为通，次者名之为达也"①。刘伶、阮籍等魏晋名士惊世骇俗的行为言谈实为此风尚之进一步发展，但是东汉晚期士人的铮铮傲骨似已逐渐消失了。

第三节 党锢与慕士、尚名、崇义之风

慕士、尚名、崇义之风是党锢前后整个社会自上而下风行的审美风尚，展现了对名士的仰慕，对高名、义气、节义的推崇，此三者是可视为一体的不同层面。慕士、尚名、崇义之风有其积极的影响，这是历来被儒家文化所提倡的"移风易俗"。《三国志》载："傅子曰：'（管）宁往见度，语惟经典，不及世事。还乃因山为庐，凿坏为室。越海避难者，皆来就之而居，旬月而成邑。遂讲诗、书，陈俎豆，饰威仪，明礼让，非学者无见也。由是度安其贤，民化其德。'"②说的就是管宁以其名士风范，感化世人，进而易风化俗。无独有偶，郑玄等亦以其才学、性情令人钦慕。据《后汉书》载，"时郑玄博学洽闻，注解典籍，故儒雅之士集焉。原亦自以高远清白，颐志澹泊，口无择言，身无择行，故英伟之士向焉。"③郑玄以才学闻名、儒雅之士倾慕之；邴原以澹泊之品性、谨慎之言行备受赞许，英伟之士心向往之。党锢之前，士阶层对名士的仰慕、推崇之风已然有之。

> 时，（钟）皓及荀淑并为士大夫所归慕。李膺常叹曰："荀君清识难尚，钟君至德可师。"④
> 先是京师游士汝南范滂等非讦朝政，自公卿以下皆折节下之，太学生争慕其风，以为文学将兴，处士复用。⑤

荀淑的远见卓识，钟皓的高尚品德，范滂的不畏皇权，皆令士人向往

---

① 《世说新语校笺》引《晋书》，第 14 页。
② 《三国志》卷 11《魏书·管宁传》引《傅子》，第 266—267 页。
③ 《三国志》卷 62《魏书·邴原传》引《原别传》，第 265 页。
④ 《后汉书》卷 62《钟皓传》，第 2064 页。
⑤ 《后汉书》卷 53《申屠蟠传》，第 1752 页。

而倾慕,亦是时代审美的导向所在。

东汉晚期的党锢事件更加促进了慕士之风的发展:

> 膺等颇引宦官子弟,宦官多惧,请帝以天时宜赦,于是大赦天下。膺免归乡里,居阳城山中,天下士大夫皆高尚其道,而污秽朝廷。①

> 滂后事释,南归。始发京师,汝南、南阳士大夫迎之者数千两。同囚乡人殷陶、黄穆,亦免俱归,并卫侍于滂,应对宾客。②

党锢事件后,李膺获免归乡,天下士大夫皆高尚其道而指责朝廷之不公,可见天下人心皆归慕党锢名士;范滂归乡,士大夫数以千计迎送接待,慕士之风至此。而在党锢事件中,士阶层内部为党人称名指目,有"三君"、"八俊"、"八顾"、"八及"、"八厨"等称号,实则也是钦慕名士的表现。

不仅士阶层内部对党锢名士极度仰慕,世俗亦是如此:

> (李)笃因缘送(张)俭出塞,以故得免。其所经历,伏重诛者以十数,宗亲并皆殄灭,郡县为之残破。③

张俭逃亡,为护其性命,被杀者以十计,家亡县破,整个社会自上而下皆与朝廷对抗以护一人之性命,名士在世人心中的地位之重由此可见。与此同时,党锢士人亦受到朝廷高层官吏的敬慕,如皇甫规自附党人:

> 时(延熹九年)党人狱所染逮者,皆天下名贤,度辽将军皇甫规,自以西州豪桀,耻不得与,乃自上言:"臣前荐故大司农张奂,是附党也。又,臣昔论输左校时,太学生张凤等上书讼臣,是为党人所附也,臣宜坐之。"朝廷知而不问。④

---

① 《后汉书》卷67《党锢列传》,第2195页。
② 同上书,第2206页。
③ 同上书,第2210页。
④ 《资治通鉴》卷55,第1755页。

党人所染逮，皆天下明贤。皇甫规以不入党人名册为耻，主动上书自附党，朝廷知其与党人无甚关联，故而不加理睬。皇甫规此举，恰恰展示了党锢士人在社会各阶层影响之广，世人对其仰慕之情之深，这种仰慕，已经超越一般界限而达到前所未有的疯狂程度。

正如皇甫规附党不成反成名，此时期不少名门望族之后亦与党锢名士多有交往而博取声名，袁绍就是一例：

> 及陈蕃、李膺之败，颙以与蕃、膺善，遂为宦官所陷，乃变姓名，亡匿汝南间。所至皆亲其豪桀，有声荆豫之域。袁绍慕之，私与往来，结为奔走之友。是时，党事起，天下多离其难，颙常私入洛阳，从绍计议。其穷困闭厄者，为求援救，以济其患。有被掩捕者，则广设权计，使得逃隐，全免者甚众。①

何颙亡匿汝南间，世俗皆仰慕其声名，亲其豪桀，袁绍为名门大族之后，其叔父为当朝的袁隗老太尉，对其更是仰慕之极，私下与之往来，与此同时，想方设法救济党人。在慕士之风盛行的时代，袁绍此举，无疑为自己积累了声望，袁绍后起兵反董卓，"豪杰既多附招，且感其家祸，人思为报，州郡蜂起，莫不以袁氏为名"，也证实了这一点。同样，董卓也看到了其中利益之所在，《后汉书》载："卓素闻天下同疾阉官诛杀忠良，及其在事，虽行无道，而犹忍性矫情，擢用群士。乃任吏部尚书汉阳周珌、侍中汝南伍琼、尚书郑公业、长史何颙等。以处士荀爽为司空。其染党锢者陈纪、韩融之徒，皆为列卿。幽滞之士，多所显拔。"②

整个社会沉浸在无比高蹈的对名士的敬仰之情中，党锢愈烈，风气愈盛，然亦有士人持不合作态度：

> 先是，岑晊以党事逃亡，亲友多匿焉，彪独闭门不纳，时人望之。彪曰："《传》言'相时而动，无累后人'。公孝以要君致衅，自遗其咎，吾以不能奋戈相待，反可容隐之乎？"于是咸服其裁正。③

---

① 《后汉书》卷67《党锢列传》，第2217页。
② 《后汉书》卷72《董卓传》，第2326页。
③ 《后汉书》卷67《党锢列传》，第2216页。

慕士之风东汉晚期盛行，然党锢中、后尤其成一时之社会风气，上至公卿，下至百姓，整个社会浸润其中，用一种近乎极端的方式传达着对士阶层尤其是党锢名士的无限仰慕，社会各阶层神往士之风神、言行，更有甚者为之破家，为之郡县破，为之牺牲性命，为之与皇权、朝廷对抗。赵翼在《廿二史札记》中指出："其时党人之祸愈酷而名愈高，天下皆以名入党人中为荣。……此亦可见当时风气矣！朝政乱则清流之祸愈烈，党人之立名及举世之慕其名，皆国家之激成之也。"①

与慕士之风密切相关的是尚名、崇义之风，因倾慕而尊崇，因崇尚名声、节义而更推动了社会对名士的仰慕与心向往之。东汉晚期士人看重声望、名誉、节义甚于身家性命，整个士阶层以此为安身立命之本，是士阶层精神极度高扬的时代，郑玄《戒子益恩书》曰："显誉成于僚友，德行立于己志。若致声称，亦有荣于所生。可不深念邪！可不深念邪！"② 郑玄认为，德行需要自己立志修成，声誉需士人间提拔推崇，二者是士人立足生存之道，郑玄本人深有体会，故而写入《戒子益恩书》，且反复强调"可不深念乎"，郑玄观点代表了东汉晚期不少士人的心态。崇义尚名之行为在士阶层与外戚斗争中尤为展现：

> 冀乃封广、戒而露固尸于四衢，令有敢临者加其罪。固弟子汝南郭亮，年始成童，游学洛阳，乃左提章钺，右秉斧锧，诣阙上书，乞收固尸。不许，因往临哭，陈辞于前，遂守丧不去。夏门亭长呵之曰："李、杜二公为大臣，不能安上纳忠，而兴造无端。卿曹何等腐生，公犯诏书。干试有司乎？"亮曰："亮含阴阳以生，戴干履坤。义之所动，岂知性命，何为以死相惧？"亭长叹曰："居非命之世，天高不敢不偻，地厚不敢不蹐。耳目适宜视听，口不可以妄言也。"太后闻而不诛。南阳人董班亦往哭固，而殉尸不肯去。太后怜之，乃听得襚敛归葬。二人由此显名，三公并辟。班遂隐身，莫知所归。③

李固遭受外戚梁冀迫害而亡，曝尸街头，不得有人前去。其弟子郭亮

---

① 《廿二史札记》卷5，第72页。
② 《全后汉文》卷84，第845页。
③ 《后汉书》卷63《李固传》，第2088页。

乞请收尸不得，因而置朝廷命令于不顾，守丧在街头。夏门亭长喝叱责问，为何与朝廷法令相抗衡，郭亮回答，"义之所动，岂知性命，何为以死相惧"，为了维护正义，身家性命早已置之度外，展现了士阶层对道义、正义精神的无限崇尚，亭长为之感叹，言语有钦佩之情，太后为之动容，不治其罪。南阳董班也愿意为李固殉尸，其精神打动太后，最终允许归葬李固。二人因而名扬天下。士阶层在与外戚的斗争中已经展现对道义、节义和名望的推崇，同样，当东汉晚期社会矛盾转化为士阶层与宦官的斗争并引发党锢之祸时，士阶层内部和清流官僚阶层中言行更体现崇节、尚义之精神：

> 后张俭事起，收捕钩党，乡人谓膺曰："可去矣。"对曰："事不辞难，罪不逃刑，臣之节也。吾年已六十，死生有命，去将安之？"乃诣诏狱。考死，妻子徙边，门生、故吏及其父兄，并被禁锢。……时，侍御史蜀郡景毅子顾为膺门徒，而未有录牒，故不及于谴。毅乃慨然曰："本谓膺贤，遣子师之，岂可以漏夺名籍，苟安而已！"遂自表免归，时人义之。①

党锢事发，乡人劝说李膺逃亡以保全性命，李膺大义凛然，认为事不辞难，罪不逃刑，是身为臣下之节操，故而自己到官府去，同样，东汉晚期名士陈寔，"及后逮捕党人，事亦连寔（陈寔）。余人多逃避求免，寔曰：'吾不就狱，众无所恃。'乃请囚焉。遇赦得出。"② 而李膺的门徒景顾，未在录牒而自表免归，其行为本身就是对道义的坚持，而"时人义之"，世俗的评价，又给予此举动舆论的高度支持。同样，在性命和道义之间，名士范滂亦选择了名声与道义：

> 建宁二年，遂大诛党人，诏下急捕滂等。督邮吴导至县，抱诏书，闭传舍，伏床而泣。滂闻之，曰："必为我也。"即自诣狱。县令郭揖大惊，出解印绶，引与俱亡。曰："天下大矣，子何为在此？"滂曰："滂死则祸塞，何敢以罪累君，又令老母流离乎！"其母就与

---

① 《后汉书》卷67《党锢列传》，第2197页。
② 《后汉书》卷62《陈寔传》，第2066页。

之诀。①

范滂自投官府为士阶层之节义，而督邮吴导接到朝廷逮捕诏书，并不传达，而范滂前来，又欲违背朝廷诏书与之共同逃亡，范滂爱惜自己之名士声誉甚于性命，朝廷官僚亦重其节操甚于官职，更令人感动的范滂与其母的临别对话，其母曰："汝今得与李、杜齐名，死亦何恨！既有令名，复求寿考，可兼得乎？"滂跪受教，再拜而辞。顾谓其子曰："吾欲使汝为恶，则恶不可为；使汝为善，则我不为恶。"② 范母支持其子舍生取义，然范滂的诫子之言颇令人回味和感慨。

党锢中营救党人的社会各界，一则为党锢士人重名、崇义之精神所动；二则营救和保护党锢士人过程中亦体现着对名声、道义的崇尚：

> 蕃友人陈留朱震，时为铚令，闻而弃官哭之，收葬蕃尸，匿其子逸于甘陵界中。事觉系狱，合门桎梏。震受考掠，誓死不言，故逸得免。后黄巾贼起，大赦党人，乃追还逸，官至鲁相。③

朱震为陈蕃之友，陈蕃被害，弃官而收葬陈蕃尸体，并将陈蕃之子藏匿起来，事情暴露以后，朱震满门备受牵连，然朱震誓死不言所藏之处，陈蕃之子得以保全。再如朝廷官员史弼，"时诏书下举钩党，郡国所奏相连及者多至数百，唯弼独无所上"。史弼保护党人，坚称平原无党人，而当从事责问，青州六郡，其五有党人，临近地甘陵也有南北部，为何平原无，史弼回答说，"先王疆理天下，画界分境，水土异齐，风俗不同。它郡自有，平原自无，胡可相比？若承望上司，诬诌良善，淫刑滥罚，以逞非理，则平原之人，户可为党。相有死而已，所不能也。"从事大怒，即收郡僚职送狱，遂举奏弼。④ 史弼对甘陵士人之保护，是上层官僚敬慕士人崇节尚义的表现。

党锢之后，慕士之风仍然流行，尤其大量东汉晚期名士或带有东汉晚

---

① 《后汉书》卷67《党锢列传》，第2207页。
② 同上。
③ 《后汉书》卷66《陈王列传》，第2171页。
④ 《后汉书》卷64《史弼传》，第2110页。

期名士风气的士人在各个军阀割据政权中时，慕士之风尚有余风：

> 初，京兆人习元升，与融相善，每戒融刚直。及被害，许下莫敢收者，习往抚尸曰："文举舍我死，吾何用生为？"操闻大怒，将收习杀之，后得赦出。①

曹操之杀孔融，原因之一就是孔融身上有浓重的东汉晚期士人习气。孔融被害，无人敢为之收尸，元升不惧生死而前往收尸，既体现了士人间的真挚友情，又说明士阶层之间惺惺相惜的爱慕之情，还有元升身上的崇节尚义之气。

东汉晚期崇节、尚义之风充分展现了东汉晚期士人"以天下为任"的道义精神。士阶层的"士"的担道义、尚名节的精神成为激励后代士人的精神之源，进而促进了慕士之风。《宋史·范仲淹传》载范仲淹"每感激天下事奋不顾身，一时士大夫矫厉尚风节，自仲淹倡之"。说的是范仲淹的士的"先天下之忧而忧，而天下之乐而乐"的精神，而不少学者如余英时、钱师宾先生等都谈到，其以天下为己任之精神虽有其特殊之时代背景，其历史之先例则不能不求之于东汉季年士大夫之精神。当然，崇节、尚义之风亦有另一面，即备受批评的士人博取声名之需。伴随着党锢发展起来的慕士、尚名、节义之风，蕴含着前所未有的激荡人心的力量，反映了皇权的旁落，乱世的动荡，士阶层的崛起，士及其精神顺势成为维系社会民心的精神支柱。

第四节 私谥、会葬之风

最后，谈谈私谥会葬之风。这种风气究其实乃前述慕士之风、尚名崇义之风的延续，《后汉书》载："时人多不行妻服，虽在亲忧犹有吊问丧疾者，又私谥其君父及诸名士，爽皆引据大义，正之经典，虽不悉变，亦颇有改。"荀爽看到当时社会流行谥其君父及诸名士，便引据经典加以批评，但"亦颇有改"可以看出，社会流行的风气不会因一人而大有所变，私谥之风仍然如旧。私谥是门生弟子、同志者推尊逝者的至极表现：

---

① 《后汉书》卷70《孔融传》，第2279页。

第一章 东汉晚期党人活动与风尚变染

> 中平四年，（陈寔）年八十四，卒于家。何进遣使吊祭，海内赴者三万余人，制衰麻者以百数。共刊石立碑，谥为文范先生。①
>
> 初，穆父卒，穆与诸儒考依古义，谥曰贞宣先生。及穆卒，蔡邕复与门人共述其体行，谥为文忠先生。②
>
> 明年春，（黄琼）卒于家，时年四十二。四方之士千余人，皆来会葬。同志者乃共刻石立碑，蔡邕为其文，既而谓涿郡卢植曰："吾为碑铭多矣，皆有惭德，唯郭有道无愧色耳。"③

引文所载的海内赴者，主要指的是天下士人，士人所定的谥号根据其生前的事迹、品德、才性而判定。陈寔名重天下，士人群体为其刊石立碑，私谥为"文范"，朱穆则私谥为"文忠"，再如郭林宗为东汉晚期"八顾"之一，"顾者，言能以德行引人者也"，故而可知郭泰以德行高尚立足士林，而蔡邕之语，其为碑铭，唯郭有道碑无愧色，也是对郭林宗德行的肯定。

谥号本来是朝廷根据个人的生平行为给予一种以褒贬善恶的称号，"谥者，行之迹也；号者，表之功也"，帝王的谥号，由礼官议上；臣下的谥号，由朝廷赐予。而东汉晚期却有士阶层群体而谥之现象，这展现了官方朝廷与皇权在士人心中地位的大落，士人已然建立起自身的评价体系。

会葬是士阶层内部自发为所慕之士聚集以示敬慕和哀悼的一种活动，参与者或出于仰慕，或感激昔日情分，如太尉黄琼曾辟申屠蟠、徐孺子，二人皆不就，及琼卒，申屠蟠、徐孺子参与其葬礼就是如此。会葬之风主要在士阶层内部进行，会葬不仅是士阶层内部士人群体对本阶层优秀者一生的肯定，更是士人群体进行内部交流沟通的契机：

> 太尉黄琼辟（申屠蟠），不就。及琼卒，归葬江夏，四方名豪会帐下者六七千人，互相谈论，莫有及蟠者。④

---

① 《后汉书》卷62《荀爽传》，第2067页。
② 《后汉书》卷43《朱穆传》，第1473页。
③ 《后汉书》卷68《郭太传》，第2227页。
④ 《后汉书》卷53《申屠蟠传》，第1752页。

（徐孺子）尝为太尉黄琼所辟，不就。及琼卒归葬，乃负粮徒步到江夏赴之，设鸡酒薄祭，哭毕而去，不告姓名。时会者四方名士郭林宗等数十人，闻之，疑其䠰也，乃选能言语生茅容轻骑追之。及于涂，容为设饭，共言稼穑之事。临诀去，谓容曰："为我谢郭林宗，大树将颠，非一绳所维，何为栖栖不遑宁处？"①

会葬是士人交流的重要契机，士人的才能、性情在数千人的会葬活动中得以展示，进而名扬士林，"四方名豪会帐下者六七千人，互相谈论，莫有及蟠者"，展示了申屠蟠无人能及的谈论能力，而徐孺子之行为、言语，更是展示其名士之风范与洞察力。会葬活动在表达敬慕与哀思、展示士人才性的同时，有时也为不少有心人密谋、筹划提供参考，提供机会：

及袁绍与弟术丧母，归葬汝南，俊与公会之，会者三万人。公于外密语（王俊）俊曰："天下将乱，为乱魁者必此二人也。欲济天下，为百姓请命，不先诛此二子，乱今作矣。"俊曰："如卿之言，济天下者，舍卿复谁？"相对而笑。②

三万余人参加袁氏兄弟母亲的葬礼，葬礼虽为其母举行，却是士阶层对袁氏家族这一名门望族的仰慕与敬佩。然此大规模的士人聚集活动，曹操与王俊密谋其中，筹划谋取天下的大计，东汉晚期士人的会葬活动的复杂性由此也可窥见一斑了。

东汉晚期社会朝野崩离，纲纪文章荡然无存，士阶层与宦官的斗争日益激烈化，士阶层团结一致利用社会舆论和风俗与之抗争，这是结党、清议之风在党锢前后成一时风气的原因，而这又成为宦官集团、朝廷皇权借以多次发动党锢的借口。独行、放诞之风最能体现士阶层内部士人对自我价值观和审美观的发掘和肯定，展现了东汉晚期士阶层的觉醒和"我之为我"独立精神的成长；慕士、尚名、崇义之风，展现了士阶层内部及社会各阶层对名士的仰慕推重，名士在社会大众心中的地位高于朝廷皇权，成为社会大众心中的理想、正义和美的化身，"高尚其道，而污秽朝廷"，

---

① 《后汉书》卷53《徐孺子传》，第1747页。
② 《三国志》卷1《魏书·武帝纪》引皇甫谧《逸士传》，第22页。

士人的地位甚至超越了皇权。私谥、会葬之风是慕士之风的延续，然二者又略有不同，前者在整个社会流行，体现了士阶层在重视声望、推崇道义两个方面对社会的标领性作用，后者则主要在士阶层内部进行，是士阶层内部对其崇仰慕的优秀人物的最终肯定，同时会葬也是士阶层内部深入交流的重要机会。

结党、清议之风，独行、放诞之风，慕士、尚名、崇义之风，私谥、会葬之风是东汉晚期社会以士阶层为引导者和主要参与者而流行的审美风尚，伴随着社会政治的发展尤其是党锢之祸前后，此等审美风尚自上而下，席卷着东汉晚期整个社会，上至公卿，下至百姓，皆浸润其中。其流行的原因是士阶层自身的发展与觉醒。他们意识到传统的儒家在维系东汉晚期秩序运行中的无力，意识的自身需要突破和改变，士阶层作为一个阶层的觉醒和发展，以及在审美观和价值观的独立思考，从本书的陈述来看，当远远早于魏晋。而东汉晚期士阶层的整体形象也在其中逐渐鲜明而生动地展现出来。

第二章

东汉晚期士人活动中的人物品鉴与文艺审美

东汉晚期年的人物品鉴，上承东汉晚期清议之风而来，后启魏晋玄学，在政治上促使了九品中正制的形成，在文学上为文学批评成为专门之学奠定了基础。本节试爬梳东汉晚期人伦品鉴与在东汉晚期士人活动中的发展，挖掘其于此时及后代文学批评思想之渊源。

东汉立国之初，人伦品鉴便是帝国人才选拔的一种方式。具体的实践制度是征辟和察举，通行的方式是地方官员依据宗族乡党评议。到东汉晚期，外戚、宦官交替专权，人物的选拔操纵在专权者的手中，正常的社会选拔难以实现，据《后汉书》载：

> 时权富子弟多以人事得举，而贫约守志者以穷退见遗，京师为之谣曰："欲得不能，光禄茂才。"①

在这种情况下，地方官、乡党之外，由少数人或者一个人主持的评议则渐渐为士阶层，尤其是有才能但无权富门路的寒门士人阶层得以发展的重要门径，因为这种人物评议可以影响甚至决定朝廷人才的选录：

> （许劭）少峻名节，好人伦，多所赏识。若樊子昭、和阳士者，并显名于世。故天下言拔士者，咸称许、郭。②
> 汉中晋文经、梁国黄子艾，并恃其才智，炫曜上京，卧托养疾，无所通接。洛中士大夫好事者，承其声名，坐门问疾，犹不得见。三

---

① 《后汉书》卷61《黄琬传》，第2040页。
② 《后汉书》卷68《许劭传》，第2234页。

公所辟召者,辄以询访之,随所臧否,以为与夺。①

"好人伦,多所赏识",已经开人物批评之风气,"天下言拔士者,咸称许、郭",可知上至达官贵人、士人阶层,下至百姓,都以其人物品鉴为准;"三公所辟召者,辄以询访之,随所臧否,以为与夺",可知朝廷选录、征召人员直接咨询地方人物评论员,依据其优劣善恶来定夺,名士不仅参与,而且干涉当时的政府用人之权,他们对于人物的评价,几乎出口成定论,可见其影响之大。从理论上讲,能够主持人物评议者的这少数人多是社会名士如许劭等,但实际上也不乏欺世盗名之徒,上引文中的汉中晋文经、梁国黄子艾便是徒有虚名,后被符融揭露,"名论渐衰,宾徒稍省,旬日之间,惭叹逃去。后果为轻薄子,并以罪废弃"。虽然如此,东汉晚期有不少名士以人物品评为己任,名士口中的褒贬,可以影响此人在士林中的发展。这也是为何人伦品鉴一直是东汉晚期清谈的主要构成内容。经由人物批评,士人获得荣誉、声望,获得进入仕途的更多机遇,从而实现其修身、齐家、治国、平天下的理想。正因为有如此大的影响和士人对人物品鉴与批评的依赖,人伦品鉴在实践中根据需要逐步发展,士人阶层中专门从事人物品评的专家似已然形成固有的品评方法和特色。

第一节 从名士识鉴实例看人物批评特色和方法

汤用彤先生在《读人物志》中认为人物评论成为专门之学事在曹魏之世②,余英时认为其观点虽不失史家之谨慎,但若就汉晋间思想变迁之一般背景言之,似嫌稍迟。③ 余英时先生是在讨论汉晋间思想变迁之时提出的这个问题,他只是说略显稍迟,并没有深入讨论最早在何时。人物评论伴随着东汉中叶士阶层的发展,伴随着结党之风、清谈之风、慕士、崇义、尚节之风而发展,东汉晚期出现了一些具有专门擅长人伦品鉴的专家级别的人物,如许劭、郭林宗等,人物评论已然成为专门之学。而将这种

---

① 《后汉书》卷68《符融传》,第2232—2233页。
② 《魏晋玄学论稿》,第16—17页。
③ 《士与中国文化》,第346页。

鉴别方法集结成书,也已经产生。据史书所载,郭林宗著有人物品鉴之书:

> 泰字林宗,有人伦鉴识,题品海内之士,或在幼童,或在里肆,后皆成英彦,六十余人。自著书一卷,论取士之本,未行,遭乱亡失。①

既已成书,"论取士之本",必然在书中涉及如何识鉴人物,惜其尚未刊行便遭乱亡失,对其如何取士,当时人已无难窥见其内容真貌。但从引文可知,郭泰的人物品鉴,涉及人物极多,而其中经其提拔成为"英彦"者就有六十余人之多,其人物品评范围极广。无论年纪大小,小至幼童;不论出身与否,或在里肆,都是其关注的对象。既然其品评对年龄、出身等客观因素有所摒除,说明其自有其内在的评价准则。其书已失,我们只能从现存的史料记载推测一二。《后汉书》载:

> 庾乘字世游,颍川鄢陵人也。少给事县廷为门士。林宗见而拔之,劝游学官,遂为诸生佣。后能讲论,自以卑第,每处下坐,诸生博士皆就雠问,由是学中以下坐为贵。后征辟并不起,号曰"征君"。②

庾世游曾是看管县衙门的士兵,郭泰劝其游学,庾世游听从郭泰之言,逐渐由诸生的仆从而能够讲论辩说,又因为自己出身低下而举止谦卑,然其讲论自有其胜人之处,诸生博士皆与其问难,而以下坐为贵。郭泰不以庾乘出身卑微而独具慧眼,识其才能,可知其眼光敏锐。再如识鉴贾淑:

> 贾淑字子厚,林宗乡人也。虽世有冠冕,而性险害,邑里患之。林宗遭母忧。淑来修吊,既而钜鹿孙威直亦至。威直以林宗贤而受恶人吊,心怪之,不进而去。林宗追而谢之曰:"贾子厚诚实凶德,然

---

① 《世说新语校笺》引《泰别传》,第100页。
② 《后汉书》卷68《郭太传》,第2229页。

洗心向善。仲尼不逆互乡，故吾许其进也。"淑闻之，改过自厉，终成善士。乡里有忧患者，淑辄倾身营救，为州间所称。①

贾淑是郭泰同乡，出身不错，然性格阴险，为乡邑所担忧，郭泰遭母忧而贾淑来吊祭，名士孙威直认为郭泰为贤人却与恶人交往，心有不满而不进门吊祭，郭泰解释并对贾淑加以品评，点出其"洗心向善"的一面。后贾淑果然改过而成为善士。再如其品鉴左原：

> 左原者，陈留人也，为郡学生，犯法见斥。林宗尝遇诸路，为设酒肴以慰之。谓曰："昔颜涿聚梁甫之巨盗，段干木晋国之大驵，卒为齐之忠臣，魏之名贤。蘧瑗、颜回尚不能无过，况其余乎？慎勿恚恨，责躬而已。"原纳其言而去。或有讥林宗不绝恶人者。对曰："人而不仁，疾之以甚，乱也。"原后忽更怀忿，结客欲报诸生。其日林宗在学，原愧负前言，因遂罢去。后事露，众人咸谢服焉。②

左原为郡学生，犯法被斥，郭泰遇到他，对他进行了劝说，认为古代明贤皆有过错，然过而能改，亦然不废名士之名，左原在郭泰劝谏后，虽心存报复，终究放下恶念没有报复诸生。再如对黄允的品鉴：

> 黄允字子艾，济阴人也。以俊才知名。林宗见而谓曰："卿有绝人之才，足成伟器。然恐守道不笃，将失之矣。"后司徒袁隗欲为从女求姻，见允而叹曰："得婿如是足矣。"允闻而黜遣其妻夏侯氏。妇谓姑曰："今当见弃，方与黄氏长辞，乞一会亲属，以展离诀之情。"于是大集宾客三百余人，妇中坐，攘袂数允隐匿秽恶十五事，言毕，登车而去。允以此废于时。③

黄允以俊才知名，郭林宗亦指出其此点：有绝人之才，足成伟器。然郭泰认为其品性不良，提点他如"守道不笃"，将名声尽失。后黄允为攀

---

① 《后汉书》卷68《郭太传》，第2229—2230页。

② 同上书，第2230页。

③ 同上。

富贵欲弃原配妻子,妻子大集宾客三百余人,而揭露黄允隐匿的恶事十五件,黄允声名顿失。郭林宗的人物品鉴,有时不当面批评:

> 甄字子微,汝南召陵人也。与陈留边让并善谈论,俱有盛名。每共候林宗,未尝不连日达夜。林宗谓门人曰:"二子英才有余,而并不入道,惜乎!"甄后不拘细行,为时所毁。让以轻侮曹操,操杀之。①

郭林宗对门人评鉴甄子微与边让,认为二人才有余而道不足,才不及性。以郭林宗之素养,不会当二人面说这种话,然对自己的门人便可如实坦白自己的想法。从《后汉书·郭林宗传》中几则材料可以看出,郭泰的人物品鉴与批评,不计出身、年龄等客观因素,更加偏重对人物才能、性情的深层挖掘,从人物自身特点入手强调性高于才。庾乘出身门士而看其才,贾淑、左原性情险害而劝其善,黄允有才却以品性不端、守道不笃而废。而这些应该也是郭林宗亡失的人伦品鉴之书的评价标准。

前述引文中有"天下言拔士者,咸称许、郭",可知郭泰和许劭的人物品鉴在当时最为著名。那么不妨再看一下许劭的人物品鉴,据《魏志》所载:

> 劭始发明樊子昭于鬻帻之肆,出虞永贤于牧竖,召李叔才乡间之间,擢郭子瑜鞍马之吏,援杨孝祖,举和阳士。兹六贤者,皆当世之令懿也。其余中流之士,或举之于淹滞,或显之于童齿,莫不赖劭顾叹之荣。凡所拔育,显成为今德者,不可殚记。其探摘伪行,抑损虚名,则周之单襄,无以尚也。②

许劭品鉴、提拔的人物,亦不计出身卑微、年纪长幼,其以品鉴六位贤人樊子昭、虞永贤、李叔才、郭子瑜、杨孝祖、和阳士最为著名。郭林宗人物品鉴,更强调劝人向善,故而"或有讥林宗不绝恶人者",与之相比,许劭更为苛刻,"探摘伪行,抑损虚名",对有伪行、虚名之士毫不

---

① 《后汉书》卷68《郭太传》,第2230—2231页。
② 《三国志》卷23《魏书·和洽传》引《汝南先贤传》,第658页。

客气。这一点从史书的相关记载中亦可窥见:

> (许劭)劭尝到颍川,多长者之游,唯不候陈寔。又陈蕃丧妻还葬,乡人毕至,而劭独不往。或问其故,劭曰:"太丘道广,广则难周;仲举性峻,峻则少通。故不造也。"其多所裁量若此。①

陈寔、陈蕃皆为名士,士人阶层唯其马首是瞻,然许劭不与之交往。有人询问缘由,许劭指出了二人偏差所在:陈寔交游广泛而难以周全,陈蕃性格峻刻而缺少变通。可见即使是当世皆赞誉的名士,许劭也极少追随大众追捧。即使给予许劭优厚待遇,许劭也不为所动,直言其弱点所在,这就是许劭的风格:

> 劭避地广陵,谦礼之甚厚,劭告其徒曰:"陶恭祖外慕声名,内非真正,待吾虽厚,其势必薄。"遂去之。后谦果捕诸寓士,人乃服其先识。②

许劭人物评鉴之风格不同于郭林宗之处,由此可见一斑。郭、许二人人物品鉴的不同,一方面与二人性格大不同有关,郭泰似更为宽容,许劭更为苛刻。《三国志·蜀书·许靖传》载:"许靖字文休,汝南平舆人。少与从弟劭俱知名,并有人伦臧否之称,而私情不协。劭为郡功曹,排摈靖不得齿叙,以马磨自给。"许劭性格之苛刻,由此亦可见。更重要的方面,与二人的出身有很大的关系。许劭出身东汉名门大族汝南平舆许氏,许劭祖上三世三公,曾祖辈许敬在和帝、安帝时历任高官,窦宪等外戚当政之时直道而行,故而品德和威望极高。祖父辈许训,桓帝时任司空、司徒,灵帝时任太尉。许训之子许相,灵帝中平二年任司空,后任司徒。许虔、许劭、许靖同属于许敬从孙辈,其社会声望、名誉亦极高,且在父辈许训之上。(许训在中平六年因阿附宦官集团被袁绍所杀。)而郭林宗出身贫贱,《后汉书·郭林宗传》载:"郭太字林宗,太原界休人也。家世贫贱。早孤,母欲使给事县廷。"郭林宗以品性高洁著称于世,且看范滂

---

① 《后汉书》卷68《许劭传》,第2234页。
② 《资治通鉴》卷60,第1943页。

的评语：

> 或问汝南范滂曰："郭林宗何如人？"滂曰："隐不违亲，贞不绝俗，天子不得臣，诸侯不得友，吾不知其他。"①

有人询问范滂郭林宗如何，范滂认为郭林宗品性高洁，"隐不违亲，贞不绝俗"，不为权贵所屈服，据本传载："林宗虽善人伦，而不为危言核论，故宦官擅政而不能伤也。乃党事起，知名之士多被其害，唯林宗及汝南袁闳得免焉。遂闭门教授，弟子以千数。"正因为性情如此，郭林宗并未过多参与政治，也是少数未在党锢事件中受到牵连的名士之一，这一点范滂也比不上。

许劭出身名门望族，故而姿态较之郭林宗更高，品评也更为苛刻，曹操祖上宦官，许劭更是鄙视三分，据《后汉书·许劭列传》载："操微时，常卑辞厚礼，求为己目。劭鄙其人而不肯对，操乃伺隙胁劭，劭不得已，曰：'君清平之奸贼，乱世之英雄。'（《资治通鉴》卷五十八载评语为'治世之能臣，乱世之奸雄'）操大悦而去。"对曹操的才能，许劭是深知的，然对其家世和为人，又是极其厌恶的，以致鄙其人而不肯对，直至遭其威胁才品评之。许劭之高傲，代表了东汉晚期相当一部分出身名族的名士的特点。也正因为其大族出身，其与堂兄许靖才能够以汝南"月旦评"闻名于世，在东汉晚期有广泛的影响。

> 初，劭与靖俱有高名，好共核论乡党人物，每月辄更其品题，故汝南俗有"月旦评"焉。②

汝南月旦评对后世影响极大，远远超出汝南地区的风俗，而逐渐在实践需要中发展成为国家的制度，唐长孺先生指出："许劭所主持的月旦评，以后设立中正（指魏采用的九品中正制度），还沿用此法。通典卷三二职官一四中正条注引晋令：'大小中正为内官者，听月三月会议上东门

---

① 《后汉书》卷68《郭太传》，第2226页。
② 《后汉书》卷68《许劭传》，第2230页。

外，设幔陈席.'这里的'月三会议'的'三'字，乃'旦'字之误。"①
经由士人倡导的品评风气，在社会发展成为一种人物审美批评方式，进而固定成为国家的制度，自始至终与政治密切关联，这也是中国古典审美文化的特色之一。

从史料的记载来看，郭泰、许劭、许靖之外，东汉晚期以人物品鉴而闻名的，还有傅巽：

> 巽子公悌，瑰伟博达，有知人鉴。辟公府，拜尚书郎，后客荆州，以说刘琮之功，赐爵关内侯。文帝时为侍中，太和中卒，巽在荆州，目庞统为半英雄，证裴潜终以清行显；统遂附刘备，见待次于诸葛亮，潜位至尚书令，并有名德。及在魏朝，魏讽以才智闻，巽谓之必反，卒如其言。②

傅巽能看到别人所看不到的人物日后发展的潜质，如"目庞统为半英雄，证裴潜终以清行显"，更能在人物才能和性行之间做出精确的判断，如魏讽虽以才智闻，然必反。与郭、许的人物品评有异曲同工之妙。

从以上的讨论中，我们基本可以知道，几位人伦鉴识专家的主要依据是才、性。余英时在《士与中国文化·汉晋之际士之新自觉与新思潮》注释中谈道："《后汉书》所载之鉴识故事均是关于才与性之评论，而重性过于重才。"③ 说的也是此时人伦识鉴中以才、性为衡量标准的赏鉴方法，以及赏鉴中重性过于重才的特点。

值得关注的是，东汉晚期年的人物品鉴，才、性之外，容貌也是关注的重点之一：

> 马融字季长，……为人美辞貌，有俊才。④
> 悦字仲豫，俭之子也。……性沉静，美姿容，尤好著述。⑤
> 赵壹字符叔，汉阳西县人也。体貌魁梧，身长九尺，美须豪眉，

---

① 《魏晋南北朝史论丛》，第 85 页。
② 《三国志》卷 6《魏书·刘表传》引《傅子》，第 161 页。
③ 《士与中国文化》，第 346 页。
④ 《后汉书》卷 60《马融列传》，第 1953 页。
⑤ 《后汉书》卷 62《荀悦传》，第 2058 页。

望之甚伟。①

典略曰：或为人伟美。②

（管宁）长八尺，美须眉。与平原华歆、同县邴原相友。③

绍有三子：谭字显思、熙字显雍、尚字显甫。谭长而惠，尚少而美。绍后妻刘有宠，而偏爱尚，数称于绍，绍亦奇其姿容，欲使传嗣。④

马融"美辞貌、有俊才"，荀悦"性沉静，美姿容"，赵壹"体貌魁梧，身长九尺，美须豪眉，望之甚伟"，荀彧"为人伟美"，管宁"长八尺，美须眉"，展现了东汉晚期名士之男子风流俊逸。袁绍甚至因为其子袁尚长相俊美而"奇其姿容"，欲废长立幼子继承自己位置，可见人物的相貌是人物鉴识关注的一个极为重要的方面。东汉之季，容貌之外，渐重言谈。郭泰、符融、孔伷之流清谈高论：

郭太字林宗，太原界休人也。……博通坟籍。善谈论，美音制。⑤

膺风性高简，每见融，辄绝它宾客，听其言论。融幅巾奋袖，谈辞如云，膺每捧手叹息。⑥

公孙瓒字伯珪，辽西令支人也。……为人美姿貌，大音声，言事辩慧。⑦

郭泰"美音制"，符融"幅巾奋袖，谈辞如云"，孔伷"清谈高论，嘘枯吹生"，公孙瓒"美姿貌，大音声，言事辩慧"，从言谈的音制之美、语音之正、声调之美、言辞内容之滔滔不绝等诸多方面都显示了对言论的重视。言谈成为品评人物的重要方面。善言谈与博学、品性高尚等成为名士的特质之一，一直到魏晋时期。如"习祯有风流，善谈论，名亚庞统，

---

① 《后汉书》卷80《文苑列传》，第2628页。
② 《三国志》卷10《魏书·荀彧传》注引《典略》，第234页。
③ 《三国志》卷11《魏书·管宁传》，第266页。
④ 《后汉书》卷74《袁绍传》，第2383页。
⑤ 《后汉书》卷68《郭太传》，第2225页。
⑥ 《后汉书》卷68《符融传》，第2232页。
⑦ 《后汉书》卷73《公孙瓒传》，第2357页。

而在马良之右"①。"肃为人方严,寡于玩饰,内外节俭,不务俗好。治军整顿,禁令必行,虽在军陈,手不释卷。又善谈论,能属文辞,思度弘远,有过人之明。"② 善言谈已经是当时推重士人的标准之一,这种情况下,不善言谈的士人则常常遭遇不公:

  高彪字义方,吴郡无锡人也。家本单寒,至彪为诸生,游太学。有雅才而讷于言。尝从马融欲访大义,融疾,不获见,……融省书惭,追谢还之,彪逝而不顾。③

高彪游太学期间拜访马融,马融以生病为由不与之相见。不被孔融所见,原因大致有二:一是"有雅才而讷于言",孔融可能早有耳闻;二是"家本单寒",孔融世家大族,并未将其放在眼里。故而将之拒之门外,高彪自然知道其中原委,留书孔融,信中对孔融此举进行了评论,认为孔融此举"养疴傲士",实与名士风范相违。高彪出身寒门是孔融不见的深层原因,而不善言谈则是其直接原因,然其有才,通过书信与孔融交接,使得"融省书惭,追谢还之"。

除才性、言貌之外,情志也是人物批评的范畴:

  陈仲举言为士则,行为世范,登车揽辔,有澄清天下之志。④
  时冀州饥荒,盗贼群起,乃以滂为清诏使,案察之。滂登车揽辔,慨然有澄清天下之志。⑤
  岑晊有高才,郭林宗、朱公叔等皆为友,李膺、王畅称其有干国器,虽在闾里,慨然有董正天下之志。⑥

陈蕃"言为士则,行为世范",通过其言论、行为,再加上登车揽辔之姿态风神,看出其澄清天下的志向,范滂亦是。岑晊才能卓越,与士林

---

① 《三国志》卷45《蜀书·邓张宗杨传》引《襄阳记》,第803页。
② 《三国志》卷54《吴书·鲁肃传》引《吴书》,第941页。
③ 《后汉书》卷80《文苑列传》,第2649—2650页。
④ 《世说新语校笺》,第1页。
⑤ 《后汉书》卷67《党锢列传》,第2203页。
⑥ 同上书,第2212页。

名士多有交往，李膺、王畅对其从才能和志向两方面做出评价：其一是"干国器"，其二是"董正天下之志"。所谓"有干国器"，即有治理国家的能力，这是东汉晚期士人评荐中对人赞许和品鉴的极高标准，不少名士有此评价。如《世说新语·赏誉》载："（谢子微）见许子政弱冠之时，叹曰：'若许子政者，有干国之器。'"《魏书》载："渊始未知名，玄称之曰：'国子尼，美才也，吾观其人，必为国器。'"① 而所谓"董正天下之志"，是对个人志向的最大褒奖，更是人伦鉴赏的极致。东汉晚期陈蕃、范滂皆获此评语，《后汉书》载："蕃年十五，尝闲处一室，而庭宇芜秽。父友同郡薛勤来候之，谓蕃曰：'孺子何不洒扫以待宾客？'蕃曰：'大丈夫处世，当扫除天下，安事一室乎！'勤知其有清世志，甚奇之。"② 李膺、王畅二人对岑晊的评价由才而志，两方面都是人中之最高评价。当时，较高的评价还有"王佐才"，如：

> 王允字子师，太原祁人也。世仕州郡为冠盖。同郡郭林宗尝见允而奇之，曰："王生一日千里，王佐才也。"遂与定交。③
> 南阳何颙名知人，见彧而异之，曰："王佐才也。"④

郭林宗见王允而异之，何颙见荀彧而异之，品鉴的结论都是"王佐才也"，就是能够辅佐君王的贤才。经由"见而异"而知其才，而之后的发展可证实，王允和荀彧的确有"王佐才"。由"国器"、"清世志"、"王佐才"等不同士人的共同评价可知，人物品鉴颇有一定模式。

人伦鉴赏的标准言、貌、才、性、情、志，并且可以大致分为三类，即言貌、才性、情志。并且认为经由言论、相貌可以观察和品鉴出人物的才与性，情与志等。而在具体的品评中，会根据个体人物的特点不同、鉴赏者喜好的偏差而侧重，但在总体上，东汉晚期人物品评重言高于貌，性高于才，志高于前几者。

东汉晚期人物品鉴在赞赏人物言、貌、才、性、情、志之时，有时用

---

① 《三国志》卷11《魏书·国渊传》引《玄别传》，第255页。
② 《后汉书》卷66《陈王列传》，第2159页。
③ 同上书，第2172页。
④ 《后汉书》卷70《荀彧传》，第2281页。

颇带玄思的方式传述，这与后代魏晋时代以风神赏鉴人物十分相近，开启了后代人物批评之源，如"世目李元礼'谡谡如劲松下风'"，从表面看，这是对李膺相貌的品评，然而其中又蕴含着对其人物品性的赞扬，两者以颇带哲学的物喻的手法结合起来，产生了令人品味不已的审美效果。其中对黄宪的人物品评堪称经典：

> 颍川荀淑至慎阳，遇宪于逆旅，时年十四，淑竦然异之，揖与语，移日不能去。谓宪曰："子，吾之师表也。"既而前至袁阆所，未及劳问，逆曰："子国有颜子，宁识之乎？"阆曰："见吾叔度邪？"是时，同郡戴良才高倨傲，而见宪未尝不正容，及归，罔然若有失也。其母问曰："汝复从牛医儿来邪？"对曰："良不见叔度，不自以为不及；既睹其人，则瞻之在前，忽焉在后，固难得而测矣。"同郡陈蕃、周举常相谓曰："时月之间不见黄生，则鄙吝之萌复存乎心。"及蕃为三公，临朝叹曰："叔度若在，吾不敢先佩印绶矣。"太守王龚在郡，礼进贤达，多所降致，卒不能屈宪。郭林宗少游汝南，先过袁阆，不宿而退，进往从宪，累日方还。或以问林宗。林宗曰："奉高之器，譬诸氿滥，虽清而易挹。叔度汪汪若千顷陂，澄之不清，淆之不浊，不可量也。"①

颍川名士荀淑见黄宪，竦然异之，与之交谈，认为黄宪可以为自己的师表，之后拜访汝南名士袁阆，评价黄宪为颜回再世。袁阆则直称黄宪为"吾之叔度"，汝南名士戴良，平时恃才多傲，但见黄宪便敛容，评价说，不见叔度，还不觉不及，见到叔度，则貌似胜过又觉不及，"固难得而测矣"。东汉晚期名士对黄宪的评价，更多是将言、貌、才、性、情、志以哲学思辨式语言传达出来，陈蕃、周举评"时月之间不见黄生，则鄙吝之萌复存乎心"；郭林宗评价"奉高之器，譬诸氿滥，虽清而易挹。叔度汪汪若千顷陂，澄之不清，淆之不浊，不可量也"。黄宪的相貌令人一见竦然异之，言谈令人移日不能去、累日方还，才能令陈蕃不敢先佩印绶，品格、性情之高如千顷陂，不可测量。黄宪的言论举止，史书记载并不多，但东汉晚期与之交往的士人，多给予最高的评价，士人无不对其佩服至

---

① 《后汉书》卷53《黄宪传》，第1744页。

极,《后汉书》载其"年四十八终,天下号曰征君",黄宪逝后,党锢之中人物评鉴亦有"三君"之称号,君者,言一世所宗者,可知黄宪名望之高。由此可知东汉晚期人物品鉴之最高标准。

两次党锢期间对于士人阶层个人人格、品性的标榜与品藻,是当时清议的重要内容,也是士人阶层自高位置的表现。这种人物品鉴,难免有其虚矫的成分,这点为不少研究者所批评:

> 发生于乡党、郡国,以至京师的,对于个人人格的标榜与品藻,正是中世纪清议的一种结晶方式的表现。……把这样身份性地主阶级的狭义的"公论"称为清议,是当时名门豪族的宾客高自位置的一种虚矫表现。实际上,这种清议,清到什么程度,是很可怜的。葛洪抱朴子外篇卷二十名宾篇说:"东汉晚期之世,灵献之时,品藻乖滥。"又卷十五审举篇引东汉晚期时人之语,"举秀才,不知书;察孝廉,父别居;寒素清白浊如泥;高第良将怯如鸡",则清议之为清,也还是其浊如泥的。①

侯外庐先生的这段话被众多研究者引用,认为此时期包括党锢事件中的人物品藻,是名门豪族的宾客自高位置的一种虚矫表现。然而同时也必须看到,流行于整个社会和时代的清议尤其是其中的人物品藻,更有其激荡人心的力量,不仅极大地激励和团结了整个士阶层的力量与宦官集团斗争,甚至无视皇权,直言抗命,而且引导了整个社会审美风俗的转变,这个积极方面的影响远大于其消极作用。

第二节　士人政治、军事等活动中的人物品鉴

党锢事件中人伦品鉴。东汉晚期的党锢事件波及二十余年,诸多社会名士卷入其中,一大批所谓的"党人"被称号、品鉴,此时期的人物鉴识自成其特点。先看第一次党锢中人物的品鉴:

---

① 侯外庐:《中国思想通史·东汉晚期的风谣题目与清议》,人民出版社1957年版,第369页。

是正直废放。邪枉炽结,海内希风之流,遂共相标榜,指天下名士,为之称号。上曰"三君",次曰"八俊",次曰"八顾",次曰"八及",次曰"八厨",犹古之"八元"、"八凯"也。窦武、刘淑、陈蕃为"三君"。君者,言一世之所宗也。李膺、荀翌、杜密、王畅、刘祐、魏朗、赵典、朱宇为"八俊"。俊者,言人之英也。郭林宗、宗慈、巴肃、夏馥、范滂、尹勋、蔡衍、羊陟为"八顾"。顾者,言能以德行引人者也。张俭、岑晊、刘表、陈翔、孔昱、苑康、檀敷、翟超为"八及"。及者,言其能导人追宗者也。度尚、张邈、王考、刘儒、胡母班、秦周、蕃向、王章为"八厨"。厨者,言能以财救人者也。①

从引文的记载来看,党锢事件以"三君"、"八俊"、"八顾"、"八及"、"八厨"为称号将三十五位名士囊括在内,从其指称的名号来看,有其先后、轻重和内在含义,最上为"三君",以"君"蕴含一世所宗之领袖含义;"八俊"为第二,以"俊"蕴含人中之英含义;"八顾"为第三,以"顾"蕴含能以德行引导人之义;"八及"为第四,以"及"蕴含能导人追宗之义;"八厨"为最末,以"厨"蕴含能以财救人之义。排名次序的先后展示其在士人心中的地位,也反映了东汉晚期士人心中名士最重要的品性,其评定是经过仔细斟酌的。《世说新语·品藻》载:"汝南陈仲举,颖川李元礼二人,共论其功德,不能定先后。蔡伯喈,评之曰:'陈仲举强于犯上,李元礼严于摄下。犯上难,摄下易。'"陈蕃、李膺二人难定先后,蔡邕就二人特点做出评鉴,认为犯上难而摄下易,故而将陈蕃列为上三君,李膺为八俊之首。而三十五位名士各有风采与特色,《全汉诗》所载《太学中谣》,以七言的形式对这些名士进行了点评:

天下忠诚窦游平。天下义府陈仲举。天下德弘刘仲承。(右三君)
天下模楷李元礼。天下英秀王叔茂。天下良辅杜周甫。天下冰凌朱季陵。天下忠贞魏少英。天下好交荀伯条。天下稽古刘伯祖。天下才英赵仲经。(右八俊)
天下和雍郭林宗。天下慕恃夏子治。天下英藩尹伯元。天下清苦

---

① 《后汉书》卷67《党锢列传》,第2187页。

羊嗣祖。天下琦金刘叔林。天下雅志蔡孟喜。天下卧虎巴恭祖。天下通儒宗孝初。(右八顾)

海内贵珍陈子鳞。海内忠烈张元节。海内睿谞范孟博。海内通士檀文友。海内彬彬范仲真。海内珍好岑公孝。海内所称刘景升。(右八及)

海内贤智王伯义。海内修整蕃嘉景。海内贞良秦平王。海内珍奇胡母季皮。海内光光刘子相。海内依怙王文祖。海内严恪张孟卓。海内清明度博平。(右八厨)①

通过对比不难看出，上引文刘儒入《太学中谣》中"八顾"，而"八顾"无《后汉书》中"八顾"范滂；范滂入《太学中谣》的"八及"，而"八及"无《后汉书》"八及"翟超；刘翊入《太学中谣》"八厨"而"八厨"无《后汉书》中刘儒。《太学中谣》所载党人名士谱与《后汉书》所载略有出入，就整体而言，只有翟超、刘翊之别。

党锢事件中对名士进行品评的是"海内希风之流"和太学中诸生，《世说新语》记载了当时不少大儒名士如蔡邕也参与其中人物的品鉴，所指称代号分类清晰、有理有据，非市井百姓所能及也。需要说明的是，党锢事件后，士阶层为天下名士指目称号，所指名士如"三君"、"八顾"、"八及"等人，未必就是朝廷逮捕的党人，如郭林宗在"八顾"之列，《后汉书》载："乃党事起，知名之士多被其害，唯林宗及汝南袁闳得免焉。"可知其不在官府追捕之列；而现有党人指目称号的记载也未必真实涵盖当时所有名士，不少名士如陈寔等不在其中。

不少研究者认为，党锢事件中的人物品评，由于处于初级阶段，指目人物简单而直接。这类结论似乎缺乏深入的思考。首先，此时期的人伦品鉴并非处在初级阶段，而是发展到相当高的程度，人物评论呈现出已成专门之学的诸多特点，魏晋的人物品鉴正是在此基础上的进一步发展。其次，就党锢事件中的这些人物品鉴，也不仅仅是简单而直接的。"三君"、"八顾"、"八及"等称谓看似简单，却是对此前人物品鉴方法的学习和借鉴，据《后汉书》所载，荀淑生前，就有"神君"之号，"淑对策讥刺贵

---

① 逯钦立辑校：《先秦汉魏晋南北朝诗·全汉诗》卷8，中华书局1983年标点本，第222—224页。以下《全汉诗》《全魏诗》《北周诗》等引文皆出自此版本。

幸，为大将军梁冀所忌，出补朗陵侯相，莅事明理，称为神君"，可见以君为号，自有其渊源。而以数字直接将相关的名士串联的品鉴方法，也已有所承袭：

  （荀淑）有子八人：俭、绲、靖、焘、汪、爽、肃、专，并有名称，时人谓之"八龙"。①
  初，彪兄弟三人，并有高名，而彪最优，故天下称曰"贾氏三虎，伟节最怒"。②
  谢子微见许子将兄弟，曰："平舆之渊，有二龙焉。"③

"八龙"指的是荀淑的八个儿子，"三虎"就直指贾彪兄弟三人，"二龙"指许劭、许靖二兄弟，起初以数字加能够代表人物特色的动物譬喻来指代名士中有血缘关系者，一则便于记忆、流传，二则特色鲜明，大致是士林中人给予这些名士的赞赏方式，党锢中沿袭了这种方式并加以改良，以数字三和八加能够代表名士品性特点的单个字，如君、俊、顾、及、厨等。这种看似简单的改造或有未被人发觉的深意，一则沿袭了原有此品鉴的优点，便于记忆流传和特色鲜明；二则有其政治上团结整个士人阶层的作用。以三八八八八的组合极大地囊括了天下名士，名列其中者引以为傲，不列其中者追慕敬仰，三君为列下者如归于八类的名士所敬重，不列其中者又唯列名其中者马首是瞻，使整个士阶层在对抗宦官集团的斗争中得到了最大可能的团结。这种看似简单的人物品鉴有着极大的政治实践目的，党锢前后，人物品鉴并不都是指目简单而直接，如前述人物品鉴"世目李元礼'谡谡如劲松下风'"、"叔度汪汪若千顷陂，澄之不清，淆之不浊，不可量也"等品鉴方式，已然与魏晋之人物品评不相上下，而此时期的简单直接，正是其结合政治发展的特色。这种人物品鉴的方法在社会风俗舆论中产生了极大的影响，以致后继有人，更出新"八俊""八顾""八及"：

---

① 《后汉书》卷62《荀淑传》，第2049页。
② 《后汉书》卷67《党锢列传》，第2217页。
③ 《世说新语校笺》，第227页。

又张俭乡人朱并，承望中常侍侯览意旨，上书告俭与同乡二十四人别相署号，共为部党，图危社稷。以俭及檀彬、褚凤、张肃、薛兰、冯禧、魏玄、徐干为"八俊"，田林、张隐、刘表、薛郁、王访、刘祗、宣靖、公绪恭为"八顾"，朱楷、田盘、疏耽、薛敦、宋布、唐龙、嬴咨、宣襃为"八及"，刻石立墠，共为部党，而俭为之魁。①

值得关注的是，新的二十四名士别相署号，仍以三八八八组合，共分三组，每组有八个名士，且二十四人有总领者，即"俭为之魁"。

东汉晚期政治、军事活动中的人物品鉴。董卓逼献帝迁都之后，曹操、袁绍、刘表等军事割据政权逐渐发展起来，此时期前后的人物品鉴，多从人物的性格、志向入手，与当时政治、军事建构和发展密切相关：

公业谓（何）进曰："董卓强忍寡义，志欲无厌。若借之朝政，授以大事。将恣凶欲，必危朝廷。明公以亲德之重，据阿衡之权，秉意独断，诛除有罪，诚不宜假卓以为资援也。且事留变生，殷鉴不远。"②

郑太字公业，何进尚未意识到董卓之野心，欲招引董卓进京，郑太从董卓性格入手，认为他强忍寡义，而志欲无厌，故而必然得寸进尺，垂涎大权，何进大权在握，可自行决断事物，实在不必借助董卓以为外援，不然可能引狼入室，招致祸患。郑太对董卓的分析极为准确，可惜何进并未听从郑太的建议，后董卓进京，何进被杀，董卓掌握权柄，皆如郑太所言。

军事割据政权的统治者有时共同发表对某一士人的看法，如刘表据荆州，刘备寄刘表处时，许汜、刘表、刘备三人曾对陈登有过品评：

陈登者，字元龙，在广陵有威名。又掎角吕布有功，加伏波将军，年三十九卒。后许汜与刘备并在荆州牧刘表坐，表与备共论天下

---

① 《后汉书》卷67《党锢列传》，第2188页。
② 《后汉书》卷70《郑太传》，第2257页。

人,汜曰:"陈元龙湖海之士,豪气不除。"备谓表曰:"许君论是非?"表曰:"欲言非,此君为善士,不宜虚言;欲言是,元龙名重天下。"备问汜:"君言豪,宁有事邪?"汜曰:"昔遭乱过下邳,见元龙。元龙无客主之意,久不相与语,自上大床卧,使客卧下床。"备曰:"君有国士之名,今天下大乱,帝主失所,望君忧国忘家,有救世之意,而君求田问舍,言无可采,是元龙所讳也,何缘当与君语?如小人,欲卧百尺楼上,卧君于地,何但上下床之间邪?"表大笑。备因言曰:"若元龙文武胆志,当求之于古耳,造次难得比也。"①

陈登为陈珪之子,智谋过人,曾向曹操面授破吕布之计,后被曹操任命广陵太守。在任颇有威名,许汜、刘表、刘备三人品论陈登之时,陈登已病故,故而颇有盖棺定论之意。许汜认为,陈登颇有江湖义气。刘备询问刘表,许汜之本意是赞赏还是批评,刘表之回答亦模棱两可,这令刘备费解。问许汜,"你对元龙的评价如此粗豪蛮横,难道由什么事情得此结论?"许汜讲述了自己与陈登的交往经历,自己拜访陈登,陈登久不与自己交谈,且睡大床而让作为客人的自己睡小床,毫无待客之道。刘备明其原委,直言批评许汜,认为许汜徒有国士之名而不忧国救世,在国家危难之际却为自己营求田地,购置房产,陈登深为反感,故而不愿与之交谈,如果换作自己,就可能更为过分,陈登已经很客气了。刘备最后陈述了自己对陈登的评价,"文武胆志,当求之于古耳,造次难得比也",刘备的评价颇为公允。

各军事割据政权在军事斗争中,对政权统治者的评鉴极为重要,这种评价多基于才、性、志,经由这种评价,可以做出军事战略上的部署。此时期对袁绍的评价最多,以荀彧之评最为著名:

> 古之成败者,诚有其才,虽弱必强,苟非其人,虽强易弱,刘、项之存亡,足以观矣。今与公争天下者,唯袁绍尔。绍貌外宽而内忌,任人而疑其心,公明达不拘,唯才所宜,此度胜也。绍迟重少决,失在后机,公能断大事,应变无方,此谋胜也。绍御军宽缓,法

---

① 《三国志》卷7《魏书·吕布传附陈登传》,第172—173页。

令不立，士卒虽众，其实难用，公法令既明，赏罚必行，士卒虽寡，皆争致死，此武胜也。绍凭世资，从容饰智，以收名誉，故士之寡能好问者多归之，公以至仁待人，推诚心不为虚美，行己谨俭，而与有功者无所吝惜，故天下忠正效实之士咸愿为用，此德胜也。夫以四胜辅天子，扶义征伐，谁敢不从？绍之强其何能为！①

荀彧对袁绍与曹操高下的此段评论堪称经典。此时袁绍兵势正盛，曹操暂处下风之际，荀彧分析了政权统治者之才能对于军事发展的至关重要性，"有其才，虽弱必强，苟非其人，虽强易弱"。荀彧认为，能够与曹操争天下的唯有袁绍，而袁绍不足为惧。袁绍外宽内忌、生性多疑，曹操任人唯才、不拘小节；袁绍迟疑少决、多失良机，曹操果敢决断、随机应变；袁绍法令不严、士卒难用，曹操奖罚分明、士卒尽用；袁绍世家大族，士之爱慕虚名者从之，曹操仁义待人，士之忠正实干者从之；袁绍在度量、谋略、武力、德行四个方面皆逊色于曹操，又有天子为正义之旗帜，必胜袁绍。荀彧的评论，虽对曹操多溢美之词，但也不失公允。而对袁绍的弱点了如指掌，直指核心。袁绍祖上四世三公，叔父袁隗被董卓灭族，天下士人爱慕其名声，又痛惜袁老太尉，多归附之，然袁绍之自傲轻敌，又自恃名门望族，多有骄矜之心，外宽内忌，好谋无决，不仅政治军事缺乏远见与谋略，在内还宠爱幼子，其远逊于曹操。在袁绍与曹操正式对抗之前，荀彧已经清晰地看到了这些，可见其知人能力之强。荀彧对袁绍的品鉴，不止上述这一次，比较出名的还有与孔融关于袁绍的争论：

（建安）三年，太祖既破张绣，东禽吕布，定徐州，遂与袁绍相拒。孔融谓或曰："绍地广兵强；田丰、许攸，智计之士也，为之谋；审配、逢纪，尽忠之臣也，任其事；颜良、文丑，勇冠三军，统其兵：殆难克乎！"或曰："绍兵虽多而法不整。田丰刚而犯上，许攸贪而不治。审配专而无谋，逢纪果而自用，此二人留知后事，若攸家犯其法，必不能纵也，不纵，攸必为变。颜良、文丑，一夫之勇耳，可一战而禽也。"②

---

① 《三国志》卷70《魏书·荀彧传》，第235—236页。
② 同上书，第236页。

荀彧与孔融的此次关于袁绍的评价之时，正是建安五年官渡之战前的准备阶段。军事割据形势已经发生了变化，曹操势力大发展，正积蓄力量与袁绍决战，河北一带在袁绍的掌握之中，袁绍号称有精兵十万，欲一举歼灭曹操。此时军事局势不是很明朗，且从表面上看，袁绍势力的确远强大于曹操。故而孔融评论道，袁绍地广兵强，又有一流的谋士和忠臣、将领，认为很难在与其斗争中获胜。较之孔融更为表面的见识，荀彧的确展示了谋士的深谋远虑，对孔融的评论一一反驳，认为袁绍兵多却治兵不严，有一流的谋士却难尽其用，忠臣与武将有致命弱点而袁绍不能管理，故而不足为惧。较之荀彧的品鉴，孔融反映了其空有议论却浮于表面的弱点，而荀彧则展示了一流谋士的深远思虑，这也是曹操重用荀彧称其为"吾之子房"的重要原因。荀彧之外，对袁绍性格看得最清楚的当属田丰：

> 绍外宽雅有局度，忧喜不形于色，而性矜愎自高，短于从善，故至于败。及军还，或谓田丰曰："君必见重。"丰曰："公貌宽而内忌，不亮吾忠，而吾数以至言许之。若胜而喜，必能赦我，战败而怨，内忌将发。若军出有利，当蒙全耳，今既败矣，吾不望生。"绍还，曰："吾不用田丰言，果为所笑。"遂杀之。①

作为袁绍手下谋士，田丰在与其多次打交道中，对袁绍极为了解，品评也很到位。田丰是一流谋士，为袁绍出了不少好计谋，然袁绍就是不用，如建安三年，曾劝袁绍早日图许，奉迎天子，占据政治主动，袁绍不听；建安四年，袁绍灭公孙瓒，挑选精兵十万，准备进攻许昌，田丰建议其与曹操持久战，袁绍不从；建安五年，官渡之战前夕，曹操往徐州攻打刘备，田丰建议偷袭许昌，袁绍竟以幼子生病为由，拒绝了田丰。之后田丰奋力直言不能与曹操直面速战，应持久战，袁绍竟然将田丰下狱。引文中田丰的品评，就是在袁绍不听田丰规劝而致官渡大败。有人告诉狱中的田丰，先生你料事如神，一定会被重用。田丰却说，袁绍外宽内忌，如果得胜而归，我能够得到释放，而今战败而归，内心忌恨，必然被杀。后袁绍果然杀了田丰，田丰之智谋，可与荀彧相比，可惜所遇非人。

---

① 《后汉书》卷74《袁绍传》，第2402页。

军事活动中的人物品鉴，主要基于现实军事割据发展所需展开分析的，这种品鉴活动是战争谋略的组成部分，精确的分析和判断将有助于军事势力的发展，而其品鉴多经由人物的性格、品性以及对事件的处理方式作出判断，这也是与其他活动中人物品鉴的不同之处。

最后讨论一下人物识鉴中的另类——相人之术。东汉晚期直至魏初，伴随着以言貌、才性、情志等人物品鉴方法，识人还有相人即相术一法并行使用。

> 朱建平，沛国人也。善相术，于闾巷之间，效验非一。太祖为魏公，闻之，召为郎。文帝为五官将，坐上会客三十余人，文帝问己年寿，又令遍相众宾。建平曰："将军当寿八十，至四十时当有小厄，愿谨护之。"谓夏侯威曰："君四十九位为州牧，而当有厄，厄若得过，可年至七十，致位公辅。"谓应璩曰："君六十二位为常伯，而当有厄，先此一年，当独见一白狗，而旁人不见也。"谓曹彪曰："君据藩国，至五十七当厄于兵，宜善防之。"……建平又善相马。文帝将出，取马外入，建平道遇之，语曰："此马之相，今日死矣。"帝将乘马，马恶衣香，惊咬文帝膝，帝大怒，即便杀之。建平黄初中卒。①
>
> 时州后部司马蜀郡张裕亦晓占候，而天才过群。……又晓相术，每举镜视面，自知刑死，未尝不扑之于地也。②
>
> 孤城郑妪能相人，及范、悼、达八人，世皆称妙，谓之八绝云。③

以相术鉴识人物在魏、蜀、吴割据政权中皆有能人。《魏书》所载朱建平，能够确切地由面相看出五官将曹丕、夏侯威、应璩、曹彪等人的年寿、灾厄、官禄；《蜀书》所载蜀郡张裕能够从自己的面相看出自己将受刑而亡，《吴书》所载有八人皆擅长此相面之术。

与郭、许等士人阶层的人物品鉴迥异，相术识鉴的是身家性命、富贵荣禄，带有较多的神秘色彩。而这种识人方法，东汉之前早已有之，随着

---

① 《三国志》卷29《魏书·方技》，第600—601页。
② 《三国志》卷42《蜀书·周群传》，第756页。
③ 《三国志》卷63《吴书·赵达传》引《吴录》，第1050页。

时代的发展,其生命力逐渐枯竭。倘若可信,则经由相术,作为个体的人其一生皆有定数,无变通可能;倘若不可信,毫无意义,徒增烦恼。这与东汉晚期整个士人觉醒时代的大步伐并不适应,故而不为大多数士人所用。这种鉴识方法,与郭、许品评人物已然有雅俗高下之别,难以相提并论。东汉晚期士人阶层所接受并实践的由才性、言貌、情志等方面入手的人伦品鉴,更具有现实的理性审美精神,不仅能给身处乱世动荡中的士人提供最大之发展可能,更能在现实统治中选拔人才,这也是其大发展而成审美风气的原因。

第三节 东汉晚期士人的艺术审美

上文讨论的人伦赏鉴等内容代表了东汉晚期士阶层审美的重要层面,士人阶层本是整个社会阶层中最为活跃、最有引导性的分子,整个社会的艺术审美走向与士人活动密不可分。此时期无论是日常的服饰,还是音乐、歌谣,抑或围棋、书法,都有士人活动的积极参与。

服饰艺术审美。东汉晚期士人颇能引领社会流行时尚,据史书记载,不少士人的服饰装扮为当时社会之流行时尚:

> (郭林宗)性明知人,好奖训士类。身长八尺,容貌魁伟,褒衣博带,周游郡国。尝于陈梁间行遇雨,巾一角垫,时人乃故折巾一角,以为"林宗巾"。其见慕皆如此。①

郭泰为当时名士,在士林中享有极高的声誉,好品评人物,奖训士人,与当时诸多名士交好,郭泰于陈梁间行遇雨,无意头巾一角垫,时人便故意模仿之并以之为美,誉之为"林宗巾"。东汉晚期士人以幅巾为美为雅,即使是武将也着幅巾附庸风雅。

妆容风格。京畿之地历来是引导全国潮流的风向标,东汉晚期京城之流行的妆容颇多怪异:

> 孝灵帝建宁中,京师长者,皆以苇辟方笥为妆,其时有识者窃

---

① 《后汉书》卷68《郭太传》,第2225—2226页。

言：苇方笥，郡国谳篋也，今珍用之，天下皆当有罪，谳于理官也。后党锢皆谳廷尉，人名悉苇方笥中，斯为验矣。①

献帝建安中，男子之衣，好为长躬而下甚短，女子好为长裙而上甚短。时益州从事莫嗣以为服妖，是阳无下而阴无上也，天下未欲平也。后还，遂大乱。②

流行于京城的奇怪妆容，更有可能出于两种原因：一是社会礼法束缚的放松，世俗中人可以随心所欲地选择自己所喜欢的东西加以装扮；二是社会的动荡不宁，无从依附的人心希冀通过外在之妆容加以宣泄。值得注意的是，这些本来与士人的党锢事件关系甚微，世俗评价却将其与士人党锢之祸联系，京师长者以苇辟方笥为妆、着木屐、妇女出嫁以漆画屐，五采为系，都认为是后来党锢之祸的先兆。可见党锢影响之深。

东汉晚期服饰、妆容皆体现了较为宽松的社会环境，据学者研究结论，"在西汉时期，无论是京都长安地区，还是湖南、湖北、江苏、山东等地区在风格上均体现出西汉紧身束裹、严肃拘谨的汉族风格服饰。而东汉时期，总体来看是以京都洛阳地区为主导，在全国各地的服饰均体现出轻松活泼、宽大随意的服饰风格"。"（东汉女子服饰）在新莽至东汉早期还延续了西汉晚期的风格，服装合体显腰身，以细腰长裙为尚，而东汉后期各阶层女子服装都变得很宽大，已不显腰身，多为衣袖广博，即便是劳动女仆的衣袖也很肥大。"③ 东汉晚期儒教礼法的束缚放松，人性自由得以解放，思维更加活跃，生活方式趋向多样化，同时，人性中随波逐流、放纵的一面也展现出来，《后汉书》载："帝作列肆于后宫，使诸采女贩卖，更相盗窃争斗。帝着商贾服，饮宴为乐。又于西园弄狗，着进贤冠，带绶。又驾四驴，帝躬自操辔，驱驰周旋，京师转相仿效。"④ 这些与当时奇特的妆容、服饰皆被认为是亡国之兆，然实则恰恰反映了社会风气和审美趣味的转变。

音乐风格。东汉晚期桓帝时期，宫廷郊庙雅乐尚存，据史书记载，桓

---

① 《全后汉文》卷41，第415页。
② 《后汉书》卷13《五行志》，第3273页。
③ 徐蕊：《汉代女子服饰类型分析》，《中原文物》2009年第2期。
④ 《后汉书》卷8《孝灵帝纪》，第346页。

帝多次祭祀老子，桓帝九年的这次帝王亲自祭祀老子于濯龙，使用了郊庙雅乐进行祭祀。

（桓帝）九年，亲祠老子于濯龙。文罽为坛，饰淳金扣器，设华盖之坐，用郊天乐也。①

东汉晚期宫廷雅乐走向衰弱，战乱中，雅乐沦丧。《宋书·乐志》说"东汉晚期大乱，众乐沦缺"，《晋书·乐志》也说："汉自东京大乱，绝无金石之乐，乐章亡缺，不可复知。"动乱中雅乐沦陷，不少宫廷乐师流离失散，一部分在各割据军阀中辗转谋求生路，如杜夔等人。杜夔本是汉灵帝时的雅乐郎，"丝竹八音，靡所不能，惟歌舞非所长"，与其同时的艺人，还有"善咏雅乐"的邓静、尹齐，"能歌宗庙郊祀之曲"的歌师尹胡，"晓知先代诸舞"的舞师冯肃等。

杜夔于战乱中至西南避乱，据《三国志·魏书·杜夔传》称，荆州牧刘表曾令杜夔与精通音乐的孟曜等人为汉献帝合雅乐，"乐备，表欲庭观之"。刘表为士林中人，对雅乐的传承具有极强的责任心和敏锐感，此举说明士人利用自己的政权能力与精湛的艺人合作，在保存传统雅乐中做出了巨大贡献。当时荆州为避难之所，不少精湛音乐的艺人被刘表收留。这些艺人在刘表子刘琮归顺曹操后归属曹操政权。《魏书》载："后表子琮降太祖，太祖以夔为军谋祭酒，参太乐事，因令创制雅乐。……夔总统研精，远考诸经，近采故事，教习讲肄，备作乐器，绍复先代古乐，皆自夔始也。"② 显然以杜夔为首的这批音乐人才继续从事雅乐创制工作。曹操政权下相当数量士人具有极高的音乐素养，与杜夔等人的交流应较为频繁。东汉晚期，自上而下喜爱俗乐新声：

论曰：前史称桓帝好音乐，善琴笙。③
元嘉二年七月二日庚辰，日有蚀之，在翼四度。史官不见，广陵

---

① 《后汉书·志》第8《祭祀中》，第3188页。
② 《三国志》卷7《魏书·方技》，第598页。
③ 《后汉书》卷7《孝桓帝纪》，第320页。

以闻。翼主倡乐。时上好乐过。①

桓帝好乐，善琴笙，此处的音乐为俗乐。至灵帝时，胡地乐舞开始传入，这种新鲜的乐曲与舞蹈很快博得了帝王及上层贵族的喜爱。对俗乐的喜爱自帝王而贵族士人平民百姓皆有之，其中士人的喜爱更具社会引领性：

> 融才高博洽，为世通儒，教养诸生，常有千数。涿郡卢植，北海郑玄，皆其徒也。善鼓琴，好吹笛，达生任性，不拘儒者之节。居宇器服，多存侈饰。尝坐高堂，施绛纱帐，前授生徒，后列女乐，弟子以次相传，鲜有入其室者。②
>
> 卓既迁都长安，天下饥乱，士大夫多不得其命。而公业家有余资，日引宾客高会倡乐，所赡救者甚众。③

一方面，音乐是士人基层基本素养，不少名士具有极高的音乐鉴赏能力，如郦炎，史载"郦炎字文胜，范阳人，郦食其之后也。炎有文才，解音律，言论给捷，多服其能理"④。再如马融，善鼓琴，好吹笛，有《琴赋》《笛赋》，具有极高的音乐艺术鉴赏能力。另一方面，士人更喜欢在大宴宾客等欢愉场合演奏俗乐，东汉晚期流行的俗乐主要是由相和三曲改编而来的清商乐，引文中名士的宴乐欢唱，展现了此时期士人的生活状态。《文物》（1972年第10期）载："种种伎乐人，百戏杂陈，各自尽才逞能，以娱宾客。这个壁画长七米多，场面之壮丽、伎乐之复杂，以及壁画经营位置设计之精彩色之华美，都十分突出。"⑤是此时期宴乐百戏的写照。后期的魏、蜀、吴等政权中也不乏对俗乐的喜爱：

> 燮兄弟并为列郡，雄长一州，偏在万里，威尊无上，出入鸣钟

---

① 《后汉书·志》第18《五行》，第3368页。
② 《后汉书》卷60《马融传》，第1972页。
③ 《后汉书》卷70《郑太传》，第2260页。
④ 《后汉书》卷80《文苑列传》，第2647页。
⑤ 沈从文：《中国古代服饰研究》，上海古籍出版社2005年版，第174页。

磐，备具威仪，笳箫鼓吹，车骑满途。①

（孙）策又给瑜鼓吹……瑜曰："吾虽不及夔、旷，闻弦赏音，足知雅曲也。"②

（刘备）既斩（杨）怀、（高）沛，还向成都，所过辄克。于涪大会，置酒作乐。③

士燮是具有极高儒学修养的士人，东汉晚期在交趾割据一方，其兄弟以最高级别的音乐显示其威仪，此处的音乐活动是地位的象征；孙策作为割据政权的统治者，将鼓吹乐赏赐给周瑜，既说明此乐曲非一般人所使用，周瑜之言，又说明其对雅乐有极高的鉴赏能力；刘备在战胜之时，以酒乐庆功，社会流行的俗乐必然在其中演奏。

东汉晚期有两首乐曲伴随着当时士人对音乐理论和美学思想的探讨而产生和发展起来。一首是《广陵散》，另一首是《胡笳十八拍》。从现有记载来看，《广陵散》曲当产生于东汉晚期。傅玄《琴赋》曰："马融覃思于《止息》。"《止息》即《广陵散》，说明马融已经深入研究过《广陵散》一曲。蔡邕所作的《琴操》中有《河间杂歌·聂政刺韩王曲》，记载的就是《广陵散》曲的故事情节，可知马融、蔡邕等东汉晚期精擅音乐的名士都对《广陵曲》极为熟悉。

蔡邕《琴操》所载《聂政刺韩王曲》大意如下：聂政之父为韩王治剑，过期不成，王杀之。聂政长大后欲杀韩王为父报仇。入泰山，"遇仙人，学鼓琴，漆身为厉，吞炭变其音。七年而琴成"，又因妻认出其牙齿而"援石击落其齿"。后入韩国，"鼓琴阙下，观者成行，马牛止听，以闻韩王"，韩王命其弹琴，聂政藏刀琴中而杀韩王。为不连累其母，"自犁剥面皮，断其形体，人莫能识"。其母认其子，"绝行脉而死"④。

这是一个悲情而又壮美的故事，故事情节奠定了其悲凉慷慨的美学特征。应璩《与刘孔才书》曰："听广陵之清散。"言其清澈之特点。音乐史上，《广陵散》曲与嵇康之故事广为人知：

---

① 《三国志》卷49《吴书·士燮传》，第881页。

② 《三国志》卷54《吴书·周瑜传》引《江表传》，第932—935页。

③ 《三国志》卷37《蜀书·庞统传》，第709页。

④ （清）马骕纂：《绎史》，齐鲁书社2001年版，第2416页。

> 嵇中散临刑东市，神气不变，索琴弹之，奏广陵散。曲终，曰："袁孝尼尝请学此散，吾靳固不与，广陵散于今绝矣。"太学生三千人上书，请以为师，不许。文王亦寻悔焉。①

对音乐价值的体悟，往往需要相当时间的沉淀，素养、心境、命运等诸多因素加诸其中，嵇康将《广陵散》以生命的力量诠释之，在艺术审美上达到了空前的高度，嵇康的个体价值与《广陵散》曲的内在蕴含完美地合二为一。嵇康所说的"广陵散于今绝矣"，指的是嵇康所研讨提高的嵇康版的《广陵散》失传。嵇康《琴赋》李善注曰："《广陵》等曲，今并犹存。"余嘉锡在《世说新语笺疏》中也指出："《广陵散》乃古之名曲，弹之者不一其人，非嵇康之所独得。康死之后，其曲仍流传不辍，未尝因康死而便至绝响也。《世说》及《魏志注》所引《康别传》，载康临终之言，盖康自以为妙绝时人，不同凡响，平生过自珍贵，不肯教人。及将死之时，遂发此叹，以为从此以后，无复能继己者耳。后人耳食相传，误以为能弹此曲者，惟叔夜（嵇康字）一人。"② 可知《广陵散》曲在流传中被爱好此曲的士人多加润饰修改，有较多的版本。

《胡笳十八拍》为蔡邕之女蔡琰所作。东汉晚期大乱。蔡琰约于公元196年为匈奴人掳获，成为左贤王的王后，在匈奴十二年，约公元208年曹操将其赎回。此曲或作于归途中或归后。胡笳十八拍融合了匈奴管乐器胡笳和汉族弹弦乐器古琴，本书下编有专门章节论述。

《广陵散》和《胡笳十八拍》在产生和流传过程中，必然经过不少擅长音乐的士人的润饰、修改，融入了他们对当世的政治、风俗、人情的体悟，实为士阶层中音乐素养极高之人感应时代之产物。从音乐曲调上看，悲美是二者共有的特色，《广陵散》之"清散"，《胡笳十八拍》之"悲凉"，与东汉晚期整个社会的风俗人心和审美风格具有内在的一致性；从使用的乐器上看，《胡笳十八拍》更能反映战乱环境中民族的交流与融合。此两首乐曲是东汉晚期至建安、魏晋音乐史上转折时期的代表作，由嵇康与《广陵散》之密切联系可知，由历代士人对《胡笳十八拍》之品

---

① 《世说新语校笺》，第194—195页。

② （南朝宋）刘义庆撰，余嘉锡笺疏：《世说新语笺疏》，中华书局1983年版，第347页。此段话只在余版中有，徐版中无。

评可知,此两首产生于东汉晚期的乐曲,与历代爱好音乐之士人人生、生命多多关联,能够展现其命运、价值、追求、理想,其审美意蕴历久弥新。

歌谣审美。歌谣是百姓生活的鲜活再现,东汉晚期歌谣作为一种民间艺术形式,及时反映社会政治、经济、文化事件,从迥异于官方的视角看待社会百态,其中战争、朝廷政治、士人活动等是歌谣吟诵的重点。

> 桓帝之初,天下童谣曰:"小麦青青大麦枯,谁当获者妇与姑。丈人何在西击胡,吏买马,君具车,请为诸君鼓咙胡。"①

歌谣刺战争之害。桓帝元嘉中凉州诸羌一时俱反,南入蜀、汉,东抄三辅,延及并州、冀州,百姓都被征到军中,然而多有战败。田间没有男劳力,只有妇女收获粮食。百姓虽苦不堪言,却又不敢公开言语,"请为诸君鼓咙胡",只能私下咽语。

> 桓帝之初,京都童谣曰:"城上乌,尾毕逋,公为吏,子为徒。一徒死,百乘车。车班班,入河间。河间姹女工数钱,以钱为室金为堂。石上慊慊舂黄粱。梁下有悬鼓,我欲击之丞卿怒。"②

此歌谣刺政贪。"城上乌,尾毕逋",以鸟为比喻,此鸟站在高处自己吃独食,不与其他鸟分享,喻人主多聚敛财物,只顾自身享乐。"公为吏,子为徒。一徒死,百乘车"等语,指的是蛮夷叛逆,父入军中为军吏,其子又为小卒徒,前一个人讨胡既死,后又派更多人前去,战争给百姓带来深重灾难。"河间姹女工数钱,以钱为室金为堂者"等语,指的是灵帝既立,其母永乐太后聚金敛银,却又常苦不足,使人舂黄粱而食之,又教灵帝卖官受钱,所禄非人,天下忠笃之士怨望,欲击悬鼓以求见,谄顺之徒多加阻止。

---

① 《后汉书·志》第13《五行》,第3281页。
② 同上。

灵帝之末，京都童谣曰："侯非侯，王非王，千乘万骑上北芒。"①

天下为之语曰："左回天，具独坐，徐卧虎，唐雨堕。"②

此两首歌谣刺宦官之害。其一指的是中平六年，史侯登蹑至尊，献帝未有爵号，为中常侍段珪等数十人所执，公卿百官皆随其后，到河上后乃得还。非侯非王上北芒，说的就是此意。其二指桓帝时，宦官单超、左悺、徐璜、具瑗、唐衡等，以诛梁冀功，五人同日封侯。后新丰侯单超卒，赐东园秘器，棺中玉具；及葬，发五营骑士、将作大匠起冢茔。其余四宦官更加横行无道，其仆从皆乘牛车而从列骑，兄弟姻戚，宰州临郡，辜较百姓，与盗无异，虐遍天下，民不堪命，多为盗贼。

三辅谚曰："车如鸡栖马如狗，疾恶如风朱伯厚。"③

桓帝之初，京都童谣曰："游平卖印自有平，不辟豪贤及大姓。"④

乡邑为之谚曰："父母何在在我庭，化我鸱枭哺所生。"⑤

此二首歌谣赞扬官吏之优秀者。第一首歌谣指陈留朱震。朱震字伯厚，初为州长，奏济阴太守单匡臧罪，并匡兄中常侍车骑将军单超，不惧宦官，疾恶如仇。第二首指延熹之末，邓皇后以谴自杀，乃以窦贵人代之。窦贵人父名武字游平，拜城门校尉。及太后摄政，为大将军，与太傅陈蕃合心戮力，印绶所加，咸得其人，豪贤大姓，皆绝望。第三首字面的意思是："（良吏）使食母的恶鸟受到感化，还去喂养生他的父母。"指仇览劝民向善，治下有民陈元同寡母住在一起，母亲到仇览处告陈元不孝顺，仇览发现事情并非寡母所言，先劝诫其母，又至其家，为陈元讲解人伦孝顺的道理，陈元遂成孝子。

---

① 《后汉书·志》第13《五行》，第3282页。
② 《资治通鉴》卷54，第1755—1756页。
③ 《后汉书》卷66《陈王列传》，第2171页。
④ 《后汉书·志》第13《五行》，第3282页。
⑤ 《后汉书》卷76《循吏列传》，第2480页。

第二章　东汉晚期士人活动中的人物品鉴与文艺审美

乡人为之谣曰:"天下规矩房伯武,因师获印周仲进。"①

二郡又为谣曰:"汝南太守范孟博,南阳宗资主画诺。南阳太守岑公孝,弘农成瑨但坐啸。"②

此两首歌谣是反映士人党锢活动源起的歌谣。桓帝为蠡吾侯,受学于甘陵周福,及即帝位,擢福为尚书。时同郡河南尹房植有名当朝,二家宾客,各树朋徒,党人之议,自此始矣。后汝南太守宗资任功曹范滂,南阳太守成瑨亦委功曹岑晊,因此流言转入太学,诸生三万余人,郭林宗、贾伟节为其冠,并与李膺、陈蕃、王畅更相褒重。

灵帝中平中,京都歌曰:"承乐世,董逃,游四郭,董逃,蒙天恩,董逃,带金紫,董逃,行谢恩,董逃,整车骑,董逃,垂欲发,董逃,与中辞,董逃,出西门,董逃,瞻宫殿,董逃,望京城,董逃,日夜绝,董逃,心摧伤,董逃。"③

此歌谣指董卓迁都的事。"董逃"是象声字,与"咚喤"音同。歌谣是社会现实的反映,故而中国古代有采风以观民俗的政府行为。这些歌谣具有以下特点。在形式上,语言短小精悍,音节铿锵,朗朗上口,易于诵记,因而易于迅速流传。在内容上,其一,涉及社会政治、经济各个方面,反映社会现实和民间情绪、评价;其二,相当部分反映了士人活动对社会的影响;其三,托言先验,"童谣都托言先验与谶纬同科,先验是假的,发生时间都出诸后人的追述,有意把它推前去了。谣言在先,应验在后,事实上是不可能的。但为了表示希望,而托童谣以预言,以后事实竟与希望相符,遂如应验一般,这种情形,也是有可能的"。④

围棋和弹棋。先说围棋。春秋时期围棋已是社会上流行的一种游戏。西汉时期,围棋发展缓慢。自东汉始发展,到东汉晚期发展较快。士人阶层创作了不少与围棋有关的文学作品,充分表现围棋已成为士人日常活动

---

① 《后汉书》卷67《党锢列传》,第2186页。
② 同上。
③ 《后汉书·志》第13《五行》,第3284页。
④ 《中国思想通史》卷2,《东汉晚期统治阶级的内讧·东汉晚期的风谣题目与清议》,第369页。

不可或缺的组成部分,王粲曰:"清灵体道,稽谟玄神,围棋是也",可知士人已将围棋视为修身养性的一种艺术行为。马融有《围棋赋》,其文载:

> 略观围棋兮,法于用兵。三尺之局兮,为战斗场。陈聚士卒兮,两敌相当。拙者无功兮,弱者先亡。自有中和兮,请说其方。……事留变生兮,拾棋欲疾。营惑窘乏兮,无令诈出。深念远虑兮,胜乃可必。①

将围棋视为战争游戏的展现,当作文人演练兵法的小游戏。从这个角度看,马融的看法与之前刘向有相似之处,刘向《围棋赋》曰:"略观围棋,法于用兵。怯者无功,贪者先亡。"围棋游戏是东汉晚期上至达官贵人,下至士人平民,老幼皆爱好与参与的艺术活动。如《三国志》载王粲事:

> 观人围棋,局坏,粲为覆之。棋者不信,以帕盖局,使更以他局为之。用相比校,不误一道。其强记默识如此。②

张华《博物志》曰:"汉世,……冯翊山子道、王九真、郭凯等善围棋,太祖皆与埒能。"③三国曹魏政权围棋高手比比皆是,曹操的围棋水平可以和高手相媲美,围棋在蜀、吴两国风靡一时,名手辈出,痴迷者大有人在:

> 延熙七年,魏军次于兴势,假祎节,率众往御之。光禄大夫来敏至祎许别,求共围棋。于时羽檄交驰。人马擐甲,严驾已讫,祎与敏留意对戏,色无厌倦。敏曰:"向聊观试君耳!君信可人,必能办贼者也。"祎至,敌遂退,封成乡侯。④

---

① (清)严可均辑:《全后汉文》卷18,商务印书馆1999年版,第170页,以下《全后汉文》《先唐文》《全梁文》《全齐文》等引文皆出自此版本。
② 《三国志》卷21《魏书·王粲传》,第446页。
③ 《三国志》卷1《魏书·武帝纪》引张华《博物志》,第39页。
④ 《三国志》卷44《蜀书·费祎传》,第786页。

> 严武字子卿，卫尉畯再从子也，围棋莫与为辈。①

魏人伐蜀，费祎为元帅，战争之紧张与激烈不能影响费祎下棋，费祎与来敏下围棋，意无厌倦，既说明费祎之胜券在握的心态，也说明围棋在此时的盛行。围棋盛行，然也有批评者，韦曜《博弈论》批评道："今世之人，多不务经术，好玩博弈，废事弃业，忘寝与食，穷日尽明，继以脂烛。当其临局交争，雌雄未决，专精锐意，神迷体倦，人事旷而不修，宾旅缺而不接，虽有太牢之馔。《韶》《夏》之乐，不暇存也。"② 迨至两晋，围棋成为上至帝王，下至黎民百姓的一大嗜好，王导、王恬、江彪为弈坛高手。棋类在后代迅速发展起来。

围棋之外，弹棋也在此时期流行起来。《后汉书》载："冀字伯卓。为人鸢肩豺目，洞精䁂眄，口吟舌言，裁能书计。少为贵戚，逸游自恣。性嗜酒，能挽满、弹棋、格五、六博、蹴鞠、意钱之戏，又好臂鹰走狗，骋马斗鸡。"③ 弹棋比围棋更具游戏色彩，还蕴含着一定的军事智慧，这从蔡邕《弹棋赋》中不难看出：

> 夫张局陈棋，取法武备。因嬉戏以肆业，托欢娱以讲事。设兹文石，其夷如砥。采若锦缋，平若停水。肌理光泽，滑不可屡。乘色行巧，据险用智。④

弹棋取法武备，需要"乘色行巧，据险用智"，值得注意的是，弹棋在东汉晚期流行了一段时间，曹操当政时，一度中绝，至曹丕称帝后，重新流行，吴质《弹棋经后序》载："至献帝建安中，曹公执政，禁闱幽密，至于博奕之具，皆不得妄置宫中。……及魏文帝受禅，宫人所为，更习弹棋焉。当时朝臣名士，无不争能。故帝与吴季重书曰：弹棋，闲设者也。"⑤

书法的艺术审美化，在东汉，至灵帝开鸿都而大发展。当时有所谓的

---

① 《三国志》卷63《吴书·赵达传》注引《吴录》，第1051页。
② （梁）萧统编，（唐）李善注：《文选》卷52，岳麓书社2002年版，第1574页。
③ 《后汉书》卷34《梁冀列传》，第1178页。
④ 《全后汉文》卷69，第713、714页。
⑤ 《先唐文》，第432页。

四体,《晋书·卫恒列传》载"恒善草隶书,为《四体书势》",从《四体书势》的内容来看,东汉晚期已经有古文、篆书、隶书和草书四种书写体式。东汉晚期,草书已应用于士阶层的日常生活中,据《后汉书》载:

> (皇甫规)妻善属文,能草书,时为规答书记,众人怪其工。①

东汉晚期灵帝开鸿都门学,书法艺术备受重视,《晋书》载:

> 隶书者,篆之捷也。上谷王次仲始作楷法。至灵帝好书,时多能者,而师宜官为最,大则一字径丈,小则方寸千言,甚矜其能。②

师宜官、梁鹄都是经由鸿都门学而提拔的书法艺术家,这些人后来不少进入曹魏政权中任职,如梁鹄等。书法的艺术审美化此时期得以加强,一方面体现在书法艺术家自爱其字,多加精进;另一方面,更通过欣赏者的鉴赏、品评来体现其审美价值。后人的搜罗收藏,如曹操非常喜欢梁鹄之字,"魏武帝悬著帐中,及以钉壁玩之,以为胜宜官"。政权统治者对书法的擅长及喜爱,是书法在东汉晚期至魏晋得以继承而发展的重要原因。《书品论》曰:"魏帝(曹操)笔墨雄赡,吴主体裁绵密,伯儒(卫觊)兼叙隶草,……此十五人,允为中之中。"③可见曹魏政权和东吴政权统治者皆颇有书法造诣,而在这两个政权统治下,也汇集了不少书法艺术家:

> 吴录曰:皇象字休明,广陵江都人。幼工书。时有张子并、陈梁甫能书。甫恨逋,并恨峻,象斟酌其间,甚得其妙,中国善书者不能及也。④

> 张超字子并,河间人。卫觊字伯儒,河东人。为魏尚书仆射,谥敬侯,善草及古文,略尽其妙。草体如伤瘦,而笔迹精杀,亦行

---

① 《后汉书》卷84《列女传》,第2798页。
② 《晋书》卷36《卫恒传》,第1061页。
③ 《全梁文》卷66,第732页。
④ 《三国志》卷63《吴书·赵达传》注引《吴录》,第1050页。

第二章　东汉晚期士人活动中的人物品鉴与文艺审美

于世。①

（卫觊）受诏典著作，又为魏官仪，凡所撰述数十篇。好古文、鸟篆、隶草，无所不善。②

文章叙录曰：初，邯郸淳、卫觊及诞并善书，有名。③

东吴的皇象、张子并等，曹魏的张超、卫觊、邯郸淳等书法艺术家辈出，对此时期书法艺术的传承做出了贡献。后代书法艺术由此沿袭而逐步发展。

上文对东汉后期主要是东汉桓灵之后士人活动与文学审美风尚进行了探讨，侧重点在桓灵之际，为了系统地反映时代审美风尚的流变，对三国魏蜀吴时期有所涉猎。党锢事件是本章整个文学审美风尚探讨所围绕的中心，以此为辐射点对其前、中、后的士人活动及其中的审美流变进行探讨。笔者认为，东汉中叶之后，尤其是在党锢事件前，士阶层已经在其活动中体现了独立的审美价值和审美批评观，在人伦品鉴活动中有了一定的理论基础，初步形成了一定文学批评观点，虽然有所松散，未有体系的完整表现，却是魏晋文学批评作为独立文学确立的基础所在。

从经济上看，东汉晚期虽然动荡，但士大夫之个人经济状况大致不错，据《后汉书》所载：

戴良字叔鸾，汝南慎阳人也。曾祖父遵，字子高，平帝时，为侍御史。王莽篡位，称病归乡里。家富，好给施，尚侠气，食客常三四百人。时人为之语曰："关东大豪戴子高。"④

刘翊字子相，颍川颍阴人也。家世丰产，常能周旋而不有其惠。……后黄巾贼起，郡县饥荒，翊救给乏绝，资其食者数百人。乡族贫者，死亡则为具殡葬，嫠独则助营妻娶。⑤

这些人多利用较为不错的经济状况，或供养食客，或救济社会乡族贫

---

① 《全齐文》卷8，第84页。
② 《三国志》卷21《魏书·卫觊传》，第457页。
③ 《三国志》卷21《魏书·刘劭传》引《文章续录》，第463页。
④ 《后汉书》卷83《逸民列传》，第2772—2773页。
⑤ 《后汉书》卷81《独行列传》，第2695—2696页。

困,获得较高的社会声誉,这为获取较高的政治地位提供了最大限度的可能。故而即使在战乱的环境中或党锢之祸,不少士人也热衷于此:

> 郑太字公业,河南开封人,司农众之曾孙也。少有少略。灵帝末,知天下将乱,阴交结豪杰。家富于财,有田四百顷,而食常不足,名闻山东。①
>
> 献帝初,百姓饥荒,而俭资计差温,乃倾竭财产,与邑里共之,赖其存者以百数。②
>
> 鲁肃字子敬,临淮东城人也。生而失父,与祖母居。家富于财,性好施与。尔时天下已乱,肃不治家事,大散财货,摽卖田地,以赈穷弊结士为务,甚得乡邑欢心。③

郑太"家富于财,有田四百顷",却食常不足,其资产多用于交结豪杰;党锢之祸,名士张俭亡命在外,世人对其破家相容,张俭后倾其资财救活乡里;鲁肃更以财货赈济穷士为务,这些士人利用较好的经济条件,获得极高的声誉,闻名当时。这些士人属于经济条件不错然非名门望族,世族大家更凭借其名望博誉其中。如弘农杨氏、汝南袁氏、颍川荀氏等,动荡的社会提供了更为宽容的环境,不同阶层之士人各展己之所长,积极参与社会活动,士人阶层经济上有条件进行艺术审美,政治上有能力引导社会风向,他们自身具有极高的艺术审美功底,更加敏感于时代文学发展的方向,自觉或者不自觉地最早地探寻到文学艺术审美发展之息脉,时代发展的文学艺术、审美批评在这些士人及其活动得以传承、发展。

魏晋之际文学观念的转变、文学价值的独立可追溯至东汉中叶之后,尤其党锢之祸风起云涌之时。经历党锢之祸洗涤的士人更加将关注的重心转向自我内心、日常生活,艺术的审美逐渐受到关注,士大夫阶层在动荡的时代坚持并追寻己之审美,这种对审美艺术的追寻源于人性深层的精神需求,在社会生活的服饰、歌谣、音乐、棋类、书法等诸多方面产生了直接或间接的影响,整个士阶层的精神力量在这个特定时代的展现,儒家礼

---

① 《后汉书》卷70《郑太传》,第2257页。
② 《后汉书》卷67《党锢列传》,第2211页。
③ 《三国志》卷54《吴书·鲁肃传》,第937页。

法的颓废，精神自由的获得，使艺术审美精神得以发出光耀千古的灼人光芒，形成了开启后代的力量之源。不少学者认为中国纯文学独特价值之觉醒在建安时代，然文学之自觉乃源于士大夫人心之自我觉醒，这种觉醒在东汉中叶尤以东汉晚期桓灵之际已经开始。余英时先生曾提出："东汉以来文章特盛，故蔚宗修史创《文苑传》以纪其事，此世所习知者也。"①钱穆先生也说："文苑立传，事始东京，至是乃有所谓文人者出现。有文人，斯有文人之文。文人之文之特征，在其无意于施用。其至者，则仅以个人自我作中心，以日常生活为题材，抒写性灵，歌唱情感，不复以世用撄怀。"②

---

① 《士与中国文化》，第 295 页。
② 钱穆：《读文选》，《新亚学报》第 3 卷第 2 期，1958 年，第 3 页。

第三章

东汉晚期风气转折中的皇权、士人活动与鸿都门学[①]

在东汉晚期政治、文艺审美风气转折的大背景下，鸿都门学与士族士大夫围绕鸿都门学进行了一系列政治、文学、艺术活动。风气转折之际，鸿都门学实为汉灵帝意欲控制社会舆论话语权、志在构建新的政治与文化秩序精心设置。鸿都门学之设，展示了皇权与朝廷清流士大夫的疏离、鸿都门学寒士与传统士大夫的争据、灵帝与宦官的冲突、清流士大夫内部阶层的两难，在历史演变与发展中的鸿都门学，具有承前启后的政治文艺地位与价值。

第一节　鸿都门和太学

鸿都门的位置。鸿都门为汉洛阳宫门，具体一点的位置，《读史方舆纪要·汉故宫》有所记载：

> （汉故宫）在洛阳故城中。《括地志》：洛阳故城内有南宫、北宫，秦时已有之。汉五年，帝置酒洛阳南宫。后汉建武元年，车驾入雒阳，幸南宫却非殿，遂定都焉。……南宫正门即端门，旁有鸿都、盛德、九龙及金商、青琐诸门。其正殿曰崇德殿，旁为嘉德殿，崇德殿西则金商门也。董卓之乱，南北两宫，大都焚荡。[②]

鸿都门为汉洛阳南宫宫门之一，大致位置在南宫正门端门之侧。东汉

[①] 本章发表于《中国文学研究》，第 26 辑，2015 年。
[②] （清）顾祖禹：《读史方舆纪要》卷 48，商务印书馆 1937 年版，第 205 页。

洛阳宫殿有南北宫之分，先有南宫，后重建北宫，《后汉书》记载汉明帝永平三年，"起北宫及诸官府"，永平八年"冬十月，北宫成"①，即此事，至此北宫成为皇帝和后妃的主要居所。南宫为皇帝办公之所，太尉、司徒、司空府和太学等也在南宫外，如《洛阳记》载："（西汉）太学在洛阳城南开阳门外，去宫八里。"鸿都门为南宫正门端门之侧，《大清一统志》关于汉宫的记载也源于此处：

> 汉故宫在洛阳县东故洛阳城中。史记汉五年高祖置酒雒阳南宫。舆地志谓秦时已有南北宫也。后汉建武元年车驾入雒阳，幸南宫，却非殿，遂定都焉。……旧志南宫正门即端门，旁有鸿都盛德九龙及金商、青琐诸门。②

然《太平寰宇记》卷三记载："鸿都门，洛阳北宫门也"，与此记载相违背，不知其从何来。《后汉书》载：

> （安）帝不从，是日遂废太子为济阴王。时监太子家小黄门籍建、中傅高梵等，皆以无罪徙朔方。历乃要结光禄勋祋讽，宗正刘玮，将作大匠薛皓……等十余人，俱诣鸿都门证太子无过。③

安帝延光三年（124），废太子为济阴王是朝廷重大的政治事件，众多大臣至鸿都门证太子无过，力图改变被废太子的命运，此事已是永平八年之后多年，政事的处理当在南宫，亦可大致推断鸿都门应在南宫外，据此又可知《太平寰宇记》之记载或有误。

汉灵帝之前，鸿都门作为汉洛阳宫门之一，鲜见于史书记载。前述安帝延光三年众大臣诣鸿都门证太子无过是目前笔者所见的仅有记载。鸿都门的再次历史闪光，则是汉灵帝时期。《后汉书》载："光和元年（178）二月，始置鸿都门学。"④ 光和元年灵帝鸿都门学的设立，使得鸿都门声

---

① 《后汉书》卷2《显宗孝明帝纪》，第111页。
② （清）穆彰阿等纂修：《大清统一志》卷206"河南府"，《续修四库全书》影印《四部丛刊续编》影印写本，第617册，上海古籍出版社2002年版，第251页。
③ 《后汉书》卷15《来歙传附重孙历传》，第591页。
④ 《后汉书》卷8《孝灵帝纪》，第340页。

名远播。汉灵帝征召州郡诸生千人充实鸿都门学，使其成为东汉晚期重要的人才聚集地，会集了大量的精擅书法、绘画、辞赋的学生，名噪一时。鸿都门学是汉末政治风气、文艺审美观念转变影响下的产物。

谈到这里，有必要将鸿都门学和太学加以区分。鸿都门学是光和元年汉灵帝所设立。太学则是东汉汉武帝始立于长安，内设五经博士以专门讲授儒家经典《诗》《书》《礼》《易》《春秋》，其弟子为太学生，西汉沿袭东汉仍设有太学，太学和鸿都门学是东汉晚期并存的学术研究中心，《禁扁》卷四《学》记载汉代及其之前的内容如下："周：成均；前汉：太学；后汉：太学、鸿都门学。"已经将鸿都门学视为与太学同存的学府，可知鸿都门学与太学截然不同。

然而历代典籍记载中却常常混淆二者，其纠结的重点在于熹平石经到底在太学还是鸿都门学。观点之一是熹平石经在太学：

> 蔡邕以经籍去圣久远、文字多谬、俗儒穿凿、疑误后学，熹平四年奏求正六经文字，邕乃自书于碑，大屋覆藏，立太学门外，号鸿都石经。屋覆四面栏障，开门于南，河南郡设吏卒视之。①

> 太学在洛阳城南开阳门外，去宫八里。讲堂长十丈，广二丈，堂前石经四部。②

宋代《广川书跋》记载较为详尽，指出熹平石经之设立源于蔡邕有感经籍文字在历史流传中文字有所谬误，传经者为一己私心多有穿凿附会，长此以往对后学多有误导，于是刊正六经文字，书写于石碑之上。值得注意的是，这里石经设立的原因与汉灵帝设立鸿都门学的缘由暗合。汉灵帝设立鸿都门学，其原因之一是东汉晚期俗儒穿凿附会，经学式微，虽数目众多（一度达到三万之数），"然章句渐疏，而多以浮华相尚"，甚至"私行金货，定兰台漆书经字，以合其私文"。这点已经被当时包括蔡邕在内的许多学者所公认，熹平石经立在太学门外，名号却为鸿都石经，这也是令人质疑之处。既在太学门外，为何又与鸿都门有所关联？是否再次可以印证汉灵帝以此偏爱和鼓励鸿都门学？文中未再加说明，此处笔者也

---

① （宋）董逌著：《中国书画全书·广川书跋·石经尚书》，上海书画出版社1993年版，第780页。
② 《后汉书》卷60《蔡邕列传》注引《洛阳记》，第1990页。

只能存疑。《文献通考·洛阳记》记载石经四部在太学讲堂前,太学讲堂长十丈,广二丈,四部石经的存在使得"服方领习矩步者委蛇乎其中"。《文献通考·洛阳记》和《广川书跋》中关于熹平石经的记载或简或繁,但都肯定熹平石经在太学无疑,只是一则认为在太学门外,另一则认为在太学讲堂前。清代史料中的一些记载坚定地认为石经位于鸿都门:

> 《后汉·蔡邕传》:邕立石经于洛阳鸿都门。(吴兆宜《庾开府集笺注》庾信诗"碑石向鸿都")[①]
> 鸿都门在洛阳,汉灵帝时蔡邕立石经于门外即此。(《河南通志》)[②]
> 汉宦者李巡请于灵帝,令蔡邕考定石经,书刻于鸿都门,古阉宦好学乃过士大夫如此。(孙承泽《砚山斋杂记》)[③]

就此三则材料而言,庾信诗的"碑石向鸿都"是距离东汉晚期最近而承认石经与鸿都之间关系密切的材料,庾信《预麟趾殿校书和刘仪同诗》内容如下:"止戈兴礼乐,修文盛典谟。壁开金石篆,河浮云雾图。芸香上延阁,碑石向鸿都。诵书征博士,明经拜大夫。"[④] 就诗歌本身而言,作为和诗,内容不外乎赞颂朝廷复兴礼乐,诗中的"碑石向鸿都"是褒扬朝廷礼乐大兴的佐证,然由此可证在北周时代,不少文人将鸿都与石经关联,但这种关联吴兆宜解释为"石经立于鸿都门"是否最大限度地符合庾信本意,便不能确定。因为前述宋代《广川书跋》所载立于太学门外也号鸿都石经。从此处三则清人记载可知,不少清代学对石经立于鸿都门或刻于鸿都门学持肯定观念,当然反对者也有。清人杭世骏《石经考异》载:"张怀瓘《书断》、黄伯思《东观余论》皆称鸿都一字石经,非也。……独怪当时待诏鸿都门下者若师宜官、若梁鹄八分,皆极一时之

[①] (清)吴兆宜:《庾开府集笺注》,《文渊阁四库全书》第1064册,台湾商务印书馆1983年版,第109页。

[②] (清)田文镜等修,孙灏等纂:《河南通志》卷52,《文渊阁四库全书》第537册,台湾商务印书馆1983年版,第145页。

[③] (清)孙承泽:《砚山斋杂记》,《清代笔记小说大观》,上海古籍出版社2007年版,第1946页。

[④] 《先秦汉魏晋南北朝诗·北周诗》卷3,第2373页。

选，何以光和六年立石不令写经，乃知二人特工虫篆小技。五经所以正天下讹谬，偏傍增损之间，度非一二俗生可了。故曰邕自书丹使工镌刻诚慎之也。全祖望《鲒埼亭偶记》云：'北魏书江式表谓蔡邕刻石太学，后开鸿都，诸方献篆无出邕者。'则鸿都固非太学而又可见。师宜官诸人之尽逊于邕也。邕以劾鸿都学生被谴而谓石经出于鸿都。真大舛也。"① 杭世骏认为，其一，师宜官、梁鹄等虽一时之杰，然五经乃正天下讹谬的大事，不是此等俗生能力所及，石经不可能出自鸿都；其二，全祖望《鲒埼亭偶记》可证，先有刻石太学而后有鸿都门学，鸿都门学非太学。故而杭世骏之论证可视为一家之言。

多方观点不一，使我们不得不回归到最基本的史料，翻检《后汉书》的相关记载，然而即使是《后汉书》的记载，也显得颇为语焉不详：

> 熹平四年，灵帝乃诏诸儒正定《五经》，刊于石碑，为古文、篆、隶三体书法以相参检，树之学门，使天下咸取则焉。②

> 熹平四年，乃与五官中郎将堂溪典，光禄大夫杨赐，谏议大夫马日䃅，议郎张驯、韩说，太史令单飏等，奏求正定《六经》文字。灵帝许之，邕乃自书丹于碑，使工镌刻立于太学门外。于是后儒晚学，咸取正焉。及碑始立，其观视及摹写者，车乘日千余两，填塞街陌。③

《后汉书》的两则材料记载熹平石经记载的位置，一是树之学门，二是立于太学门外。但是学门，究竟指的是鸿都门学的学门还是太学的学门？似乎此处的语焉不详导致了后人的诸多困惑。如果据《后汉书》记载"光和元年二月，始置鸿都门学"，熹平四年之时，鸿都门学尚未设置，那么此处学门应该指太学门而不可能是鸿都学门。但是两则材料又有《五经》《六经》之别，难道有两次刊正石经之事？《水经注释》另有一番见解：

---

① （清）杭世骏：《石经考异》卷上，《食旧堂丛书》第3函第13册，中国书店线装书，第139—141页。

② 《后汉书》卷79《儒林列传》，第2547页。

③ 《后汉书》卷60《蔡邕列传》，第1990页。

> 东汉灵帝光和六年，刻石镂碑载五经，立于太学讲堂前，悉在东侧。蔡邕以熹平四年，与五官中郎将堂溪典，光禄大夫杨赐，谏议大夫马日磾，议郎张驯、韩说，太史令单扬等，奏求正定《六经》文字。灵帝许之，邕乃自书丹于碑，使工镌刻，立于太学门外。于是后儒晚学，咸取正焉。及碑始立，其观视及笔写者，车乘日千余辆，填塞街陌矣。今碑上悉铭刻蔡邕等名，魏正始中又立古篆、三字经古文。①

引文所载史料支持石经立于太学，但认为先有熹平四年蔡邕正定《六经》立于太学门外，后有光和六年刻石碑于太学讲堂前、悉在东侧，也就是说共有两次立石经之事，这是《后汉书》所未记载的，无独有偶，这种观点恰恰是前引宋代《广川书跋》卷五《石经尚书》和《文献通考·洛阳记》中所述石经位置的综合。《水经注》为北朝郦道元所作，《水经注释》为清乾隆年间赵一清所作，赵一清极可能是总结了所见的史料而得出的结论。

由本节的讨论可以得知，鸿都门学与太学固然不能混淆，然围绕汉灵帝时期所立石经，二者多有纠葛。自《后汉书》之记载已颇为语焉不详，后代学者或局限于所见史料不全，或各取一己之所需所好，致使多种观点并存，有认为立于太学门外、太学讲堂前；有认为立于鸿都门学；有认为立于太学，号鸿都石经；有认为两次刊正石经，一次立于太学，另一次立于鸿都门学……各家颇有争论，可惜史料之不详，今已不得而知，只能将各家之得失列于此。

第二节 鸿都门学与皇权、士人及社会风气

鸿都门学设置之前，汉末社会的政治风气与世俗的审美理念已逐渐发生变化。经学至西汉后期走向神学化、谶纬化、烦琐化。桓谭《新论》载："秦近君能说《尧典》，篇目两字之说至十万言；但说'曰若稽古'，三万言。"② 经学已呈式微，太学作为政治舆论中心未能引导风气之正：

---

① （北魏）郦道元：《水经注》卷16，时代文艺出版社2001年版，第131—132页。
② （汉）桓谭：《新论·正经》，上海人民出版社1977年版，第35页。

> 自是游学增盛，至三万余生。然章句渐疏，而多以浮华相尚，儒者之风盖衰矣。党人既诛，其高名善士多坐流废，后遂至忿争，更相信告，亦有私行金货，定兰台漆书经字，以合其私文。①
>
> 当时太学诸生三万余人，其持危言核论，以激浊扬清自负者，诛戮禁锢，殆靡孑遗，而其在学授业者，至争第，相更告讼，无复廉耻。②

鸿都门学设置之前的延熹九年（166），第一次党锢发生，社会政治舆论偏向党锢士人而诟病朝廷，"天下士大夫皆高尚其道，而污秽朝廷"③。经上二则材料不难发现，党锢亦暴露了以太学为代表的经术之士的内部问题：数量虽多，却风气腐败，太学已然不是纯正的学术中心，太学生们参与党锢，以言论影响社会政治方向，不少授业者沉沦在权力争夺的旋涡中，甚至篡改典籍、贿赂、争第、告讼。桓灵之际的社会政治风气，曹丕是如此描述的："桓灵之际，阉寺专命于上，布衣横议于下。干禄者殚货以奉贵，要名者倾身以事势。位成乎私门，名定乎横巷。由是户异议，人殊论。论无常检，事无定价。长爱恶，兴朋党。"④"户异议，人殊论"说明朝野品评风气之盛；"论无常检，事无定价"，说明标准不一，正处混乱变动之中；"位成乎私门，名定乎横巷"，说明官方政权的软弱而无力控制朝野，民间势力的崛起。

政治风气的松动给予文艺审美极大的发展空间，汉末世俗审美摒弃烦琐无味经学，悄然兴起对文赋和俗乐的赏析，王符《潜夫论·务本篇》载："今学问之士，好语虚无之事，争著丽之文，以求见异于世，品人鲜识，从而高之，此伤道之实。"王符虽是批评，却也难掩对世俗"争著丽之文"的无可奈何。世俗审美中，一部分具有敏锐洞察力的士大夫开启风气之先，他们贵生，公开追求富贵荣禄，强调个体的情感抒发。如马融曾言："生贵于天下也。今以曲俗咫尺之羞，灭无赀之躯，殆非老、庄所谓也。"⑤ 即是公然宣称贵生之言论。侯外庐先生曾谈道："这里，由儒家的

---

① 《后汉书》卷79《儒林列传》，第2547页。
② （元）马端临：《文献通考·学校一》，中华书局1986年版，第387页。
③ 《后汉书》卷67《党锢列传》，第2195页。
④ 《三曹集·魏文帝集》，岳麓书社1992年版，第226页。
⑤ 《后汉书》卷60《马融列传》，第1953页。

经学大师口里提出了老庄所谓的'生贵于天下',实足以指示社会思潮正转向的步骤。"①《后汉书·马融列传》还载:"(融)善鼓琴,好吹笛,达生任性,不拘儒者之节。居宇器服,多存侈饰。尝坐高堂,施绛纱帐,前授生徒,后列女乐,弟子以次相传,鲜有入其室者。"②展示了名士对俗乐的追求与享受。徐干《中论》亦谈道:"彼君子居位为士民之长,固宜重肉累帛,朱轮四马。……得拘洁而失才能,非立功之实也。"③则毫不避讳直言功名利禄之重。更有仲长统"时人或谓之狂生",延笃、黄宪、申屠蟠、徐稚等名士的放达行径。正是汉末士人审美的生命的无常的认知,才会有"达生任性,不拘儒者之节"的士人的崛起,这说明文士转向内心的发掘、个体的情感的抒发,余英时先生在《汉晋之际士之新自觉与新思潮》中指出,东汉中后期的士大夫,"文学艺术之欣赏成为生活思想之一部分并蔚为风尚","这是士大夫普遍具内心自觉之征象"。④

而上述诸种,在鸿都门学设置之前已然发展,故不能不视之为鸿都门学发展的大背景。所以,需要正视的是,鸿都门士以擅长书画辞赋入仕,并不意味着文学观念的转变,而是整个社会风气的转变,导致了书画辞赋之士的被用。由此而谈,灵帝光和元年鸿都门学的设立及其发展,算不上开汉末文艺风气之端,更不是东汉帝国衰败亡国的决定性因素。但必须承认,作为皇权运作下的鸿都门学,是在整个汉末社会政治、审美风气转变的大背景下、文艺实践的发展大趋势中得以发展的,是汉末风气转变的重要标志。因为鸿都门学设立与发展的支持者,是汉灵帝。

汉灵帝并非生于深宫之中,即位前不过是河间国的解渎亭侯。《后汉书》载:"孝灵皇帝讳宏,肃宗玄孙也。曾祖河间孝王开,祖淑,父苌。世封解渎亭侯,帝袭侯爵。母董夫人。桓帝崩,无子,皇太后与父城门校尉窦武定策禁中,使守光禄大夫刘儵持节,将左右羽林至河间奉迎。"⑤灵帝于建宁元年(168)即位,此年十二岁。即位前在封国,深受汉末社会审美风尚影响,世俗流风所及,灵帝有着与当时不少名士相同的趣味和爱好。史载灵帝"善鼓琴、吹洞箫",可知音乐造诣极高,又曾自造《云

---

① 《中国思想通史》卷2,第329页。
② 《后汉书》卷60《马融列传》第1972页。
③ 《后汉书》卷49《仲长统传》,第1655页。
④ 《士与中国文化》,第295页。
⑤ 《后汉书》卷8《孝灵帝纪》,第327页。

台十二门新诗》，交付宫廷乐师演奏，司马彪《续汉书·礼仪志中》刘昭注引蔡邕《礼乐志》云：

> 孝章皇帝亲著歌诗四章，列在食举，又制《云台十二门诗》，各以其月祀而奏之，熹平四年（175）正月中，出《云台十二门新诗》，下太予乐官习诵、被声，与旧诗并行者，皆当撰录，以成《乐志》。①

熹平四年灵帝改制的《云台十二门新诗》，应该融入了不少世俗新乐。灵帝爱好新声俗乐，晋王嘉《拾遗记》载："灵帝初平三年（186），游于西园，起裸游馆千间，采绿苔而被阶，引渠水以绕砌，周流澄澈。乘船以游漾，使宫人乘之，选玉色轻体者以执篙楫，摇漾于渠中。其水澄澈，以盛暑之时，使舟覆没，视宫人玉色。又奏《招商》之歌，以来凉气也。歌曰：'凉风起兮日照渠，青荷昼偃叶色舒。惟日不足乐有余，清丝流管歌玉凫，千年万岁喜难逾。'"② 灵帝还爱好绘画，《后汉书》载："（熹平六年）思感旧德，乃图画（胡）广及太尉黄琼于省内，诏议郎蔡邕为其诵。"又自己创作辞赋，史载，光和四年（181）灵帝王美人生皇子协（即汉献帝），后王美人被为何皇后鸩杀，灵帝"愍协早失母，又思美人，作《追德赋》《令仪颂》"。这样一个皇帝，将民间的审美趣味带至宫廷，使得宫廷文化呈现世俗化与市井化的态势。

汉灵帝属于比较接地气的皇帝，时时流露出与上层主流社会格格不入的审美趣味，抵制经学的陈腐，喜爱新声、书画、辞赋等，有着更多的世俗审美观念与趣味的浸润，这让正统的儒士很是崩溃。灵帝对正统经学的不理不睬，对民间俗乐和技艺的喜爱，与其在民间做河间王长期处在民间风气的浸润有极大的关系。而这也可以说明，汉灵帝设立的鸿都门学非偶然为之，而是汉末民间审美风气借助帝王权势的大发展而已。一般人的好尚，最多成为时代的先声，而帝王的煽扬，尤其以功名来招引士人，其影响和引导作用是不可估量的。值得注意的是，灵帝并非一开始就抵制传统经学，灵帝即位之初，对经学是有所涉猎的，"灵帝好学艺，每引见宽，常令讲经"，"即位之初，先涉经术，听政之余，观览篇章"。然而，灵帝

---

① （宋）徐天麟：《东汉会要》，上海古籍出版社1978年版，第119页。
② （晋）王嘉：《拾遗记》，中华书局1981年版，第144页。

第三章　东汉晚期风气转折中的皇权、士人活动与鸿都门学

对经学的兴趣很快转移到文赋和书法绘画上。《后汉书》载:

> 初,帝好学,自造《皇羲篇》五十章,因引诸生能为文赋者。本颇以经学相招,后诸为尺牍及工书鸟篆者,皆加引召,遂至数十人。侍中祭酒乐松、贾护,多引无行趣势之徒,并待制鸿都门下,熹陈方俗间里小事,帝甚悦之,待以不次之位。①

据此可知,汉灵帝或本欲仿效西汉武帝征召贤良之士待诏金马门之举,以造《皇羲篇》五十章为由,招引能为文赋的士人待制鸿都门下,擅长文辞、书法、绘画的士人加入之后,"帝甚悦之,待以不次之位"。作为传统士人的范晔认为这些人为"无行趣势之徒",但亦透漏了灵帝"甚悦之"的原因:熹陈方俗间里小事。这展示了灵帝对民间审美趣味的认同,而灵帝的这一特点,使被文化和政治边缘化的寒门才艺之士得以崭露头角,得到参与帝国政治和文化活动的机会。灵帝对鸿都门士大力提拔,使鸿都门得到了前所未有的荣宠:

> 光和元年二月,置鸿都门学,其诸生皆敕州郡、三公举用辟召,或出为刺史、太守,入为尚书、侍中,有封侯、赐爵者。②
>
> 光和元年,遂置鸿都门学,画孔子及七十二弟子像。其诸生皆敕州郡三公举用辟召,或出为刺史、太守,入为尚书、侍中,乃有封侯赐爵者,士君子皆耻与为列焉。③

鸿都门学趁传统儒学的腐朽和败落展现之际,凭借灵帝的扶植迅速发展。这是鸿都学士所代表的民间审美与风气冲决传统的审美观念与风气。鸿都门学代表了新的审美观念与风气崛起。鸿都诸生得到重用,出为刺史、太守,入为尚书、侍中,更有封侯赐爵者。鸿都学士人数众多,《后汉书》李贤注云:"鸿都,门名也。于内置学。时其中诸生,皆敕州、

---

① 《后汉书》卷60《蔡邕列传》,第1991—1992页。
② 《资治通鉴》卷57,第1845页。
③ 《后汉书》卷60《蔡邕列传》,第1998页。

郡、三公举召能为尺牍辞赋及工书鸟篆者相课试，至千人焉。"① 鸿都诸生经由州、郡、三公举召入学，人数以至千人。给太学以极大的冲击。另外，"画孔子及七十二弟子像"，又可证其尊崇儒学。南朝陈虞荔《鼎录》记载："灵帝嘉（熹）平元年（172）铸一大鼎埋之鸿都门，其文曰'儒鼎'，古书三足。"《六艺之一录》亦载："灵帝嘉（熹）平元年铸一大鼎埋于鸿都门，其文曰'儒鼎'。"说明当时曾有大鼎埋在鸿都门，这一举动无疑宣告鸿都门将是进行重大儒学活动的重要地点，可知鸿都门学之设立汉灵帝或早有所规划。

　　灵帝对鸿都门学的扶植，既出于个人对书画辞赋的喜好，更有政治权力争据的用心。鸿都门是灵帝扶持下的寒士阶层对传统士族阶层的话语权利的争夺，也是士阶层与宦官集团激烈的争据的产物，更是帝王分割宦官权力的手段。《资治通鉴》载："（光和元年）十二月，（灵帝）诏中尚方为鸿都文学乐松、江览等三十二人图像立赞，以劝学者。"② 此次图像立赞，固然有灵帝爱好绘画的个人原因，更有对鸿都文学乐松、江览等三十二人身份的认同，更是对抗朝野士人的利器。党锢之后，士人更相推崇、褒扬，当时朝野有名士标榜的"八俊"、"八顾"、"八及"、"八厨"等三十二名士。灵帝此时以官方选三十二鸿都门士图像立赞，意图明显。

　　灵帝以列侯继位，朝廷没有根基，世族大家本是可依靠的中坚力量，然世族又与太学清流结成朋党，朝廷受制于外戚窦氏和世族官僚，灵帝利用曹节为首的宦官矫诛窦武、陈蕃等，虽摆脱外戚的钳制，却使得皇权沦为宦官集团控制工具，《后汉书·宦者列传》载："手握王爵，口含天宪……举动回山海，呼吸变霜露。"宦官借助皇权发动的党锢之祸持续近二十年，"诸所蔓衍，皆天下善士"，清流士大夫阶层遭受沉重打击。党锢名士虽受压制，却把控着朝野舆论权。朝廷士人零落，宦官地位卑贱，难以服众，灵帝对宦官弄权渐有不满，需要新的势力在皇权、宦官、世族名士之间平衡。这些为鸿都门学的发展、寒士阶层的崛起提供了政治上的契机。鸿都门学的设立是灵帝结合个人喜好而精心设计的政治构想，是灵帝培植新兴寒族势力的尝试，亦有削弱宦官之势力的意图，然"士君子皆耻与为列"和皇权软弱的现实政治形势决定了鸿都学士不得不依附根系庞

---

① 《后汉书》卷8《孝灵帝纪》，第341页。
② 《资治通鉴》卷57，第1849页。

大的宦官势力，为其所用。有学者指出，鸿都门学是"灵帝对抗东观等清流士人势力和宦官势力的工具"；也不是宦官操纵的，而是"灵帝亲自构想、组织、选拔的"①；也是"防范朋党的最为重要的举措"。② 此论可谓入木三分。

鸿都门学在皇权的扶植下，以书画辞赋进入仕途，极大地冲击了传统的儒家入仕原则、学术风范与文章观念，遭到传统儒士的激烈反对，上层士大夫官僚如杨赐、蔡邕、阳球等人直接奏疏灵帝，责难鸿都门学。杨赐出身弘农杨氏族，为汉末名门望族，杨震、杨秉、杨赐皆位列三公。杨氏一族四世三公，士林无不肃然起敬，祖上杨震在安帝时便以面折廷争、铁骨铮铮而闻名。光和元年七月，虹蜺白日现于嘉德殿，汉灵帝心生厌恶，令杨赐和蔡邕等入金商门解释虹蜺之怪。杨赐看到劝谏灵帝的契机，借虹蜺之灾对鸿都门士责难：

> 鸿都门下，招会群小，造作赋说，以虫篆小技，见宠于时，如驩兜、共工，更相荐说，旬月之间，并各拔擢，乐松处常伯，任芝居纳言。郄俭、梁鹄，俱以便辟之性，佞辩之心，各受丰爵不次之宠。③

杨赐严责鸿都门徒，以书法受宠，无功而受丰爵，此为"冠履倒易，陵谷代处"，"殆哉之危，莫过于今"。弘农杨氏是灵帝对杨赐多有敬畏，对其批评虽有不满却也无可奈何。较之杨赐，蔡邕的批评则颇为委婉：

> 夫忧乐不并，喜戚异方，畏灾责躬，念当专一，精意以思变，则上方巧技之作，鸿都篇赋之文，宜且息心，以示忧惧。④

蔡邕言语极为客气，用委婉的"宜且息心"，认为鸿都辞赋乃巧技之作，蔡邕不止一次阐述自己的这个观点，金商门劝谏之前，蔡邕曾在"上封事七事"其五中奏上："书画辞赋，才之小者，匡国理政，未有其

---

① 孙明君：《汉魏政治与文学》，商务印书馆2003年版，第104页。
② 徐难于：《汉灵帝与汉末社会》，齐鲁书社2002年版，第116页。
③ 《后汉书》卷54《杨震列传》，第1780页。
④ 《全后汉文》卷70，第719页。

能。"① 蔡邕的辞赋观代表了自扬雄视辞赋为小道以来正统儒士所持有的观点。鸿都门学是灵帝满怀热情的政治构想，金商门的劝谏，根本没有动摇灵帝发展鸿都门学的决心，灵帝不仅授予鸿都学士以高官厚爵，更为其画图立赞，这是对士阶层的底线的极大挑战。金商门奏对之后，有汉末酷吏之称的阳球②就鸿都门士画图立赞之事发难：

> 案松、览等皆出于微蔑，斗筲小人，依凭世戚，附托权豪，俛眉承睫，徼进明时。或献赋一篇，或鸟篆盈简，而位升郎中，形图丹青。亦有笔不点牍，辞不辩心，假手请字，妖伪百品，莫不被蒙殊恩，蝉蜕滓浊。是以有识掩口，天下嗟叹。……今太学、东观，足以宣明圣化。愿罢鸿都之选，以消天下之谤。③

阳球将士大夫阶层自恃优于鸿都门生的群体感受表达得淋漓尽致。不仅责骂江览、乐松为"斗筲小人"、"竖子小人"，更认为他们以书画辞赋等雕虫小技位升郎中，形图丹青，致使"有识掩口，天下嗟叹"，如此公然与灵帝作对。上奏之后，"书奏不省"，灵帝以沉默隐藏了心中的怨恨。只待一个发作的时机，光和二年冬，曹节等诬告阳球，灵帝遂收球送洛阳狱，诛死，妻、子徙边。阳球为自己的直谏付出了代价。而蔡邕和杨赐，也遭到了宦官的报复，蔡邕坐直对抵罪，徙朔方，杨赐以师傅之恩，故得免咎。

杨赐、蔡邕、阳球三人的批评，虽言辞恳切，但蕴含了士大夫阶层将面临的来自鸿都门学的威胁。其一，鸿都门学以书画辞赋择取人才，杨赐所谓的"虫篆小技"成为入仕之路，传统经术地位动摇；其二，鸿都门士出身微寒，却依凭帝王宠爱、宦官扶植占据要职，即蔡邕所谓"既加之恩，难复收改，但守俸禄，于义已弘，不可复使理人及仕州郡"中隐含的顾忌，说明世族大家的政治文化权力将被分割，既有的朝廷政治力量将被削弱；其三，图像立赞者，乃为功业卓越、德行高尚之士，旨在向天下昭

---

① 《后汉书》卷60《蔡邕列传》，第1966页。
② 《后汉书》卷77载，（曹节）白帝曰："阳球故酷暴吏，前三府奏当免官，以九江微功，复见擢用。怨过之人，好为妄作，不宜使在司隶，以骋毒虐。"故有此说。
③ 《后汉书》卷77《酷吏列传》，第2499页。

示榜样典范所在。灵帝以朝廷之名为鸿都门士画图立赞，所宣扬的审美风尚与传统士大夫的精英文化相冲突。阳球所言"今太学、东观，足以宣明圣化。愿罢鸿都之选，以消天下之谤"，说明太学、东观作为官方舆论导向地位备受威胁。

杨赐等三人对鸿都门学的指责典型代表了汉末世族大家、儒士和清流官僚对维护儒家经术地位、传统学术风范与文章观念的维护与坚持，也展示了汉末朝廷清流士大夫与皇权的疏离。阳球与蔡邕素有矛盾，然在反对鸿都门学上却意见一致，说明他们有共同的政治阵地和文化正统观念。① 帝王喜好辞赋书画等的记载史不绝书，如汉武帝有司马相如、东方朔、枚皋等文士，从这个意义上讲，灵帝的鸿都门学是继承了汉武帝、汉宣帝等崇文思想，杨赐等人的批评实在苛刻。然汉武帝等虽招揽文艺之士，但并不加以重用，东方朔、枚皋"上颇俳优畜之"，枚皋"自悔类倡"，扬雄"少而好赋"，却称辞赋乃"雕虫小技"、"壮夫不为"。灵帝的本质不同在于，灵帝重用鸿都门士，授予以实权，欲破传统选官制度，重建朝廷政治权力分配，这才是传统儒生士大夫激烈反对的核心所在。

鸿都门学虽受到与皇权、宦官集团的对立上层士大夫官僚的激烈反对，然而其提倡书画辞赋，却是顺应了时代风气转折下的文艺审美理念和世俗审美趣味，连儒士也沉浸其中，不能免俗，政治立场上对鸿都门学的言之凿凿的批评，书画辞赋中的趋之若鹜，汉末士人的两难由此可见。而其中最为典型的当属蔡邕。蔡邕曾多次从政治立场出发反对鸿都门学，然其受重用于灵帝，主要因其高超的音乐、书画、辞赋之能。唐张彦远《历代名画记》卷四载："灵帝诏邕画赤泉侯五代将相于省，兼命为赞及书。邕书画与赞皆擅名于代，时称三美"，"有讲学图、小列女图传于代"。注曰："见《东观汉记》。并孙畅之《述画记》。"② 此外，蔡邕认为经籍久远，文字多谬，俗儒穿凿，疑误后学，于熹平四年奏请灵帝以故、篆、隶

---

① 据《后汉书》卷60《蔡邕列传》载："初，邕与司徒刘合素不相平，叔父卫尉质又与将作大匠阳球有隙。"后又有"中常侍吕强愍邕无罪，请之，帝亦更思其章，有诏减死一等，与家属髡钳徙朔方，不得以赦令除。阳球使客追路刺邕，客感其义，皆莫为用。球又赂其部主使加毒害，所赂者反以其情戒邕，故每得免焉。"可知二人矛盾极深。

② （唐）张彦远：《历代名画记》，辽宁教育出版社2001年版，第45页。

三体刊刻石经,①"于是后儒晚学,咸取正焉。及碑始立,其观视及摹写者,车乘日千余两,填塞街陌"。②古文书法指的是战国及其之前的文字如蝌蚪文之属。三体书法首列古文,说明以蔡邕为代表的汉末书法家对古文书法的重视甚于篆文。从汉末文艺审美角度入手思考,彼时所以会有"车乘日千余辆,填塞街陌"吸引眼球的场景,更大可能是蔡邕的精妙书法而非五经内容,而"天下咸取则",学习恐怕也是其书法之精髓,这使得他与鸿都门士颇为接近,《魏书》载:"后开鸿都,书画奇能莫不云集,于时诸方献篆无出邕者。"③文学创作上,蔡邕亦有《青衣赋》《检逸赋》《协和婚赋》等小赋。王夫之《读史通鉴》卷八谈道:"夫文赋亦非必为道之所贱也,夫蔡邕者,亦尝从事矣。而斥之为俳优,将无过乎!"虽是批评,却也承认了以蔡邕为代表的儒士的尴尬境地。

虽非鸿都门士却以书画辞赋得到帝王重用的,远不止蔡邕一人。从现有的史料看,与鸿都门学有紧密联系的,还有高彪、韩说等人。高彪曾入太学,郡举孝廉,除郎中,校书东观,但最终是凭借辞赋奇文受到灵帝重视的,《后汉书》载:"后郡举孝廉,试经第一。除郎中,校书东观。数奏赋、颂、奇文,因事讽谏,灵帝异之。……后迁外黄令,帝敕同僚临送,祖于上东门,诏东观画彪像以劝学者。"④韩说"数陈灾眚,及奏赋、颂、连珠,稍迁侍中"。⑤二人得以重用擢官的才艺与鸿都门士无二。赵壹《非草书》载:

> 余郡士有梁孔达、姜孟颖者,皆当世之彦哲也。然慕张生之草书,过于希颜、孔焉。孔达写书以示孟颖,皆口诵其文,手楷其篇,

---

① 《后汉书》卷79《儒林列传》,第2547页。2004年,长沙东牌楼7号古井发现200余枚东汉后期简牍。其中9枚出现了汉灵帝的全部年号,建宁(168—171),熹平(172—177),光和(178—183),中平(184—189),早者建宁四年(171),晚者中平三年(186)。其书体非常丰富,包括篆、隶、草、行、正五种书体,其与鸿都门学兴盛的时间相合。(参见长沙市文物考古所《长沙东牌楼7号古井(J7)发掘简报》,《文物》2005年第12期。)

② 《后汉书》卷60《蔡邕列传》,第1990页。熹平四年立于学门之碑,《后汉书·儒林传》载"灵帝乃诏诸儒正定《五经》";《蔡邕列传》载蔡邕与朝臣杨赐等人"奏求正定《六经》文字",有所不同。

③ 《魏书》卷91《列传术艺》载江式《求撰集古今文字表》,第1962—1963页。

④ 《后汉书》卷80《文苑列传》,第2650、2652页。

⑤ 《后汉书》卷82《方术列传》,第2733页。

无怠倦焉。于是后生之徒,竞慕二贤,守令作篇,人撰一卷,以为秘玩。余惧其背经而趋俗,此非所以弘道兴世也。①

赵壹的同郡梁孔达、姜孟颖,当士彦哲,亦对草书投入了极大的热情,上有所好,下必效之,经此不难推断,当时不少士人对书画辞赋的热情远胜于经书。既在政治立场上反对鸿都门学,又在文艺审美中脱离不开时代发展之势,难以抑制对书画辞赋的喜爱,这是朝野士大夫两难,更是汉末文艺审美之变已成大势的最好注脚。

第三节 风气转折中的鸿都门士活动

鸿都门学集聚了汉末一批书画辞赋领域的奇能之士,其中有姓名可考者,据《后汉书》载杨赐《虹蜺对》,有驩兜、共工,乐松、任芝、梁鹄、郤俭等;据《后汉书》载阳球《奏罢鸿都文学》有江览等三十二人;据《晋书》有师宜官;据唐张彦远《历代名画记》,有刘旦、杨鲁等。唐张彦远《法书要录》载:

> 师宜官,南阳人。灵帝好书,征天下工书于鸿都门,至数百人。八分称宜官为最。大则一字径丈,小乃方寸千言,甚矜其能。
> 梁鹄字孟皇,安定乌氏人,少好书,受法于师宜官,以善八分书知名,举孝廉为郎,灵帝重之,亦在鸿都门下。②

南阳师宜官擅长八分体,其字能大能小;安定梁鹄师承师宜官,亦以八分知名。何以称"八分",历来说法不一。③ 但应属于隶书中较为正式字体。《晋书》载:"上谷王次仲始作楷法。至灵帝好书,世多能者。而师宜官为最。"④ 说明汉末隶书向八分和楷书的分化,展示了鸿都门士为

---

① (唐)张彦远:《法书要录》,辽宁教育出版社1998年版,第1页。
② 《法书要录》,第135页。
③ 《四库全书总目提要》卷113载:"又如隶书在八分之前,行书在草书之后,故蔡琰云,吾父割隶字八分而取二分。萧子良云,灵帝时王次仲饰隶为八分。《说文》,汉兴有草书,张怀瓘则谓八分小篆之捷,隶亦八分之捷。"亦谈八分之由来。
④ 《晋书》卷36《卫恒传》,第1061页。

书法体式细化所做的贡献。汉末以鸿都门学为代表所提倡的书画艺术，具体而言，书法有古文、篆、隶、草、楷书之诸种体式。隶书最为常见，古文、篆书多用于碑额题署，章草、楷书使用于日常文书。而绘画则以人物画最常见，灵帝曾先后自己或者命人图画赤泉侯五代、胡广、黄琼、高彪、孔子及诸弟子、鸿都门士三十二人画像并昭告天下。《历代名画记》卷四载："刘旦、杨鲁，并汉灵帝光和中画手，待诏尚方，画于洪（鸿）都。"注曰："二人并见谢承《后汉书》。"① 刘旦、杨鲁亦是鸿都学士，为朝廷供养之画手，或参与宫廷人物画创作。朝廷之外，更有大儒赵岐为自己的墓室绘画人物，"先自为寿藏，图季札、子产、晏婴、叔向四像居宾位，又自画其像居主位，皆为赞颂"②。

据现有史料，鸿都门学既没有集会、唱和、创作等活动，也没有显著的文学成就，鸿都门诸生的目的在于通过卓越的辞赋、书法、绘画技艺进入仕途，因而鸿都门学并不是一个文学集团，而是类似太学的机构。鸿都门士的书画辞赋多湮没不闻，目前汉魏留作中未有一篇文章明确出自鸿都门士之手，此中缘由一是正统文士鄙夷鸿都门学，书写史书者多加避讳；二则鸿都门士或隐讳己名，三则鸿都门学存续时间短暂，又经战乱和焚书，流传作品少之又少。更可能的原因，鸿都学士们自身根本不重视书画辞赋是否流传，他们关注的是，是否能够经由书画辞赋进入仕途。鸿都门士得到了前所未有的升官之路，他们入为尚书、侍中，如乐松、任芝；出为刺史、太守，如郤俭、梁鹄；所谓"乐松处常伯，任芝居纳言"，尚书即常伯，侍中即纳言。随着帝王对鸿都学士的重视，鸿都学士真正参与到帝国的政权运作中，《后汉书》载：

> 帝欲造毕圭灵琨苑，赐复上疏谏曰：……。书奏，帝欲止，以问侍中任芝、中常侍乐松。松等曰："昔文王之囿百里，人以为小；齐宣五里，人以为大。今与百姓共之，无害于政也。"帝悦，遂令筑苑。③

---

① （唐）张彦远《历代名画记》卷4，上海美术出版社1964年版，第87页。
② 以人物画为主，不等于没有其他图画，晋张华《博物志·逸文》："后汉刘褒，桓帝时人。曾画云汉图，人见之觉热；又画北风图，人见之觉凉。官至蜀郡太守。"
③ 《后汉书》卷54《杨赐传》，第1782—1783页。

可见任芝、乐松伴帝左右，为取悦帝王公然与杨赐唱反调，其言引经据典，其举甚得帝心。值得注意的是，虽鸿都学士与世族颇为对立，然当黄巾起义威胁到东汉帝国，他们又携手上疏，《后汉书》载："时，巨鹿张角伪托大道，妖惑小民，陶与奉车都尉乐松、议郎袁贡连名上疏言之。"鸿都学士梁鹄，后为凉州刺史。《后汉书》载：

> 时，武威太守倚恃权势，恣行贪横，从事武都苏正和案致其罪。凉州刺史梁鹄畏惧贵戚，欲杀正和以免其责，乃访之于（盖）勋。……乃谏鹄曰："夫纵食鹰鸢欲其鸷，鸷而亨之，将何用哉？"鹄从其言。正和喜于得免，而诣勋求谢。勋不见，曰："吾为梁使君谋，不为苏正和也。"怨之如初。①

这则材料至少透露了以下信息，其一，鸿都门士虽贵为刺史，仍旧无法摆脱宦官的操控，何焯《义门读书记》卷二三《后汉书·盖勋传》条下有按语云："梁鹄出于鸿都，素与贵戚宦官相表里者也。"其二，鸿都门士在仕途中已与不少世族结交，盖勋世家出身，"盖勋字元固，敦煌广至人也。家世二千石"，梁鹄遇事访之于他并听从其说而得罪贵戚，可知二人颇有交往。鸿都学士郄俭，后任益州刺史。《后汉书》卷七十五《刘焉列传》：

> 会益州刺史郄俭在政烦扰，谣言远闻，而并州刺史张懿、凉州刺史耿鄙并为寇贼所害，故（刘）焉议得用。……是时，益州贼马相亦自号"黄巾"，合聚疲役之民数千人，先杀绵竹令，进攻雒县，杀郄俭。②

郄俭被盗贼所杀在中平五年（188），《后汉书》卷八《灵帝纪》："中平五年六月丙寅……益州黄巾马相攻杀刺史郄俭，自称天子。"③将两则记载同观，不难看出，《后汉书》的撰写者范晔对鸿都寒士仍有挥之不

---

① 《后汉书》卷58《盖勋传》，第1879页。
② 《后汉书》卷75《刘焉传》，第2431—2432页。
③ 《后汉书》卷8《灵帝纪》，第356页。

去的反感,"益州刺史郤俭在政烦扰,谣言远闻","凉州刺史梁鹄畏惧贵戚",不能说不包含正统儒士对鸿都门士的偏见。然随着时代的发展,鸿都门士的后人已坦然跻身朝廷重臣之列。《三国志》载:

> 郤正字令先,河南偃师人也。祖父俭,灵帝末为益州刺史,为盗贼所杀。会天下大乱,故正父揖因留蜀。揖为将军孟达营都督,随达降魏,为中书令史。正本名纂。少以父死母嫁,单茕只立,而安贫好学,博览坟籍。弱冠能属文,入为秘书吏,转为令史,迁郎,至令。①

引文中任益州刺史的郤俭即为鸿都门学的郤俭。即郤正祖父郤俭(郤俭)。② 如果说郤俭还是为正统文士所诟病的鸿都门士,其子则是三国蜀的武将,降魏后成为名正言顺的中书令,其孙则以正统的儒学之士立足了。

中国古代的文学与政治往往有所联系,鸿都门学则是其中关系紧密者的代表,文学艺术的发展进入一定阶段,需要借助政治变革的契机以摆脱经术的束缚。而处于政治权力争斗中的鸿都门学恰好为文学艺术的大发展提供了契机,辞赋、书画、俗乐等得以登堂入室。灵帝设鸿都,打破了"乡邑不以此较能,朝廷不以此科吏,博士不以此讲试,四科不以此求备,片聘不问此意,考绩不课此字"的局面,擅长辞赋、书画之士经此进入仕途。自隋炀帝以迄于宋皆沿袭,王夫之论曰:"灵帝好文学之士,能为文赋者,待制鸿都门下,乐松等以显。……自隋炀帝以迄于宋,千年而以此取士,贵重崇高,若天下之贤者,无逾于文赋之一途。"③ 鸿都门士通过文学艺术之能,参与到帝国的政权运作中,打破了世族通过政治权力掌控文化权力的先例,开启了经由文艺特权获得政治权力之途。

鸿都学士跻身帝国政权运作中,昭示了汉末社会寒族与世族的阶层升降。世族以传承经学为职志,以儒家修身治家原则维系;鸿都学士出身寒门,不少来自边鄙之地,如梁鹄为凉州安定人。没有儒学传统,依靠帝王

---

① 《三国志》卷42《蜀书·郤正传》,第1034页。

② 不少研究者已对此有所论证,如蓝旭《东汉士风与文学》,人民文学出版社2004年版,第242页。

③ 王夫之:《读通鉴论》卷8,中华书局2013年版,第212页。

的喜好和宦官扶植，于各势力斗争的夹缝中获得生存发展之机会，寒士兴而世族抑。此后，鸿都门学如昙花一现，随着东汉的迅速衰亡而结束，然结束的何止是鸿都门学，灵帝驾崩，董卓之乱，献帝西迁，军阀割据，太学、东观均不复存在了，更何况不被世族待见的鸿都门学。

汉末大乱，存活的鸿都学士有进入割据政权谋生者，如师宜官为袁绍将。《晋书》卷三十六载："宜官后为袁术将，今钜鹿宋子有《耿球碑》，是术所立，其书甚工，云是宜官也。"① 随着曹魏政权的势力发展，不少鸿都门士会集曹魏政权之中。《晋书》载：

> 梁鹄奔刘表，魏武帝破荆州，募求鹄。鹄之为选部也，魏武欲为洛阳令，而以为北部尉，故惧而自缚诣门，署军假司马；在秘书以勤书自效，是以今者多有鹄手迹。魏武帝悬著帐中，及以钉壁玩之，以为胜宜官。今官殿题署多是鹄篆。②

董卓之乱后，刘表所主荆州成新的士林中心。大量人才流寓荆州，《三国志·王粲传》载："士之避乱荆州者，皆海内之俊杰也。"建安十三年（208）荆州附曹后，这些士人为曹操所用，梁鹄为其一。梁鹄投奔曹操麾下，仍以其所擅长之书法为曹操效力。曹操毫不掩饰对鸿都门士的喜爱，以曹操之身份，这种认同不仅对梁鹄个人产生激励，更会促进书法艺术在曹魏的深入发展，邯郸淳即是一例，《三国志》载：

> 淳一名竺，字子叔。博学有才章，又善苍、雅、虫、篆、许氏字指。初平时，从三辅客荆州。荆州内附，太祖素闻其名，召与相见，甚敬异之。时五官将博延英儒，亦宿闻淳名，因启淳欲使在文学官属中。会临菑侯植亦求淳，太祖遣淳诣植。②

邯郸淳为鸿都门学类型人物，擅长辞赋及其书法各体，得到曹操及其子曹植的喜爱。曹氏父子将俳优一类艺人如邯郸淳等纳入"英儒"视野，足证时代变化带给人们文艺观念之变迁。

---

① 《晋书》卷36，第1064页。
② 《三国志》卷36《王粲传》裴松之注引《典略》，第603页。

曹魏政权凭借强大的军事实力和稳固的政权,继承和发扬鸿都门学文艺之风,曹操与灵帝在出身和喜爱辞赋绘画方面有相似之处,汉灵帝虽血统高贵,但出身低微,意识形态和审美趣味与上层社会格格不入。曹操宦官出身,即使后来雄诈渐著,大权在握,仍有世家大族不屑之:"南阳宗世林,魏武同时,而甚薄其为人,不与之交。及魏武作司空,总朝政,从容问宗曰:'可以交未?'答曰:'松柏之志犹存。'"[1]曹操迷恋俗乐,尤其清商三调,史载"好音乐,倡优在侧,常以日达夕",甚至死后,也命倡妓"月朝十五日,辄向帐作妓"。如灵帝以帝王之尊设置鸿都门学一样,曹氏父子大力弘扬辞赋、书画等文艺活动,建安文学的繁荣就是承此得以发展和实现。

鸿都门学上承汉末文风,下启建安文学,范文澜先生曾指出:"东汉辞质,建安文华,鸿都门下诸生其转易风气之关键与。"[2]鸿都门学所倡导的辞画文赋,为俗文学发展大开方便之门,俗文学得登大雅之堂。鸿都门学汲取民间艺术形式及风格,说明文艺的发展取源自新鲜而生命力极强的民间艺术,是一种文学的进步。曹植指出:"今往仆少习所著辞赋一通相与。夫街谈巷语、必有可采,缶辕之歌,有应风雅;匹夫之思。未易轻弃也。"既说明曹魏文学对汉末文艺的接受,亦表明对民间文艺的重视。建安至魏初,建安文士大量学习民间文学,诗体以五言与乐府为特色,创作体现出通脱自然、慷慨悲凉之特点。如曹操《对酒歌》等作品,通脱自然,一改东汉经学缘饰下的文风,呈现出清峻通脱的清新风格。而书法艺术,则承继鸿都门学之风,南宋谢采伯《密斋笔记》记载:"魏晋以来楷书日盛皆鸿都门学之余习。"[3]可知其直接开启了后代书法艺术的发展之路。

---

[1] 余嘉锡:《世说新语笺疏》,中华书局1983年版,第279页。

[2] (南朝梁)刘勰著,范文澜注:《文心雕龙注》卷9《时序》,人民文学出版社1958年版,第681页,以下《文心雕龙注》引文皆出自此版本。

[3] (宋)谢采伯:《密斋笔记》卷3,中华书局1985年版,第24页。

第四章

《风俗通义》与东汉晚期审美批评[①]

第一节 应劭及其家世

汝南南顿（今河南省项城县北）应氏在东汉几代为官，据《后汉书》记载，应顺为东汉和帝时河南尹，有子十人。中子应叠，为江夏太守；应叠之子为应郴，任武陵太守；应郴之子为应奉，应奉字世叔，为应劭的父亲。应奉具有惊人的记忆天赋，"奉少聪明，自为童儿及长，凡所经履，莫不暗记。读书五行并下"[②]，应奉可以一目五行地读书，的确令人惊叹，所谓的"应奉五行"说的就是此事。而成语"半面之交"也源自应奉，说法之一是，应奉年轻的时候拜访彭城袁贺，袁家的车匠隔着门缝露出半张脸说主人不在，事隔三十年，应奉在路上认出了这个车匠，故而称"半面之交"。

应奉于永兴元年，拜武陵太守。到官就任后，兴建学校，移风易俗，造福一方。延熹中，与荆州车骑将军冯绲一起征讨武陵地区的蛮夷，大获全胜，升任司隶校尉。司隶校尉，是汉代京畿地区的高级督察官，史称应奉在职期间，"纠举奸违，不避豪威，以严厉为名"。应奉虽为武官，却在刑法学、礼学等方面造诣深厚。担任郡决曹史时，行部四十二县，录囚徒数百千人。又著《汉书后序》，后京中任职，汉桓帝宠幸田贵人，欲立其为皇后，应奉据礼而争，认为田氏微贱，不宜超登后位，力主立窦氏，桓帝听之而终立窦太后，可知其颇受重用。

[①] 本书已发表于《学术研究》2011 年 12 月，《视角与方法——复旦大学第三届中国文论国际学术研讨会论文集》2013 年 8 月亦收录其中。

[②] 《后汉书》卷 48《应奉传》，第 1607 页。

应劭禀赋优异，很好地继承了父亲的文武全才，且更有成就。中平六年，应劭拜太山太守。初平二年，黄巾三十万众入郡界。应劭纠率文武连与黄巾军三十万人激战，史称"前后斩首数千级，获生口老弱万余人，辎重二千两，贼皆退却，郡内以安"①，应劭之智勇而善战，由此可见。应劭对东汉官制、礼制和法制等方面建设和完善的成就远高于其父应奉，堪称东汉著名的学者和法学家。据《晋书》载：

> 献帝建安元年，应劭又删定律令，以为《汉议》，表奏之曰："夫国之大事，莫尚载籍。载籍也者，决嫌疑，明是非，赏刑之宜，允执厥中，俾后之人永有鉴焉。……逆臣董卓，荡覆王室，典宪焚燎，靡有孑遗，开辟以来，莫或兹酷。今大驾东迈，巡省许都，拔出险难，其命惟新。臣窃不自揆，辄撰具《律本章句》《尚书旧事》《廷尉板令》《决事比例》《司徒都目》《五曹诏书》及《春秋折狱》，凡二百五十篇，蠲去复重，为之节文。又集《议驳》三十篇，以类相从，凡八十二事。其见《汉书》二十五，《汉记》四，皆删叙润色，以全本体。其二十六，博采古今瑰玮之士，德义可观。其二十七，臣所创造。《左氏》云：'虽有姬姜，不弃憔悴；虽有丝麻，不弃菅蒯。'盖所以代匮也。是用敢露顽才，厕于明哲之末，虽未足纲纪国体，宣洽时雍。"②

应劭著述宏富，应劭著作，据《隋书》《后汉书》《晋书》等典籍所载，不少于十五种，有《汉书集解》《汉书集解音义》《汉官》《汉官仪》《汉朝议驳》《应劭集》《汉官礼仪故事》《状人纪》《中汉辑序》《十三州记》《地理风俗记》《汉议》《汉纪注》《汉卤簿图》《风俗通义》等。然除《风俗通义》尚存外，其他著作或已亡佚，或仅有只言片语散见于典籍中。

兴平元年（194），前太尉曹嵩和儿子曹德从琅琊入泰山，应劭派兵迎他，徐州牧陶谦素来怨恨曹嵩子曹操的数次攻打，在应劭接应之前，将曹嵩曹德杀之于郡界。应劭害怕曹操迁怒于己，弃郡投靠冀州牧袁绍。在

---

① 《后汉书》卷48《应劭传》，第1610页。
② 《晋书》卷30《志》，第920—921页。

袁绍处，应劭对自己的学术还是颇为自得的。据《后汉书》卷三十五载，袁绍据守冀州时，应劭与东汉的经学大师郑玄见面，因自赞曰："故太山太守应中远，北面称弟子何如？"玄笑曰："仲尼之门考以四科，回、赐之徒不称官阀。"应劭面有惭色。① 应劭虽遭到郑玄的嘲笑和拒绝，但也无愧是东汉的学者。

汝南南顿的应氏家族，经历了几代人的苦心经营，至应奉而大发展，应劭而以法制、官制、礼制名著于时，应场、应璩则仅以文学称于三国曹魏集团，应场为五官中郎将文学，应璩为散骑常侍，直至晋代，应璩之子应贞仍以文学著称，又与太尉荀顗撰定新礼，一个家族的累世名士之形成，由此可见一斑。

第二节 《风俗通义》中的风俗视野与批评精神

东汉应劭的《风俗通义》是一部关于东汉风俗的书，臧否人伦，厚民风而正国俗是应劭所著之缘由。《风俗通义》内容庞杂，近乎说部，《隋书·经籍志》及其后目录学著作多将其归为子部杂家类。历来对《风俗通义》的研究，多集中在历史学、民俗学和"可资博洽"的文献资料研究，近年又有学者关注其文学价值尤其是小说价值②，但从文艺审美角度探讨的论文尚未出现。

中国古代世俗社会与精神文化夹缠一体，难以割裂。一个时代的文化精神，既沉潜在精英文化之中，又浸润在社会风俗之中。感性可观的社会风俗往往能将典籍与学术中不易察觉的社会公众心理与文化意识彰显出来。儒家早有观风俗、知厚薄的观点，周代的采诗观风及汉代的乐府制度，盖源于这种文化自觉意识。因此，中国古代包括文学批评在内的审美文化批评，不仅要从传世的典籍与学术中寻绎，更要从社会风俗与公众心态中探讨，这是关涉中国古代文学与审美批评历史拓展的不容忽视的问题。本书以东汉应劭《风俗通义》为切入点，考察与探讨中国古代风俗批评与审美批评的关系，进而认识中国固有学术文化的本真。

---

① 《后汉书》卷35《郑玄传》，第1211页。
② 论文有董焱《风俗通义的文学价值》，《河北师范大学学报》2002年第1期；刘明怡《风俗通义的文体特点及文学意义》，《文学遗产》2009年第2期；等等。

应劭著述宏富,然除《风俗通义》尚存外,其他著作或已亡佚,或仅有只言片语散见于典籍中。《风俗通义》在历代流传过程中亦散佚甚多,今本篇目,有《皇霸》《正失》《愆礼》《过誉》《十反》《声音》《穷通》《祀典》《怪神》《山泽》十篇,另有佚文若干。① 《风俗通义》偏重风俗批评,其著述缘由本身就体现着应劭的风俗批评观。应劭在《风俗通义·序》中指出:

  俗间行语,众所共传,积非习贯,莫能原察。今王室大坏,九州幅裂,乱靡有定,生民无几。私惧后进,益以迷昧,聊以不才,举尔所知,方以类聚,凡一十卷,谓之《风俗通义》,言通于流俗之过谬,而事该之于义理也。风者,天气有寒暖,地形有险易,水泉有美恶,草木有刚柔也。俗者,含血之类,像之而生,故言语歌讴异声,鼓舞动作殊形,或直或邪,或善或淫也。圣人作而均齐之,咸归于正;圣人废,则还其本俗。……昔客为齐王画者,王问:"画孰最难?孰最易?"曰:"犬马最难,鬼魅最易。"犬马旦暮在人之前,不类不可,类之故难;鬼魅无形,无形者不见,不见故易。今俗语虽云浮浅,然贤愚所共咨论,有似犬马,其为难矣;并综事宜于今者,孔子称:"幸苟有过,人必知之。"俾诸明哲,幸详览焉。②

这种采风观俗意识,源于其深沉的文化批判责任感。东汉晚期社会动荡不安、风衰俗怨,序中首先对社会政治风气持有批评,"王室大坏,九州幅裂,乱靡有定,生民无几",除序中,应劭书中也多有批评:"灵帝之末,礼乐崩坏,赏刑失中,毁誉无验,竞饰伪服,以荡典制,远近翕然","郡用从事,县用府吏,上下溷淆,良可秽也"。处官僚士大夫阶层的应劭,欲从民间风俗入手,澄清流俗过谬,以正世风世俗。序中应劭关注民间的风俗人情,认为它们是生民鲜活血气性情的生发,更能表现出深层的伦理精神与社会心态,歌谣文理、舞蹈动作无不展现风俗的淳厚与淫

---

① 《风俗通义》的版本情况,见《风俗通义校注·叙例》,王利器校注,中华书局1981年版。

② (汉)应劭撰,王利器校注:《风俗通义校注》,中华书局1981年版,第4、8、16页。本章引文无特殊说明引用《风俗通义》皆出自此书。

第四章 《风俗通义》与东汉晚期审美批评

邪，故历来被圣人重视；而画鬼容易画犬马难，日常风俗虽云浅薄，然贤愚共论，是非杂陈，因而更值得特别辨析与批评。

应劭的风俗批评体现在书中的各个层面的风俗辨析中，有涉及民间百姓生活、俗语的纠谬，有对地方风俗的批评，还有对士风、士俗的讨论等。《风俗通义·正失》篇多针对民间的传说和不实之词。应劭认为"传言失指，图景失形，众口铄金，积毁销骨，久矣其患之也"，故对俗言有必要进行纠谬正名。如《乐正后夔一足》条针对"俗说夔一足而用精专，故能调畅于音乐"的说法，引《吕氏春秋》："夔能和之，平天下，若夔一足矣"，说明原意是"夔一足，非一足行"，在《淮南王安神仙》条中也多有辨析：

> 俗说：淮南王安，招致宾客方术之士数千人，作鸿宝、苑秘、枕中之书，铸成黄白，白日升天。
>
> 谨按：汉书："淮南王安，天资辨博，善为文辞，孝武以属诸父，甚尊之。招募方伎怪迂之人，述神仙黄白之事，财殚力屈，无能成获，乃谋叛逆，克皇帝玺，丞相、将军、大夫已下印，汉使符节、法冠。赵王彭祖、列侯让等议曰：'安废法，行邪僻，诈伪心，以乱天下，营惑百姓，背叛宗庙。春秋无将，将而必诛。安罪重于将，反形已定，图书印及他逆无道事验明白。'丞相弘、廷尉汤以闻。上使宗正以符节治王、安自杀，太子诸所与谋皆收夷，国除为九江郡。"亲伏白刃，与众弃之，安在其能神仙乎？安所养士，或颇漏亡，耻其如此，因饰诈说，后人吠声，遂传行耳。①

民间传说多系真假混淆，更有子虚乌有，愚昧百姓受其蛊惑，俗传淮南王安招致方士，乃至白日升天。应劭本着严肃的理性精神，严厉批评刘安行为邪僻，欲乱天下而迷惑民众，终究落得"亲伏白刃、与众弃之"的下场，而所谓的传说，无非是所养之士中的漏网之鱼，为掩盖真相而造谣伪饰，世人不知其真假，以讹传讹。正是本着这种人文理性的批评精神与方法，应劭对诸多传说和不实之词进行了厘定。

《风俗通义》对汝南、河内等地民风进行了批评。应劭因与曹操集团

---

① 《风俗通义校注》，第115、116页。

政见不合，论及汝南风俗有自己的看法。应劭以长沙太守汝南郅恽君章在宴饮指责太守司徒欧阳歙推举不当一事，点评该地风俗特点。应劭曰："暴谏露言，罪之大者"，严厉批评了郅恽及其上司欧阳歙，认为汝南地区的风俗深受楚风的影响，"急疾有气决"，然郅恽作为太守，并未引领民俗向淳厚的方向发展，未能起到表率作用。郅恽久见授任，昭德塞违，选择官吏知延贪邪，罔上害民，其人又暴谏露言，致使此地"好干上怵忮，以采名誉"，风俗不正。应邵对此地的风俗批评，由人事直指汝南"月旦评"之风俗。东汉晚期汝南地区以"月旦评"闻名，许绍、许靖等人核论乡党人物，每月辄更其品题，诸多士人通过在此风俗中获益，而成为社会名流。汝南地区此风俗，有褒有贬，评价不一。曹丕《又报钟繇书》对此赞赏之情颇多："至于荀公之清谈，孙权之妍媚，执书嗢噱，不能离手。若权复黠，当折以汝南许邵月旦之评。"然指责汝南风气之失，更非应劭一人。据《晋书》卷六十二记载，祖纳对汝南"月旦评"之风气亦持批评，认为一月便行褒贬，会致使评价有失公允，人品的鉴定需要长久的时间，"月旦评"并不是值得肯定的佳法，可知应劭的批评自有道理。应劭又论赵仲让而及河内之俗，《过誉》曰：

> 今仲让不先谒府，乃径到县，俱谍吏民，尔乃入舍。《论语》："升车必正立，执绥，不内顾。"不掩不备，不见人短见。《礼记》："户有二屦不入。将上堂，声必扬。"家且犹若此，况于长吏乎？君子之仕，行其道也，民未见德，唯诈是闻，远荐功曹，策名委质，就有不合，当徐告退，古既待放，须起乃逝，何得乱道，进退自由，傲很天常，若无君父？《洪范》陈五事，以貌为首，《孝经》列三法，以服为先。仲让居有田业，加之禄赐，势可免冻馁之厄，未必须冬日之暖也，利不体皆此也。河内，殷之旧都，国分为三，康叔之风既激，而纣之化由存，其俗士大夫本矜好大言，而少实行。①

应劭依据《论语》《礼记》《孝经》等典籍，一一指出赵仲让之过，认为其不符合"君子之仕"，致使"民未见德，唯诈是闻"，赵仲让行事不遵章法，"何得乱道，进退自由，傲很天常，若无君父？"进而其对河

---

① 《风俗通义校注》，第 205 页。

内好大言、少实行的风俗追溯渊源。应劭说"他事若此非一也",点明自己的评价并非就一事一时而发。应劭论及地方风俗,多先从该地官吏入手进行批评,认为为百姓父母官者应对地方风俗担负责任,说明应劭关注的重点在士阶层。

士大夫群体是当时社会的中坚力量,士风是社会风俗的重要组成部分,风俗批评的重点自然而然地放在士人阶层上。在论及汝南、河内地区民俗之时,应劭对狂狷任诞、虚妄矜夸的士林士风并不赞赏,而是持较为严苛的批评态度。同样,他批评西汉文人东方朔"文辞不逊,高自称誉","逢占射覆,其事浮浅,行于众,僮儿牧竖,莫不眩耀";指责西汉淮南王刘安"招募方伎怪迂之人,述神仙黄白之事,财殚力屈,无能成获,乃谋叛逆"。九江太守武陵陈子威,生不识母,路拾同姓孤独老妇供养以为母,应劭认为"如仁人恻隐,哀其无归,直可收养,无事正母之号耳";山阳太守汝南薛恭祖,丧其妻,不哭,临殡,于棺上大言,应劭评"当内崩伤,外自矜饬。此为矫情,伪之至也"。这些官吏文人,在应劭看来,或浮浅,或矫情,皆未能正确引领社会风俗走向。应劭的风俗批评,关涉君臣、夫妇、人伦、孝道等各个层面,遍及钜公名臣,无所曲挠,却一一依据典籍制度,平允纯正。人物事件之高下优劣得失在书中一一呈现。即使官高位重,也无丝毫偏袒;即使当世名士,也无过多赞扬。如皇甫规乃是朝廷重臣,连在高位,应劭评论他的两件事情,一是欲退避弟,故意犯错,擅远军营,赴私违公;二自附党事。应劭评曰:

> 立朝忘家,即戒忘身。身且忘之,况于弟乎?方殊俗越溢,大为边害,朝廷比辟公旰食。规义在出身,折冲弭难;而诛伐已定,当见镇慰。何有挟功,苟念去位?弟实隽德,不患无位。而徒阘茸,何所堪施?强推毂之,乱仪干度。……而规世家纯儒,何独负哉?又以党事先自劳炫。如有白验,其于及己;而形兆求不可得,唯是从,何惮于病?曰"畏舟之危,自投于水,忧难于处乐其亟决",主幸必不坐。……规顾弟,私也;离局,奸也;诱巧,诈也;畏舟,慢也:四罪是矣,杀决可也。①

---

① 《风俗通义校注》,第188—189页。

应劭义正严词地指出了皇甫规未能以国家为先的狭隘行为，身为朝廷重臣，却挟功念私，扰乱法度，未能以国家为先，认为世家纯儒的皇甫规较之武夫出身的霍去病更应该引导风俗之正。故将皇甫规放在"中心笃诚，而无妨于化者""覆其违理"的《过誉》篇里论述，显然作者认为应当纠正世俗对其评价过高的谬误。再如论袁夏甫。袁夏甫，在当时就被以隐士高人誉之，《太平御览》转引魏晋皇甫士安《高士传》记载："范滂美而称之曰：'隐不违亲，身不绝俗，可谓至贤也。'"但《风俗通义·愆礼》篇记载，袁夏甫"为司徒掾，人间之事，无所关也。其后，闭户塞牖，不见宾客。清旦，东向再拜朝其母，念时时往就之，子亦不得见，复逾拜耳。头不著巾，身无单衣，足常木跷，食止壇菜，云我无益家事，莫之能强。及母终亡，不列服位。"① 应劭认为他不符合《孝经》的"生事爱敬，死事哀戚"，头不著巾，身无单衣，更与士君子之风相去甚远，世俗却以为高士，实为名不副实，这些对时风世俗潜移默化，是造成风俗衰败的重要原因。

应劭对士风、士俗的批评，是汉末清议时政、识鉴人物之社会风尚的产物。东汉晚期人物品鉴盛行，诸多社会名士喜好品论朝政，褒贬人物。《风俗通义》的人物批评，结合风俗，以传统儒家审美原则为标准，审美鉴赏之中指摘风俗。除前文中提到汝南有许邵兄弟的"月旦评"，还有郭林宗的人物品鉴。《后汉书》称郭林宗"善谈论，美音制"，"其奖拔士人，皆如所鉴"，又载"林宗虽善人伦，而不为危言核论，故宦官擅政而不能伤也。及党事起，知名之士多被其害，唯林宗及汝南袁闳得免焉。遂闭门教授，弟子以千数"。② 应劭《风俗通义》有诸多人物批评鉴别，是东汉晚期此审美风尚下的产物。前述风俗批评章节中，应劭在论及风俗时多结合当时当地名人高士品评人事，此处不再赘言。值得注意的是，《风俗通义》中品藻人物，依据典籍章法，以儒家思想为品鉴的审美原则，其人伦鉴识的方法与郭林宗等人有所差异，表现手法也不尽相同。如应劭熟悉典章制度，以事论人，就事言事，而郭林宗颇为形而上，力求通过观察外在的形貌，而探知内在的品行能力。但实质都以儒学为评判标准，以期达到为统治者招揽人才的实用目的。试《愆礼》篇对徐稚的品鉴为例：

---

① 《风俗通义校注》，第160页。
② 《后汉书》卷60《蔡邕列传》，第2225—2226页。

第四章 《风俗通义》与东汉晚期审美批评

公车征士豫章徐孺子,比为太尉黄琼所辟,礼文有加;孺子隐者,初不答命。琼薨,既葬,负笈卦涉,赍一盘,醊哭于坟前。孙子琰故五官郎将,以长孙制杖,闻有哭者,不知其谁,亦于倚庐哀泣而已。孺子无有谒刺,事讫便去,子琰大怪其故,遣琼门生茅季玮追请辞谢,终不肯还。①

应劭评曰:"孺子所以经三千里,越度山川而亲至者,非徒徇于己,顾义报乎?哭醊坟前,是也;讫,当即其帐衾,问劳子琰,子琰宿有善名,在礼无违,傥见微阙,教诲可乎!如何倏忽,甚于路人?昔黔敖忽于嗟来;然君子犹以为其嗟可去,谢可食。今与黄有恩故矣,孝子寝伏苫块,又孺子到便诣坟,无介,夫何为哉?"② 应劭依据儒家的"礼",指出了徐稚应当做到在礼无违,问劳子琰,于生者有所交代。然郭林宗却另有评价:

稚尝为太尉黄琼所辟,不就。及琼卒归葬,稚乃负粮徒步到江夏赴之,设鸡酒薄祭,哭毕而去,不告姓名。时会者四方名士郭林宗等数十人,闻之,疑其稚也,乃选能言语生茅容轻骑追之。及于途,容为设饭,共言稼穑之事。临诀去,谓容曰:"为我谢郭林宗,大树将颠,非一绳所维,何为栖栖不遑宁处?"及林宗有母忧,稚往吊之,置生刍一束于庐前而去。众怪,不知其故。林宗曰:"此必南州高士徐孺子也。《诗》不云乎,'生刍一束,其人如玉。'吾无德以堪之。"③

吊祭亡者,不言而去,似乎是徐稚一贯的作风,对黄琼和林宗母亲的吊唁皆是如此。林宗点评其"南州高士徐孺子","吾无德以堪之",可谓褒奖之至。郭林宗是了解徐稚的,结合之前徐稚的"大树将颠,非一绳所维",可知徐稚深知当时社会现状,而之后又以生刍吊祭林宗母亲,林宗以《诗经》"生刍一束,其人如玉"释之,可知二人皆秉承传统儒家之

---

① 《风俗通义校注》,第162页。
② 同上书,第166页。
③ 《后汉书》卷53《徐孺子传》,第1747—1748页。

法。社会的现实使得儒学大坏,同样内心遵崇儒学的士人,或如应劭,正面倡导,欲重振传统礼仪于末世;或如徐稚、郭泰,反其道而为之,以破为立,但在内在追求和审美理想上却是一致的。

第三节 《风俗通义》中的风俗批评与审美批评

审美是社会生活的反映,审美批评与风俗观察融为一体,成为汉魏时期独特的文化现象。《风俗通义》中,除了上述人物评鉴所体现的审美选择和评价标准外,我们通过应劭对汉末审美风尚的批评,以及其他艺术形式如歌谣、音乐的品鉴,亦可对中国古代风俗批评与审美批评的关系有更深一步的了解。

风俗批评以世俗中的里巷习俗、地区风气、孝道人伦为主要批评对象;审美批评则侧重对艺术形式如歌谣、音乐的品鉴批评。应劭《风俗通义》中的诸多内容体现了风俗批评和审美的结合,一是对东汉晚期审美风尚的批评;二是《风俗通义》本身追随当时社会风气的人物品藻。审美风尚展现了社会的文化审美价值取向,《风俗通义》记载了汉代尤其是东汉晚期的以悲为美、以怪诞为美的审美风尚,并有所批评。《风俗通义·佚文》中记载:

> 灵帝时,京师宾婚嘉会,皆作魁㪟,酒酣之后,续以挽歌。魁㪟,丧家之乐;挽歌,执绋相偶和之者。天戒若曰:国家当急殄悴,诸贵乐皆死亡也。自灵帝崩后,京师坏灭,户有兼尸,虫而相食,魁㪟挽歌,斯之效乎!①

汉乐府相和歌挽歌,本为王公贵族和士大夫庶人出殡时演唱的歌曲,却在婚宴嘉会酒酣乐极之时吟唱。宾婚嘉会的欢庆场合与悲凉凄美的挽歌构成鲜明对照,应劭认为是上天惩戒,是"国家当急殄悴,诸贵乐皆死亡"的末世征兆,并指出灵帝之后的京师坏灭的惨象正是这种审美风尚的应验。挽歌的吟唱,的确是末世情绪的宣泄。动荡的社会,混乱的政权,人命的转瞬即逝,引发了内心深处的及时行乐、乐极而悲的潜在情绪,应

---

① 《风俗通义校注》,第569页。

劭批评为不祥之兆，却不能够跳出历史的局限反观其因。其实这反映了当时文人自我意识崛起，思想活跃以及社会以悲为美的时代风尚。以悲为美，于东汉晚期这个特定的时代有其历史的必然性和合理性，而这种审美取向，泽溉了魏晋"慷慨激昂"、"悲凉"等审美元素。直至魏晋，颜延之酒店裸袒挽歌，范晔夜中酣饮，听挽歌为乐，说明以吟唱挽歌为表现的以悲为美的审美风尚仍然流行。

东汉晚期，世俗装扮以怪诞为美，《风俗通义》多有记载：

> 桓帝元嘉中，京都妇女作愁眉、啼妆、堕马髻、折腰步、龋齿笑。愁眉者，细而曲折；啼妆者，薄拭目下若啼痕；堕马髻者，侧在一边；折要步者，足不任体；龋齿笑者，若齿痛不忻忻。始自梁冀家所为，京师翕然皆仿效之。天戒若曰：将收捕冀，妇女忧愁，踧眉将啼也。①

> 延熹中，京师长者，皆着木屐。妇女始嫁至，作漆画屐，五采为系。谨案：党事始发，传诣黄门北寺，临时惶恐，不能信天任命，多有逃亡不就考者，九族拘系，及所过历，长幼妇女，皆被桎梏，应木屐像矣。②

> 孝灵帝建宁中，京师长者，皆以苇辟方筒为妆，其时有识者窃言：苇方筒，郡国谳箧也，今珍用之，天下皆当有罪，谳于理官也。后党锢皆谳廷尉，人名悉苇方筒中，斯为验矣。③

京师妇女以愁眉啼妆、龋齿笑等病态妆容为美，应劭批评这种迥于常态的审美，并认为这应验了梁冀遭收捕时妇女忧愁形象，是天之谴责；延熹中木屐为长者妇女所喜爱，甚至成为出嫁的装扮，应劭以谨案的形式指出怪诞的流行时尚是党锢之祸中长幼妇女皆被桎梏的先兆；建宁中流行苇辟方筒为妆，亦是党锢之祸人名在苇方筒中的征兆。这些流行审美风尚，当时人以为具有神秘的应验功能，实则是贵族阶层畸形的社会心理和空虚的末世心态的外现。

---

① 《风俗通义校注》，第567页。
② 同上。
③ 同上书，第568页。

应劭是否真心相信谶纬之说难以确定，但不满这些流行于京师的审美潮流，意欲通过批评流行的审美风尚直指社会政治动荡、人心混乱是确定无疑的。表面是对以悲为美、以怪诞为美的社会审美风俗的批评，实质反映了身处士大夫官僚阶层的应劭对社会现状痛心疾首而又无力改变的心态。这些反映世俗世风的审美风尚，多不见于正史，依赖于应劭的《风俗通义》才得以记载。许多表面的时尚流行之风俗，往往深藏着特定的政治与文化因素，许多正统学人为此不屑一顾，多专注典籍文化，在经学辨析中寻求义理，应劭却能独辟蹊径，敏锐地捕捉到社会风俗与现实生活中的人情风俗之动并加以批评。

歌谣乃古代诗歌中之一体，隐含着极深的政治与历史内容，时常被打上谶言的神秘印记。汉魏时期的歌谣，具有民间与官方相呼应的功能，是一种承载着丰富的社会意蕴的文体，《风俗通义》记载的歌谣，多出现桓灵帝时，以艺术审美的形式反映着社会的政治文化批评。正如《文心雕龙·时序》所言："故知歌谣文理，与世推移，风动于上，而波震于下者也。"这些歌谣表现手法较为多样，或直叙其事，或曲折隐晦，如《逸文》记载的二首：

> 桓帝世谣曰："直如弦，死道边；曲如钩，反封侯。"梁冀欲树幼主，李固欲立清河王，梁冀遂奏李固，死于狱中，曝尸路边。如钩，梁冀；如弦，李固。①
>
> 桓帝之末，京都童谣曰："茅田一顷中有井，四方纤纤不可整。嚼复嚼，今年尚可后年饶。"于时，中常侍管霸、苏康，憎疾海内英哲，与长乐少府刘器、太常许永、尚书柳分、寻穆、史佟、司隶唐珍等，代作唇齿。史佟，左官偷进者也。②

第一首歌谣采用"三三、三三"句式，"弦"、"边"押韵，"钩"、"侯"押韵。结合史料，知其反映了当时朝廷的政治斗争。歌谣讽刺外戚专权，顺帝即世，孝质短祚，大将军梁冀专国号令，太尉李固以为清河王应立为帝，梁冀遂陷李固于狱中，性格正直如弓弦的李固曝尸路边，性格

---

① 《风俗通义校注》，第569页。
② 同上。

狡猾多诡的梁冀反封官列侯。歌谣以巧妙的比喻传达了世俗对李固和梁冀的不同评价。第二首歌谣采用"七七三七"句式，"井""整"押韵；"嚼""诤"押韵，朗朗上口，是歌谣在民间迅速流传、广为人知的重要原因。诗歌内容隐晦，表面写一顷田地难以整理，吃了又吃，今年勉强可以，下年无从维持。据《后汉书·五行志》解释，"茅田一顷"言群贤众多，"中有井"言虽厄穷却不失法度，"四方纤纤不可整"言奸慝大炽不可整理，"嚼复嚼者"是京都饮酒相强之词，言食肉者不恤王政，徒耽宴饮歌呼而已。"今年尚可"言禁锢，"后年诤者"言陈、窦被诛，天下大坏。这实质是一首暗喻宦官管霸、苏康等人结党擅权，忌恨贤能，挑起党锢之祸，危害国家的政治歌谣。这些童谣中蕴含着对东汉晚期党锢之祸中人物的品评，既有对党人鲠直风骨的赞美，也有对宦官等邪恶势力的抨击。

歌谣直接来源于社会现实事件，是世俗民众对社会现状的直接反应，社会上层的文士官吏身处政治斗争的旋涡，或不敢直接抒写，或无暇反思，所咏叹的往往滞后于歌谣。如东汉晚期董卓之乱，给当时的东汉王朝造成直接的毁灭与人民深重和灾难，而董卓的暴虐与乱亡，首先在童谣中得到歌颂，在文士的作品中，直到后来才在建安文士中得到咏叹。

　　千里草，何青青，十日卜，不得生。此董卓字也。青青，暴盛之貌。
　　京师谣歌曰："乌腊，乌腊。"案：逆臣董卓，滔天虐民，穷凶极恶，关东举兵，欲共诛之，转顾望，莫肯先进，处处停兵数十万，若乌腊虫相随，横取之矣。①

第一首歌谣以诵唱的形式解董卓之字，解字又与谶语结合，暗示董卓之暴盛速亡的下场，传达了民间对董卓的憎恨；第二首歌谣以乌腊虫比喻董卓军队"转顾望，莫肯先进"的丑态，将其滔天虐民、穷凶极恶的罪行展露无遗。董逃歌流传京师，致使董卓大怒，大肆杀戮，"防民之口甚于防川"，董卓此举，无疑激化了矛盾。侯外庐先生在《中国思想通史》第二卷第十章《东汉晚期的风谣题目与清议》一文中指出："谣言与谶纬

―――――――――
① 《风俗通义校注》，第569页。

结合，又发展成童谣的形式，用可解与不可解的语句，作广泛的宣传，而收到政治上极大的效果。"① 歌谣是世俗百姓以其特有的审美表达自己观感的艺术形式，在社会生活发挥着不可小觑的作用。

《风俗通义》中《声音》一章，集中反映了应劭的审美思想。应劭的音乐思想，基本是站在正乐的立场上来看待音乐本质的：

> 夫乐者，圣人所以动天地，感鬼神，按万民，成性类者也。故黄帝作咸池，颛顼作六茎，喾作五英，尧作大章，舜作韶。禹作夏，汤作护，武王作武，周公作勺。勺，言能斟勺先祖之道也；武，言以功定天下也；护，言救民也；夏，大承二帝也；韶，继尧也；大章，章之也；五英，英华茂也；六茎，及根茎也；咸池，备矣。其后，周室陵迟，礼乐崩坏，诸侯恣行，竞悦所习，桑间、濮上，郑、卫、宋、赵之声，弥以放远，滔湮心耳，乃忘平和，乱政伤民，致疾损寿。重遭暴秦，遂以阙忘。汉兴，制氏世掌大乐，颇能纪其铿锵，而不能说其义。武帝始定郊祀，巡省告封，乐官多所增饰，然非雅正，故继其条畅曰声音也。②

应劭从《周易》天、地、人三才出发阐述音乐美学思想，认为雅乐是联系天地、圣人与百姓的纽带，雅乐与先祖之道、功定天下、救民护国等关系紧密，历代帝王倍加重视。音乐是生民感官世界的直接反映，音乐能于无形之中触发情感，感化人心，变民也易，化人也著，故而儒家通过雅乐来移风易俗。而"郑、卫、宋、赵之声"却是"乃忘平和，乱政伤民"的淫乐，无可取处。应劭在解说五音的功能更加强调了音乐和社会政治、王权统治之关系：

> 故闻其宫声，使人温润而广大；闻其商声，使人方正而好义；闻其角声，使人整齐而好礼；闻其徵声，使人恻隐而博爱；闻其羽声，使人善养而好施。宫声乱者，则其君骄；商声错者，则其臣坏；角声缪者，则其民怨；徵声洪者，则其事难；羽声差者，则其物乱。春宫

---

① 《中国思想通史》卷2，第369页。
② 《风俗通义校注》，第267页。

秋律，百卉必凋；秋宫春律，万物必荣；夏宫冬律，雨雹必降；冬宫夏律，雷必发声。夫音乐至重，所感者大。故曰："知礼乐之情者能作，识礼乐之文者能述。作者之谓圣，述者之谓明，明圣者，述作之谓也。"①

应劭认为五音在感化人心的同时也塑造了人的品格，闻宫声则温润广大，闻商声则方正好义，闻角声整齐好礼，闻徵声则隐博爱，闻羽声善养好施。乐不正则诸事乖，君骄、臣坏、民怨、事难、物乱，皆由五音混乱而生，故而"音乐至重，所感者大"，音乐的正乱既与人的品格相关联，又与社会安定相呼应，还是宇宙自然的显现，可见雅正音乐的重要地位，表明他以雅润为宗的音乐美学思想。东汉晚期新音乐审美念在兴起，通俗艺术方兴未艾，表现之一就是流行音乐成为贵族的新宠。异域音乐伴随着异域文化的渗透而进入社会生活。《风俗通义》载："灵帝好胡服、胡帐、胡床，京师皆竞为之"，又载"汉灵帝好胡舞"，说明异族的艺术形式已经进入东汉晚期上层统治阶层之中了。就连不少名士大儒如马融等，也未能免俗。应劭极力维护传统雅正的音乐审美原则，并认为流行音乐与郑卫宋赵之淫乐一样，都是滔湮心耳，乱政伤民之乐，作为正统儒学世家，必然期望辨正世风、重振雅乐，摒弃异族音乐。

但事实说明，以流行音乐为代表的通俗文学艺术成为东汉晚期的审美风尚已是大势所趋。光和元年，灵帝开鸿都门学，在儒术独尊的汉代，灵帝此举，打破了儒经传统教育，提倡文学艺术，通俗艺术的发展在上层统治者的倡导下，必然迅速发展。生活在此时期的应劭不会不知社会审美走向，故而在《风俗通义》中持较为含蓄的批判态度。后代的刘勰在《文心雕龙·时序篇》中将这种不屑的态度传达无疑："降及灵帝，时好辞制，造皇羲之书，开鸿都之赋，而乐松之徒，招集浅陋，故杨赐号为兜，蔡邕比之俳优，其馀风遗文，盖蔑如也。"② 刘勰认为鸿都之赋，聚集的都是浅薄之徒，犹如俳优，余风遗文，影响甚恶，虽是尖刻的批评，却清楚了当时俗文化以不可逆转之势在帝王的支持下得以发展。应劭《声音》篇中竭力提倡和意欲恢复的雅乐，于动荡乱世之中已是强弩之末，难以担

---

① 《风俗通义校注》，第 278 页。
② 《文心雕龙注》卷 9《时序》，第 673 页。

负起重振风俗的审美批评之功能。《风俗通义》中的音乐审美批评，恰恰可以看到汉魏之际文艺由上层士大夫向下层大众转变的趋势。

综上所述，本章从风俗批评、审美批评以及风俗批评和审美批评的融合三方面对《风俗通义》进行了探讨。《风俗通义》中的风俗批评，有对俗谚俗语进行纠谬，有对地方风气的评价，有对士林士风的批评，涉及君臣夫妻、孝道伦理各个层面；审美批评则集中在歌谣批评和音乐审美观两方面；东汉晚期的以悲为美、以怪诞为美的审美风尚和《风俗通义》中以儒家传统审美观为标准的人物品藻，鲜明地体现了审美批评和风俗批评的融合。

第五章

蔡邕的政治、交游、创作与文艺批评

蔡邕的意义,在于他是东汉晚期士人与文学向建安文学创作与批评转变的过渡者,而其悲剧遭遇,则是强权政治凌驾于人权之上、政权与士人关系疏离的折射。蔡邕一生历经汉顺帝、桓帝、灵帝、献帝,官至中郎将,后又在董卓、何进麾下参与政治活动,位高权重,政治影响深广;蔡邕与建安文学与文艺批评的关系密切,建安文学的领袖式人物曹操、王粲、孔融等不少人受其提携知遇之恩。从蔡邕的个案出发,考量东汉晚期士人命运与活动中的文艺批评发展的点滴毫厘,进而思考建安文学批评的建构、汉晋文学批评的进程,乃是一个可以尝试的门径。本章为此而详加分析之,以冀裨补以往研究之不足。

第一节　蔡邕的政治活动与政治审美思想

蔡邕是东汉晚期大儒,一生历经汉顺帝、桓帝、灵帝、献帝,官至中郎将,后又在董卓、何进麾下参与政治活动,目睹和经历了东汉晚期战乱和政治斗争,其政治活动典型体现了东汉晚期社会高层儒士政治审美理想的变迁,本章以时间为序分析之。

蔡邕生于汉顺帝刘保阳嘉二年(133)癸酉,字伯喈,陈留圉人,即今河南开封东南。① 蔡氏家族在汉代极有声望,这使得蔡邕颇引以为豪。蔡邕《让高阳侯印绶符策表》中言:"臣十四世祖肥如侯,佐命高祖,以受爵赏。统嗣旷绝,除在匹庶。"② 据《汉书·高惠高后文功臣表》载

---

① 本节蔡邕政治事件年份参考王昶《蔡邕年表》(海源阁刻本《蔡中郎集》附录及《金石萃编》卷十六)、陆侃如《中古文学系年》、王跃进《蔡邕行年考略》。

② 《全后汉文》卷71,第725页。

"肥如敬侯蔡寅",可知蔡邕十四祖为蔡寅。蔡邕六世祖为蔡勋,名重当时,《后汉书·卓鲁魏刘列传》载:"初,(卓)茂与同县孔休、陈留蔡勋、安众刘宣、楚国龚胜、上党鲍宣六人同志不仕,王莽时并名重当时。"蔡勋不侍王莽政权退隐山林而愈加名重,"六世祖勋,好黄、老,平帝时为郿令。王莽初,授以厌戎连率。勋对印绶仰天叹曰:'吾策名汉室,死归其正。昔曾子不受季孙之赐,况可事二姓哉?'遂携将家属,逃入深山,与鲍宣、卓茂等同不仕新室。"① 祖父蔡携,"有周之胄……顺帝时以司空高弟迁新蔡长,年七十九卒"。父蔡棱,《后汉书·蔡邕列传》记载"亦有清白行,谥曰贞定公"。母袁氏。王先谦《后汉书集解》引惠栋曰:"伯喈母,袁曜卿之姑女。"蔡邕叔父为蔡质,蔡邕老师为胡广。胡广在东汉晚期位高权重,《后汉书》载:"在公台三十余年,历事六帝,礼任甚优,每逊位辞病,及免退田里,未尝满岁,辄复升时。凡一履司空,再作司徒,三登太尉,又为太傅。其所辟命,皆天下名士。……故吏自公、卿、大夫、博士、议郎以下数百人,皆缞绖殡位,自终及葬。汉兴以来,人臣之盛,未尝有也。"② 从蔡邕的家世师从不难看出,蔡邕家族历代都积极参与国家政治活动,且以此立有极高的威望,作为家族后代的蔡邕,参与到帝国政权的运行中,实现自己的政治理想必然是心之所向往,而其家族和老师的威望更为其发展铺平了道路。

顺帝、桓帝时期。汉顺帝刘保阳嘉二年(133)出生,汉桓帝刘志延熹二年(159),蔡邕二十七岁。初次出仕。《后汉书》载:

> 桓帝时,中常侍徐璜、左悺等五侯擅恣,闻邕善鼓琴,遂白天子,敕陈留太守督促发遣。邕不得已,行到偃师,称疾而归。闲居玩古,不交当世。感东方朔《客难》及杨雄、班固、崔骃之徒设疑以自通,乃斟酌群言,韪其是而矫其非,作《释诲》以戒厉云尔。③

年轻的蔡邕心怀报国理想,然朝廷的征辟却是因为其"善鼓琴",这令蔡邕愤懑不已,蔡邕在被接连的催促中上路,行至半路,又称病不仕。

---

① 《后汉书》卷60《蔡邕列传》,第1979页。
② 《后汉书》卷44《胡广传》,第1513页。
③ 《后汉书》卷60《蔡邕列传》,第1980页。

宦官擅权、操控朝政的现实与其憧憬的理想政治相去甚远，蔡邕选择"闲居玩古，不交当世"的退隐，这是士人理想审美政治难以实现而不得已为之。正是这次不顺利的仕途经历，蔡邕有感而发，作《释诲》和《述行赋》。

《释诲》和《述行赋》展现了中国古典文学的审美性和政治性纠缠难分的特点，蔡邕在政治审美理想由此可见一斑。两篇作品创作之时，梁冀及其党羽皆亡，外戚之患稍弱，宦官之祸又至，中常侍单超等五人皆以诛冀有功，并封列侯，其权势气焰不逊于外戚。忠臣李云、杜众等被诬陷，蔡邕的恩师太尉胡广因为与梁冀的关系而被免为庶人。所有这些内部斗争，蔡邕虽未参与其中却有所耳闻，这在其作品《述行赋》中有所反映：

> 余有行于京洛兮，遘淫雨之经时。涂迤遭其蹇连兮，潦污滞而为灾。乘马蹯而不进兮，心郁悒而愤思。……哀衰周之多故兮，眺濒隈而增感。悉子带之淫逆兮，唁襄王于坛坎。悲宠嬖之为梗兮，心恻怆而怀惨。……贵宠扇以弥炽兮，佥守利而不戢。前车覆而未远兮，后乘驱而竞及。……怀伊吕而黜逐兮，道无因而获入。……观风化之得失兮，犹纷拏其多违。无亮采以匡世兮，亦何为乎此畿。……①

蔡邕遭遇淫雨难以行进，令他郁悒而愤思的不仅是恶劣的天气，更有难以实现的政治理想，蔡邕哀衰周之多故也好，悲襄王宠嬖之为梗也罢，都是对现实政治的不满。政治理想之不能实现，故而选择退隐，这是儒家"用之则行，圣训也；舍之则藏，至顺也"给士人指引的退路。这种思想在《释诲》中亦有体现：

> 行义达道，士之司也。故伊挚有负鼎之衔，仲尼设执鞭之言，宁子有清商之歌，百里有豢牛之事。夫如是，则圣哲之通趣，古人之明志也。……今夫子生清穆之世。禀醇和之灵，罩思典籍，韫椟六经，安贫乐贱，与世无营。②

---

① 《全后汉文》卷69，第709页。
② 《后汉书》卷60《蔡邕列传》，第1980页。

蔡邕对外戚专权宦官专政无道痛恨不已，更以自己因"善鼓琴"征辟倍感屈辱，传统儒生的思想不能实现，索性退隐不交当世。然虽言退隐，却又无法全然退隐，其于延熹八年（165）创作《朱穆谥议》《朱穆鼎铭》《朱穆坟前方石碑》，经由与宦官势如水火的朱穆，表达了鲜明的政治指向意义。

汉灵帝时期。十几年后，蔡邕于汉灵帝刘宏建宁三年（170），再次进入仕途，开始了政治生涯，此时蔡邕三十八岁。《后汉书·蔡邕列传》载："建宁三年，辟司徒桥玄府，玄甚敬待之。出补河平长。召拜郎中，校书东观。迁议郎。"桥玄对蔡邕的重视和尊重，使得蔡邕感知遇之恩，蔡邕出补河平长，这是蔡邕正式迈入仕途的开端。自此蔡邕开始参与国家政权的运作，其政治审美理想在政治活动中多有体现。

凭借其渊博的知识和家族声望，蔡邕欲以礼、诗、律法匡正儒家之风，维护东汉帝国政权，体现其"方正敦朴"的政治理想和追求。据史料所载，建宁五年（172），蔡邕已经参与到国家礼仪活动中：

> 建宁五年正月，车驾上原陵，蔡邕为司徒掾，从公行，到陵，见其仪，忾然谓同坐者曰："闻古不墓祭。朝廷有上陵之礼，殆为可损。今见其仪，察其本意，乃知孝明皇帝至孝恻隐，不可易夺，……今者日月久远，后生非时，人但见其礼，不知其哀。以明帝圣孝之心，亲服三年，久在园陵，初兴此仪。仰察几筵，下顾群臣，悲切之心，必不可堪。"邕见太傅胡广曰："国家礼有烦而不可省者，昔不知先帝用心周密之至于此也。"广曰："然。子宜载之，以示学者。"邕退而记焉。①

建宁五年正月，蔡邕已在京师，为司徒掾，不久即为东观学士。蔡邕至上原陵，与其师讨论，认为"国家礼有烦而不可省"，胡广命其记下以告示后之学者，可见蔡邕在朝廷礼乐方面的关注。熹平四年，蔡邕奏求正定《六经》文字②，议定法律：

---

① 《全后汉文》卷74，第752页。
② 《后汉书》卷60《蔡邕列传》，第1990页。

第五章 蔡邕的政治、交游、创作与文艺批评

灵帝熹平四年，五官郎中冯光、沛相上计掾陈晃言："历元不正，故妖民叛寇益州，……"乙卯，诏书下三府，与儒林明道者详议，务得道真。以群臣会司徒府议。议郎蔡邕议，以为："历数精微，去圣久远，得失更迭，术无常是。……"太尉耽、司徒隗、司空训以邕议劾光、晃不敬，正鬼薪法，诏书勿治罪。①

当时六经各家自成一言，更有篡乱改动以谋私利者，蔡邕订六经、正历数，与儒学明道者详议，以辟除当时借历元不正而扰乱国家秩序之说。就历元问题，蔡邕甚至在公开场合与冯光、陈晃等人辩论。熹平四年《历数议》载："三月九日，百官会府公殿下，东面，校尉南面，侍中、郎将、大夫、千石、六百石重行北面，议郎、博士西面。户曹令史当坐中而读诏书，公议。蔡邕前坐侍中西北，近公卿，与光、晃相难问是非焉。"②

蔡邕参与朝廷国家政权期间，十分重视朝廷祭祀，熹平六年，蔡邕在《上封事陈政要七事》要求整肃祭祀：

> 明堂月令，天子以四立及季夏之节，迎五帝于郊，所以导致神气，祈福丰年。清庙祭祀，追往孝敬，养老辟雍，示人礼化，皆帝者之大业，祖宗所祗奉也。而有司数以蕃国疏丧，宫内产生，及吏卒小污，屡生忌故。窃见南郊斋戒，未尝有废，至于它祀，辄兴异议。岂南郊卑而它祀尊哉！③

汉灵帝刘宏熹平六年（177），蔡邕四十五岁，上《上封事陈政要七事》，蔡邕希望灵帝重视国家辟雍之礼，这个奏议得到了灵帝的肯定，"书奏，帝乃亲迎气北郊，及行辟雍之礼"。

蔡邕与宦官及不平抗争，参与国家军事决议，以"美刺"对君王，体现其忠诚直谏、匡正君王、救扶天下的政治审美理想。第一次党锢之祸时蔡邕退隐，第二次党锢发起（169）蔡邕入仕。蔡邕并未直接声援和帮助党人，但在奏书中直谏灵帝要纳忠谏，求贤才，去谗人，惩伪诈。奏书

---

① 《后汉书·志》卷2《律历》，第3037—3040页。
② 《全后汉文》卷72，第738页。
③ 《后汉书》卷60《蔡邕列传》，第1990页。

中隐含对宦官的指责和党人的开解。

蔡邕为官期间，还参与国家军事决策。《后汉书·乌桓鲜卑传》："护羌校尉田晏坐事论刑被原，欲立功自效，乃请中常侍王甫求得为将，甫因此议遣兵与育并力讨贼。帝乃拜晏为破鲜卑中郎将。大臣多有不同，乃召百官议朝堂。"蔡邕针对夏育《上言讨鲜卑》，作《难夏育请伐鲜卑议》，设五不可反对出兵征讨。而这其中，与中常侍王甫结怨。光和元年，蔡邕又因为反对鸿都门学而直接将矛盾指向宦官，再次与宦官结怨：

> 光和元年，遂置鸿都门学，画孔子及七十二弟子像。其诸生皆敕州郡三公举用辟召，或出为刺史、太守，入为尚书、侍中，乃有封侯赐爵者，士君子皆耻与为列焉。时，妖异数见，人相惊扰。其年（光和元年）七月，诏召邕与光禄大夫杨赐、谏议大夫马日磾、议郎张华、太史令单飏诣金商门，引入崇德殿，使中常侍曹节、王甫就问灾异及消改变故所宜施行。邕悉心以对。①

蔡邕的《对诏问灾异八事》章奏得罪了中常侍曹节等宦官集团的核心人物，招致了金商门之祸。"帝览（蔡邕章奏）而叹息，因起更衣，曹节于后窃视之，悉宣语左右，事遂漏露。其为邕所裁黜者，皆侧目思报。"《对诏问灾异八事》之后不久，宦官利用蔡邕与刘合之矛盾、其叔父蔡质与阳球之隙而告发蔡邕，"于是下邕、质于洛阳狱，劾以仇怨奉公，议害大臣，大不敬，弃市"。由此，蔡邕之仕途被陡然截断。后中常侍吕强为其请罪，"帝亦更思其章，有诏减死一等，与家属髡钳徙朔方，不得以赦令除"。蔡邕被黜戍边，家属随行，居五原安阳县，即今内蒙古包头市西北。

光和元年，蔡邕被黜，流放朔方。光和二年虽然遇赦，但是没有回到京城，浪迹天涯、远迹吴会长达十二年之久。蔡邕未能归还本郡，仍然因为与宦官之矛盾。蔡邕得罪中常侍王甫之弟王智，又与王甫有宿怨，王智密告蔡邕"怨于囚放，谤讪朝廷"，蔡邕自虑终不能免，故而远离以避难。流放朔方之后，作《上汉书十志疏》（严可均题名为《戍边上章》）。此疏表明自己对朝廷皇帝之忠，传达自己续写《汉志》的政治抱负，这

---

① 《后汉书》卷60《蔡邕列传》，第1990页。

种举动，类似于司马迁写《史记》之思想动机。蔡邕本人虽善文学创作，但在其思想中仍然将儒家士人传统的济世救民、匡正君王作为首要之政治追求，故而早在熹平六年的《上封事陈政要七事》中已经阐述其视辞赋为小道的思想：

> 夫书画辞赋，才之小者，匡国理政，未有其能。陛下即位之初，先涉经术，听政馀日，观省篇章，聊以游意，当代博奕，非以教化取士之本。而诸生竞利，作者鼎沸。其高者颇引经训风喻之言，下则连偶俗语，有类俳优，或窃成文，虚冒名氏。①

蔡邕的政治审美理想和文艺审美思想有着明显的冲突，本传记载蔡邕"好辞章数术，妙操音律"，本人又是极其重视文艺，并积极进行创作，其创作从文体上看是汉代文人中涉猎最全面的。同时蔡邕又严厉批评鸿都门学辞章，认为辞赋书画为小道，不足重视。蔡邕的观念，与东汉整个社会对文学艺术的普遍认知一致，汉朝以经学取士，诗辞歌赋是娱乐游戏，辞赋是"雕虫小技"、"壮夫不为"。故而蔡邕反对的不是鸿都门学的辞章而是灵帝以辞赋取士的政治模式，认为这是危害国家的祸端之一，这是传统儒生思想的体现。

正因为如此，流放朔方的蔡邕，心仍有儒生之政治抱负，上书灵帝自陈其意。《后汉书》本传载："邕前在东观，与卢植、韩说等撰补《后汉记》，会遭事流离，不及得成，因上书自陈，奏其所著十意，分别首目，连置章左。"蔡邕在《上汉书十志疏》陈述自己"自在布衣，常以为《汉书》十志，下尽王莽而止"，颇多遗憾，又言自己师从太傅胡广，得到其帮助，逐渐积累了撰写的材料和方法，后又得到职位能够名正言顺撰写《汉书》十志，然被罪遭到流放，撰写之事未能完成：

> 会臣被罪，逐放边野。臣窃自痛，一为不善，使史籍所阙，胡广所校，二十年之思，中道废绝，不得究竟。偻偻之情，犹以结心，不能违望。②

---

① 《后汉书》卷60《蔡邕列传》，第1990页。
② 《全后汉文》卷70，第720页。

蔡邕陈述自己被罪流放，致使恩师二十年苦心所校对的史籍，中道废绝，心中无比伤痛。故而再次向帝王表明心迹，陈述自己之志：

> 臣所在孤危，悬命锋镝，湮灭土灰，呼吸无期。诚恐所怀随躯腐朽，抱恨黄泉，遂不设施，谨先颠踣。科条诸志，臣欲删定者一，所当接续者四，《前志》所无，臣欲著者五，及经典群书所宜捃摭，本奏诏书所当依据，分别首目，并书章左。臣初被考，妻子迸窜，亡失文书，无所案请。加以惶怖愁恐，思念荒散，十分不得识一，所识者又恐谬误。触冒死罪，披散愚情，愿下东观，推求诸奏，参以玺书，以补缀遗阙，昭明国体。章闻之后，虽肝脑流离，白骨剖破，无所复恨。惟陛下留神省察。①

蔡邕陈述自己死不足惜，然仍然残活，乃心有所系，并说明自己续写《汉志》基本思路，其中删定者一，接续者四，重新撰写者五，可知蔡邕对《汉志》的续写已有大纲并有后续的写作计划。行文之中，蔡邕文中还言自己被拷，精神备受折磨，诸多资料难以确定，希望能够回到东观，完善资料，进而"补缀遗阙，昭明国体"，蔡邕以续写《汉志》为政治理想，延续了历代史家的"著书立说"之精神。

蔡邕的主要政治活动在汉灵帝时期，从汉灵帝刘宏建宁三年（170）三十八岁被桥玄征辟，到汉灵帝光和二年（179）亡迹吴地，再到汉献帝刘协永汉元年（189）五十七岁被董卓强辟之前，蔡邕人生最好的时光与东汉晚期政治息息相关，经历了由隐到仕到被黜，一次次将代表自己和时代士人的政治审美理想投诸现实中，却又一次次在现实遭遇碰壁。蔡邕或已知理想之政治难以实现，然虽知帝王之昏庸，却忠心不二，这是传统儒家思想在士人心中的烙印。然蔡邕对皇权也有疏离和不信任，不然不会亡迹吴会达十二年之久。也许正是这种疏离与不信任，为之后蔡邕之死埋下了隐患。

汉献帝时期。从二十七岁初次出仕未果，到年过半百，蔡邕与宦官周旋半生，因董卓入京而告一段落。当然，宦官也并非皆恶，且有与蔡邕合作和对蔡邕有救命之恩者，前者如赵佑，《后汉书》载："时，宦者济阴

---

① 《全后汉文》卷70，第721页。

丁肃、下邳徐衍、南阳郭耽、汝阳李巡、北海赵佑等五人称为清忠，皆在里巷，不争威权。……与诸儒共刻《五经》文于石，于是诏蔡邕等正其文字。……赵佑博学多览，著作校书，诸儒称之。"①后者如中常侍吕强救蔡邕于将死。然蔡邕之仕途毕竟与宦官多有纠葛，宦官集团的彻底败亡，于蔡邕不能不说是大快其心。中平六年，蔡邕被迫再次进入仕途。《后汉书》载：

> 中平六年，灵帝崩，董卓为司空，闻邕名高，辟之，称疾不就。卓大怒，詈曰："我力能族人，蔡邕遂偃蹇者，不旋踵矣。"又切敕州郡举邕诣府，邕不得已，到，署祭酒，甚见敬重。举高第，补侍御史，又转持书御史，迁尚书。三日之间，周历三台。迁巴郡太守，复留为侍中。……初平元年（190），拜左中郎将，从献帝迁都长安，封高阳乡侯。②

此时的蔡邕已经五十七岁了。在董卓处出仕非蔡邕所愿，乃是为保其家族老小的无奈之举，但可能令蔡邕没想到的是董卓对他前所未有的尊敬和礼遇。《后汉书·蔡邕列传》载："卓重邕才学，厚相遇待，每集宴，辄令邕鼓琴赞事，邕亦每存匡益。"在董卓处，蔡邕主要担任两个政治角色，一是类似御用文人，撰写文章，如初平元年三月，蔡邕撰写作《宗庙祝嘏辞》《九祝辞》《祝社文》《祖饯祝》等。二是类似议郎，劝谏董卓：

> 初平元年（190）董卓宾客部典议欲尊卓比太公，称尚父。卓谋之于邕，邕曰："太公辅周，受命剪商，故特为其号。今明公威德，诚为巍巍，然比之尚父，愚意以为未可宜须并东平定，车驾还反旧京，然后议之。"卓从其言。③
>
> 初平二年（191）二年六月，地震，卓以问邕。邕对曰："地动者，阴盛侵阳，臣下逾制之所致也。前春郊天，公奉引车驾，乘金华

---

① 《后汉书》卷78《宦者列传》，第2533页。
② 《后汉书》卷60《蔡邕列传》，第1990页。
③ 同上书，第2005页。

青盖，爪画两轓，远近以为非宜。"卓于是改乘皂盖车。①

据此可知，董卓对于蔡邕的建议还是积极采纳的。当然，蔡邕并没有因此蒙蔽心智，蔡邕曾经对其从弟谷说"董公性刚而遂非，终难济也"，并表达自己欲逃亡的想法，然终究没有付诸行动。董卓被诛杀后，蔡邕在王允处谋事，蔡邕因董卓被杀而叹息，终招致杀身之祸。彼时马日磾等诸多士大夫为其请命而不得，蔡邕遂死狱中，时年六十一。蔡邕之仕董卓，历来多有批评，如顾炎武《日知录》曰："东京之末，节义衰而文章盛，自蔡邕始，其仕董卓，无守；卓死惊叹，无识。"然董卓并未称帝，或蔡邕仍窃以为在董卓处亦是侍奉汉室，再加上董卓对蔡邕尊重有加，没有深谙政治之道的蔡邕是否真如批评者所言"无守无识"有待商榷。

蔡邕并非无罪，但处死未免太苛，蔡邕言"自知过误，……倘得黥首刖足，俾得续成《汉史》，……亦得稍赎愆尤"；"马日磾等众官谏允曰："伯喈旷世逸才，多识汉事，当令续成汉史为一代大典；今坐罪尚微，且忠孝素著，诛之无乃失人望乎？"说的都是实情，以蔡邕之家学、师门、声望、博学，的确是公认的最有能力的续成汉志者，北海郑玄曰："汉世之事，谁与正之"，说的也是此意。"士可杀而不可辱"、"士当为知己者死"这两条儒生信奉的准则，矛盾地集中在蔡邕身上，事奉汉室，赤诚可鉴，与宦官斗争，志不可辱，然蔡邕为董卓所重，得到政治生涯中前所未有的善待和礼遇，其政治审美理想得以尊重和实现，音实难知，故而遇到知音，士人尤其如蔡邕般性情中人无不心存感激。两千多年来中国士人备受困扰的两个问题，道与势的矛盾；求知音、感知遇的问题，在蔡邕处不可避免地交织在一起。而蔡邕因董卓死心伤，也许更多伤的是故主的知遇之情，却因此招致杀身之祸，不能不说是千古士人之悲。

第二节 蔡邕的交游与文学批评

蔡邕一生历经顺帝、桓帝、灵帝、献帝三朝，曾在朝为官数十载，又在野隐居，流放五原安阳县，远迹吴会，其为人好广为结友，又喜提携后进，与当时在朝在野的不少名士交善。在与这些士人结交过程中，蔡邕作

---

① 《后汉书》卷60《蔡邕列传》，第2005页。

为一代名儒，对其影响深远又受惠其中，蔡邕是汉魏文学批评发展转折期承上启下的人物，从蔡邕的交友交游活动中，可窥见东汉晚期魏初文学批评些许发展痕迹。

袁公熙、袁涣、羊续、胡广、桥玄、卢植、马日磾等。这些人主要活动于桓帝、灵帝时期，是蔡邕的亲友和同僚。

袁公熙。张华《博物志·人名考》："蔡伯喈母，袁公熙妹，曜卿姑也。"袁公熙就是汉司徒袁滂，是蔡邕的舅父，蔡邕从学于袁滂，蔡邕《与袁公书》载："朝夕游谈，从学宴饮，酌麦醴，燔干鱼，欣欣焉乐在其中矣。"朝夕游谈，从学宴饮，蔡邕从袁滂处学习和培养了文士的审美品位，《三国志·魏书》转引袁宏《汉纪》曰："滂字公熙，纯素寡欲，终不言人之短。当权宠之盛，或以同异致祸，滂独中立于朝，故爱憎不及焉。"① 袁滂性格淡泊，纯素寡欲，不言人短，不与人交恶，有着纯正儒士的政治处世原则和审美的生活风格，如与蔡邕欣欣焉乐哉的"酌麦醴，燔干鱼"等，引导了蔡邕的艺术审美趣味。

羊续（142—189）。羊续与蔡邕是亲家，《后汉书》载："续以忠臣子孙拜郎中，去官后，辟大将军窦武府。及武败，坐党事，禁锢十余年，幽居守静。及党禁解，复辟太尉府，四迁为庐江太守。"② 泰山羊氏与蔡氏家族世代婚姻，惠栋《后汉书补注》卷十四载："何焯曰：'羊祜为蔡邕外孙，盖以婚姻依之。'栋案：'《邕集》：太山羊陟与邕季父卫尉质对门九族。欧阳尚书九族，妻族二。对门九族乃妻族也。故邕上书云：与陟姻家，岂敢申助私党。是羊蔡世为婚媾，不特叔子一人也。'"③ 蔡邕遭贬谪有《徙朔方报羊陟书》，就是向其亲家报平安的家书，文称："幸得无恙，遂至徙所。自城以西，惟青紫盐也。"羊续之孙为羊祜，蔡邕是其外祖父，蔡文姬是其姨母，羊祜母蔡氏是蔡文姬的姊妹。羊祜后为晋代著名的军事、政治家，其妻夏侯氏是夏侯霸之女，而其姊羊徽瑜则是晋景帝司马师之妻。史称"景献皇后"。

胡广（91—172）前节已有所述，蔡邕师从太傅胡广，胡广位高权重，与天下名士多有交往，胡广是典型的中庸政治家，且颇依附梁冀，梁

---

① 《三国志》卷11《魏书·袁涣传》注引《汉纪》，第251页。
② 《后汉书》卷31《羊续传》，第1109页。
③ 惠栋：《后汉书补注》卷14，中华书局1985年版。

冀诛杀汉质帝，残暴不仁，李固与之激烈对抗，范晔言："李固据位持重，以争大义，确乎而不可夺。……至矣哉，社稷之心乎！其顾视胡广、赵戒，犹粪土也。"又评曰："胡公庸庸，饰情恭貌。"① 《后汉书》载："明年，梁冀被诛，太尉胡广、司徒韩演、司空孙朗皆坐阿附免废。"可知其在政治上阿附强势者，然胡广"故吏自公、卿、大夫、博士、议郎以下数百人"，交际极为广泛。胡广是蔡邕的恩师，从蔡邕一生的经历来看，其师胡广中庸的性格、政治处世原则和广泛交友等都对蔡邕的政治处事原则、人生态度、生存方式产生了极大的影响。

桥玄（109—183）。《后汉书》本传载："建宁三年，辟司徒桥玄府，玄甚敬待之。出补河平长。召拜郎中，校书东观。迁议郎。"蔡邕三十八岁，出补河平长，甚为桥玄所重，作《辟司空桥玄府出补河平长》。桥玄对蔡邕有提携知遇之恩。

卢植（139—192）。卢植与蔡邕同朝为官。袁宏《后汉纪》载："植字子干，涿人也。师事扶风马融。"卢植师从马融习经学，后与蔡邕等在东观校书，补续《汉纪》。《后汉书》载："岁余，复征拜议郎，与谏议大夫马日䃅、议郎蔡邕、杨彪、韩说等并在东观，校中书《五经》记传，补续《汉记》。帝以非急务，转为侍中，迁尚书。"② 据此可知，蔡邕、卢植、杨彪、韩说等人不仅同朝为官，而且共同合作从事过经书的校对和《汉记》的补续。卢植与蔡邕交好，《后汉书》载："植素善蔡邕，邕前徙朔方，植独上书请之。"蔡邕遭贬谪，卢植为其请命。后董卓入京，卢植顶撞董卓，蔡邕亦为卢植求情，《后汉书》载："帝崩，大将军何进谋诛中官，乃召并州牧董卓，以惧太后。植知卓凶悍难制，必生后患，固止之。进不从。及卓至，果陵虐朝廷，乃大会百官于朝堂，议欲废立。群僚无敢言，植独抗议不同。卓怒罢会，将诛植。……邕时见亲于卓，故往请植事。又议郎彭伯谏卓曰：'卢尚书海内大儒，人之望也。今先害之，天下震怖。'卓乃止，但免植官而已。'"③ 二人情谊之深由此可见。卢植在东汉晚期声望极高，曹操尤为推崇，《后汉书》载："建安中，曹操北讨柳城，过涿郡，告守令曰：'故北中郎将卢植，名著海内，学为儒宗，士

---

① 《后汉书》卷44《胡广传》，第1513页。
② 《后汉书》卷64《卢植传》，第2117页。
③ 同上书，第2119页。

之楷模，国之桢干也。昔武王入殷，封商容之间；郑丧子产，仲尼陨涕。孤到此州，嘉其余风。《春秋》之义，贤者之后，宜有殊礼。亟遣丞掾除其坟墓，存其子孙，并致薄醊，以彰厥德。'"①

卢植又与北海郑玄交好。《后汉纪》载："（卢植）与北海郑玄友善，所学不守章句，皆研精其旨。"郑玄也师从马融学习，卢植与郑玄是同门，关系自然不错，蔡邕与卢植友善，孔融对郑玄极为尊崇，蔡邕又与孔融投缘，或通过卢植、孔融等人，爱好交友的蔡邕与郑玄亦有不错的交情，蔡邕被杀，北海郑玄闻而叹曰："汉世之事，谁与正之！"可见郑玄对蔡邕学识是非常佩服的。

与蔡邕、卢植同在东观校书和续补汉志的还有马日䃅（？—194）。马日䃅，字翁叔。司马光《资治通鉴》："日䃅，（马）融之族孙也。"马日䃅年轻时已传承了马融的学说，并且以才学入仕朝廷。在东汉曾任谏议大夫，并与议郎卢植、议郎蔡邕、杨彪等一同在东观典校官藏的《五经》记传，并补续《东观汉记》。马日䃅与蔡邕关系极好，蔡邕被王允将杀，马日䃅为其奔走相救，劝说王允。同在东观校书的韩说与蔡邕的关系也不错。《后汉书》载："韩说字叔儒，会稽山阴人也。博通五经，尤善图纬之学。举孝廉。与议郎蔡邕友善。数陈灾眚，及奏赋、颂、连珠。"②

王延寿、圈典、王匡、杨复等。王延寿（140—165）与蔡邕是同辈人，蔡邕对王延寿的奇文极为赞赏，《后汉书·文苑列传》："子延寿，字文考，有俊才。少游鲁国，作《灵光殿赋》。后蔡邕亦造此赋，未成，及见延寿所为，甚奇之，遂辍笔而已。"③ 王延寿尚奇，蔡邕人物品鉴和诗文创作亦有此影响，二人是东汉晚期以奇为美的文学审美批评风格的倡导者和实践者。

圈典（94—169）与蔡邕交善，建宁二年六月卒。临没顾命曰："知我者其蔡邕。"将蔡邕视为人生的知音。蔡邕有《处士圈典碑》，对其品行亦赞赏有加："不义富贵，譬诸浮云。州郡礼招，休命交集，徒加名位而已，莫之能起也。博士征举至孝，耻已处而复出，若有初而无终。洁耿

---

① 《后汉书》卷64《卢植传》，第2119页。
② 《后汉书》卷82《方术列传》，第2733页。
③ 《后汉书》卷80《文苑列传》，第2618页。

介于丘园，慕七人之遗风。"① 赞扬圈典视功名利禄为粪土的高贵精神。

王匡与蔡邕为友。《后汉书》载："（王）匡少与蔡邕善。其年为卓军所败，走还泰山，收集劲勇得数千人，欲与张邈合。匡先杀执金吾胡母班。班亲属不胜愤怒，与太祖并势，共杀匡。"② 然二人仅是年轻时交好，后蔡邕写给董卓的文中，曾直言王匡是"逆贼"。杨复亦与蔡邕交善，蔡邕遭到贬谪，有作《徙朔方报杨复书》。蔡邕有《杨复碑》，赞其："文学之徒，拥书抱籍，自远而至，禀采丰华斟酌洪流者，雍雍焉，訚訚焉。"可见两人之关系。

蔡邕与这些士人的交游主要在桓灵帝时期，这些文士之间的交流活动，虽然直接涉猎文学批评较少，却是后代文艺批评发展不可或缺的基石。基于共同的爱好，这些士人在交往中必然对文学有所探讨，而这些探讨推进着文学批评的潜在发展。

申屠蟠、郭有道、李膺、边让等。这些人基本是党锢名士，灵帝时党锢事件波及天下士人二十余年，汉代的审美思潮深受其影响，蔡邕虽非党人，却难独身其外，甚至与不少名士交好。

申屠蟠为东汉晚期高士。《后汉书》载："申屠蟠字子龙，陈留外黄人也。……家贫，佣为漆工。郭林宗见而奇之。同郡蔡邕深重蟠，及被州辟，乃辞让之曰：'申屠蟠禀气玄妙，性敏心通，丧亲尽礼，几于毁灭。至行美义，人所鲜能。安贫乐潜，味道守真，不为燥湿轻重，不为穷达易节。方之于邕，以齿则长，以德则贤。'"③ 蔡邕对申屠蟠的品性极为赞赏，蔡邕被州郡征辟，让贤于申屠蟠，这是汉末崇义慕士之风的展现，更从侧面彰显了申屠蟠的名士高行为。蔡邕作《彭城姜伯淮碑》，乃应申屠蟠、刘操之请而作。

申屠蟠一直不参与国家政治，京师游士汝南范滂等非讦朝政，太学生争慕其风，申屠蟠已清楚看到其行为可能招致祸端，遂退隐山林，"乃绝迹于梁、砀之间，因树为屋，自同佣人"，后党锢事起，"滂等果罹党锢，或死或刑者数百人，蟠确然免于疑论"。"明年（中平六年），董卓废立，蟠及爽、融、纪等复俱公车征，惟蟠不到。众人咸劝之，蟠笑而不应。居

---

① 《全后汉文》卷76，第766页。
② 《三国志》卷1《魏书·武帝纪》引谢承《后汉书》，第5页。
③ 《后汉书》卷53《申屠蟠传》，第1750—1751页。

无几,爽等为卓所胁迫,西都长安,京师扰乱。及大驾西迁,公卿多遇兵饥,室家流散,融等仅以身脱。唯蟠处乱末,终全高志。年七十四,终于家。"① 乱世之中,申屠蟠是头脑清醒的高士,这一点的确是蔡邕所远不及的。

郭有道(128—169)。郭有道为东汉晚期党锢前后人物品鉴专家,与党锢名士李膺等交善。史称郭有道"始见河南尹李膺,膺大奇之,遂相友善,于是名震京师。后归乡里,衣冠诸儒送至河上,车数千两。林宗唯与李膺同舟共济,众宾望之,以为神仙焉"②。蔡邕曾称一生撰写碑文无数,郭有道碑文最为中肯切实。《后汉书》载:"明年春,卒于家,时年四十二。四方之士千余人,皆来会葬。同志者乃共刻石立碑,蔡邕为其文,既而谓涿郡卢植曰:'吾为碑铭多矣,皆有惭德,唯郭有道无愧色耳。'"③ 郭有道年长蔡邕四岁,他的主要人生活动,蔡邕都是知晓的,因而能给予极为公正的评价。

边让(?—192)。蔡邕举荐边让。《后汉书》载:"边让字文礼,陈留浚仪人也。少辩博,能属文。作《章华赋》,虽多淫丽之辞,而终之以正,亦如相如之讽也。其辞曰:'楚灵王既游云梦之泽……'府掾孔融、王朗并修刺候焉。议郎蔡邕深敬之,以为让宜处高任,乃荐于何进曰:'伏惟幕府初开,博选清英……'让后以高才擢进。"④ 蔡邕和孔融共同嘉赏边让。建安年间孔融入许都,曾经向曹操举荐边让,称边让"为九州之被则不足,为单衣襦褕则有余"。蔡邕或在亡命之时,或在吴会,或往来泰山羊氏之间。作《与何进书荐边让》。蔡邕从禀赋、才气、个性等方面给予边让很好的评价,认为"使让生于先代,在唐、虞则元凯之比,当仲尼则颜、冉之亚,岂徒世俗之凡偶兼浑,是非讲论而已哉"⑤。边让后死于曹操之手,"(让)恃才气,不屈曹操,多轻侮之言。建安中,其乡人有构于操,操告郡就杀之"。边让死于曹操,蔡邕死于董卓,何其相似!

蔡邕与这些人在东汉晚期的交流,不仅为文学批评提供了前期准备,

---

① 《后汉书》卷53《申屠蟠传》,第1754页。

② 《后汉书》卷68《郭太传》,第2225页。

③ 同上书,第2227页。

④ 《后汉书》卷80《文苑列传》,第2640—2647页。

⑤ 《全后汉文》卷73,第743页。

这些文士的作品及其交流的相关作品为建安文学皮批评提供了研究对象，这些文士性格卓然独立，是东汉晚期审美风气形成的促进者。

曹操、孔融、王粲、阮瑀、路粹、顾雍等。如果之前的士人活动对文艺批评的发展仅仅起着潜移默化的推动作用，那么这些人或与蔡邕有密切交往，或为蔡邕学生，或是蔡邕故知，或被蔡邕提携。是东汉晚期文学批评发展的倡导者、建构者、参与者。

蔡邕与曹操的交往，从史料的记载来看，主要有两个契机。一个是通过桥玄而结识，二是同朝为官相识。桥玄对蔡邕有知遇提携之恩，《后汉书·蔡邕传》载："建宁三年，辟司徒桥玄府，玄甚敬待之。"据此可知二人关系极好。桥玄善于赏识人物，对曹操有提携赏识之恩，《三国志》载："太祖少机警，有权数，而任侠放荡，不治行业，故世人未之奇也惟梁国桥玄、南阳何颙异焉。玄谓太祖曰：'天下将乱，非命世之才不能济也，能安之者，其在君乎！'"① 可见桥玄对曹操极为赞赏，多有指点提携。建宁三年，蔡邕三十八岁，曹操十六岁，二人极有可能经由桥玄结识。也可能在朝廷为官认识。曹操生于永寿元年（155），小蔡邕二十二岁，蔡邕入朝为官，"拜郎中，校书东观"时，曹操正好二十岁，被"举孝廉为郎"，二人或在此时更加熟悉。蔡邕多鼓励奖掖后进，当他身处高位之时，极有可能对急于跻身士林的曹操或有过赏识和举荐的行为。蔡邕死后，其女蔡琰流落胡地，曹操以重金赎回，使其改嫁董祀，而当董祀犯法当诛，蔡琰求情，曹操为之动容，赦免董祀，这些举动都可视为其对蔡邕旧情的感念，曹丕在《蔡伯喈女赋》序中言："家公与蔡伯喈有管鲍之好，乃命使者周近持玉璧与匈奴，赎其女还，以妻屯田郡都尉董祀。"由此可证二人感情深厚，非一般泛泛之交可比。曹操与蔡邕在文艺审美上有诸多相似之处，或源于与蔡邕交往深受蔡邕影响有关。曹操在古典文学方面造诣深厚，"能明古学"，借古乐府写时事；又精通音乐等，皆可能与此密切相关。

孔融（152—208）。孔融与蔡邕交善，蔡邕约比孔融年长二十岁，二人性格极为相投，无论在蔡邕还是在孔融身上，都带有较强的东汉晚期名士色彩。蔡邕死后，孔融对其倍加思念："与蔡邕素善，邕卒后，有虎贲

---

① 《三国志》卷1《魏书·武帝纪》，第2页。

士貌类于邕，融每酒酣，引与同坐，曰："虽无老成人，且有典刑。"① 孔融和蔡邕皆爱提携后进，荐达贤士，爱广泛结交。《后汉书》载："融闻人之善，若出诸己，言有可采，必演而成之，面告其短，而退称所长，荐达贤士，多所奖进，而未言，以为己过，故海内英俊皆信服之。"② 较之蔡邕，孔融的性格更为烈性。二人皆为东汉晚期极负盛名的大家，都以一种东汉晚期文士的文学化的人格活动东汉晚期在官场上，蔡邕被何进杀死，缘由或在于感念董卓知遇之恩，而孔融之死于曹操之手，更多在于其带有太多东汉晚期名士遗风，心中对东汉政权忠心不二，而导致曹操之忌恨。

孔融在文学创作上深受蔡邕影响，刘勰在《文心雕龙·碑诔》中言："孔融所创，有摹伯喈。"蔡邕比孔融大二十岁，郑玄比孔融大二十五岁，孔融在北海时尤重郑玄，献帝初平元年（190），郑玄到徐州避黄巾之乱，孔融与郑玄大概在此时交往，孔融曾为郑玄特立"一乡"；并造"通德门"，亲自写有《告高密县立郑公乡教》等文。孔融与郑玄对彼此之下一代互相关爱，"玄唯有一子益恩，孔融在北海，举为孝廉；及融为黄巾所围，益恩赴难殒身。有遗腹子，玄以其手文似己，名之曰小同。"③ 蔡邕与孔融交往密切，孔融与郑玄又是好友，前述卢植与郑玄多有交往，卢植、郑玄、孔融、蔡邕形成交友圈，这个圈子还应加入杨彪，一则因为杨彪与蔡邕、卢植同朝为官，二则孔融与杨彪关系不错，孔融又和杨氏家族杨赐、杨彪、杨修交好达三十年，曹操因为杨彪与袁术有姻亲关系，袁术僭乱，欲杀杨彪，"将作大匠孔融闻之，不及朝服往见操"，曹操先是不听，孔融愤然离去，言"孔融鲁国男子，明日便当拂衣而去，不复朝矣"④。

王粲（177—217）。蔡邕对王粲有知遇、提携之恩，《三国志》载：

> 献帝西迁，粲徙长安，左中郎将蔡邕见而奇之。时邕才学显著，贵重朝廷，常车骑填巷，宾客盈坐。闻粲在门，倒屣迎之。粲至，年

---

① 《后汉书》卷70《孔融传》，第2277页。
② 同上。
③ 《后汉书》卷35《郑玄传》，第1212页。
④ 《后汉书》卷54《杨震列传》，第1788页。

既幼弱，容状短小，一坐尽惊。邕曰："此王公孙也，有异才，吾不如也。吾家书籍文章，尽当与之。"①

王粲为东汉晚期党人之后，七子之冠冕。祖上位列三公，曾祖王龚、祖父王畅，皆为汉三公。故蔡邕称王粲为"王公孙"。王畅是和李膺齐名的士林名士，号在"八俊"之列，以清方公正闻名于世，致力于匡正时弊。因为二人反对宦官干政被废黜，在士林享有极高威望。蔡邕之藏书，后经由王粲而王业传给王弼。《三国志·魏书·钟会传》注引《博物记》载："蔡邕有书近万卷，末年载数车与粲，粲亡后，相国掾魏讽谋反，粲子与焉，既被诛，邕所与书悉入业。"后王粲两子被曹丕所杀，王粲族兄的儿子王叶过继给王粲为子，王业是王弼的父亲，故而王弼极有可能从其父手中继承藏书。蔡邕称王粲有异才，载书与王粲，不仅说明蔡邕对后学的提携与帮助，更可认为蔡邕希望王粲为自己精神之传承者。而魏晋玄学代表人物王弼的成就，后人多认为与蔡邕的藏书有密切的关系。

阮瑀（165—212）为蔡邕学生，是蔡邕学术和文艺思想的继承者。《三国志·魏书》载："瑀少受学于蔡邕。建安中都护曹洪欲使掌书记，瑀终不为屈。太祖并以琳、瑀为司空军谋祭酒，管记室军国书檄，多琳、瑀所作也。"蔡邕死后，阮瑀为老师蔡邕立庙。明嘉靖《尉氏县志》卷四云："蔡相公庙在县西四十里燕子陂，其断碑上截犹存，云：'蔡邕赴洛，其徒阮瑀等饯之于此。缱绻不能别者累日。邕既殁，复相与追慕之，立庙焉。'"②阮瑀对恩师思念感恩之心由此可见。

阮瑀以思维敏捷著称，《魏书》转引《典略》曰："太祖尝使瑀作书与韩遂，时太祖适近出，瑀随从，因于马上具草，书成呈之。太祖揽笔欲有所定，而竟不能增损。"③阮瑀之子阮籍，是魏晋风流的典型代表人物。"籍容貌瑰杰，志气宏放，傲然独得，任性不羁，而喜怒不形于色。或闭户视书，累月不出；或登临山水，经日忘归。博览群籍，尤好《庄》《老》。嗜酒能啸，善弹琴。当其得意，忽忘形骸。时人多谓之痴，惟族

---

① 《三国志》卷21《魏书·王粲传》，第445页。
② 天一阁明代方志选刊，嘉靖尉氏县志，上海古籍出版社1963年版。
③ 《三国志》卷21《魏书·王粲传》，第448页。

兄文业每叹服之，以为胜己，由是咸共称异"①。蔡邕对汉晋文艺批评的贡献，经由阮瑀、阮籍两代人得以充分展现。

路粹（？—214）亦受学于蔡邕。《三国志》转引《典略》曰："粹字文蔚，少学于蔡邕。初平中，随车驾至三辅。建安初，以高才与京兆严像擢拜尚书郎。像以兼有文武，出为扬州刺史。粹后为军谋祭酒，与陈琳、阮瑀等典记室。"②《文心·才略》载："路粹、杨修颇怀笔记之工。"路粹为外七子之一，《诗薮》外编一载："七子之外，颍川邯郸淳、繁钦，陈留路粹，沛国丁仪、丁廙，弘农杨修，河内荀纬，亦有文采而不与列。以数稽之，适与前合。是七子之外，又有七子也。"③ 路粹因诬陷孔融而备受指责，路粹为蔡邕之徒，蔡邕与孔融关系极好，路粹诬陷恩师之挚友，不能不令人批评。然路粹实为曹操的操刀手，身为丞相军谋祭酒，曹操之命路粹不能不从，何况路粹有诣媚迎主之心。路粹枉状奏融有两篇文章传世，为《枉状奏孔融》《为曹公与孔融书》，路粹因此两篇文章而闻名，"融诛之后，人睹粹所作，无不嘉其才而畏其笔也"。

顾雍（168—243），吴国重臣，学于蔡邕。《三国志》载："顾雍字符叹，吴郡吴人也。蔡伯喈从朔方还，尝避怨于吴，雍从学琴书。"裴注引《江表传》曰："雍从伯喈学，专一清静，敏而易教。伯喈贵异之，谓曰：'卿必成致，今以吾名与卿。'故雍与伯喈同名，由此也"。④ 蔡邕对顾雍非常器重，甚至将自己的名赠与顾雍，视其为自己爱徒，顾雍琴书当得蔡邕之真传。

蔡邕至少与当时的二十余名大儒名士有极为密切的交往，交往活动中应不乏对文艺的赏鉴与学习，如孔融之文多摹蔡邕已是公认。从现存的记载来看，曹丕、应休琏等人之文亦有学习的痕迹，如蔡邕《释诲》有"夫夫有逸群之才，人人有优赡之智"，曹丕《与杨德祖书》有"人人自谓握灵蛇之珠，家家自谓抱荆山之玉"之语，摹写的是形式；蔡邕《正论》有"皮朽则毛落，水涸则鱼逝，其势然也"之句，应休琏《与侍郎曹长思书一首》有"夫皮朽者毛落，川涸者鱼逝。春生者繁华，秋荣者

---

① 《晋书》卷49《阮籍列传》，第1359页。
② 《三国志》卷21《魏书·王粲传》，第450页。
③ （明）胡应麟：《诗薮·外编》，上海古籍出版社1979年版，第139页。
④ 《三国志》卷52《吴书·顾雍传》，第905页。

零悴",直接化用原文。蔡邕影响了东汉晚期乃至建安时期一大批文人的文学创作和审美风格,是转折时期承上启下的代表性人物。但由于史料的匮乏,只能从现存的些许交友情况去大致推断,然不积跬步难至千里,中国古代文艺思想的发展,正是在点滴的积累中汇融成汪洋大海。

第三节　蔡邕的创作与文艺思想

蔡邕作品富赡,《后汉书》载:

> 其撰集汉事,未见录以继后史。适作《灵纪》及十意,又补诸列传四十二篇,因李傕之乱,湮没多不存。所著诗、赋、碑、诔、铭、赞、连珠、箴、吊、论议、《独断》《劝学》《释诲》《叙乐》《女训》《篆艺》、祝文、章表、书记,凡百四篇,传于世。①

可知蔡邕的文艺作品涉猎极其广泛,留存作品也比较多,只可惜其续补的《汉志》已经亡佚。从蔡邕留存的这些中文艺作品中,不难窥见其文学批评、审美批评思想。

蔡邕的文艺审美思想里,传统儒家典正、博雅的审美思想占据主导。《文心雕龙》载,"张衡通赡,蔡邕精雅,文史彬彬,隔世相望。是则竹柏异心而同贞,金玉殊质而皆宝也"②,指出了蔡邕作品总体典正、简约、博雅的特点。挚虞在《文章流别论》中说:"夫古之铭至约,今之铭至繁,亦有由也。质文时异,论既论则之矣。且上古之铭,铭于宗庙之碑。蔡邕为杨公作碑,其文典正,末世之美者也。"③ 也指出了蔡邕碑铭简约典正的特点。其赋文闲雅的文人之气在字里行间流露而出。如其《笔赋》:

> 书乾坤之阴阳,赞三皇之洪勋,叙五帝之休德,扬荡荡之典文。纪三王之功伐兮,表八百之肆勤。传六经而缀百氏兮。建皇极而序彝

---

① 《后汉书》卷60《蔡邕列传》,第2007页。
② 《文心雕龙注》卷10《才略》,第699页。
③ 《全晋文》,第820页。

伦。综人事于晻昧兮，赞幽冥于明神。象类多喻，靡施不协。上刚下柔，乾坤之正也。新故代谢，四时之次也。图和正直，规矩之极也。玄首黄管，天地之色也。①

蔡邕之文极具正统文人气息，深受传统儒家思想熏陶，检逸辞而宗澹泊，而终归闲正。蔡邕典正博雅的审美思想与其博学多才而精熟儒家经典密不可分。蔡邕为东汉晚期文坛巨匠，其博学多才已被公认，据《后汉书》本传载："（蔡邕）少博学，师事太傅胡广。好辞章、数术、天文，妙操音律。"据《隋书·经籍志》载蔡邕撰写《明堂月令章句》十二卷。存《月令篇名》《月令问答》《明堂论》。考证名物，讲究考据。蔡邕的博学，经由几件事情可见一斑，一是奏议刊刻熹平石经，二是续补《东观汉记十志》，三是撰写诸多碑文。众所周知，碑文是对碑主的盖棺定论，须有广博学问和有真知灼见者方能为之。撰写碑文之人必须为世人所承认的饱学之士。蔡邕精通《诗经》《尚书》《礼记》《周易》，并能游刃有余地使用在其艺术创作中，如《协和婚赋》《答对元式诗》《鼓城姜肱碑》《答卜元嗣诗》：

惟情性之至好，欢莫备乎夫妇。受精灵于造化，固神明之所使。事深微以元妙，实人伦之端始。考遂初之原本，览阴阳之纲纪。乾坤和其刚柔，艮兑感其腜胚。《葛覃》恐其失时，《标梅》求其庶士。②

伊余有行，爰庞兹邦。先进博学，同类率从。济济群彦，如云如龙。君子博文，贻我德音。辞之集矣，穆如清风。③

不隔获于贫贱，不充诎于富贵，拔乎其萃，出乎其类，生民之杰也。④

斌斌硕人，贻我以文。辱此休辞，非余所希。敢不酬答，赋诵以归。⑤

---

① 《全后汉文》卷69，第713页。
② 同上书，第710页。
③ 《全汉诗》卷7，第193页。
④ 《全后汉文》卷76，第771页。
⑤ 《全汉诗》卷7，第193页。

蔡邕的艺术作品，熟练地化用《诗经》《楚辞》《孟子》等典籍中的诗句，《答对元式诗》《答卜元嗣诗》中，"先进博文""君子博文"取自《论语》，"贻我德音""穆如清风"取自《诗经》，这些诗句的精确而熟练的化用，使得其作品整体呈现一种典正、博雅的审美风格。这种典正、博雅与中和之美相得益彰，如《释诲》《太傅胡广碑》：

> 皇道惟融，帝猷显丕，泯泯庶类，含甘吮滋。检六合之群品，跻之乎雍熙，群僚恭己于职司，圣主垂拱乎两楹。①
> 佥谓公之德也，柔而不犯，威而不猛，文而不华，实而不朴，静而不滞，动而不躁，总天地之中和，览生民之上操，聪明肤敏，兼质先觉，涉观宪法，契阔文学，睹皋陶之闱阁，究孔氏之房奥，然而约之以礼，守之以恭，宽以纳众，泛爱多容。②

蔡邕深谙儒家的中和之道，中和之美是其创作中极力追寻的，在其文艺作品中，人自身是和谐的，"柔而不犯，威而不猛，文而不华，实而不朴，静而不滞，动而不躁"，这种和谐又与天地自然相融，因为天道以"和"为真贵，"皇道惟融"。蔡邕的审美思想，与中国古典文化的传统的审美风格相契合，中国文化是素朴的、自然的、有生命力的，其核心是人与自然的和谐，"天人合一"。人之德贵"和"，天道和谐，而文德更是如此，这种审美理念，在文论典籍《文心雕龙》更是着重强调的："文之为德也大矣，与天地并生者何哉？夫玄黄色杂，方圆体分，日月叠璧，以垂丽天之象；山川焕绮，以铺理地之形：此盖道之文也。"③ 蔡邕文艺作品中既有代表传统儒家的价值审美，也有通过自己的"心性"所体认的文学之道，具有自然的素朴的天人契合的"贵和"审美价值观。

蔡邕的文艺审美思想，既有儒家的传统审美思想，看重人的价值，如其在《劝学篇》中言："人无贵贱，道在则尊"，又有老庄超脱的审美观，即崇尚道法自然，强调自然的价值。如《释诲》载：

---

① 《全后汉文》卷73，第745页。
② 《全后汉文》卷76，第769页。
③ 《文心雕龙注》卷1《原道》，第1页。

心恬澹于守高，意无为于持盈。粲乎煌煌，莫非华荣。明哲泊焉，不失所宁。①

胡老乃扬衡含笑，援琴而歌。歌曰："练予心兮浸太清，涤秽浊兮存正灵。和液畅兮神气宁，情志泊兮心亭亭，嗜欲息兮无由生。踔宇宙而遗俗兮，眇翩翩而独征。"②

蔡邕的文艺作品中透露着老庄的超脱现实、淡泊世俗、自然素朴的审美，这在其早期文艺作品如《释诲》中体现得更为鲜明，这是以道家的超脱自然来排解现实的苦闷，但也反映了蔡邕的艺术审美追求，这也可从其书法、音乐理论批评中着力追寻的崇尚自然、道法自然的美学思想得证。蔡邕的书法理论文章有《篆势》《笔论》《九势》等，"势"是蔡邕特别强调的一个审美理论范畴，融会了作者的实践经验，以及对书法艺术的美学观照。蔡邕《正论》曰："皮朽则毛落，水涸则鱼逝，其势然也。"可见其所强调的"势"内涵在于顺应自然的力量，其天然地具有取法自然之道的审美理念。如《篆势》中谈到的：

字画之始，因于鸟迹。苍颉循圣，作则制文。体有六篆，要妙入神。或象龟文，或比龙鳞。纤体放尾，长翅短身。颓若黍稷之垂颖，蕴若虫蛇之芬缊。扬波振激，鹰跱鸟震。延颈协翼，势似凌云。或轻举内投，微本浓末，若绝若连；似露缘丝，凝垂下端；从者如悬，衡者如编；杳杪邪趣，不方不圆；若行若飞，蚑蚑翾翾。③

鸟迹之变，乃惟佐隶。……奋笔轻举，离而不绝。纤波浓点，错落其间。若钟虡设张，庭燎飞烟。崭岩崔嵯，高下属连。似崇台重宇，增云冠山。④

蔡邕擅长篆、隶、八分，又创造了飞白，无一不遵循取法自然之审美理论，取法自然之势，在蔡邕的书法中，展现出一种骨气洞达、爽爽如有

---

① 《全后汉文》卷73，第746页。
② 同上书，第747页。
③ 《全后汉文》卷80，第794页。
④ 同上书，第795页。

神力之美,"'蔡邕洞达,钟繇茂密',余谓两家之书同道,洞达正不容针,茂密正能走马。此当于神者辨之。"① 势与骨气洞达又上升于另一种艺术家所崇尚的"神",中国古典审美理论范畴中的自然、势、神等范畴在蔡邕的书法理论中皆有展现,且一气贯之,这也是其书法艺术作品得以久远流传的魅力所在。蔡邕书法理论之取法自然,开启了魏晋南北朝的书法理论和实践,为后代书法艺术美学与人关系大发展开了先河。

崇尚自然、道法自然的艺术审美思想,在音乐理论上也有所展现。《乐府诗集》卷五十九载有琴曲《蔡氏五弄》,《琴集》曰:"《五弄》,《游春》《渌水》《幽居》《坐愁》《秋思》,并宫调,蔡邕所作也。"《琴书》曰:"邕性沉厚,雅好琴道。嘉平初,入青溪访鬼谷先生。所居山有五曲:一曲制一弄,山之东曲,常有仙人游,故作《游春》;南曲有涧,冬夏常渌,故作《渌水》;中曲即鬼谷先生旧所居也,深邃岑寂,故作《幽居》;北曲高岩,猿鸟所集,感物愁坐,故作《坐愁》;西曲灌水吟秋,故作《秋思》。三年曲成,出示马融,甚异之。"② 蔡邕所作的《蔡氏五弄》皆取法自然之道,其《琴赋》更是如此:

> 清声发兮五音举,韵宫商兮动徵羽,曲引兴兮繁弦抚。然后哀声既发,秘弄乃开。左手抑扬,右手徘徊。指掌反复,抑案藏摧。于是繁弦既抑,雅韵复扬。仲尼思归,《鹿鸣》三章。《梁甫》悲吟,周公《越裳》。青雀西飞,别鹤东翔。饮马长城,楚曲明光。楚姬遗叹,鸡鸣高桑。走兽率舞,飞鸟下翔。感激弦歌,一低一昂。③

音乐审美理论中的自然之美更强调一种清而悲之美。蔡邕善琴,焦尾琴,琴声清越,与人的品质相连;而经由自然审美所体现的悲美则是整个时代审美风格的展现,如《琴赋》和《述行赋》中所载:

> 一弹三欷,凄有余哀。丹弦既张,八音既平。……于是歌人恍惚

---

① (清)刘熙载撰,袁津琥校注:《〈艺概〉注稿》卷5《书概》,中华书局2009年版,第674页,以下《艺概》引文皆出自此版本。

② (宋)郭茂倩编:《乐府诗集》卷59,中华书局2007年版,第855—856页。以下《乐府诗集》引文皆出自此版本。

③ 《全后汉文》卷69,第712、713页。

以失曲，舞者乱节而忘形。哀人塞耳以惆怅，辕马踬足以悲鸣。①

悲宠嬖之为梗兮，心恻怆而怀惨。乘舫舟而溯湍流兮，浮清波以横厉。②

音乐审美理论中的道法自然，强调自然之美，更是要求整体上达到自然与人的完美和谐统一：

琴长三尺六寸六分，象三百六十日也；广六寸，象六合也。文上曰池，下曰滨。池，水也，言其平；下曰滨，滨，宾也，言其服也。前广后狭，象尊卑也。上圆下方，法天地。五弦宫也，象五行也。大弦者，君也，宽和而遇；小弦者，臣也，清廉而不乱。文王武王加二弦，合君臣恩也。宫为君，商为臣，角为民，徵为事，羽为物。③

取法自然展现的人与自然的和谐，不仅是中国古典艺术领域的审美理念，更是中国哲学和文化的不竭源泉，这是传统中国文化中综合思维模式鲜明而完整的体现，即使是乐器也是人化自然而成，人与自然二者的水乳交融成为一体，而不是分离或对抗，其审美理念截然不同于以征服自然和分析思维模式为特点的西方文化和艺术思想。艺术与人生、艺术与人在蔡邕处，既反映了正统儒学崩溃之际，知识分子对人、人性的反思，又表达了此时期士人内心的追寻，在艰难现实中希望精神之自由与解脱。

蔡邕的文艺思想，反映了东汉晚期以奇为美的审美取向。自东汉中期，变革的思潮已经涌动，这在王充、马融、王延寿等人的作品中皆有反映，蔡邕尤爱王充《论衡》，对王充《论衡》极为推崇，袁山松《后汉书》记载："充所作《论衡》，中土未有传者，蔡邕入吴始得之，恒秘玩以为谈助。"王充的《论衡》是针对俗儒的迂腐之论而作，《后汉书》载：

充好论说，始若诡异，终有理实。以为俗儒守文，多失其真，乃闭门潜思，绝庆吊之礼，户牖墙壁各置刀笔。著《论衡》八十五篇，

---

① 《全后汉文》卷69，第712、713页。
② 同上书，第709、710页。
③ 《乐府诗集》卷57，第821页。

二十余万言，释物类同异，正时俗嫌疑。①

蔡邕见到这部奇书之后如获珍宝，王充的《论衡》给蔡邕极大的帮助，同样受惠的还有王朗，《后汉书·王充列传》载："其后王朗为会稽太守，又得其书。及还许下，时人称其才进。"可见此书对当时名士的影响之大。从现存的《论衡》内容与蔡邕现存的作品比较来看，蔡邕深受王充的影响体现在审美思想中的以奇为美和人物品鉴方法上。王充之奇在于，"始若诡异，终有理实"，进而能够"释物类同异，正时俗嫌疑"，与当时俗儒的迂腐之论截然不同。

蔡邕欣赏奇书奇士，赵晔《诗细历神渊》是他极为欣赏的。《后汉书》载："晔著《吴越春秋》《诗细历神渊》。蔡邕至会稽，读《诗细》而叹息，以为长于《论衡》。邕还京师，传之，学者咸诵习焉。"② 当时名士高彪屡有奇文，蔡邕推崇备至，《后汉书》载："（高彪）除郎中，校书东观，数奏赋、颂、奇文，因事讽谏，灵帝异之。时京兆第五永为督军御史，使督幽州，百官大会，祖饯于长乐观。议郎蔡邕等皆赋诗，彪乃独作箴曰：'……'邕等甚美其文，以为莫尚也。"③ 蔡邕对王延寿、高彪、王充、赵晔诸人奇人奇文的欣赏，是其以奇为美审美思想的表现。

蔡邕的文艺作品中也体现了鲜明的以奇为美的审美风格，如其《短人赋》，写"出自外域，戎狄别种"的侏儒短人在中国"去俗归义，慕化企踵"，其种种奇特，"匡景拒崔，加刃不恐。其馀尫幺，劣厥偻矮。嚣嗔怒语，与人相拒。蒙昧嗜酒，喜索罚举。醉则扬声，骂詈咨口。众人患忌，难与并侣"，蔡邕为这样一个奇特之人陈《短人赋》，"冠戴胜兮啄木儿，观短人兮形若斯"，"茧中蛹兮，蚕蠕顿，视短人兮形若斯"，倍增读者的好奇之心。再如神乎其神的《王子乔碑》中描写类似神仙的人物王子乔："弃世俗，飞神形，翔云霄，浮太清。乘螭龙，载鹤軿，戴华笠，奋金铃。挥羽旗，曳霓旌，欢罔极，寿亿龄。"④ 因为蔡邕的艺术审美精神以传统的儒家思想为主，这就决定了其以奇为美的审美也展现为一种奇

---

① 《后汉书》卷49《王充传》，第1629页。
② 《后汉书》卷79《儒林传》，第2575页。
③ 《后汉书》卷80《文苑列传》，第2650页。
④ 《全后汉文》卷75，第759页。

正的审美风格，即使是描写神仙式人物王子乔，也并无诡异之态，而仅有神奇之美。

蔡邕以碑文著名，"蔡邕铭思，独冠古今"，集中体现其人物审美批评的特色，典正、博雅，讲究人与自然完美契合的天人合一的理想审美批评观。如《太尉李咸碑》《陈寔碑》：

> 公受纯懿之姿，粹忠清之节，夙夜严栗，孝配大舜。敦《诗》《书》而悦礼乐，观天文而察地理，明略兼洞，与神合契，操迈伯夷，德追孔父。①
>
> 君膺皇灵之清和，受明哲之上姿，凭先民之遐迹，秉玄妙之淑行，投足而袭其轨，施舍而合其量。②

蔡邕非常欣赏王充的《论衡》，此书中的人物鉴赏批评方法极大地影响了蔡邕，如对骨相的推崇，对命与性的讲究，这些都构成了东汉晚期人物批评的特色之一。如《陈寔碑》载：

> 禁锢二十年，乐天知命，澹然自逸。交不谄上，爱不渎下，见机而作，不俟终日。③
>
> 蔡邕《陈太丘碑》曰：元方、季方，皆命世挺生，膺期特授。④

其注重天赋秉性，关注骨相，深受王充《论衡·骨相》篇影响。同时，蔡邕的人物批评中，对后天个人努力所致的博学也极为推崇，如《杨复碑》《翟先生碑》：

> 学之徒，拥书抱籍，自远而至，禀采丰华斟酌洪流者，雍雍焉，訚訚焉。⑤
>
> 该通《五经》，洗洞坟籍。为万里之场圃，九陔之林泽。把之若

---

① 《全后汉文》卷76，第771页。
② 《全后汉文》卷78，第781页。
③ 同上书，第780页。
④ 《文选》卷54，第1627页。
⑤ 《全后汉文》卷79，第788页。

江湖，仰之若华光。玄玄焉测之则无源，汪汪焉酌之则不竭，可谓生民之英者已。①

蔡邕的人物审美批评标准中以清为美。清明、清朗、清穆之美是其所喜爱和赞赏的，如《太尉李咸碑》《太尉杨赐碑》：

> 既文且武，桓桓绍续。外则折冲，内则大麓。惟清惟敏，品物以熙。②
> 文以典籍，寻道入奥，操清行朗，潜晦幽闲。……敬揆百事，莫不时序，庶尹知恤，闾阎推清。③

蔡邕碑文常以物喻人，选取的物象主要有珠玉和山水两类。前者如"珠藏外耀，鹤鸣闻天"，"信荆山之良宝，灵川之明球也"。以玉石喻光明，以山水喻性情，珠出于水，玉生于山，珠玉山水与人物风貌实现了内在的和谐统一，也体现在其重视人物的言行举止以及形貌仪表。魏晋发展了这种品评风格，升华到风神。现在不少研究者认为，东汉后期，人物品鉴没有脱离形貌仪表，风神层面的讲求更是谈不上，但从蔡邕碑文中的人物品鉴来看，已经有风神层面的讲求，诸如"朗鉴出于自然，英风发乎天骨""温温然弘裕虚引，落落然高风起世"之类的赏鉴，已经强调人物的风神与气度层面。

蔡邕所撰碑文的碑主和家人，既有处于权力中心的高官显宦，又有名士、隐者，这些人物颇能代表东汉晚期主流阶层的审美观，但无论哪种碑文的人物品鉴，都体现了一种清穆的古典美。这一方面与蔡邕典正的语言有关，另一方面则是碑文为逝者作的现实需要所决定。由这种清穆、静穆的美而产生的崇高的敬意审美风格，这与西方由静穆而产生的崇高美有异曲同工之妙。

蔡邕的文艺审美，更倾向于"为文而造情"，故其有"唯郭有道碑无惭德"之说；而后人对其文中情感不足亦多有批评，如清方东树《昭昧

---

① 《全后汉文》卷79，第787页。
② 《全后汉文》卷76，第772页。
③ 《全后汉文》卷78，第783、784页。

詹言》说:"尝读相如、蔡邕文,了无所动于心。"① 蔡邕之文情感不足已是事实,但必须看到,蔡邕所处的东汉晚期,正是文艺思潮转变之时,其文很难如后代王粲等全面展现情感诉求,这是必然的。

蔡邕是汉晋文艺思想嬗变的主要构成力量,其文艺创作体现的文艺思想,既有传统儒家的典雅闲正,又有道家的道法自然、天人合一,还有以奇为正。其书法、音乐美学理论,更是沟通东汉晚期与魏晋艺术美学理论的桥梁。作为转折时期最具代表性的人物,作为东汉晚期年文坛的领袖,蔡邕是汉至魏晋文艺思想嬗变的主要构成力量。蔡邕极大地影响了包括人物批评在内的东汉晚期文艺审美的发展方向,开魏晋审美风气之先。

---

① (清)方东树著,王绍楹校点:《昭昧詹言》卷1《通论五古》第6,人民文学出版社2006年版,第3页。

下　编

东汉晚期士人活动与建安文学批评高潮

通常认为，建安时期，自公元196年至公元220年共计二十五年。建安文学中的文艺思想对话与文学批评，从历史的发展来看，可视之为先秦士人精神人格的复兴，更是东汉晚期党锢士人精神在文学批评领域的展现，故而建安文学批评的高潮与东汉晚期士人活动密切相关。先秦士人与帝王关系具有相对独立性，故而有百家争鸣和诸子学说，而两汉的专制集权，则扼杀了士的活力，使得两汉文学批评经学化与滞后性。东汉晚期大乱，东汉帝国政权无力维系帝国的集权运作，传统的儒家思想无法束缚士人的思想，士人精神与清流文化又一次发展，东汉晚期士人的慷慨悲壮与高蹈精神复苏，并进一步发展了先秦的士人品格。党锢事件前后，士人阶层兴起的清议之风、尚节崇义之风、慕士之风、独行放诞之风激荡和席卷了整个社会，士人的独立精神与高蹈人格激扬其中，直接影响了建安文艺思想的形成和发展高潮。

士人阶层是整个社会的中坚力量，对社会风俗、审美具有标领性作用，献帝西迁之后，帝国的士人们不少进入割据集团之中以谋发展。党锢中的不少名士及后代继续活跃在社会的政治、文化舞台上，如孔融、蔡琰、祢衡、杨修等，维系着东汉帝国最后的脉息；也有士人淡泊名利，追寻着全新的人生理想和政治蓝图，如仲长统、徐干等；更多的士人只能在文学创作中延续着对东汉晚期党人风骨与气节的无限仰慕，而在现实中归附于割据政权，因为党锢士人的风流倜傥、能够引导天下舆论风向之行为被新割据政权的统治者如袁绍、曹操等视为朋党、群党而深为忌讳，为了生存与发展，士人只能在文学的浅吟低唱中抒发情感与怀念，如建安文士王粲、阮瑀、吴质、路粹等。随着曹氏父子经济军事实力的发展和对文学艺术的倡导，邺下一度成为中原地区的经济文化繁荣之地，天下士人聚集，形成邺下文士集团，士人阶层中文思卓越者致力于文学创作并以此博得声名。大量文学作品得以创作，汉末动乱中混乱的时代思绪得以暂时的平复与整理，文学审美、文学批评的理论和观点逐渐被提出和讨论。

士阶层在文学的发展中延续着党锢士人对国家的高蹈理想，他们也渴望建功立业，然又常常在现实的碰撞中倍感无力，这更激发了对文学价值的思考，被视为"辞赋小道""雕虫小技，壮夫不为"的立言之文，重新被认识，"生有七尺之形，死唯一棺之土，唯立德扬名，可以不朽，其次莫如著篇籍。疫疠数起，士人雕落，余独何人，能全其寿？"

人生的短暂与价值的不朽展示了时代文士对生命与人生的反思，而更多的思考，体现在文士个体的文艺创作中、文士间书信往返对话中、士人的言行举止中，而这种种，融合汇集，潜移默化地推进了建安文学批评发展的高潮。

第六章

孔融与建安文学批评的形成

汉末党锢名士及后代不少活跃在建安文坛上，如孔融、刘表、祢衡、杨修等人，其中孔融是汉晋风气转折时期的重要人物。作为汉末名儒，与管宁、郑玄并称"三北海"，在士林中享有极高威望，士人以与之相识为荣。史载孔融担任北海相之时，黄巾军攻城，孔融抵挡不过，派太史慈去请时任平原相的刘备相助。刘备说"孔北海乃复知天下有刘备邪"，乃火速救援。作为建安名士，孔融被誉为"七子之冠冕"。建安士人对其极为推崇，曹丕对其倍加仰慕，孔融是建安文艺审美风格倡领者之一，其政治、文学活动不仅反映出汉末审美风格中特有的悲凉与气骨，更构建了建安诗赋文抗音吐怀、梗概多气、辞尚华丽的艺术品格，促进了汉晋文艺批评的形成与发展。

第一节　孔融人物批评与审美艺术特色

汉晋文艺批评之始于东汉晚期的人物品鉴与批评，孔融的人物品鉴与审美在碑铭、荐书等有较为集中的展现。汉末人伦鉴赏的标准分言、貌、才、性、情、志，并且可以大致分为三类，即言貌、才性、情志。品鉴者认为经由言论、相貌可以观察和品鉴出人物的才与性、情与志等。而在具体的品评中，会根据个体人物的特点不同、鉴赏者喜好的偏差而侧重某一方面，但在总体上，汉末人物品评有重言高于貌，性高于才，重情志的特点。孔融是汉末至魏晋审美风气转这时期的名士，深受汉末人物品评人物的影响，其创作的碑铭、荐书以及与友人的通信中，皆有人物批评的内容。孔融的人物批评，既有汉末人物批评的共性，更有自己的特性。如《卫尉张俭碑铭》：

第六章　孔融与建安文学批评的形成

> 君禀乾刚之正性，蹈高世之殊轨，冰洁渊清，介然特立，虽史鱼之励操，叔向之正色，未足比焉。中常侍同郡侯览，专权王命，豺虎肆虐，威震天下。君以西部督邮，上览祸乱凶国之罪，鞫没赃奸，以巨万计。俄而制书案验部党，君为览所陷，亦章名捕逐。当世英雄，受命殒身，以籍济君厄者，盖数十人，故克免斯艰，旋宅旧宇。①

碑铭是对逝者一生功过的盖棺定论，孔融年幼时因藏匿党锢名士张俭满门获罪，与母亲及哥哥争死，在士林获得极高的声望，也因此与张俭结交。孔融从张俭的性情情操入手品评，认为张俭"虽史鱼之励操，叔向之正色，未足比焉"，继而重点叙述张俭人生之大事。孔融的人物批评，与汉末人物品鉴的方法相同，从才性与情志入手，最后将批评的落脚点放在"事"，通过事来展现人物。孔融的荐书，亦能体现其人物批评的特点，如《上书荐谢该》《荐祢衡疏》等。

> 窃见故公车司马令谢该，体曾、史之淑性，兼商、偃之文学，博通群艺，周览古今，物来有应，事至不惑，清白异行，敦悦道训。求之远近，少有俦匹。②

> 窃见处士平原祢衡，年二十四，字正平，淑质贞亮，英才卓砾。初涉艺文，升堂睹奥，目所一见，辄诵于口，耳所暂闻，不忘于心。性与道合，思若有神。弘羊潜计，安世默识，以衡准之，诚不足怪。忠果正直，志怀霜雪，见善若惊，疾恶如仇，任座抗行，史鱼厉节，殆无以过也。③

孔融《上书荐谢该书》从谢该的性、才、行各方面点评，更指出"物来有应，事至不惑"，指出谢该具有处理事情的能力；在《荐祢衡疏》中，孔融的点评尤为全面，从祢衡的性情（"淑质贞亮""性与道合"）；才情（"英才卓砾""目所一见，辄诵于口，耳所暂闻，不忘于心"），志向（"志怀霜雪"），各个层面一一褒奖，更强调处理事情的能力，"弘羊

---

① 《全后汉文》卷83，第843页。
② 同上书，第832、833页。
③ 同上书，第834页。

潜计，安世默识"，孔融极其赞赏祢衡，故对其进行全面的肯定。孔融的审美理想人物是史鱼，如《卫尉张俭碑铭》中有"虽史鱼之励操"，《荐祢衡疏》中有"史鱼厉节，殆无以过也"。史鱼是春秋卫国大夫，多次直谏卫灵公无果，死后以自己尸体进谏而被孔子所赞赏，史鱼身上有孔融高蹈直情的影子。孔融的人物品评既使用自己心中的理想人物为喻，又使用汉末蔡邕惯常使用的珠玉等为喻，这是从蔡邕诗文中汲取营养的体现，如《与韦休甫书》：

> 前日元将来，渊才亮茂，雅度弘毅，伟世之器也。昨日仲将复来，懿性真实，文敏笃诚，保家之主也。不意双珠，近由老蚌，甚珍贵之。遣书通心。①

孔融的人物品评，极具汉末人物品评的特点，又有对蔡邕人物品评学习之痕迹，结合建安时期力求向当政者推荐人物的具体情况，尤为关注对"事"的说明。东汉晚期的名士大儒和人物品鉴大家，如李膺、蔡邕、许邵等，在建安元年之前已经逝去，如果说汉晋艺术审美批评以人物品藻为端，那么孔融是将这一审美批评方法延续到建安时期的重要人物之一。

孔融最具代表性的人物品鉴之文当属《汝颍优劣论》。汝南、颍川是东汉学术文化中心，一大批经学大师和著名学者出自此地，汝颍地区也是京城洛阳之外名士最多之地，如汝南地区"汝邑称为多士，周防以《尚书》著名，钟兴以《春秋》蜚声，蔡元以《诗》弛誉，而戴凭尤好博洽，与诸儒谈经遂夺五十席，世祖赞叹不置，儒者之荣誉，古今未之有"②。东汉晚期，汝南、颍川更是名士活动中心，党锢事件中的名士多出自此两地，如汝南有陈蕃、范滂、周乘等，颍川有李膺、荀淑、贾彪等。汝南、颍川名士既多，二地之间的士人难免较量高下。孔融的《汝颍优劣论》就此与名士展开讨论：

> 融以汝南士胜颍川士。陈长文难曰："颇有芜菁，唐突人参也。"
> 融答之曰："汝南戴子高，亲止千乘万骑，与光武皇帝共挥于道中。

---

① 《全后汉文》卷83，第838页。
② 陈伯嘉修，李成均撰：《重修汝南县志》，第3册，成文出版社1976年版，第453页。

颍川士虽抗节,未有颉颃天子者也。汝南许子伯,与其友人共说世俗将坏,因夜起举声号哭。颍川士虽颇忧时,未有能哭世者也。汝南许掾,教太守邓晨图开稻陂,灌数万顷,累世获其功,夜有火光之瑞。韩元长虽好地理,掾者也。汝南张元伯,身死之后,见梦范巨卿。颍川士虽有奇异,未有鬼神能灵者也。汝南应世叔,读书五行俱下。颍川士虽多聪明,未有能离娄并照者也。汝南李洪为太尉掾,弟杀人当死,洪自劾诣阁,乞代弟命,便饮鸩而死,弟用得全。颍川士虽尚节义,未有能杀身成仁如洪者也。汝南翟文仲为东郡太守,始举义兵,以讨王莽。颍川士虽疾恶,未有能破家为国者也。汝南袁公著为甲科郎中,上书欲治梁冀。颍川士虽慕忠谠,未有能投命直言者也。"[1]

鲁国孔融,好交接天下士人,有此议论之文,或有三方面原因:其一,汝南、颍川士人间争论早已有之,孔融多有耳闻;其二,孔融偏爱汝南士而贬抑颍川士,与孔融个人喜好有关,较之颍川士,汝南名士似乎与孔融的性格更相投相和,如汝南许劭出身汝南大族,性颇傲气,曹操卑微时,曾请许劭品鉴自己,许劭就颇为鄙视曹操为人;其三,或许是对曹魏政权权力内部主要由颍川士人构成极为不满。荀攸、陈群、钟繇、杜袭、郭嘉等曹操的主要谋臣都是颍川士人,孔融对此有所不满,故而发此议论。

《汝颍优劣论》中,先是陈群颇以自己为颍川人而骄傲,认为汝南与颍川士人相差极大,犹如芜菁比之人参。所谓芜菁,指的是圆萝卜、大头芥之类的东西。陈群此论,引发了孔融的辩论。孔融在对汝南、颍川两地士人进行人物品鉴之时,采取的举例品鉴和对比品鉴的方法:以戴子高止光武帝军队与之抗衡为例,证汝南士颉颃天子之勇;以徐子伯夜哭世俗之坏为例,证汝南士忧时悯世之情;以张元伯见梦范巨卿,证汝南士能动神灵之义;以应世叔读书五行俱下,证汝南士爱憎分明之诚;以李洪代弟饮鸩而死,证汝南士杀身成仁之义;以翟文仲举兵讨王莽,证汝南士破家为国之忠;以袁公著上书治梁冀,证汝南士投命直言之胆。孔融此文对比和举例手法的运用,加之排比手法贯穿始终,使得全篇气势斐然,读来凛凛然有生气,孔融之文风,于此顿现,而汝南士人群体忧世悯世、神鬼能

---

[1] 《全后汉文》卷83,第842页。

灵、慕节尚义、杀身成仁、投名直言的形象生动而鲜明，而如此种种，更是东汉晚期社会整个士人阶层所追慕和赞扬的品格。

孔融此文为汝南士人赢得了极大的声誉，也全面展示了孔融所激赏的士的特点。然而，在现实中，正如孔融不被曹操所重用和喜爱一样，不单是曹操，任何一位政权统治者，都可能会认为颍川士人更胜于汝南士人，颍川士人有节而不抵触天子、忧世而不极端、慕忠而不极端、疾恶而不破国为家之品性，更适合为政权统治者服务。

孔融之人物品评，极具审美价值，但在现实政治中却效能有限。人物品评一度是汉末人才选拔、士人得以提拔的门径，至建安时期，品评人物已经落入了不能务实的程度，通过品评人物已逐渐难以选拔真才实学之人，更是士人见好名成癖、互相推崇虚名的表现。汉末清流派正统儒生如孔融等人，在曹操掌权的建安时期仍沿袭旧方法向曹氏政权推荐人才，显然已是不合时宜，故而所推荐之人如祢衡等并不受重用。

第二节　孔融之"气"

"气"是汉晋文艺批评的重要范畴。孔融是汉末建安士人中最有"气"者，也是极具汉末烈性文士性格的士人之一。《文心雕龙》载："孔氏卓卓，信含异气。"即说孔融卓尔不凡，含异常之气，这个异常之气是由多种"气"汇合而成，如义气、意气、壮气等，综合一体，呈现出一种令人赞叹的"异气"。孔融既有刚大正直、狂放不羁的烈性与刚性，又有炫才骋辞的才子习气，这些"气"在文学创作中形成了特殊的审美风格，《文心雕龙》所言"笔墨之性，殆不可胜"，说的就是其文所具有的"气扬采飞""文之壮气"的审美特点，这种风格上承悲怆美之风，下融"悲凉古直、梗概多气"之审美趋势，是汉末建安文艺批评转折时期的重要代表，和其他重要作家一起构建了汉晋文艺批评的主干风格。

孔融诸作，有一股强烈的气势涌流而出，不可停顿，难以阻遏。情由心生，气由性发，辞由气溢，冲涌而出，文势直可逼人。建安文学批评家曹丕在《典论·论文》中称赞孔融文"体气高妙"，而《文心雕龙》中所言的"孔融气盛于为笔，祢衡思锐于为文，有偏美焉"，也体现了孔融的"气"与"笔"相结合的特点。其《与曹公书论盛孝章》，长短句交杂，骈偶句对应，气势卓卓，"今孝章实丈夫之雄也，天下谭士依以扬声，而身不免于幽执，命不期于旦夕，是吾祖不当复论损益之友，而朱穆所以绝交也"。① 论盛孝章为丈夫之雄，字里行间洋溢着刚性之气。再如《报曹公书》，"忠非三闾，知非晁错，窃位为过，免罪为幸。乃使馀论远闻，所以惭惧也。朱彭寇贾，为世壮士，爱恶相攻，能为国忧。至于轻弱薄劣，犹昆虫之相啮，适足还害其身，诚无所至也"。②

由于"气"的充盈，孔融的诗文中展现出一种遒丽之美：

> 虽忠如鬻拳，信如卞和，智如孙膑，冤如巷伯，才如史迁，达如子政，一离刀锯，没世不齿。是太甲之思庸，穆公之霸秦，南睢之骨立，卫武之《初筵》，陈汤之都赖，魏尚之守边，无所复施也。汉开改恶之路，凡为此也。故明德之君，远度深惟，弃短就长，不苟革其政者也。③

行文之气结合四言排比、骈偶结合的形式，展现出一种遒劲的风格，而"丽"则通过辞藻之华美、典籍之援引得以实现，刘熙载的《艺概》对其极为激赏："遒文壮节，于汉季得两人焉：孔文举、臧子源是也。曹子建、陈孔璋文为建安之杰，然尚非其伦比。""孔北海文，虽体属骈丽，然卓荦遒亮，令人想见其为人。唐李文饶文，气骨之高，差可继踵。"④这是孔融为文不同于"六子"的独特风格，也是孔融为后代所追慕不已之处。建安时期所推崇的丽美，最终经曹丕得以总结为"诗赋欲丽"，孔融及其诗文是其代表。

孔融诗文的强烈之势和遒丽之美，与孔融的人生经历、个人性情密切相关。首先，孔融的出身使他有一种天然的自信：

> 司马彪九岛春秋曰：融在北海，自以智能优赡，溢才命世，当时豪俊皆不能及。亦自许大志，且欲举军曜甲，与群贤要功，自于海岱

---

① 《全后汉文》卷83，第839页。
② 同上书，第841页。
③ 同上书，第835页。
④ 《艺概》卷1《文概》，第85页。

结殖根本，不肯碌碌如平居郡守，事方伯、赴期会而已。然其所任用，好奇取异，皆轻剽之才。至于稽古之士，谬为恭敬，礼之虽备，不与论国事也。①

孔融出身鲁国孔氏名门之后，"自以智能优赡，溢才命世，当时豪俊皆不能及"，且自许大志，这种自信和胸怀无疑增添其诗文之气势。另一方面则与其"高志直情"的高蹈的理想密切相关，孔融内心有对汉室的赤诚之心，他以手中之笔，高扬匡扶汉室的人生理想，故而其作品高处着眼，大处着墨，理想色彩极浓，展现了形式难以约束的内在力量，气胜而辞壮。易代之际，东汉帝王之败亡已经定势，孔融的理想显得迂阔而不切实际，"既怀忧国之诚，奈何以空言相讼"，然孔融依然气势卓卓挺立于世，张溥在《汉魏六朝百三家集·孔少府集题辞》说："东汉词章拘密，独少府诗文，豪气直上，孟子所谓浩然，非邪？琴堂衣冠，客满酒盈，予尚能想见之。"② 说的就是七子中唯孔融独擅的"气"。

如果说孔融的刚烈性情及其遒文壮节成就了孔融在建安文论中的重要地位，那么在军事政治上这些优势成为其致命弱点，可谓"成也萧何，败也萧何"。孔融并不擅长实战，在汉末与黄巾起义的几次战争中毫无建树，且无军事谋略、一味依靠外援，以致屡屡挫败。张璠《汉纪》曰："融在郡八年，仅以身免。"批评之态度鲜明可见。孔融空有报国理想而无实践经验，以"自许大志"之高蹈理想应对现实政治之多变，以儒生的思路筹划军事，在政治军事中多遭失败：

> 融以黄巾寇暴，出屯都昌，为贼管亥所围。……时围尚未密，夜伺间隙，得入见融，因求兵出斫贼。融不听，欲待外救。……融欲告急平原相刘备，城中人无由得出，慈自请求行。③

> 融负有高气，志在靖难，而才疏意广，迄无成功。在郡六年，刘备表领青州刺史。建安元年，为袁谭所攻，自春至夏，战士所余裁数百人，流矢雨集，戈矛内接。融隐几读书，谈笑自若。城夜陷，乃奔

---

① 《三国志》卷12《魏书·崔琰传》引《续汉书》，第280页。
② （明）张溥：《汉魏六朝百三家集题注》，中华书局2007年版，第74页。
③ 《三国志》卷49《吴书·太史慈传》，第878页。

东山，妻、子为谭所虏。①

建安元年，孔融被袁谭打败，狼狈逃回许昌，当朝权臣曹操收留，给他安排了将作大匠的闲职，孔融的诸侯生涯就此结束。孔融之不善战，与荀彧关于对袁绍的讨论中亦可见。孔融是汉末极负盛名的文学家，然他将文学化的人格放在军事政治生活中，则注定了他的悲剧，孔融一世才名，却注定是官场的不合格者。这与蔡邕、祢衡极为相似。

第三节 孔融交友、诗歌创作活动中的"情"

如果说王粲的诗文是凭借"以情见长"在汉晋文艺审美中占有一席之地的话，孔融的则以其"高志直情"更胜一筹。《后汉书·孔融传》评孔融为"高志直情"，孔融之直情，乃真情也。有真挚友情，有忠国之情，有父母之情，展现在其交友、诗文创作等活动中。

孔融广泛结交天下好友，每每以真情与人交接。孔融与蔡邕、杨彪等为多年好友，情意深厚。蔡邕死后，孔融心怀念之，"（孔融）与蔡邕素善，邕卒后，有虎贲士貌类于邕，融每酒酣，引与同坐，曰：'虽无老成人，且有典刑。'"好友已逝，有容貌类似昔日友人者，则见之以慰藉。孔融与杨彪同在曹操处，因杨彪与袁术婚姻，袁术僭号，曹操欲借此杀杨彪，孔融顾不上穿朝服，到曹操处论理，说："杨公累世清德，四叶重光，周书'父子兄弟，罪不相及'，况以袁氏之罪乎？易称'积善馀庆'，但欺人耳。"后劝阻不成，竟毫不客气对曹操说，"横杀无辜，则海内观听，谁不解体？孔融鲁国男子，明日便当褰衣而去，不复朝矣"，鲜明地表达了自己的态度。孔融无视得罪曹操而以激烈的言辞和行动维护杨彪，最终"太祖意解，遂理出彪"，杨彪得释。孔融又与祢衡、杨修交好，《后汉书》载："（祢衡）唯善鲁国孔融及弘农杨修。常称曰：'大儿孔文举，小儿杨德祖。余子碌碌，莫足数也。'融亦深爱其才。"②祢衡唯善孔融和杨彪，孔融深爱祢衡之才，一个"唯善"，一个"深爱"，足知其情意之深。孔融与友人之深情，从其与友人书信中也可看出，《遗张纮书》

---

① 《后汉书》卷70《孔融传》，第2264页。
② 《后汉书》卷80《文苑列传》，第2653页。

《又遗张纮书》《与王朗书》等书信字里行间真情流露：

> 闻大军西征，足下留镇。不有居者，谁守社稷？深固折衡，亦大勋也。无乃李广之气，循发益怒，乐一当单于，以尽馀愤乎？南北并定，世将无事，孙叔投戈，绛、灌俎豆，亦在今日，但用离析，无缘会面，为愁叹耳。道有途清，相见岂复难哉？①
>
> 前劳手笔，多篆书。每举篇见字，欣然独笑，如复睹其人也。②
>
> 世路隔塞，情问断绝，感怀增思。前见章表，知寻汤武罪己之迹，自投东裔同鲧之罚，览省未周，涕陨潸然。……谈笑有期，勉行自爱。③

孔融与友人的信写得情真意切，与张纮言"但用离析，无缘会面"，又言"举篇见字，欣然独笑，如复睹其人也"，与王朗言"世路隔塞，情问断绝，感怀增思"，又言"谈笑有期，勉行自爱"，读来如见其人，字里行间流露出对友人的思念、期盼，展现了作为儒士的孔融真情的一面。

匡护汉室是孔融之最大理想，亦是其忠国之情的鲜明体现。苏轼曾说："北海以忠义气节冠天下，其势足与曹操相轩轾，决非两立者，北海以一死捍汉室。"④ 明胡应麟《诗薮》说："文举自是汉臣，与王、刘年辈迥绝，列之邺下，其义未安。"⑤ 孔融始终心怀汉室，并对曹操之野心早有知晓。《后汉书》本传载："时，袁、曹方盛，而融无所协附。左丞祖者，称有意谋，劝融有所结纳。融知绍、操终图汉室，不欲与同，故怒而杀之。"⑥ 袁绍、曹操气焰既盛，孔融早已看出其图谋汉室之野心，对劝阻自己结纳袁绍、曹操之人杀之而后快，可知孔融亲附汉室而不欲与袁、曹苟同；也可知其后归属曹操绝非本心。同样，当马日磾展现出对汉室不忠，孔融立严厉批评，据《后汉书》载，太尉马日磾有归附袁术之意，

---

① 《全后汉文》卷83，第837、838页。
② 同上书，第838页。
③ 同上书，第837页。
④ （宋）苏轼撰，（明）茅维编，《苏轼文集》卷72《人物杂记》，中华书局1986年版，第59页。
⑤ 《诗薮》，第139页。
⑥ 《后汉书》卷70《孔融传》，第2264页。

后"术轻侮之。遂夺取其节，求去又不听，因欲逼为军帅。日磾深自恨，遂呕血而毙"，朝廷欲加礼，孔融独上奏以为不可，认为其"以上公之尊，秉毦节之使，衔命直指，宁辑东夏，而曲媚奸臣，为所牵率，章表署用，辄使首名，附下罔上，奸以事君"。孔融忠于汉室之心由此明见。

孔融对曹操的态度迥异于建安其他文士，建安九年，曹操攻克袁尚并以邺城为据，阮瑀、徐干、陈琳、王粲、刘桢、应玚等诸多士人先后归附曹操政权下，这些士人基本都是曹操的拥护者。除孔融外，建安文士效忠汉室的观念则趋于淡漠，他们更关心现实生活自身建功立业的理想，目光更多投注于现实生活和自我价值，与孔融事君忠汉之论其趣大异。

孔融之孝亲遵儒。《后汉书·孔融传》载孔融"年十三丧父，哀悴过毁，扶而后起，州里归其孝"。又载孔融因张俭事与母亲、哥哥争死，孔融之孝悌深情由此可见。孔融尊崇儒学，在北海时，对经学大师郑玄非常尊敬，《后汉书》载："国相孔融深敬于玄，屦屦造门。告高密县为玄特立一乡曰'郑公乡'。昔东海于公仅有一节，犹或戒乡人侈其门闾，矧乃郑公之德，而无驷牡之路！可广开门衢，令容高车，号为'通德门'。"① 孔融的孝悌与遵儒，和他内心深处的忠君爱国思想完全一致。儒家文化中的君臣关系是父子关系的引申发挥，对君主之"忠"完全是以对父母之"孝"为前提的，因而由孔融早年的言行可知孔融忠君爱国孝悌之情。然建安时期孔融在入仕曹氏政权后，发表了一系列颠覆和背叛儒家传统的言论，《后汉书》载：

> 又前与白衣祢衡跌荡放言，云"父之于子，当有何亲？论其本意，实为情欲发耳。子之于母，亦复奚为？譬如寄物缶中，出则离矣"。既而与衡更相赞扬。衡谓融曰："仲尼不死。"融答曰："颜回复生。"②

孔融言父子、母子之情皆因情欲而发，且与祢衡互相褒奖推重这些大不敬之言论，从表面看是与儒家传统的背离，然实为忠君爱国尊儒之深情的反面表现。是在世风日下、儒家精神沦丧的环境下，为矫正世俗而对儒家思想任真尚诚层面的强调。孔融对父子母子亲情关系如此轻淡和对父母

---

① 《后汉书》卷35《郑玄传》，第1208页。
② 《后汉书》卷70《孔融传》，第2278页。

的"肖"与"不肖"的强调,除去和孔融个人的率真、放诞有关,更是对汉末各割据政权统治者的批评,其目的更有可能在于强调道德情感的真实,却以反道德的表象示人。

第四节　孔融与建安文论的构建及对后世影响

孔融是建安七子之首,不仅是建安时期文学批评高潮的中流砥柱式的人物,其人其作,对魏晋文艺批评亦有着直接的影响。《典论·论文》是建安文论的重要篇章,写作此文的曹丕非常喜欢孔融之文,《后汉书》载:"魏文帝深好融文辞,每叹曰:'杨、班俦也。'募天下有上融文章者,辄赏以金、帛。"① 曹丕对孔融之文赞赏不已,并赏赐金帛,广为搜罗天下孔融之文。孔融死后,与孔融相善的习元升前去哀悼,"(习元升)与融相善,每戒融刚直。及被害,许下莫敢收者,习往抚尸曰:'文举舍我死,吾何用生为?'操闻大怒,将收习杀之,后得赦出",曹丕因为追慕孔融,而"以习有栾布之节,加中散大夫",对习元升颇有爱屋及乌之情。曹丕搜罗孔融之文,必然对其细加研读,孔融诗文之"气"、"情"以及孔融的行事风格,成为曹丕品论思考的重要对象。曹丕在《典论·论文》中对孔融多有评价:

　　孔融体气高妙,有过人者;然不能持论,理不胜辞;至于杂以嘲戏;及其所善,扬、班俦也。
　　文以气为主,气之清浊有体,不可力强而致。譬诸音乐,曲度虽均,节奏同检,至于引气不齐,巧拙有素,虽在父兄,不能以移子弟。
　　融等已逝,唯干著论,成一家言。②

曹丕非常欣赏孔融的文章,对孔融之"气"赞赏不已,认为孔融"体气高妙有过人者",并在《典论·论文》中专门展开对"文气"的讨论,这些文学理论的发展受益于孔融其人其文颇多,基于对孔融的深切了

---

① 《后汉书》卷70《孔融传》,第2279页。
② (清)严可均辑:《全三国文》卷8,商务印书馆1999年版,第83页。以下引文同。

解，曹丕看到了孔融的弊处："（孔融）体气高妙有过人者，然不能持论，理不胜词，至于杂以嘲戏。""理不胜词"的确是孔融文之弊病，这是孔融诗文气势而铺张所产生的；"杂以嘲戏"则是孔融放诞通脱的外现，曹丕对孔融其人其文看得非常透彻，故而得出的结论也较为精到。而《典论·论文》以"融等已逝，唯干著论"作结，也说明《典论·论文》是以孔融为重点考察对象的，孔融是建安文论重点评鉴对象。孔融对后代的文论也有潜在的影响，孔融《荐祢衡表》：

> 初涉艺文，升堂睹奥，目所一见，辄诵于口，耳所暂闻，不忘于心。性与道合，思若有神。弘羊潜计，安世默识，以衡准之，诚不足怪。①

在《荐祢衡表》有"性与道合，思若有神"，说的是祢衡文思有如神助，才思敏捷。无独有偶，汉末建安时期的曹植作品中屡屡有"神思"二字，曹植《陈审举表》中"又闻豹尾已建，戎轩鹜驾，陛下将复劳玉躬，扰挂神思"②；曹植《宝刀赋》有"规圆景以定环，摅神思而造像。垂华纷之葳蕤，流翠采之晃烨"③。从孔融的"神思"到曹植的"神思"，再经《文赋》而《文心雕龙·神思》的明确提出，神思论是艺术创作思维的核心范畴被确立，足以反映了我国古代文学艺术发展的一脉相承，也说明孔融对后代文论影响之深。

孔融在古典文艺审美领域贡献颇多。孔融使用的语言和诸多活动本身融会成中国古典审美文化语汇精粹，诸如不少成语：孔融让梨，累世通家，小时了了、大未必佳，想当然耳，谈笑自若，不胫而走，岁月如流，不可多得，单子独立，疾恶如仇，覆巢之下、安有完卵，等等。这些被后代广为流传、耳熟能详的成语和习语，皆与孔融相关，传达了中国语言艺术审美代代相传的特点，也展示了孔融对中国文化的贡献。孔融还创造了离合体诗歌，这是充分展现文人才智和思辨的技巧性诗歌。唐吴兢《乐府古题要解》载："离合诗：右起汉孔融，合其字以成文也。"说的就是孔

---

① 《全后汉文》卷83，第834页。
② 《三国志》卷19《魏书·陈思王传》，第428页。
③ 《全三国文》卷14，第135页。

融所创的离合诗。离合诗将字相拆合成字，多字联合而成文并传达一定的信息。如《全汉诗》载孔融所创离合诗内容如下：

  渔父屈节，水潜匿方。与时进止，出寺施张。吕公矶钓，阖口渭旁。九域有圣，无土不王。好是正直，女回于匡。海外有截，隼逝鹰扬。六翮将奋，羽仪未彰。蚖龙之蛰，俾也可忘。玟璇隐曜，美玉韬光。无名无誉，放言深藏。按辔安行，谁谓路长。①

  按照离合诗相拆合成字的方法，每行构成一个字，第一行四句第一句渔字，第二句水字，渔犯水字而去水，则存者为鱼字。第三句有时字，第四句有寺字，时犯寺字而去寺，则存者为日字。分离出的鱼字与日字而合之为一字鲁。同理第二行为国。第三行存者为子字，截字，汉碑每作〈隹乚〉，故而截犯隼而去隹，则为孔字。第四行为融，第五行为文，最后为举，合而为"鲁国孔融文举"六字。此首离合诗巧妙地显示了文人的巧思，是建安文士文字审美思维高度发展的代表。

  魏晋风度之渊源可上溯到汉末，这一点已被研究者所重视，如余嘉锡先生指出："盖魏晋人一切风气，无不自后汉开之。"作为汉末与魏晋转折时期的名士孔融，魏晋风度中清谈、饮酒、哲思、率性的诸多特征，都在孔融身上得到集中的体现。

  孔融爱结交名士，与壮节名士多有往来，这是汉末慕士之风的遗存。年方十岁以巧言善辩为河南尹李膺赏识，与之结交；十六岁时，孔融替兄救党锢名士张俭甘受其罪，从此名震天下，加入汉末名士行列，为天下士人所仰慕。《后汉书》载："河南官属耻之，私遣剑客欲追杀融。客有言于进曰：'孔文举有重名，将军若造怨此人，则四方之士引领而去矣。不如因而礼之，可以示广于天下。'"②宾客对何进言，以孔融之名，杀之会使"四方之士引领而去"，可知孔融在士林中威望之高。孔融性格耿介，傲岸倔强，为士人所敬仰，加之宽容少忌，喜诱益后进，与汉末的不少名士如蔡邕、杨彪、郑玄等关系极好，又利用自己的声望，提拔后进之士。《三国志》载："融由是名震远近，与平原陶丘洪、陈留边让，并以俊秀，

---

① 《全汉诗》卷7，第196页。
② 《后汉书》卷70《孔融列传》，第2262—2263页。

为后进冠盖。融持论经理不及让等，而逸才宏博过之。"① 当时以其为核心形成了一个清议中心，聚集了一批志同道合之士，这一点很值得注意。《后汉书》注引《融家传》曰："客言于进曰：'孔文举于时英雄特杰，譬诸物类，犹众星之有北辰，百谷之有黍稷，天下莫不属目也。'"② 说明孔融周围有一大批名士因孔融之盛名而与之交往。孔融归属曹氏政权后，更有杨修、祢衡、盛孝章、谢该等与之交善；元韦居安《梅磵诗话》载："前史谓祢衡附孔融，慢曹操，操以其才名不欲杀，送刘表。后复慢表，表不能容，以江夏太守黄祖性急，送衡与之。为祖所杀。"③ 说明祢衡是其群体的重要成员，而曹操不能忍受祢衡附孔融而将其送走，其根本目的或在于瓦解以孔融为中心的群体。正因孔融有令士人引领而去的"重名"，曹操才会对孔融的言行举动耿耿于怀，将之视为心腹大患；而对其结成的群体，更是尽力瓦解，对孔融颇具结党的举动，曹操必然心存不满欲除之而后快。

孔融和他周围的士人常常聚集，饮酒则是孔融的另一大爱好。孔融是三国史上的头号酒鬼，爱酒如命，《三国志·魏书》载："虽居家失势，而宾客日满其门，爱才乐酒，常叹曰：'坐上客常满，樽中酒不空，吾无忧矣。'"④ 孔融把交友与饮酒当作人生的两大乐事。曹操禁酒，作文《难曹公表制禁酒令》：

> 故天垂酒星之耀，地列酒泉之郡，人著旨酒之德，尧非千钟，无以建太平。孔非百觚，无以堪上圣。樊哙解厄鸿门，非彘肩钟酒，无以奋其怒。赵之厮养，东迎其王，非引卮酒，无以激其气。高祖非醉斩白蛇，无以畅其灵。景帝非醉幸唐姬，无以开中兴。袁盎非醇醪之力，无以脱其命。定国非酣饮一斛，无以决其法。⑤

孔融以颇为讽刺的语气大谈酒之种种功劳，尧因酒而建太平，孔子因酒而为圣人，樊哙因酒而奋其怒，孔融之《难曹公表制酒禁令》，固然是

---

① 《三国志》卷12《魏书·崔琰传》引《续汉书》，第279—280页。
② 《后汉书》卷70《孔融列传》注引《融家传》，第2263页。
③ （元）韦居安：《梅磵诗话》卷下，中华书局1985年版，第48页。
④ 《三国志》卷12《魏书》注引《续汉书》，第370页。
⑤ 《全后汉文》卷83，第840页。

与曹操对抗之表现，然也反映了对酒的喜爱。饮酒助兴了孔融的交友之风，放诞之言论，婞直之性情。在以酒助兴的孔融为中心的聚会上，他们于觥筹交错中多从事品评文学、人物，指点时政，以孔融之情形，群体清议的内容应该还有与曹氏政权的内外政治军事有关的内容，如曹操攻破邺城，甄宓被曹丕所占的评论，反对曹操北伐袁绍、乌桓，反对曹操禁酒等内容，这从孔融流传的相关文章和后来曹操命郗虑、路粹诬陷孔融所搜罗的孔融言论等可窥见一斑。

思辨。孔融年幼时已经展现思辨方面的卓越能力。年十岁拜见李膺，李膺不接宾客，孔融语门者曰："我是李君通家子弟。"李膺请融进入，问曰："高明祖父尝与仆有恩旧乎？"融曰："然。先君孔子与君先人李老君同德比义，而相师友，则融与君累世通家。"令在座名士莫不叹息。太中大夫陈炜说："夫人小而聪了，大未必奇。"融应声而答："观君所言，将不早惠乎？"膺大笑曰："高明必为伟器。"①思维活跃、机智巧辩之幼年孔融由此可见。孔融的思辨智慧在审美对话中多有展现，《太平御览》还记载了一则对话：

（李）膺惭，乃叹曰："吾将老死，不见卿富贵也。"（孔）融曰："公殊未死。"膺曰："如何？"融曰："鸟之将死，其鸣也哀；人之将死，其言也善。向来公言，未有善也，故知未死。"膺甚奇之。后与膺谈论百家经史，应答如流，膺不能下之。②

孔融之谈论，以敏锐的思辨力化用对典籍之语言，具有娱乐性，注重技巧性和思辨智慧，较之后代魏晋清谈，颇多相似之处。

放诞之风。孔融的放诞言论颇多，其一对儒家先贤的不敬与不屑，如《圣人优劣论》：

荀以为孔子称"大哉尧之为君也，唯天为大，唯尧则之"，是则为覆盖众圣最优之明文也。孔以尧作天子九十馀年，政化洽于民心，《雅》、《颂》流于众听，是以声德发闻，遂为称首，则《易》所谓"圣人久于

---

① 《后汉书》卷70《孔融列传》，第2261页。
② 《世说新语笺疏·言语》引《太平御览》卷463，第57页。

其道，而天下化成"，百年然后胜残去杀，必世而后仁者也。故曰"大哉尧之为君也"，尧之为圣也。明其圣与诸圣同，但以久见称为君尔。①

尧、舜、禹、汤文武、周公是被儒家奉若神明的万世楷模，但孔融却颇不以为然。孔融认为尧没什么了不起，做久了天子人们习惯了适应了而已，"大哉尧之为君也，尧之为圣也明，其圣与诸圣同，但以人见称为君尔"。不屑之情溢于言表。以骏马、骏犬来喻圣人，且认为是"名号等设"，视圣人为无物，放诞于此可见。放诞言论之二是前面谈及的其发表的"亲子无亲论"。"'之于子，当有何亲，论其本意，实为情欲发耳；子之于母，亦复奚为？譬如寄物瓶中，出则离矣。"如此离经叛道之语，将孔融的放诞表露无遗。其三，在曹氏政权中，孔融并不把曹操放在眼里，屡次以放诞的言行反对曹操，《后汉书》载：

> 操子丕私纳袁熙妻甄氏。融乃与操书，称"武王伐纣，以妲己赐周公"。操不悟，后问出何经典。对曰："以今度之，想当然耳。"后操讨乌桓，又嘲之曰："大将军远征，萧条海外。昔肃慎不贡楛矢，丁零盗苏武牛羊，可并案也。"②

把圣明的武王、完美的周公与妖女妲己联系在一起，曹丕纳甄氏，毫无忌惮地嘲之为武王伐纣，以妲己赐周公，孔融这些言行或是对曹操专擅的无计可施的傲诞反应，也是汉末放诞之风的遗存，这种放诞又开魏晋放诞之先声。

从本书的讨论中不难看出，孔融性格迥异于建安文士，是汉末蔡邕之后遗存的名儒，在他身上反映了自汉末而建安而魏晋不同时期士人与皇权的疏离、依附与觉醒的反思。既有浓厚的汉末名士的气骨风韵，桀骜不驯、恃才傲物、重名、崇义、深情；又有建安文士的文采，还有魏晋名士的风度，孔融是汉晋文学审美风格与文学批评的构建者。可以说，没有孔融，就没有汉晋文学批评的大发展。然而孔融不懂权变，又深情于匡扶汉室。孔融之死，实为时代精神转折时期的牺牲品。

---

① 《全后汉文》卷83，第842页。
② 《后汉书》卷70《孔融列传》，第2271—2272页。

第七章

蔡琰的文艺审美思想

本书之前所探讨的东汉晚期士人活动与文学审美批评思想，所谓的士人皆为男子。中国古代社会男子为尊，这就决定了所谓的士人群体在性别构成上必然是男性群体。然蔡邕之女蔡琰，其家世，其才华，其思想，置身东汉晚期士人群体中毫不逊色；其境遇，其性情，令诸多文人墨客为之扼腕叹息。古今文论批评家，对其人其文也多有眷顾。女子蔡琰，虽是凤毛麟角，但如熠熠生辉之明珠，折射出东汉晚期文坛女子之光彩。

第一节 蔡琰作品真伪的讨论及艺术风格

蔡琰的作品，当时创作的数量应该是极多的，据《隋书·经籍志》载："后汉董祀妻《蔡文姬集》一卷"，可知蔡琰的诗文曾经结集，又据《宋史·艺文志》载："蔡琰《胡笳十八拍》四卷"，可知《胡笳十八拍》内容远不止现存的内容。然而实际流传下来的并不多。从现有的记载来看，大致有三篇比较完整的作品和一首残诗。五言《悲愤诗》一首，骚体《悲愤诗》一首，此二首见于《后汉书·列女传》。《胡笳十八拍》一曲，见于《乐府诗集》卷五十九。① 《全汉诗》收录题名为蔡琰的《诗》，仅有一句，"长笛声奏苦"，源自《草堂诗笺》十五秋笛诗注。

现流传下来的蔡琰作品的真伪，历来研究者有不同的看法。今人穆克宏先生在《魏晋南北朝文学史料述略》中有精简的总结：

一般认为，五言《悲愤诗》是蔡琰所作，骚体《悲愤诗》所述

---

① 《胡笳十八拍》有今人李廉注本，中华书局1959年版。

第七章 蔡琰的文艺审美思想

情节与事实不符，可能是晋人伪托的。《胡笳十八拍》的作者问题，主要有两种不同的看法，一种认为是蔡琰所作，以郭沫若为代表，他认为"没有那种亲身经历的人，写不出那样的文字来"。一种认为非蔡琰所作，其理由是：①诗的内容与史实以及南匈奴的地理环境不合；②唐以前未见著录、论述和征引；③其风格与东汉晚期诗歌不同。①

这是穆克宏先生在翻阅前人资料基础上的总结。对蔡琰作品真伪探讨，历来争论未有停息。正如穆克宏先生所言，大多数学者认为五言《悲愤诗》是蔡琰所作，如南宋宽夫《诗话》，明许学夷《诗源辨体》等。认为骚体《悲愤诗》为伪作，《胡笳十八拍》或为真作，或为伪作。

据《后汉书》卷八十四《列女传》载：

> （董）祀为屯田都尉，犯法当死，文姬诣曹操请之。时公卿名士及远方使驿坐者满堂，操谓宾客曰："蔡伯喈之女在外，今为诸君见之。"及文姬进，蓬首徒行，叩头请罪，音辞清辩，旨甚酸哀，众皆为改容。操曰："诚实相矜，然文状已去，奈何？"文姬曰："明公厩马万匹，虎士成林，何惜疾足一骑，而不济垂死之命乎！"操感其言，乃追原祀罪。时且寒，赐以头巾履袜。操因问曰："闻夫人家先多坟籍，犹能忆识之不？"文姬曰："昔亡父赐书四千许卷，流离涂炭，罔有存者。今所诵忆，裁四百余篇耳。"操曰："今当使十吏就夫人写之。"文姬曰："妾闻男女之别，礼不亲授。乞给纸笔，真草唯命。"于是缮书送之，文无遗误。后感伤乱离，追怀悲愤，作诗二章。②

《悲愤诗》二首作于蔡文姬归汉嫁董祀之后，且在董祀犯法当死，以文姬求情而得恕事情之后，感于人生经历，追怀往事而作，"后感伤乱离，追怀悲愤，作诗二章"。《后汉书》所载上引文中有二事值得注意，一是蔡琰对曹操辩词，曹操为其陈词所感动，"诚实相矜，然文状已去，

---

① 穆克宏：《魏晋南北朝文学史料述略》，中华书局1997年版，第26页。
② 《后汉书》卷84《列女传》，第2800—2801页。

奈何？"蔡琰回答机巧而情真，"明公厩马万匹，虎士成林，何惜疾足一骑，而不济垂死之命乎"，令曹操为之动容而改令；二是曹操命蔡琰誊写昔日蔡邕留存书文，蔡琰自言昔日得蔡邕赐书四千卷，而今能够诵记四百余篇。笔者以为，此两处记载或可为《悲愤诗》二首为蔡琰所作的佐证之一，说明蔡琰博学多才又机辩，其经历、才能与性情，足以写出如文人五言诗的代表作《悲愤诗》。

蔡琰《悲愤诗》历来认为是文人五言长诗的代表作。此诗真情自然，如肺腑言，即元人陈绎曾在《诗谱》中指出，蔡琰诗"真情极切，自然成文"。清费锡璜《汉诗总说》载：

> 《三百篇》后，汉人创为五言，自是气运结成，非人力所能为。故古人论曰：苏、李天成，曹、刘自得。天成者，如天生花草，岂人剪裁点缀所能仿佛；如铸就钟镛，一丝增减不得。解此方可看汉诗。……屈原将投汨罗而作《离骚》，李陵降胡不归而赋别苏武诗，蔡琰被掠失身而赋《悲愤》诸诗，千古绝调，必成于失意不可解之时。惟其失意不可解，而发言乃绝千古。下此则嵇康临终，杜甫遭乱，李白投荒，皆能继响前贤。外此则吾未之见也。①

认为蔡琰《悲愤诗》堪称千古绝调，源其失意不解而情于衷，情于衷而发言为诗，情真意真，流传千古。

《悲愤诗》悲凉感怆，体现了东汉晚期诗歌悲美的审美风格。清人施补华《岘佣说诗》中亦点评《悲愤诗》中悲美的审美风格："蔡琰《悲愤》诗，王粲《七哀》'路逢饥妇人'一首，刘琨《重答卢谌作》，已开少陵宗派（杜甫）。盖风气之变，必先有数百年之积也。"② 其所言"少陵宗派"指的是唐杜甫诗歌风格，唐杜甫诗歌"沉郁顿挫"，由于处在唐由盛而衰的转折时期，其诗歌多涉及社会动荡、百姓苦难等内容，故而有"诗史"称，施补华认为其审美风格可源自蔡琰《悲愤诗》，蔡琰诗歌同

---

① （清）费锡璜：《汉诗总说》，《历代诗话统编》第5册，北京图书馆出版社2003年版，第507—508页。

② （清）施补华：《岘佣说诗》，郭绍虞编《清诗话》，上海古籍出版社1978年版，第976页。

样有末世兵乱、百姓苦难等内容。

《悲愤诗》承前启后，有古直之风。蔡琰父蔡邕，是东汉晚期文风承前启后转折时期的关键性人物，蔡琰博学多才，秉承其父家学，其诗歌尤其是现存的五言《悲愤诗》是汉诗承上启下的代表作。明胡应麟《诗薮》载"唐山、韦孟，汉之初也；都尉、中郎，汉之盛也；武仲、平子，汉之中也；蔡琰、郦炎，汉之晚也"。所谓"汉之晚"，即东汉晚期。胡应麟认为蔡琰与郦炎乃是东汉晚期之代表。又言，"文姬自有骚体《悲愤诗》一章，虽词气直促，而古朴真至，尚有汉风"①，也点明蔡琰诗歌的此特点。《苕溪渔隐丛话》注引《诗眼》云：

> 建安时辩而不华，质而不俚，风调高雅，格力道壮，其言直致而少对偶，指事情而绮丽，得风雅骚人之气骨，最为近古者也。……李太白亦多建安句法，而罕全篇，多杂以鲍明远体。东坡称蔡琰诗，笔势似建安诸子。前辈皆留意于此，近来学者，遂不讲尔。②

蔡琰五言悲情诗的古风格调，近为建安诸子所拟，远为李杜等人所承继，体现了诗学一脉相承的发展源流。

而对《胡笳十八拍》的艺术批评，似乎走向了两个极端。宋人范晞文《对床夜话》载：

> 蔡琰虽失身，然词甚古，如"不谓残生兮却得旋归，抚抱胡儿兮泣下沾衣。汉使迎我兮四牡骓骓，胡儿号兮谁得知。与我生死兮逢此时，愁为子兮日无光辉，焉得羽翼兮将汝归。一步一远兮足难移，魂消影绝兮恩爱遗"，此将归别子也。时身历其苦，词宣乎心，怨而怒，哀而思，千载如新，使经圣笔，亦必不忍删之也。刘商虽极力拟之，终不似，盖不当拟也。③

---

① 《诗薮·外编》，第134页。
② （宋）胡仔：《苕溪渔隐丛话》卷1，人民文学出版社1962年版，第4页。
③ （宋）范晞文：《对床夜话》卷1，《历代诗话续编》上册，中华书局2006年版，第409页。

范晞文认为《胡笳十八拍》词有古意，尤其欣赏其中的将归别子章节，认为其词由心而出，感人至深。这和宋严羽《沧浪诗话》中"《胡笳十八拍》浑然天成，绝无痕迹，如蔡文姬肺肝间流出"的观点相同。明陆时雍《诗镜总论》对《胡笳十八拍》亦是赞赏有加："东京气格颓下，蔡文姬才气英英。读《胡笳》吟，可令惊蓬坐振，沙砾自飞，直是激烈人怀抱。"批评者则认为语言浅近：

> 文姬自有骚体《悲愤诗》一章，虽词气直促，而古朴真至，尚有汉风。《胡笳十八拍》当是从此演出，后人伪作，无疑浅近猥弱，齐、梁前无此调。①

胡应麟认为因《胡笳十八拍》为后人伪作，故而语言浅近猥弱。需要指出的是，即使伪作，即使语言浅弱，也非无可取。伪作恰恰反映了蔡琰形象的深入人心，世人对蔡琰的深切同情。浅近的语言正是诗歌在民间广泛流传的保证。

第二节 蔡琰诗歌的文本细读

蔡琰五言《悲愤诗》二首和《胡笳十八拍》，前人多有研究，在上一节中本书已有所讨论。本节试从文本入手，从作品自身出发做出判断和认定，重视文本语境对语义分析的影响，强调文本的内部组织结构。以文本细读的方法对此二作品的艺术构成及审美思想加以分析。

先谈五言《悲愤诗》②。其文本结构，主要由以下几部分构成。其一，东汉晚期失道，董卓兵乱祸害中原，百姓罹难，城邑破亡：

> 汉季失权柄，董卓乱天常。志欲图篡弑，先害诸贤良。逼迫迁旧邦，拥主以自强。海内兴义师，欲共讨不祥。卓众来东下，金甲耀日光。中土人脆弱，来兵皆胡羌。猎野围城邑，所向悉破亡。斩截无孑遗，尸骸相撑拒。

---

① 《诗薮·外编》，第134页。

② 《全汉诗》，第199页。

其二，被掳入胡：

马边县男头，马后载妇女。长驱西入关，迥路险且阻。还顾邈冥冥，肝脾为烂腐。所略有万计，不得令屯聚。

其三，受苦欲死：

或有骨肉俱，欲言不敢语。失意几微间，辄言毙降虏。要当以亭刃，我曹不活汝。岂复惜性命，不堪其詈骂。或便加棰杖，毒痛参并下。旦则号泣行，夜则悲吟坐，欲死不能得，欲生无一可。彼苍者何辜，乃遭此厄祸！

其四，异俗思乡：

边荒与华异，人俗少义理。处所多霜雪，胡风春夏起。翩翩吹我衣，肃肃入我耳。感时念父母，哀叹无穷已。

其五，迎己归乡：

有客从外来，闻之常欢喜。迎问其消息，辄复非乡里，邂逅徼时愿，骨肉来迎己。

其六，母子离情：

己得自解免，当复弃儿子。天属缀人心，念别无会期。存亡永乖隔，不忍与之辞。儿前抱我颈，问母欲何之。"人言母当去，岂复有还时。阿母常仁恻，今何更不慈？我尚未成人，奈何不顾思！"见此崩五内，恍惚生狂痴。号泣手抚摩，当发复回疑。

其七，难舍同辈情：

兼有同时辈，相送告离别。慕我独得归，哀叫声摧裂。马为立踟蹰,车为不转辙。观者皆歔欷,行路亦呜咽。去去割情恋,遄征日遐迈。悠悠三千里,何时复交会?念我出腹子,胸臆为摧败。

其八,归乡后,亲人尽亡,乡景凄惨:

既至家人尽,又复无中外。城郭为山林,庭宇生荆艾。白骨不知谁,从横莫覆盖。出门无人声,豺狼号且吠。茕茕对孤景,怛咤糜肝肺。

其九,人生感慨:

登高远眺望,魂神忽飞逝。奄若寿命尽,旁人相宽大。为复强视息,虽生何聊赖!托命于新人,竭心自勖厉。流离成鄙贱,常恐复捐废。人生几何时,怀忧终年岁!

五言《悲愤诗》在文本叙述中以时间为顺序,以蔡琰个人生活经历与情感历程为主线发展,包含了(1)东汉晚期失道;(2)被掳入胡;(3)受苦欲死;(4)异俗思乡;(5)迎己归乡;(6)母子离情;(7)难舍同辈;(8)乡景凄惨;(9)人生感慨九个方面的内容。再从骚体《悲愤诗》①的文本内容看其艺术文本结构:其一,世乱族灭:"嗟薄祐兮遭世患,宗族殄兮门户单";其二,被掳入胡:"身执略兮入西关,历险阻兮之羌蛮";其三,受苦欲死:"山谷眇兮路漫漫,眷东顾兮但悲叹。冥当寝兮不能安,饥当食兮不能餐,常流涕兮眦不干,薄志节兮念死难,虽苟活兮无形颜。"其四,异俗思乡:"惟彼方兮远阳精,阴气凝兮雪夏零。沙漠壅兮尘冥冥,有草木兮春不荣。人似禽兮食臭腥,言兜离兮状窈停。岁聿暮兮时迈征,夜悠长兮禁门扃。不能寐兮起屏营,登胡殿兮临广庭。玄云合兮翳月星,北风厉兮肃泠泠。胡笳动兮边马鸣,孤雁归兮声嘤嘤。乐人兴兮弹琴筝,音相和兮悲且清。心吐思兮胸愤盈,欲舒气兮恐彼惊,含哀咽兮涕沾颈。"其五,迎己归乡:"家既迎兮当归宁,临长路兮捐所生。"其六,母子离情:"儿呼母兮啼失声,我掩耳兮不忍

---

① 《全汉诗》,第200—201页。

听。追持我兮走茕茕,顿复起兮毁颜形。还顾之兮破人情,心怛绝兮死复生。"

骚体《悲愤诗》由(1)世乱族灭;(2)被掳入胡;(3)受苦欲死;(4)异俗思乡;(5)迎己归乡;(6)母子离情六部分组成。从内容上看,较之五言《悲愤诗》,文本的内在逻辑结构和情感结构有所欠缺,文本逻辑结构和情感结构至母子别离戛然而止,给读者以突兀之感。故而,就文本的内在逻辑结构和情感结构而言,骚体《悲愤诗》并不完整,现存骚体《悲愤诗》在流传过程中可能有所遗失。同样的,我们再来看《胡笳十八拍》[①]的文本结构,由于篇幅较长,此处省去对文本具体内容的罗列,而以十八拍之拍代指具体文本内容,其内在逻辑结构和情感结构如下:

生逢乱世。(第一拍)

被掳入胡。(第二拍)

胡地异俗。(第三拍)

心苦思乡。(第四、五、六、七、八、九、十拍)

欲死不能。(第十一拍)

赎身归乡。(第十二拍)

母子离别。(第十三拍)

归乡思子。(第十四、十五、十六拍)

重入长安。(第十七拍)

人生感慨。(第十八拍)

由以上内容可知,《胡笳十八拍》有完整的内在逻辑结构和情感结构,且与五言《悲愤诗》有近乎一致的文本逻辑结构和情感结构。如果提取文本结构主干,二者都由(1)乱世民苦;(2)被掳入胡;(3)胡地俗异;(4)心苦思乡;(5)迎己归乡;(6)母子离情;(7)归乡;(8)人生感喟八个部分组成。只是在主干之外有所增减,如五言《悲愤诗》增加与同辈人离别情,而《胡笳十八拍》则增添了归乡思子的内容。而如果再将骚体《悲愤诗》放在一起考虑,如果骚体《悲愤诗》加入最后的归乡、人生感喟两部分,我们会发现,三者的主干结构完全一致。那么此三者是蔡琰以不同的形式反复陈述其情,还是如其他学者所言,其中

[①] 《全汉诗》,第201页。

有伪作？前引文胡应麟《诗薮》中有一句提到，"文姬自有骚体《悲愤诗》一章，……《胡笳十八拍》当是从此演出，后人伪作"，说明他也注意到这一点，但侧重在语言风格而非文本结构而已。

骚体《悲愤诗》缺少了最后两部分暂且不谈，五言《悲愤诗》与《胡笳十八拍》有相同的文本主干结构，很难说明究竟谁前谁后。但是有一点，五言《悲愤诗》的文本语词中通篇没有提到琴、胡笳，骚体《悲愤诗》中既有琴，又有胡笳（"胡笳动兮边马鸣，孤雁归兮声嘤嘤。乐人兴兮弹琴筝，音相和兮悲且清"），而《胡笳十八拍》则是胡笳、琴合拍（"笳一会兮琴一拍"），再与文本结构的一致放在一起考虑，《胡笳十八拍》或出于前二者的合一。

前面谈到，《悲愤诗》和《胡笳十八拍》体现了东汉晚期以悲为美的审美特点，下面进一步探讨文本是如何通过隐含的文字符号来实现这一点的。

	五言《悲愤诗》	骚体《悲愤诗》	《胡笳十八拍》
末世兵乱	乱、害、逼迫、不祥、脆弱、破亡、斩截、孑遗、尸骸	薄、世患、殄、单	衰、乱离、不仁、危、流亡、哀悲、乖、亏、恶辱、溃死
离家入胡	长驱、险、阻、烂腐、骂詈、捶打、毒痛、号泣、悲吟、荒	险阻、悲叹、饥、流涕、薄、苟活、臭腥	逼、暴猛、绝、摧、悲、震惊、衔悲、蓄恨
思乡之苦	念、哀叹、欢喜	泠泠、悲、清、愤盈、惊、哀、涕	空、肠断、攒眉、泠泠、悲、苦寒、呜咽
母子分离	存亡、乖隔、抱、仁恻、不慈、顾思、崩、恍惚、狂痴、号泣、回疑	呼、号、掩耳、追持、破、悒绝、死、生	泣下、沾衣、生死、难移、魂消影绝、悲、肝肠搅刺、悬、饥、痛、思、涕泪交垂
归乡凄惨	尽、无、孤景、悒咤		酸、阻、难、寒、单、欢息、泪、阑干
人生感慨	飞逝、尽、竭心、流离、废、几何、怀忧、终		哀乐、变、通、怨气

三作品用如上列表中的近二百五十个词汇反映末世兵乱、离家入胡、思乡之苦、母子分离、归乡凄惨、人生感慨等内容，就语词分布而言，五言悲愤诗和《胡笳十八拍》明显多于骚体悲愤诗，其行文的悲感也大大得到提升。"哀""怨""悲""痛""废""逝""寒""单"等冷语词的使用，奠定了全文悲哀极致的基调，形成了感人至深的艺术魅力。再看行文中的景象与物象的选择：

	五言《悲愤诗》	骚体《悲愤诗》	《胡笳十八拍》
景（景、物体）	旧邦、金甲、霜雪、胡风、山林、车、庭宇、白骨	山谷、阴气、雪、沙漠、门扃、屏营、胡殿、广庭、云、月、星、北风	云山、疾风、尘沙、甲衣、胡城、汉国、毡裘、鞞鼓、昏营、肉酪、陇水、长城、风、烽戎、水草、云烟、烽火、疆场、塞门、月、戎垒、穹庐、萱草、枯叶
物（动物、植物）	马、豺狼、荆艾	草木、边马、孤雁	雁、牛羊、马、
人	董卓、贤良、百姓、胡羌、我、父母、客、儿子、同时辈、观者、旁人	我、胡人、乐人、儿子	我、民卒、戎羯、二子、汉使、汉家天子
乐器	胡笳、琴、筝		笳、琴

景象与物象构成上，五言和骚体《悲愤诗》侧重归汉途中的人、物、景，《胡笳十八拍》则将关注点放在胡城与汉国的强烈对比中，后者的对比强化了内心的矛盾与冲突，在崇高的悲美中产生而来震撼人心的力量。

感人至深效果的最终实现除了以上因素外，还有极为重要的一点，蔡琰的人生经历几乎涵盖了普通人所有可能经历的人生悲苦。从认知美学和接受美学的角度考虑，更易为读者认同和接受，触发内心的深层感悟。人同此心，心同此理，蔡琰经历的末世兵乱、被掳入胡、离乡思亲、母子离别、亲人尽亡等，尤其其中母子生死别离与归乡的两难之选，一边是日夜思念的故乡，一边是至亲骨肉，矛盾之极，令人肝肠寸断。《胡笳十八拍》之所以能深深打动古今读者，与这些内容密切相关。

值得注意的是，五言《悲愤诗》是三首诗歌最具文人笔调的一首作品，故而历来被认为是文人五言长诗的代表作。其颇能反映文人笔调的风格还可从文本主干构成的分布来分析。五言《悲愤诗》在东汉晚期失道，兵乱祸害，百姓罹难，城邑破亡这一文本内容构成上占了极大的篇幅，从"汉季失权柄，董卓乱天常"到"马边县男头，马后载妇女"共有十八句之多，骚体此处《悲愤诗》仅以"嗟薄祐兮遭世患，宗族殄兮门户单"两句带过，《胡笳十八拍》仅在第一拍谈及。作为士阶层主要构成的文人，国家责任与道义是极为看重的，东汉晚期失道，董卓兵乱，百姓流离失所，在文士心中触动极大，必然是其关注点。较之《胡笳十八拍》，骚体《悲愤诗》的文人风格也较为明显。骚体，又称楚辞体，《汉书·艺文志》属诗赋类，本身就是文人常用体例。其特点在于既能体现文人风格，又能实现一吟三叹的类似民间歌诗抒情的效果。故而其审美风格在五言《悲愤诗》和《胡笳十八拍》之间,没有过于典正,又颇有民歌风味。与《悲愤诗》二首显著不同,《胡笳十八拍》是歌诗,能够配乐演唱,从文本内容来看,为了配合一吟三叹、回环往复的演唱效果,作者刻意在内容上做了调整。如在主干结构中最能扣人心弦的两部分俗殊心异、心苦思乡和归乡思子上,作者分别不累其文,分别使用了七拍和三拍的篇幅加以反复吟叹。以篇幅相对较短的归乡思子为例:

> 身归国兮儿莫之随,心悬悬兮长如饥。四时万物兮有盛衰,唯我愁苦兮不暂移。山高地阔兮见汝无期,更深夜阑兮梦汝来斯。梦中执手兮一喜一悲,觉后痛吾心兮无休歇时。十有四拍兮涕泪交垂,河水东流兮心是思。(第十四拍)
> 十五拍兮节调促,气填胸兮谁识曲。处穹庐兮偶殊俗,愿得归兮天从欲。再还汉国兮欢心足,心有怀兮愁转深。日月无私兮曾不照临,子母分离兮意难任。同天隔越兮如商参,生死不相知兮何处寻。(第十五拍)
> 十六拍兮思茫茫,我与儿兮各一方。日东月西兮徒相望,不得相随兮空断肠。对萱草兮忧不忘,弹鸣琴兮情何伤。今别子兮归故乡,旧怨平兮新怨长。泣血仰头兮诉苍苍,生我兮独罹此殃。(第十六拍)①

身归国而子不能相随,母子连心,唯有深夜梦中相见,令人心痛不已。梦中相见是第十四拍的切入点;归乡心愿得以实现,故而欢心,母子分离如商参,生死难见,故而悲伤,以欢心反衬伤悲,悲哀更进三分;与子天各一方,食萱草难解忧,弹琴不能排遣,生有此苦,质问苍天,最后将对命运的无可奈何宣泄至顶端,令人动容。三部分步步深入,反复吟叹。

与其他两首诗歌不同的是,《胡笳十八拍》的语言更为通俗,抒情更为直接,更具有民歌风味,这也是其被不少学者认定为伪作和语言粗鄙的原因,然正是这个特色,更易于广大民众接受,得以广为流传,使得文姬归汉、文姬与胡笳成为后代多种艺术作品如戏曲、绘画、小说的审美主题,为街头巷尾百姓所耳熟能详。

---

① 《全汉诗》,第204页。

第七章　蔡琰的文艺审美思想

　　蔡琰可谓东汉晚期奇女子，其家世、才学、经历都为后人讨论不已。对其人赞扬者有之，胡应麟《诗薮》赞扬其为古今奇女子之一，说："自余若陶婴、紫玉、班婕妤、曹大家、王明君、蔡文姬、苏若兰、刘令娴、上官昭容、薛涛、李冶、花蕊夫人、易安居士，古今女子能文，无出此十数辈，率皆寥落不偶，或夭折当年，或沉沦晚岁，或伉俪参商，或名检玷阙，信造物于才，无所不忌也。王长公作文章九命，每读《卮言》，辄为掩卷太息。于戏，宁独丈夫然哉！"① 批评者有之，宋儒责备蔡琰入胡失身，归乡再嫁，清袁枚《随园诗话》对宋儒此点极为反感，"动称纲常名教，箴刺褒讥，以为非有关系者不录，不知赠芍采兰，有何关系，而圣人不删。宋儒责蔡文姬不应登《列女传》，然则十七史列传，尽皆龙逄、比干乎。学究条规，令人欲呕，……"② 则认为不应拘泥于教条纲条而忽视蔡琰的价值。正如对蔡琰现存作品真伪的讨论一样，这些争论也处在褒与贬的两端。对作品的讨论推进了对蔡琰诗歌语言、情感、气格等审美特点的关注，为后代研究蔡琰诗歌文本提供了研究与参照基础，逐步确立了蔡琰其人其诗在诗歌史乃至文学史上的地位。而这些已不是一个"奇"字所能涵盖的了。

---

① 《诗薮·外编》，第133页。
② （清）袁枚著，顾学颉校点：《随园诗话》卷14，人民文学出版社1982年版，第466页。

第八章

《昌言》与《中论》中的人文精神及风俗批评

仲长统（179—220）与徐干（170—217）皆为东汉晚期建安前后名士与高士，以品德高尚而闻名于世。仲长统比曹丕年长八岁，比徐干小九岁，主要活动都在建安时期。仲长统很受当世推崇，《后汉书》载："统性俶傥，敢直言，不矜小节，默语无常，时人或谓之狂生。每州郡命召，辄称疾不就。常以为凡游帝王者，欲以立身扬名耳，而名不常存，人生易灭，优游偃仰，可以自娱。"① 范晔《后汉书》将仲长统、王充、王符合传，唐代韩愈又有《后汉三贤赞》，可见仲长统所受评价之高。徐干为彬彬君子，曹丕《又与吴质书》载："观古今文人，类不护细行，鲜能以名节自立。而伟长独怀文抱质，恬淡寡欲，有箕山之志，可谓彬彬君子者矣。"② 对徐干怀文抱质、淡泊名利给予了极高的赞扬，同时文士王昶作《戒子书》曰："北海徐伟长，不治名高，不求苟得，澹然自守，惟道是务。其有所是非，则托古人以见其意，当时无所褒贬。吾敬之重之，愿儿子师之。"③ 可知徐干是不少士人的楷模。

仲长统著有《昌言》，《三国志》载："统每论说古今世俗行事，发愤叹息，辄以为论，名曰昌言，凡二十四篇。"④《昌言》对所处时代的政治、文化、风气等诸多方面进行了批判，清刘熙载评其为"东京之矫矫者"。徐干的《中论》亦对东汉晚期士人君子、社会风俗文化等方面有所评论，清刘熙载言："徐干《中论》说道理俱正而实。

---

① 《后汉书》卷49《仲长统传》，第1644页。
② 《全三国文》卷7，第66页。
③ 《全三国文》卷16，第373页。
④ 《三国志》卷21《魏书·刘劭传附》，第462页。

《审大臣》篇极推荀卿而不取游说之士，《考伪》篇以求名为圣人之至禁，其指概可见矣。"① 《昌言》与《中论》是流传至今的为数不多的名士著作。其在社会风俗、审美批评等方面的价值有待深入挖掘，这是本章所关注的。除此之外，作为时代觉醒的文士，此两种著作中更展现了鲜明的人文主义精神，这是历来研究者所忽视的，也是本章所重点研究的内容。

第一节 《昌言》与《中论》中的风俗批评

本书的上编中，有对东汉晚期应劭《风俗通义》的审美批评和风俗批评，此时期仲长统的《昌言》和徐干的《中论》，亦有对世俗、世风的风俗批评。内容既承接《风俗通义》，更有崭新的时代内容。先看对世俗、世风的批评，《昌言》载：

> 今嫁娶之会，捶杖以督之戏谑，酒醴以趣之情欲，宣淫佚于广众之中，显阴私于族亲之间，污风诡俗，生淫长奸，莫此之甚，不可不断者也。②
>
> 下世其本，而为奸邪之阶，于是淫厉乱神之礼兴焉，侜张变怪之言起焉。丹书厌胜之物作焉，故常俗忌讳可笑事，时世之所遂往，而通人所深疾也。③

仲长统反对奇风异俗、图谶迷信。他对污风诡俗，生淫长奸的嫁娶之会，给予了严厉的批评，对社会上鬼神鬼怪备受推崇之现象和多种可笑的忌讳深恶痛疾。同样，徐干对世俗虚伪诬谣之风极度不满，在《中论·考伪》指出，"惑世盗名之徒，因夫民之离圣教日久也，生邪端，造异术，假先王之遗训以缘饰之，文同而实违，貌合而情远，自谓得圣人之真也"，这种诬谣一世之人，"诱以伪成之名，惧以虚至之谤，使人憧憧乎

---

① 《艺概·文概》，第87页。
② （汉）仲长统撰：《昌言校注·阙题》，中华书局2012年版，第331页。以下《昌言》引文皆出自此书。
③ 《昌言校注·阙题五》，第349页。

得亡,惵惵而不定,丧其故性而不自知其迷也"①,给社会带来极坏的影响。

《昌言》与《中论》中都对不良士风给予指责。士是社会的重要组成部分,是社会风俗的引导者,仲长统的《昌言》对不良世俗士风给予严厉批评:

> 天下士有三俗:选士而论族姓阀阅,一俗;交游趋富贵之门,二俗;畏服不接于贵尊,三俗;天下之士有三可贱:慕名而不知实,一可贱;不敢正是非于富贵,二可贱;向盛背衰,三可贱。……天下学士有三奸焉;实不知,详不言,一也;窃他人之记,以成己说,二也;受无名者,移知者,三也。②

仲长统对当时不良士风深恶痛绝,归结为"三俗""三奸""三可贱"。"三俗"直指门第之见、攀爬富贵、妄自菲薄的士风;"三奸"批判不懂装懂、剽窃他人成果和自我吹嘘三种学风虚伪之风气;"三可贱"则对士人慕名而不求实、不正视是非富贵、趋炎附势的肤浅、虚荣、势力之风给予极端的鄙视。徐干则由不良世风对士民的影响入手,进而谈及士阶层士风的种种弊病:

> 世之衰矣,……民见其如此者,知富贵可以从众为也,知名誉可以虚哗获也。乃离其父兄,去其邑里,不修道艺,不治德行,讲偶时之说,结比周之党,汲汲皇皇,无日以处,更相叹扬,迭为表里,梼杌生华,憔悴布衣,以欺人主、惑宰相、窃选举、盗荣宠者,不可胜数也。既获者贤已而遂往,羡慕者并驱而追之,悠悠皆是,孰能不然者乎?③

世俗衰败,士阶层"知富贵可以从众为也,知名誉可以虚哗获也",

---

① (魏)徐干撰:《中论解诂·考伪》,中华书局2014年版,第185页。以下《中论》引文皆出自此版本。
② 《昌言校注·佚文》,第423、424页。
③ 《中论解诂·谴交》,第231页。

多行投机取巧之行为，不修道艺，结党营私，聚众以博虚名，虚伪奸诈窃盗之风盛行于士林。

仲长统的《昌论》与徐干的《中论》都对士阶层交游以求名逐利之行为给予批判，认为士人间的交往应该建立在真性情上，同时也写出了士人道义沦丧、屈从富贵、沉沦世俗的可悲。他们批判的方法有所差异，但都集中在士人学术肤浅、道德不正两个层面上，其根本目的仍然是彰显与固守士人的道义，重建合理良好的社会秩序。他们站在现实的立场上苛刻地批判与否定，展现了此时期优秀士人的觉醒与反思。在沉痛的现实反思中二者都看到了世道之衰，与统治者之昏庸腐败有直接关系，进而将批判的矛头直指政权统治阶层：

> 灵皇帝登自解犊，以继孝桓。中常侍曹节侯览等造为维纲，帝终不寤，宠之日隆，唯其所言，无求不得。凡贪淫放纵，僭凌横恣，挠乱内外，蠹噬民化，隆自顺、桓之时，盛极孝灵之世，前后五十余年，天下亦何缘得不破坏邪？①

《昌言》中指出，东桓灵等帝王，宠信宦官，破坏帝国纲常法纪，尤其灵帝，"贪淫放纵，僭凌横恣，挠乱内外，蠹噬民化"，前后五十多年，是帝国颓败破亡之祸首。徐干在《中论》中，则认为统治阶层的官僚要为王教败坏负责：

> 桓灵之世其甚者也，自公卿大夫、州牧郡守，王事不恤，宾客为务，冠盖填门，儒服塞道，饥不暇餐，倦不获已，殷殷沄沄，俾夜作昼，下及小司，列城墨绶，莫不相商以得人。自矜以下士，星言凤驾，送往迎来，亭传常满，吏卒侍门；把臂掖腕，扣天矢誓，推托恩好，不较轻重；文书委于官曹，系囚积于囹圄，而不遑省也……。嗟乎！王教之败，乃至于斯乎？②

徐干清醒地看到了统治阶层的问题所在，并深感痛惜，"王教败亡，

---

① 《昌言校注·阙题四》，第341—342页。

② 《中论·谴交》，第231、232页。

乃至于斯"。公卿大夫、州牧郡守是帝国的统治管理阶层，是社会秩序的管理者，东汉晚期管理阶层内部腐败不堪，无视法纪，变公权为私利，致使整个统治阶层体系面临崩溃的边缘，这是如徐干等士人所痛惜的。

值得注意的是，仲长统的《昌言》对传统儒家的孝悌观点进行了批判，统儒家认为孝的核心是"无违"，《论语·为政》记载孟懿子问"孝"，孔子答曰："无违。"仲长统在肯定此观点的基础上提出，"可违"也是孝道。而这些内容展现了新一代士人运用理性思辨精神对儒家思想的反思。

> 父母怨咎人不以正，已审其不然，可违而不报也。父母欲与人以官位爵禄，而才实不可，可违而不从也。父母欲为奢泰侈靡，以适心快意，可违而不许也。父母不好学问，疾子孙之为之，可违而学也。父母不好善士，恶子孙交之，可违而友也。士友有患，故待己而济，父母不欲其行，可违而往也。故不可违而违，非孝也。可违而不违，亦非孝也。好不违，非孝也。好违，亦非孝也。其得义而已也。①

仲长统的这种批判，和此时期孔融的对"孝"的质疑与挑战有异曲同工之妙，展现此时期不少士人强烈的反思精神，传统儒家文化中对君主之忠乃是建立在父母之孝的前提下，对孝的质疑，实则是君权衰落的表现。仲长统的批判思想与个体的性格、经历和所处的时代密切相关。他曾避地上党，"每州郡命召，辄称疾不就"，后被荀彧推荐进入曹氏政权下为官，"荀彧闻统名，奇之，举为尚书郎。后参曹操军事"，后荀彧因反对曹操进爵国公丢掉性命，仲长统也连累降职。时隐时仕、时升时降的人生经历使其充分了解与接触变革动荡的社会，强烈的使命感和责任感，再加上愤世嫉俗，耿直、狷介的狂生性格，使其所著的《昌言》极具批判反思精神。与仲长统相比，徐干的性格相对平和，世称雅达君子，其个人修养、志趣、襟抱与现实之世风日下、人心不古产生的碰撞激发了创作的动力。徐干《中论》中的批评，更多展示了那一时代士人徘徊于理想与现实之间的心路历程，士人在乱世中冀求平安精神家园之努力。

---

① 《昌言校注·阙题八》，第386页。

第二节 《昌言》与《中论》中士的审美精神

《昌言》和《中论》两部作品，代表了时代士阶层的审美精神和理想追求。建安时期，正是个人觉醒之时，个人价值得到最大的张扬，孔融的高妙严正和自我标榜，杨修的恃才傲物，建安诸子的建功立业之心，建安时期士人的言语行文充分披露了士人"我之为我"的心胸和精神，这与《昌言》有内在的一致性：

> 二主数子之所以震威四海，布德生民，建功立业，流名百世者，唯人事之尽耳，无天道之学焉。……人事为本，天道为末，不其然与？……故审我已善，而不复恃乎天道，上也；疑我未善，引天道以自济者，其次也；不求诸己，而求诸天者，下愚之主也。①

仲长统认为贤明的君主能够建功立业、流名百世在于"唯人事之尽耳，无天道之学"，鲜明地提出应该"人事为本，天道为末"的思想，并指出在具体行事中要首先提高自己、完善自己，以人为本的审美观念卓然独立，认为"不求诸己，而求诸天者"是最为愚蠢的统治者，这是此时期士人自我觉醒意识的充分体现。这与西方人文主义内涵重视人、人的价值有内在的统一性。

在强调人价值的同时，仲长统极力反对沉迷于巫祝、谶纬：

> 简郊社，慢祖祢，逆时令，背大顺，而反求福佑于不祥之物，取信诚于愚惑之人，不亦误乎？彼图家画舍、转局指天者，不能自使室家滑利，子孙贵富，而望其能致之于我，不亦惑乎？今有严禁于下，而上不去，非教化之法也。诸厌胜之物，非礼之祭，皆所宜急除者也。②

仲长统反对谶纬之学，认为谶纬之学毫无现实意义，是需要急除的。

---

① 《昌言校注·阙题九》，第388、393、398页。
② 《昌言校注·阙题五》，第353页。

为君者为昏君，则"蓍龟积于庙门之中，牺牲群于丽碑之间，冯相坐台上而不下，祝史伏坛旁而不去"，其结果必然败亡。对巫祝、谶纬的反对与否定，凸显了现实主义精神，展示了对当下人、人事的肯定；人应该取诚信于人自身而非寄托于不祥的虚无之物，在此前提下，仲长统进一步提出人性的可贵、高尚，以及难以克服的弊病：

> 人之性，有山峙渊停者，患在不通；严刚贬绝者，患在伤士；广大阔荡者，患在无检；和顺恭慎者，患在少断；端悫清洁者，患在拘狭；辩通有辞者，患在多言；安舒沉重者，患在后时；好古守经者，患在不变。①

所谓"金无足赤，人无完人"，人性有高尚、严刚、阔荡、和顺、清洁等，自然也有其反面如不通、伤士、无检、少断、拘狭等诸多弊端，仲长统此意在于强调要全面地看待人和人性，体现了此时期士人对自身的理性反思。人性既有优劣相依，故而要不断完善，提高修养，"疏濯胸臆，澡雪腹心，使之芬香皓洁、白不可污也"。同时，仲长统对士作为"人"的独立精神尤为强调，士不是君主的附庸，是有独立思考精神之人，在士与君的关系处理中，士要根据君主之贤明与否决定对待的方法。故而人主有不可谏者则不必谏：

> 人主有常不可谏者五焉：一曰废后黜正，二曰不节情欲，三曰专爱一人，四曰宠幸佞谄，五曰骄贵外戚。废后黜正，覆其国家者也。不节情欲，伐其性命者也。专爱一人，绝其继嗣者也。宠幸佞谄，壅蔽忠正者也。骄贵外戚，淆乱政治者也。此为疾痛，在于膏肓；此为倾危，比于累卵者也。②

此五种统治者，"人臣破首分形，所不能救止也"，故而不必舍弃性命而直谏。倡导摒弃传统的大爱，重视以个体为中心的审美判断价值观：

---

① 《昌言校注·佚文》，第426页。
② 《昌言校注·阙题七》，第380页。

> 人爱我，我爱之；人憎我，我憎之。①

爱我者我爱之，憎我者我憎之，这种言论完全悖离传统儒家的仁恕与博爱精神，鲜明地展现了新一代士人以自我为中心的个人主义精神，这与魏晋时期"我与我周旋久，宁作我"中精神内涵颇为一致，皆高扬个体主义价值观，士人之觉醒由此可见。

仲长统的思想中有儒、道、玄三家思想的交杂，仲长统对神、人、人性、人的独立性的思考不是偶然为之，而是其思想与复杂的社会现实碰撞的结果，是以仲长统为代表的敏锐士人理性认识发展的结果，也是东汉晚期建安乱世士人思想动态一个缩影。社会的动荡变革会造成思想上推陈出新，士人认识到儒家价值观念与人生实践结果的悖离，其追寻从以往对社会、国家、百姓的重视开始转向对自我生命、价值、欲望的关注，强烈的自主意识和独立精神得以体现，他们要求人和人性的独立发展，故而在创作中展现其思想。

再看徐干的《中论》。《中论》中树立了一个士当追求的理想君子形象，即内外兼修、文质并重、慎独律己：

> 夫容貌者，人之符表也。符表正，故情性治；情性治，故仁义存；仁义存，故盛德著；盛德著，故可以为法象，斯谓之君子矣。②

徐干首先强调外在容仪的重要性，容仪是人的符表，符表经由性情、仁义而与君子的盛德密切相关，容仪之外，《中论》对君子的言行举止更有要求：

> 君子敬孤独而慎幽微，虽在隐蔽，鬼神不得见其隙也。……君子口无戏谑之言，言必有防；身无戏谑之行，行必有检。故言必有防，行必有检，虽妻妾不可得而黩也，虽朋友不可得而狎也。是以不愠怒而德行行于闺门，不谏谕而风声化乎乡党。③

---

① 《昌言校注·佚文》，第423页。
② 《中论解诂·法象》，第21页。
③ 同上书，第25、26页。

君子当慎独、言语当谨慎、行为要检点，与妻妾善、与朋友信，这样才能以言行感化世俗，在这些基础上，君子最重要的是"志"：

> 故君子不恤年之将衰，而忧志之有倦。不寝道焉，不宿义矣。言而不行，斯寝道矣；行而不时，斯宿义矣。①

君子当有"志"，这是对君子的内在要求，是君子之为君子的根本。徐干由浅入深，由法象入修本，最终提出了理想中君子的终极形象，即文质兼具，彬彬君子，圣贤之器，"既修其质，且加其文，文质著然后体全，体全然后可登乎清庙，而可羞乎王公"，展现其极高的审美追求。

建安时期，士阶层的反思与觉醒，表现之一就是关注人的现实生活，重视个体生命的感受。仲长统和徐干的思想里，质疑传统儒家对人、人性的压抑，而力求以理性和人文关怀来重建儒家的人文观。《中论》与《昌论》中提出士君子当巧智以自保，当贵生，当追求荣华富贵，展现此时期士阶层的新的审美理念。如《中论》所载：

> 且徐偃王知修仁义而不知用武，终以亡国；鲁隐公怀让心而不知佞伪，终以致杀；宋襄公守节而不知权，终以见执；晋伯宗好直而不知时变，终以陨身；叔孙豹好善而不知择人，终以凶饿：此皆蹈善而少智之谓也。故《大雅》贵既明且哲，以保其身。夫明哲之士者，威而不慑，困而能通；决嫌定疑，辨物居方；樴祸于忽杪，求福于未萌；见变事则达其机，得经事则循其常；巧言不能推，令色不能移；动作可观则，出辞为师表。比诸志行之士，不亦谬乎！②

徐干认为，儒士当随机应变，巧智以自保，不可做蹈善而少智之举，那些只顾行善义之事而不顾性命，乃至国亡之士是不可取的，进而对殷之三仁进行反思："殷有三仁，微子介于石不终日，箕子内难而能正其志，比干谏而剖心。君子以微子为上，箕子次之，比干为下。故《春秋》，大夫见杀，皆讥其不能以智自免也。"认为其不能够以智自保其身。君子要

---

① 《中论解诂·修本》，第43页。
② 《中论解诂·智行》，第157页。

能珍爱生命，明哲保身，更要在现实生活中追求安逸的生活，有德、有能之士吏当享受荣华富贵：

> 功小者其禄薄，德近者其爵卑。是故观其爵则别其人之德也，见其禄则知其人之功也，不待问之。古之君子贵爵禄者，盖以此也。非以黼黻华乎其身，刍豢之适于其口也；非以美色悦乎其目，钟鼓之乐乎其耳也。①

徐干认为，君子行正道，追求富贵荣华是应该的，这是功高而德远的表现。功小者其禄薄，德近者其爵卑，爵位荣禄是评价君子德行功劳的标准，"当此之时，孰谓富贵不为荣宠者乎？"徐干还辩证地提出，只有王道衰败之时，君子才对富贵有所诟病：

> 自时厥后，文武之教衰，黜陟之道废，诸侯僭恣，大夫世位，爵人不以德，禄人不以功，窃国而贵者有之，窃地而富者有之，奸邪得愿，仁贤失志，于是则以富贵相诟病矣。故孔子曰："邦无道，富且贵焉，耻也。"然则富贵美恶，存乎其世也。②

王道衰败，在其爵位者无德，有荣禄者无功，窃国显贵，窃地富裕，奸邪当道，仁贤失志，邦国无道，富贵成为君子的耻辱，这是社会发展不正常的表现。

同样，仲长统在《昌言》中持类似的观点，君子当追求富贵荣华，"求士之舍荣乐而居穷苦，弃放逸而赴束缚，夫谁肯为之者邪"，同时指出：

> 彼君子居位，为士民之长，固宜重肉累帛，朱轮四马。今反谓薄屋者为高，蘸食者为清，既失天地之性，又开虚伪之名，使小智居大位，庶绩不咸熙，未必不由此也。得拘洁而失才能，非立功之实也。以廉举而以贪去，非士君子之志也。夫选用必取善士。善士富者少而

---

① 《中论解诂·爵禄》，第166页。
② 同上书，第172页。

贫者多，禄不足以供养，安能不少营私门乎？从而罪之，是设机置阱以待天下之君子也。①

仲长统认为，君子在其位则应有与其身份相符合的待遇，不需要故作清高而恶衣恶食，士之优等者应该富裕，"善士富者少而贫者多，禄不足以供养，安能不少营私门乎？从而罪之，是设机置阱以待天下之君子也"，仲长统鼓励高薪养廉，使士吏得到应有的待遇。

仲长统与徐干行文中的君子当巧智以自保、贵生、追求应得的富贵荣华，与东汉晚期贵生思想的兴起密切相关，马融曾言："生贵于天下也。今以曲俗咫尺之羞，灭无赀之躯，殆非老、庄所谓也。"② 此即贵生思想的展现，这些观点的形成反映了士人与政权的疏离，士人国家意识的淡薄与个体意识的萌醒，士人不仅在政治上要求独立，不再唯王命是从，唯儒家经典是从，而且相对应地提出了物质富足、贵生自保的诸多要求。

《昌言》和《中论》中强调对士之为人的尊严和权力的尊重，对现实幸福生活的追求，展现了对理想、自由、美好生活的向往，描述了士阶层心目中的理想之地，如《昌言》所载：

> 使居有良田广宅，背山临流，沟池环匝，竹木周布，场圃筑前，果园树后。舟车足以代步涉之艰，使令足以息四体之役。养亲有兼珍之膳，妻孥无苦身之劳。良朋萃止，则陈酒肴以娱之；嘉时吉日，则亨羔豚以奉之。蹰躇畦苑，游戏平林，濯清水，追凉风，钓游鲤，弋高鸿。讽于舞雩之下，咏归高堂之上。安神闺房，思老氏之玄虚；呼吸精和，求至人之仿佛。与达者数子，论道讲书，俯仰二仪，错综人物。弹《南风》之雅操，发清商之妙曲。消摇一世之上，睥睨天地之间。不受当时之责，永保性命之期。如是，则可以陵霄汉，出宇宙之外矣。岂羡夫入帝王之门哉！③

---

① 《昌言校注·损益篇》，第297页。
② 《后汉书》卷60《马融列传》，第1953页。
③ 《昌言校注·附篇一》，第401页。

仲长统在陶渊明《桃花源记》之前，已经为士人营造了一个的理想审美世界，这里有融合天地自然之美的环境，"背山临流，沟池环匝，竹木周布，场圃筑前"；富足的物质条件，"养亲有兼珍之膳，妻孥无苦身之劳"；生活悠闲而高雅，以一种艺术的人生在存活，"踸踔畦苑，游戏平林，濯清水，追凉风，钓游鲤，弋高鸿"。人与人、人与自然和谐相处，生活其中，士人"睥睨天地之间。不受当时之责"，活得自由自在，这种雅致的生活情调和理想生活，堪与孔子《论语·先进》中的"莫春者，春服既成，冠者五六人，童子六七人，浴乎沂，风乎舞雩，咏而归"的人生态度和审美境界相媲美。同样，徐干在《中论》中亦有理想人物大贤所引领的理想社会：

> 大贤为行也，哀然不自见，僴然若无能，不与时争是非，不与俗辩曲直，不矜名，不辞谤，不求誉，其味至淡，其观至拙，夫如是，则何以异乎人哉！其异乎人者，谓心统乎群理而不缪，智周乎万物而不过，变故暴至而不惑，真伪丛萃而不迷。故其得志，则邦家治以和，社稷安以固，兆民受其庆，群生赖其泽，八极之内同为一，斯诚非流俗之所豫知也。不然，安得赫赫之誉哉。①

徐干理想社会的引导者是大贤，大贤看似平淡无奇，却能够以其言行举止治邦安家，大贤的无为而治，使得"兆民受其庆，群生赖其泽"，一片和谐社会的景象。无独有偶，此时期不少士人在诗文中描述了自己的理想世界，如刘桢的《遂志赋》载："我独西行。去峻溪之鸿洞，观日日于朝阳。释丛棘之余刺，践槚林之柔芳。曤玉粲以曜目，荣日华以舒光。信此山之多灵，何神分之煌煌。聊且游观，周历高岑。仰攀高枝，侧身遗阴。磷磷礛礛，以广其心。"② 叙述自己向往天帝自然的自由生活，游鸿洞，观朝阳，登灵山而览天地之大。即使是建安文士中最热衷名利的吴质，也在《答东阿王书》中表达了自己的理想世界：

> 若质之志，实在所天，思投印释黻，朝夕侍坐，钻仲父之遗训，

---

① 《中论解诂·审大臣》，第312页。
② 《全后汉文》卷65，第664页。

览老氏之要言，对清酤而不酌，抑嘉肴而不享；使西施出帷，嫫母侍侧，斯盛德之所蹈，明哲之所保也。①

吴质的理想，也是放弃功名利禄之心，醉心书籍之研究。吴质是曹丕的谋士，此写给曹植的信，其真心与否很难揣摩，但至少可以看出，建安文士即使是最热衷名利者内心也藏有一个理想的纯粹的审美世界。

第三节 《中论》中的美育思想

《中论序》载："世有雅达君子者，姓徐名干，字伟长，北海剧人也。其先业以清亮臧否为家，世济其美，不陨其德。至君之身十世矣。"② 可知徐干家族世代以品评人物著称，清亮有德。徐干个人修养、志趣、襟抱使得他对君子之为君子有更深的思考。徐干在《中论·艺纪》中旗帜鲜明地提出培养君子的"美育"概念：

> 先王之欲人之为君子也，故立保氏掌教六艺：一曰五礼，二曰六乐，三曰五射，四曰五御，五曰六书，六曰九数。教六仪：一曰祭祀之容，二曰宾客之容，三曰朝廷之容，四曰丧纪之容，五曰军旅之容，六曰车马之容。大胥掌学士之版，春入学舍，采合万舞，秋班学合声，讽诵讲习，不解于时。故《诗》曰："菁菁者莪，在彼中阿。既见君子，乐且有仪。"美育群材，其犹人之于艺乎？③

徐干认为，"美育"是"六艺"之教，所谓美育群材的目的则是以艺术审美的六艺、六仪教育群材，使之成为内外兼有文质彬彬的君子。六艺包括礼、乐、射、御、书、数；而六仪则指祭祀之容、宾客之容、朝廷之容、丧纪之容、军旅之容、车马之容，通过以艺术审美的六艺、六仪的培养，君子方称为内外兼修的君子，"既修其质，且加其文，文质著然后体全，体全然后可登乎清庙，而可羞乎王公"，君子的资质通过艺术审美得

---

① 《全三国文》卷30，第309页。
② 《中论解诂·序跋》，第393页。
③ 《中论解诂·艺纪》，第115页。

到完善，进而能够从事国家政治活动。

徐干的美育观里，重视"艺"，强调"人无艺则不能成其德"：

> 故恭恪廉让，艺之情也；中和平直，艺之实也；齐敏不匮，艺之华也；威仪孔时，艺之饰也。通乎群艺之情实者，可与论道；识乎群艺之华饰者，可与讲事。事者有司之职也，道者君子之业也。先王之贱艺者，盖贱有司也，君子兼之，则贵也。故孔子曰："志于道，据于德，依于仁，游于艺"。艺者，心之使也，仁之声也，义之象也。故礼以考敬，乐以敦爱，射以平志，御以和心，书以缀事，数以理烦。敬考则民不慢，爱敦则群生悦，志平则怨尤亡，心和则离德睦，事缀则法戒明，烦理则物不悖。六者虽殊，其致一也。其道则君子专之，其事则有司共之，此艺之大体也。①

美育属于审美教育。礼乐之乐是上古艺术所谓的礼乐之教，将音乐、诗歌、舞蹈等多种艺术审美融为一体，这种美育能够陶冶君子的性情，培养君子的志向，提高品德修养，"礼以考敬，乐以敦爱，射以平志，御以和心，书以缀事，数以理烦"，值得注意的是，徐干的"美育群材"希望通过"六艺"来培养道德高尚的君子，即徐干所说的"孔子称安上治民，莫善于礼；移风易俗，莫善于乐。存乎六艺者，着其末节也"。在他看来，"艺"以"德"为本，二者都是君子修养的重要组成部分，在此种情况下：

> 故君子非仁不立，非义不行，非艺不治，非容不庄，四者无怨，而圣贤之器就矣！《易》曰："富有之谓大业。"其斯之谓欤？君子者，表里称而本末度者也。故言貌称乎心志，艺能度乎德行，美在其中，而畅于四支，纯粹内实，光辉外著。②

艺能修炼德行，美育能使君子达到"在其中，而畅于四支，纯粹内实，光辉外著"的境界。徐干认为可以通过六艺、六仪的教育与陶冶，培

---

① 《中论解诂·艺纪》，第127页。
② 同上书，第115页。

养君子内外兼修的气质,这在东汉晚期社会动荡、人心不古的社会中具有现实意义。徐干美育思想的提出,极具开创意义,其美育思想中蕴含着人文精神,这种人文精神首先体现在对个体人格的尊重和个体价值的维护上。徐干所提倡的美育,是建立在儒家传统教育理念上的创新,儒家传统文化中的义、恕、仁与人文精神的自由、平等、博爱有一脉相通之处。徐干在对美育的讨论中,已然看到了作为审美教育的美育能够净化人的心灵、安顿人的情感,培养高贵的伦理道德修养。他将传统诗书礼乐教育与孔子的"志于道,据于德,依于仁,游于艺"相结合,在继承前人的基础上又为后代美育研究提供了精神滋养。

近代美育发展史以王国维和蔡元培为代表,二人的思想固然受到西方审美思想的极大影响,但中国古典文化中的美育思想如徐干思想等亦给予强劲的精神滋养和品格支撑,如其基本观念认为美育能够在审美愉悦中趋近一种理想的道德境界,应以道德的人格培育服务于社会秩序的建立方面。王国维分教育为体育和心育,其中心育包括智育、德育、美育等,认为美育是人文精神的精粹,其目的在于寻求幸福于现时、现实与现世,认为美育可以净化国民嗜好,培养国民高尚情操,发展人格进而达到人格的圆满。蔡元培提倡五育:"军国民主教育""德育""实利主义教育""世界观教育""美育"。认为美育目的在于通过审美的普遍性和超脱性对人进行情感陶养而直接生成的一种崇高的道德人格,蔡元培之美育思想,提倡纯粹之美育,作用在于"陶养吾人之情感",根本目的"乃使有高尚纯洁之习惯,而使人我之见,利己损人之思念,以渐消沮者也"。[①] 这都可视为对《中论》美育思想在近代的继承。科学越昌明,物质越发达的社会,美育尤其重要。美育使人类在音乐、雕塑、图画、文学里找到了他们遗失的情感。美育安顿了人们的情感,这一点是古今相通之处,也是徐干美育提出历久弥新的意义之所在。

仲长统和徐干作为东汉晚期最具反思精神和批判精神的士人,在其著作《昌言》和《中论》中传达了时代文士的思考,对社会的风俗尤其是士风世俗展开了批评,以理性的头脑反思了东汉晚期社会的种种现象,其目的在于力求建立合理的社会秩序和学术正统、道德纯正的士风士俗;二人的作品又体现了鲜明的人文精神,有全新的自我意识的萌发与张扬,有

---

① 高平叔:《蔡元培美育论集》,湖南教育出版社1987年版。

"人事为本、天道为末"的人文思想蕴含其中,更有充分体现人文精神的贵生、追求现实生活和审美生活等重视个体价值的思想,还有希望塑造完美人性与道德的美育思想。《昌言》与《中论》是时代文士觉醒与反思之作,为后代文士的思想发展开辟了道路。

第九章

从曹操与士人交往活动看建安文学批评的形成①

曹操是汉末至建安时期文化发展进程中的关键性人物。青壮之年，他与汉末士人尤其是党锢名士交往频繁，深受汉末士人思想观念和价值选择之浸润与影响；成为曹魏集团的统治者之后，他更是延揽天下文士，为建安文学批评的开展奠定了坚实的基础。本章拟从曹操与汉末士人的关系、曹操与建安文士的离合，以及曹操对建安文学批评之开展的贡献三方面入手进行研究。

第一节 曹操与汉末士人的关系

曹操生于永寿元年（155），祖父为宦官。史书记载："桓帝世，曹腾为中常侍大长秋，封费亭侯。养子嵩嗣，官至太尉，莫能审其生出本末。嵩生太祖。"② 可知曹操出生于极有权势的宦官家族。曹操的祖父曹腾，"用事省闼三十余年，奉事四帝，未尝有过。其所进达，皆海内名人，陈留虞放、边韶、南阳延固、张温、弘农张奂、颍川堂谿典等"。③ 曹腾与当世不少名士有着良好关系且颇享清誉。清代著名史家赵翼尝言："后汉宦官之贪恶肆横，固已十人而九，然其中亦有清慎自守者，不可一概抹杀也。"④ 而曹腾无疑就是"清慎自守者"中的代表之一。到了曹操的父亲曹嵩之时，沛国曹氏已经积累了相当的政治实力、财富及威望。曹嵩为太

---

① 本书发表于《理论学刊》2015 年第 5 期。
② 《三国志》卷 1《魏志·武帝纪》，第 1 页。
③ 《后汉书》卷 78《宦者列传》，第 2519 页。
④ 王树民：《廿二史札记校正》，中华书局 2001 年版，第 114 页。

第九章 从曹操与士人交往活动看建安文学批评的形成

尉,同族曹仁祖父曹褒为颍川太守,曹炽为侍中、长水太尉,曹洪伯父曹鼎为尚书令,曹氏家族在汉末政权中举足轻重。曹操的出身虽为其带来过某些困扰和诟病,然而也给他带来了不少与诸名士接触和交往的机会与便利。更重要的是,曹操进入仕途之后,在立身处世上自觉地与宦官集团相脱离,而向清流士人阶层靠拢,展示了其睿智的政治判断力和人生抉择。

汉末党锢之祸首发于延熹九年(166),此年曹操十二岁;第二次党锢之祸发生在建章二年(169),此时曹操也不过十五岁。党锢之祸是汉末由衰而乱、由乱而亡的重要事件,党锢事件激发了士阶层的觉醒和对自我价值的体认,年轻的曹操身在其中,遂自觉地脱离宦官集团而追慕名士,并常以名士自居。党锢之祸中被激发的正义精神和崇节尚义之风,以及士阶层的审美精神与情趣,被曹操结合自己的人生经历而沉淀在思想深处,为之后曹操人生观的形成和文学创作的发展奠定了基础。

熹平三年(174),曹操二十岁。此年,曹操举孝廉,不久任洛阳北部尉。① 因为吏治清明,熹平六年(177),二十三岁的曹操升任议郎。曹操担任议郎时,旗帜鲜明地站在了宦官的对立面,表现出了与他们势不两立的姿态。史书对此有明确记载:"先是大将军窦武、太傅陈蕃谋诛阉官,反为所害。太祖上书陈武等正直而见陷害,奸邪盈朝,善人壅塞,其言甚切;灵帝不能用。"② 从中可见曹操反对宦官、坚定维护士阶层的鲜明立场与态度。曹操能与汉末党锢士人多有交往,并与不少名士交谊颇深,其中的一个重要原因就在于,在汉末士阶层与宦官的斗争中,曹操毫不犹豫地站在了士阶层一边。正因为如此,他也遭到了宦官的排斥。曹操担任议郎的第二年,其议郎之职即因得罪宦官而遭罢免。③ 中平元年(184),三十岁的曹操担任了济南相。曹操在《让县自明本志令》中曾自叙道:"孤始举孝廉,年少,自以本非岩穴知名之士,恐为海内人之所见凡愚,欲为一郡守,好作政教以建立名誉,使世士明知之。故在济南,始

---

① 洛阳是东汉京都,北部尉是分管洛阳北半部的县尉,负责维持治安、察禁盗贼。曹操任洛阳北部尉,乃是源于选部尚书梁鹄、京兆尹司马建公的推举,曹操的政治生涯从此起步。梁鹄以擅长辞赋入选鸿都门士而得到灵帝重用。鸿都门士多为正统士人不耻而为宦官所控,由此又可知曹操之仕途发展,起初仍是借助了宦官势力。

② 《三国志》卷1《魏志·武帝纪》注引《魏书》,第3页。

③ 光和元年(178),灵帝听信宦官谗言,废皇后宋氏,宋氏之父兄皆被杀,曹操的堂妹夫宋奇被杀,曹操受牵连被罢免议郎。

除残去秽，平心选举，违忤诸常侍。"① 由此可知，曹操虽为宦官家庭出身，但他很早就已经自觉地在思想上脱离了这个集团，想通过临民理政、教化百姓的实绩树立自己的形象和威望，走的显然正是与汉末党人完全相同的人生道路。

曹操与汉末党人名士之间的交往极为频繁。在追慕名士和与名士交往的过程中，其自身也展现出了名士的风格和气概。曹操早年与张邈为友，史书记载：

> 张邈字孟卓，东平寿张人也。少以侠闻，振穷救急，倾家无爱，士多归之。太祖、袁绍皆与邈友。辟公府，以高第拜骑都尉，迁陈留太守。董卓之乱，太祖与邈首举义兵。汴水之战，邈遣卫兹将兵随太祖。袁绍既为盟主，有骄矜色，邈正议责绍。绍使太祖杀邈，太祖不听，责绍曰："孟卓，亲友也，是非当容之。今天下未定，不宜自相危也。"邈知之，益德太祖。太祖之征陶谦，敕家曰："我若不还，往依孟卓。"后还，见邈，垂泣相对。其亲如此。②

张邈作为党锢名士之一员，与度尚、王考、刘儒、胡母班、秦周、蕃向、王章并称"八厨"。"厨者，言能以财救人者也"③，这与张邈"振穷救急，倾家无爱"的风格非常吻合。曹操与张邈结为密友，可以想见，"士多归之"的张邈的诸多人脉也必然会成为他结交的对象，而包括张邈在内的汉末党人的侠义之气和"振穷救急，倾家无爱"之风，也势必给他以深刻的影响。曹操与张邈共同谋划反对董卓之举，并在危难之时更以家人托付，可知二人交情之深！

曹操与汝南世家袁绍，在年少时便结下了交情，用《三国志·魏志·袁绍传》的话说就是"太祖少与交焉"。二人年幼即是很好的玩伴，甚至做过劫人新妇的勾当。南朝宋刘义庆《世说新语·假谲》载：

> 魏武少时，尝与袁绍好为游侠。观人新妇，因潜入主人园中，夜

---

① 《三国志》卷1《魏志·武帝纪》注引《魏武故事》，第32页。
② 《三国志》卷7《魏志·张邈传》，第221页。
③ 《后汉书》卷67《党锢列传序》，第2187页。

呼叫云："有偷儿贼！"青庐中人皆出观，魏武乃入，抽刃劫新妇。与绍还出，失道，坠枳荆中，绍不能得动，复大叫云："偷儿在此！"绍惶迫自掷出，遂以俱免。①

东汉后期的汝南袁氏有"四世三公"之美誉②，在士林中威望极高。袁绍出身高贵，又能礼贤下士，不少名士与之交往，《三国志》载："又好游侠，与张孟卓、何伯求、吴子卿、许子远、伍德瑜等皆为奔走之友。"③ 袁绍在东汉末年诛灭宦官集团的斗争中立下了汗马功劳，更因其叔父袁隗被董卓灭族，士林各界痛惜德高望重的袁老太尉，故而一致推举袁绍做了盟主。然而袁绍其人骄矜高傲、外宽内忌的秉性，随着汉末政治、军事斗争的日益激化而逐渐暴露，而曹操与他的关系也逐渐由政治军事同盟转变成了不共戴天的仇敌。他们之间关系的显著恶化，史书记载是在曹操迎接汉献帝定都许昌之际，时当建安元年（196）。当时"颍川郭图……说绍迎天子都邺，绍不从。会太祖迎天子都许，收河南地，关中皆附。绍悔，欲令太祖徙天子都鄄城以自密近，太祖拒之"；不仅如此，汉献帝即位后，"以太祖为大将军"，"以袁绍为太尉"，"绍耻班在太祖下，怒曰：'曹操当死数矣，我辄救存之，今乃背恩，挟天子以令我乎！'太祖闻，而以大将军让于绍"④。其实，早在六年前的初平元年（190），曹操就已对袁绍十分不满了，史书记载：是年，"袁绍与韩馥谋立幽州牧刘虞为帝，太祖拒之"，"太祖答绍曰：'董卓之罪，暴于四海，吾等合大众、兴义兵而远近莫不响应，此以义动故也。今幼主微弱，制于奸臣，未有昌邑亡国之衅，而一旦改易，天下其孰安之？诸君北面，我自西向。'""绍又尝得一玉印，于太祖坐中举向其肘，太祖由是笑而恶焉"，"太祖大笑曰：'吾不听汝也。'绍复使人说太祖曰：'今袁公势盛兵强，二子已

---

① （南朝宋）刘义庆著，杨勇校笺《世说新语校笺》，中华书局2006年版，第761页。
② 《三国志》卷74《魏志·袁绍传》及注引华峤《汉书》记载：袁安在汉章帝时官至司徒；袁安"生蜀郡太守京。京弟敞为司空。京子汤，太尉。汤四子：长子平，平弟成，左中郎将，并早卒；成弟逢，逢弟隗，皆为公"。即是说，汝南袁氏当中，自袁安而袁敞而袁汤而袁逢、袁隗兄弟，四世凡五人居三公位，人称"四世三公"。
③ 《三国志》卷74《魏志·袁绍传》，第188页。
④ 《三国志》卷1《魏志·武帝纪》《三国志》卷74《魏志·袁绍传》及注引《献帝春秋》，第194—195页。

长，天下群英，孰逾于此？'太祖不应。由是益不直绍，图诛灭之"①。

曹操与党锢名士何颙亦有交往，史书记载：

> 颙字伯求，少与郭泰、贾彪等游学洛阳，泰等与同风好。颙显名太学，于是中朝名臣太傅陈蕃、司隶李膺等皆深接之。及党事起，颙亦名在其中，乃变名姓亡匿汝南间，所至皆交结其豪杰。颙既奇太祖而知荀彧，袁绍慕之，与为奔走之友。②

何颙与汉末名士郭泰、贾彪交情极深，朝中清流官僚陈蕃、李膺曾与之交好，陈蕃、李膺死难之后，何颙亡命汝南，"奇太祖而知荀彧"，对曹操极为欣赏。《后汉书》记载："初，颙见曹操，叹曰：'汉家将亡，安天下者必此人也。'操以是嘉之。"③可知何颙的"奇太祖"，是预见到了曹操有济世之才。

曹操能够在汉末士林中立足且逐渐知名，既得益于自身的努力，又得益于与名士交接中诸人对他的提携。何颙之外，对其备加赏识者还有桥玄：

> 初，曹操微时，人莫知者。尝往候玄，玄见而异焉。谓曰："今天下将乱，安生民者其在君乎！"操常感其知己。④
>
> 玄谓太祖曰："天下将乱，非命世之才不能济也，能安之者，其在君乎！"⑤
>
> 太尉桥玄，世名知人，睹太祖而异之，曰："吾见天下名士多矣，未有若君者也！君善自持。吾老矣！愿以妻子为托。"由是声名益重。⑥

汉末桥玄以品评人物著称于世，即所谓"世名知人"。《后汉书·桥

---

① 《三国志》卷1《魏志·武帝纪》及注引《魏书》《三国志·魏志·袁绍传》，第8页。
② 《三国志》卷10《魏志·荀彧传》注引张璠《汉纪》，第322页。
③ 《后汉书》卷67《党锢列传》，第3217页。
④ 《后汉书》卷51《桥玄列传》，第1697页。
⑤ 《三国志》卷1《魏志·武帝纪》，第2页。
⑥ 《三国志》卷1《魏志·武帝纪》注引《魏书》，第2页。

玄列传》载其谓曹操为"安生民者",与何颙所言之"安天下者"相似;《三国志·魏志·武帝纪》载桥玄评曹操为"命世之才",所谓"五百年必有王者兴,其间必有名世者",可知桥玄"命世之才"的评价要更高一筹。名士的赏评有助于早期曹操的声望提升和士林对他的接纳和认可,从这些评价——如桥玄所言"吾见天下名士多矣,未有若君者也"当中,可知当时相当一部分士人已经将曹操视为士林中人,甚至是名士。

蔡邕与曹操的交往,大概也是经由桥玄牵线搭桥。桥玄对蔡邕有知遇提携之恩,《后汉书·蔡邕列传》记载:"建宁三年,(蔡邕)辟司徒桥玄府,玄甚敬待之。"此时,蔡邕不过三十八岁,曹操则年方十六。桥玄既然"世名知人",又"睹太祖而异之",还"甚敬待"自己的部下蔡邕,那么居间促成曹操与蔡邕二人的结识和交往,便是顺理成章之事。曹操小蔡邕二十二岁,蔡邕入朝为官"拜郎中,校书东观"时,曹操刚好二十岁,并被"举孝廉为郎",二人或在此时开始交往。蔡邕乐于鼓励和奖掖后进,对急于跻身士林的曹操或有过赏识和举荐的行为。不过,关于曹操与蔡邕的交情和交往,史无明载,目前所能见到的文献资料,只有曹丕在《蔡伯喈女赋》序中所述:"家公与蔡伯喈有管鲍之好,乃命使者周近持玉璧与匈奴,赎其女还,以妻屯田郡都尉董祀。"① 曹丕以春秋时齐人管仲和鲍叔牙相知相交的典故为喻,比况曹操与蔡邕的关系,可见二人交情之深,非常人间的泛泛之交可比。正因为如此,蔡邕的女儿蔡琰流落胡地之后,曹操先是慷慨地以重金将其赎回,然后又使其改嫁董祀,而当董祀犯法当诛、蔡琰前来求情时,曹操不禁为之动容,下令赦免了董祀。曹操对蔡琰的关照和顾念,显然有对蔡邕深厚交情的感念在内。曹操在文艺审美上与蔡邕有诸多相似之处,或源于彼此交往中所受蔡邕的深刻影响。

总之,曹操早年与汉末党人交往密切,深受汉末党人影响,颇以肃清天下、拨乱反正为己任。曹操的为官政治清明、好作政教、反对宦官、交往名士,既是曹操在汉末士风影响下的个人理性抉择,更寄寓着曹操欲建立名誉、拉拢天下士人之心的长远理想。

---

① 《全三国文》,第37页。

第二节　曹操与建安文士的离合

随着曹操的势力在汉末政治和军事格局中的强势崛起，曹操其人也逐渐成为建安士人的政治理想与审美理想人物。在党锢之祸中遭受迫害和在汉末战乱中备尝流离之苦的士人及他们的后代，对曹操莫不感恩戴德、评价极高。汉末名士、颍川李膺死于党锢，其子李瓒弥留之际嘱告儿子李宣等人说："天下英雄，无过曹操。张孟卓与吾善，袁本初汝外亲，虽尔勿依，必归曹氏。"①要求其子舍弃与自己有老交情的张邈和有亲戚关系的袁绍而归附曹操。再如汉末党人之后荀彧。《三国志》载："（荀彧）祖父淑，字季和，朗陵令。当汉顺、桓之间，知名当世。有子八人，号曰八龙。"②荀淑与李固、李膺同志友善，荀彧的父亲荀绲为"八龙"之一，名重当世。荀彧曾专门比论过曹操与袁绍，荀彧认为曹操在"度"即气量、"谋"即韬略、"武"即治军之道、"德"即非权力影响力四个方面全面胜过了袁绍。王粲的曾祖父龚、祖父畅，皆为三公；父谦，为何进大将军长史。其人显然也是名门之后。王粲对曹操也曾由衷表示过赞叹，他说："使海内归心，望风而愿治，文武并用，英雄毕力，此三王之举也。"③将其视为拯危救乱的英雄。在当时，"英雄"一语乃是极高的评价——"聪明秀出谓之英，胆力过人谓之雄"④，个中寄托着士阶层的人格理想。上述诸人所言虽不无溢美之词，但也在一定程度上真实地表达了相当一部分建安士人对曹操的看法。

曹操能够得到建安士人的积极拥护，不但与其通脱务实的政治审美精神密切相关，更与其治国中重视贤士的策略密切相关。建安十年（205），曹操颁布《求言令》：

> 令：夫治世御众，建立辅弼，诚在面从。《诗》称"听用我谋，庶无大悔"，斯实君臣恳恳之求也。吾充重任，每惧失中，频年以来，

---

① 《后汉书》卷67《党锢列传》，第2197页。
② 《三国志》卷10《魏志·荀彧传》，第307页。
③ 《三国志》卷21《魏志·王粲传》，第598页。
④ 伏俊琏：《人物志译注·英雄》，上海古籍出版社2008年版，第100页。

不闻嘉谋，岂吾开延不勤之咎邪？自今以后，诸掾属治中别驾，常以月旦，各言其失，吾将览焉。①

曹操在《求言令》中表达了欲借用仰慕已久的汝南名士许劭"月旦评"获得士阶层品评的想法。汝南名士许劭及其主持的"月旦评"闻名于世，在汉末有广泛的影响。"初，劭与靖俱有高名，好共核论乡党人物，每月辄更其品题，故汝南俗有'月旦评'焉。"② 汝南月旦评影响极大，经由曹操的这次倡导，远远超出汝南地区的风俗而逐渐在实践需要中发展成为国家的制度，唐长孺先生指出："许劭所主持的月旦评，以后设立中正（指魏采用的九品中正制度），还沿用此法。"③ 经由士人倡导的品评风气，在社会发展成为一种人物审美批评方式，进而固定成为国家的制度，这正是经由曹操务实的政治态度和重视贤士的策略完成的。建安十二年（207），曹操颁布《封功臣令》，其云："吾起义兵诛暴乱，于今十九年，所征必克，岂吾功哉？乃贤士大夫之力也。天下虽未悉定，吾当要与贤士大夫共定之，而专飨其劳，吾何以安焉？其促定功行封。"④ 再次表达了与贤能之士共享平定天下之功的想法。建安十五年（210），曹操又颁布《求贤令》，表达了求贤若渴的急切态度，他说："自古受命及中兴之君，曷尝不得贤人君子与之共治天下者乎！及其得贤也，曾不出闾巷，岂幸相遇哉？上之人不求之耳。今天下尚未定，此特求贤之急时也。'孟公绰为赵、魏老则优，不可以为滕、薛大夫'。若必廉士而后可用，则齐桓其何以霸世？今天下得无有被褐怀玉而钓于渭滨者乎？又得无有盗嫂受金而未遇无知者乎？二三子其佐我明扬仄陋，唯才是举，吾得而用之。"⑤ 这道《求贤令》强调在人才选拔中要因时制宜、不拘一格。

经由一系列行之有效的法令和政策，曹操渐得天下士人之心，汉末名士竞相归附，愿意为其效命。聚集在曹操身边的这些人才，归附的具体方式各有不同。有的是主动投奔，如王朗。王朗原是徐州刺史陶谦的部下，颇得陶谦赏识，先是被其举为茂才，用为治中从事，后又提拔他做了会稽

---

① 《三国志》卷1《魏志·武帝纪》注引《魏书》，第28页。
② 《后汉书》卷68《郭符许列传》，第2230页。
③ 《魏晋南北朝史论丛》，第85页。
④ 《三国志》卷1《魏志·武帝纪》，第28页。
⑤ 同上书，第32页。

太守。王朗也不负厚望，治政有方，受到当地百姓爱戴。其后，孙策攻打会稽，王朗率部抵抗，为其所败，孙策派人劝他为己效命，但是王朗坚决不肯，而是一心投奔曹操。王朗"自曲阿展转江海"，跋山涉水一年多，才到了曹操处，被求才若渴、翘首以待的曹操任命为谏议大夫、参司空军事。有的是被曹操慕名招揽，如华歆。华歆是国之清流名士，曾经做过豫章太守。孙策攻打豫章时，虞翻劝说华歆归于孙策麾下。文坛上的华歆名满天下，孙策对其极其尊重，以学生自称。华歆经常参加江南士大夫的聚会，每次都是大出风头，众人皆甘居其下，莫不心服。后来孙策遇刺，曹操假天子之命征华歆回朝，封他为议郎、参司空军事。有的是通过军事吞并而获得，如曹操一次性得到的大批荆州儒学人才。公元208年，荆州牧刘表去世，其次子刘琮献荆州于曹操。从公元192年直到去世，刘表做了16年的荆州牧。这段时间，天下大乱，群雄逐鹿，然而刘表治下的荆州却是一片安宁之区，天下纷纭，而荆州自若。这片安宁之地孕育了"荆州学派"的繁荣昌盛。史载当时荆州地区会集了"关西、兖、豫学士归者盖有千数，表安慰赈赡，皆得资全。遂起立学校，博求儒术"①，如王粲、韩嵩、宋忠、傅巽、蒯越、刘先、裴潜等，这些人才大多为曹操所用。《三国志》载："荆州平，太祖与荀彧书曰：'不喜得荆州，喜得蒯异度耳。'"② 可知曹操对于得到集聚此地的大量人才由衷地高兴。

当然，中原士林名士中既有如桥玄、何颙般对曹操欣赏之人，如王朗般仰慕投奔之人，亦有对其质疑甚至不屑之士人。如曹操曾逼求人物品鉴专家许劭点评自己，"尝问许子将：'我何如人？'子将不答。固问之，子将曰：'子治世之能臣，乱世之奸雄。'太祖大笑。"③ 许劭看出曹操的雄诈渐著但又不屑其出身。曹操仰慕当时的名士宗承，想和宗承交朋友，宗承"甚薄其为人，不与之交"，"及魏武作司空，总揽朝政，从容问宗曰：'可以交未？'答曰：'松柏之志犹存。'"④ 这些代表了一部分汉末党人对曹操的态度。

以曹操为代表的曹魏政权，与汉末建安士人的关系极为复杂微妙，近

---

① 《后汉书》，第2421页。

② 《三国志》卷1《魏志·武帝纪》，第215页。

③ 同上书，第3页。

④ （南朝宋）刘义庆著，杨勇校笺：《世说新语校笺》，中华书局2006年版，第260页。

而远，亲而疏，重用而排斥，喜爱而厌恶，都在曹操的言行举止中矛盾地存在着。兴平元年（194）杀中原名士边让并其妻儿。此举让曹操在兖州士林的名声大坏，"刚直壮烈"的陈宫再也无法容忍曹操的专横跋扈，特别是曹操为泄私愤，率军南下徐州屠城，杀害十万百姓，陈宫叛离曹操，与之对抗。曹操麾下的不少汉末名士及其后人如孔融、杨修等带有浓郁的汉末清流士人遗风，曹操早年亦非常追慕党锢士人风范，欲得汉末名士赏识而名扬天下，故而其性格中有与这些士人相似的一面，然而或正是早年与汉末清流士人的渊源，使得这些士人如杨修、孔融、祢衡等人对曹操和曹氏政权不屑一顾，更是看透了曹操的野心，出于维系汉帝国的息脉而与曹操政权对抗，故而曹操心忌恨之，多欲杀之而后快。孔融、杨修皆是具有汉末党人习气之名士，从骨子里对曹操的出身极为不屑，建安十三年（208），曹操杀孔融，灭族；建安二十四年，杀杨修，看在老太尉杨彪的面上，未灭族。曹操曾重用荀彧，然当荀彧阻碍了他称王称帝的野心时，荀彧之死也为必然。

第三节 曹操对建安文学批评的贡献

建安文学一般可以分成前、后期，前期是指建安十三年至二十四年（208—219），后期指曹丕称帝后的黄初元年至太和六年（220—232）。前期为以曹操为首的曹氏集团大发展时期，文士聚集于邺下，形成邺下文人集团，是建安文学的鼎盛时期，更是文学批评的大发展时期。曹操对建安文学批评发展贡献卓越，自身历经汉末至建安，与麾下的名士有意气相投之处，将汉末党锢以来士阶层的审美趣味直接带至建安文坛。建安文学能够在长期战乱、社会残破的背景下得以勃兴，建安文学批评能够形成为世人所津津乐道的梗概多气、悲天悯人、清峻古直等风格，同曹操的重视和推动是分不开的。

曹操对建安文学批评形成的贡献之一在于其稳定中原政局，恢复衰败的社会经济，使曹魏在三国中实力最强，为建安文学发展提供了极好的外在物质发展条件，又倡导开明通达的风气，为建安文学和文艺思想的发展提供了较为宽松的政治环境。建安十三年（208）赤壁之战后，三国鼎立的局面形成，北方基本统一。战乱虽然没有完全平息，但是邺都却已是太平景象。之前曹操经过十余年的屯田政策，社会经济得到稳定的发展。建安十三年之后，社会的安定、经济的发展在邺都已是现实。建安十五年（210），铜雀台建成。铜雀台作为一个从事文艺活动的场所，其建立不仅仅代表了曹操对文艺的喜好，更是之后建安文士的文艺创作和文学批评发展的前提。此外，曹操以率性通脱之气，打破了两汉专制政权帝王与文士之间的壁垒，营造了一个相对宽松的政治氛围。《三国志》注引《曹瞒传》载：

> 太祖为人佻易无威重，好音乐，倡优在侧，常以日达夕。被服轻绡，身自佩小鞶囊，以盛手巾细物，时或冠帢帽以见宾客。每与人谈论，戏弄言诵，尽无所隐，及欢悦大笑，至以头没杯案中，肴膳皆沾汙巾帻，其轻易如此。①

曹操通脱率性，爱好文学，登高必赋，酒宴必歌，《三国志》注引《魏书》曰："（武帝）登高必赋，及造新诗，被之管弦，皆成乐章。"②曹操常常与麾下的文士集会歌赋，难分君臣。因为是无关政务的文士，曹操对待他们较为宽容。以陈琳为例，陈琳作《为袁绍檄豫州文》，对曹操羞辱之极："操赘阉遗丑，本无令德，僄狡锋侠，好乱乐祸。……历观古今书籍所载，贪残虐烈无道之臣，于操为甚。莫府方诘外奸，未及整训，加意含覆，冀可弥缝。而操豺狼野心，潜包祸谋，乃欲桡折栋梁，孤弱汉室，除忠害善，专为枭雄。"③值得注意的是，陈琳的这番辱骂，曹操并没有异常愤怒，《三国志》载曹操只是责问他："卿昔为本初移书，但可罪状孤而已，恶恶止其身，何乃上及父祖邪？"④曹操表现得豁达大度，最终"爱其才而不咎"。任命其为司空军师祭酒，使与阮瑀同管记室，不久徙为丞相门下督。在这种政治氛围下，建安文士的文学创作与文学批评得以充分展开。

曹操对建安文学批评的贡献之二在于其以魏王之尊，招揽了大批优秀的建安文士，倡领文学发展。建安九年（204）前后，曹操已经网罗了一

---

① 《三国志》卷1《魏志·武帝纪》注引《曹瞒传》，第54页。
② 《三国志》卷1《魏志·武帝纪》注引《魏书》，第54页。
③ 《三国志》卷74《魏志·袁绍传》注引《魏氏春秋》，第197页。
④ 《全梁文》，第599页。

批能文之士，如孔融、杨修、繁钦、吴质、丁仪、丁廙兄弟等；建安十三年（208）前后，又有陈琳、阮瑀、路粹、徐干、应玚、刘桢、王粲、刘廙、仲长统、缪袭等为曹操所用。钟嵘《诗品序》描述了当时的情形：

> 降及建安，曹公父子，笃好斯文；平原兄弟，郁为文栋；刘桢、王粲为其羽翼。次有攀龙托凤，自致于属车者，盖将百计。彬彬之盛，大备于时矣。尔后陵迟衰微，迄于有晋。①

由此可见，建安时期以曹氏父子为中心，文士聚集有百人之多。可谓"彬彬之盛，大备于时"，这些文士创作了大量文学作品，进而引发对作家及其作品的讨论，构成了建安时期文学批评的主要内容。曹植《与杨德祖书》载："当此之时，人人自谓握灵蛇之珠，家家自谓抱荆山之玉也。吾王于是设天网以该之，顿八纮以掩之，今尽集兹国矣。"② 曹植的这段话，作为建安文论的主要内容，至少包含了以两层含义，其一，建安文士各有特色与优长；其二，曹操在招揽文士、鼓励文士发展中起到了领袖式的倡导作用。

曹操倡领建安文学的发展，首先表现在安排文士随军征战，不少慷慨悲凉、梗概多气的诗文与歌赋得以创作出来。建安十年（205），应玚、陈琳随军北征幽州，应玚作《撰征赋》，陈琳作《神武赋》；建安十四年（209）前后，王朗、陈琳、徐干、刘桢、阮瑀随行，王粲随曹操南征，此期间，阮瑀作《纪征赋》，王粲作《初征赋》，徐干作《序征赋》，繁钦作《撰征赋》等；建安二十年曹操西征张鲁，王粲作《从军行》四首等。文士随军，军旅和战争生活给他们的诗文创作注入了建功立业的激情和悲天悯人的情怀。曹操倡领建安文学的发展，还表现在其鼓励宴会雅集。曹操爱好文学，深知文学创作之契机，对文士的心机与短长很是了解。以曹操为代表的曹氏父子与建安文士在酒宴聚会中创作诗歌文赋，文艺审美观念也在其中逐渐形成。宴飨雅集的士人主要是建安七子（孔融于建安十三年被曹操杀，未参与邺下的宴会雅集）。建安诸子在一种相对自由宽松的环境中以朋友和嘉宾的身份参与，有学者研究指出，邺下的这些宴会雅集

---

① （梁）钟嵘著，曹旭笺注：《诗品笺注》，人民出版社2009年版，第12页。以下《诗品笺注》引文皆出自此版本。

② 《全梁文》，第159页。

是"频繁而富于诗意的集会","充溢着创造的生机和情感的活力","文士可以尽情地展现自我真实的情感和体验"。① 曹丕在即帝位之后,多次撰文怀想当时的情景。曹丕在《又与吴质书》中言:"昔日游处,行则同舆,止则接席,何尝须臾相失!每至觞酌流行,丝竹并奏,酒酣耳热,仰而赋诗。当此之时,忽然不自知乐也。"② 文中传达了一种主客平等、自由而愉悦交流的情景,这种氛围的形成离不开曹操的鼓励和支持。

从现在的资料看,邺下的文士雅集主要是曹丕、曹植兄弟主持的,但曹操仍然密切关注甚至操控文士的雅集宴飨活动。《三国志·王粲传》注引《典略》:"其后太子尝请诸文学,酒酣坐欢,命夫人甄氏出拜。坐中众人咸伏,而桢独平视。太祖闻之;乃收桢,减死输作。"由此可见,最终拥有决定权的仍旧是曹操。没有曹操的支持与鼓励,不会有邺下文士的宴飨雅集。

曹操对建安文学批评的最大贡献在于其本人以极大的热情投入文学创作中,引领文坛审美风气。《文心雕龙·时序》载:"自献帝播迁,文学蓬转,建安之末,区宇方辑。魏武以相王之尊,雅爱诗章。文帝以副君之重,妙善辞赋;陈思以公子之豪,下笔琳琅;并体貌英逸,故俊才云蒸。……文蔚、休伯之俦,于叔、德祖之侣,傲雅觞豆之前,雍容衽席之上,洒笔以成酣歌,和墨以藉谈笑。观其时文,雅好慷慨,良由世积乱离,风衰俗怨,并志深而笔长,故梗概而多气也。"③ 曹操本人的诗歌文赋构成了建安文学批评的重要内容,这些内容不但包含了传统儒家仁者爱人、悲天悯人的人文主义批评,更蕴含着建安文学批评梗概多气、清峻古直等核心审美范畴。

曹操的文学与诗歌创作体现了传统士人的悲天悯民的儒家精神,曹操的文学与诗歌创作是建安文学批评"悲凉古直"、"梗概多气"审美风格的主要代表。曹操文学创作中感时伤乱、悲天悯民的内容随处可见,如建安七年(202)《军谯令》载:"吾起义兵,为天下除暴乱,旧土人民,死丧略尽,国中终日行,不见所识,使吾凄怆伤怀。"④ 建安八年(203)

---

① 刘怀荣、宋亚莉:《魏晋南北朝乐府制度与歌诗研究》,商务印书馆2010年版,第213页。
② 《全三国文》,第1089页。
③ 《文心雕龙注》卷9《时序》,第673页。
④ 《三国志》卷1《魏志·武帝纪》,第22页。

《修学令》载:"丧乱以来,十有五年,后生者不见仁义礼让之风,吾甚伤之。"① 其诗歌《蒿里行》中"淮南弟称号,刻玺于北方。铠甲生虮虱,万姓以死亡。白骨露于野,千里无鸡鸣。生民百遗一,念之断人肠"② 体现了传统儒家中"仁者爱人"的思想和浓郁的人道主义精神。《蒿里行》的经久流传,与诗中传达的感人至深的人文情怀密切相关,而这种浓郁的人道主义精神,主要来源于传统儒学中"仁者爱人"的思想。曹操的诗歌创作中,展现了曹操极深的儒家素养,诗歌中对《诗经》《论语》《左传》《尚书》《礼记》《孟子》等儒家典籍的引用、化用纯熟自然,拈来即用。曹操用乐府旧题写时事,抒发自己的政治情怀和抱负,体现其积极的儒家入世态度。

曹操诗歌创作多以乐府古体抒写时事、表达自己的理想。关涉时事内容如《薤露行》《蒿里行》《苦寒行》《步出夏门行》等,表述理想作品如《度关山》《对酒》《短歌行》等。钟嵘《诗品》说:"曹公古直,甚有悲凉之句",指出了曹操乐府诗歌的梗概悲凉文艺审美特色,而这正是建安文艺审美"文以气为主""梗概多气"审美风格的题中之义。《文心雕龙·乐府》载:"至于魏之三祖,气爽才丽,宰割辞调,音靡节平。观其《北上》众引,《秋风》列篇,或述酣宴,或伤羁戍,志不出于淫荡,辞不离于哀思。虽三调之正声,实《韶》《夏》之郑曲也。"③ 曹操用乐府题材"或述酣宴,或伤羁戍",其艺术审美风格直接影响了此时期文士的艺术审美理念和文艺思想。如仁者爱人、悲世悯民的儒家情怀,是诸多建安文士创作中所共同体现的风格,便是深受曹操创作影响。袁济喜先生曾经提道,"建安文学以慷慨使气为美,其审美内涵就是曹氏父子和建安文士既有人文情怀和人道主义精神,以及渴望建功立业的精神气概。汉末动乱既使人感到性命无常,同时也给人们提供了建功立业的机缘。天崩地坼的变乱,激荡了曹操及其建安文士的壮怀激烈的情感,形成了慷慨悲歌的时代风格特征"④,说得极为恰当。

综上所述,曹操出身宦官家族,然在汉末党锢事件前后与党人的接触

---

① 《三国志》卷1《魏志·武帝纪》,第24页。
② 《全魏诗》,第347页。
③ 《文心雕龙注》卷2《明诗》,第102页。
④ 袁济喜、洪祖斌:《论建安风骨向正始之音的转变》,《中国人民大学学报》1998年第3期。

和交往过程中,自觉向汉末清流士人阶层靠拢。而当其羽翼丰满,则逐渐与士人阶层的价值理念和精神信仰背离,成为具有雄才大略的统治者。建安士人与曹操之间的离合是中国传统士人与帝王矛盾的展现,当然,曹操的个人经历以及身份的转换使得曹操与士人的关系在融合中有抗衡,汉末士人精神与政权统治者政策的博弈更为复杂,建安文学及其文艺思想之所以能够发展,其政治前提在于建安文士极少参与到核心权力圈中以及政权的争斗中。文士中可能危及曹操的野心与政权者如孔融等逐渐被曹操铲除。在政权巩固的前提下,曹操倡领建安文学,建安文艺思想得以发展。

第十章

士人流动及非曹魏集团的文学批评

东汉晚期党锢之祸，宦官集团对士人阶层进行了残酷的迫害，不少名士被冠以"党人"之名加之禁锢乡里，连及五族，不得入仕途为官。黄巾起义，党禁解，宦官集团和清流官僚集团的矛盾并没有消解反而更加激化，何进不顾劝阻，招引董卓进京，后诛杀宦官未遂，袁绍率军进入皇宫，对宦官集团进行屠杀，宦官集团彻底瓦解。董卓操纵朝廷大权，初平元年（190），逼迫献帝迁都。东汉晚期社会大乱，社会政治、经济、文化遭到了严重的破坏：

> （兴平二年十月）是时，长安城空四十余日，强者四散，羸者相食，二三年间，关中无复人迹。①
> （兴平二年）十二月，帝幸弘农，张济、李傕、郭汜共追乘舆，大虞于弘农东涧，陈、奉军败，百官、士卒死者，不可胜数，弃御物、符策、典籍，略无所遗。②

战乱使得社会经济、文化、政治遭到了毁灭性的破坏，百姓羸者相食，经济繁华的都市无复有人迹；朝廷文化典籍资源丢弃略尽；国家政治无从谈起，士人阶层中的不少人为生存所迫，或隐居，或流入各个军事割据集团以避难。

---

① 《资治通鉴》卷61，第1969页。
② 同上书，第1966—1967页。

第一节　各集团士人分布、流动及与党锢名士的关系

当时士人主要分布于袁绍的河北士林集团、曹操的中原士林集团、刘表的荆州士林集团、孙策（孙吴）的江东士林集团、刘璋的益州士林集团中，还有一些散落于陇西（如侯瑾等）、辽东（如管宁等）、交趾（如薛综等）等集团中。初期士人分布情况大致如下表所示：

集团名称	袁绍集团	曹操集团	孙权集团	刘表集团	刘璋集团
士人名录	田丰、审配、沮授、王修、崔琰、陈琳等。	荀彧、荀攸、孔融、钟繇、袁涣、华歆、杨修、司马朗、阮瑀等。	张昭、张纮、顾雍、诸葛瑾、严畯、虞翻等。	王粲、韩嵩、宋忠、傅巽、蒯越、刘先、裴潜、潘浚等。	樊敏、高颐、许靖、刘巴、法正、秦宓、杜琼、许慈等。

各割据集团政权统治者及其归属麾下的士人与东汉晚期党人多有关联，先谈袁绍的河北士林集团。东汉晚期军事割据政权中，出身与名望最为显赫的当属袁绍。袁绍与袁术是从兄弟，① 出身天下名门汝南袁氏。袁绍祖上"四世三公"，袁绍的高祖父袁安是东汉明帝、章帝、和帝时的三朝重臣。袁安的家学渊源深厚，历代传习《易经》，《后汉书》载："袁安字邵公，汝南汝阳人也。祖父良，习《孟氏易》，平帝时举明经，为太子舍人"②。袁安在汉明帝刘庄镇压楚王刘英谋逆而大兴"楚狱"时，出任楚郡太守，扫冤辩屈，活人无数，"得出者四百余家"，后"在职十年，京师肃然，名重朝廷"，③ 汝南袁氏在士林中的超高名望得以奠定。袁氏家族四世五人担任三公（司空、司徒、太尉）之职位：袁安、袁敞、袁汤、袁逢、袁隗。经过近百年的经营，汝南袁氏成为当时最显赫的家族，连颍川荀氏都要稍逊一等。袁绍的父亲袁成去世较早，得到两位叔父袁逢和袁隗的特别关爱。袁成在官场上层积累了不少人脉，使得袁绍在朝廷极有人心和名望，"大将军梁冀以下莫不善之"、"士多附之"，袁绍属于清

---

① 袁逢有二子分别为袁术和袁绍。袁绍为袁逢庶子，袁逢哥哥袁成早逝，袁逢将袁绍过继给袁成。袁绍、袁术是同父异母的亲兄弟。
② 《后汉书》卷45《袁安传》，第1517页。
③ 同上书，第1518页。

流官僚，与东汉晚期党人多有往来，如何颙与郭林宗、贾伟节等，显名太学，袁绍与之结交，"私与往来，结为奔走之友"，与何颙私下计划筹谋，分析天下形势发展，并帮助党锢事件中党人逃隐，与党人站在同一战线，因而在士林中树立了声誉。袁绍后联系诸侯对董卓讨伐，导致叔父袁隗全家五十多口被诛杀。袁绍出身高贵，又礼贤下士，各界痛惜德高望重的袁隗太尉，为了报答袁家的旧情，各地豪杰名士投奔袁绍，"是时，豪杰既多附绍，且感其家祸，人思为报，州郡蜂起，莫不以袁氏为名"①。袁绍后拥有河北四州冀、青、幽、并，"众数十万，而骄心转盛"。随着势力增强，其问题逐渐暴露。《后汉书·袁绍传》说得极为准确，"绍外宽雅有局度，忧喜不形于色，而性矜愎自高，短于从善"②，外宽内忌是袁绍最大的问题，故而官渡之战大败，有人对被禁锢的田丰说他将被重用，田丰回答说："公貌宽而内忌，不亮吾忠，而吾数以至言忤之。若胜而喜，必能赦我，战败而怨，内忌将发。若军出有利，当蒙全耳，今既败矣，吾不望生"，田丰对袁绍的性格非常了解，自知死期已至。田丰在河北士林的威望极高，袁绍杀田丰一人而阻天下士人归顺之心。

再谈曹操的中原士林政权。曹操未发迹前，对东汉晚期名士尤其是党人中的名流极为仰慕。曹操深受东汉晚期党人影响，史载曹操"为人佻易无风度"，又善草书、会抚琴、懂医药、明养生之道，颇有名士之风，然又与士人亦亲亦疏。对东汉晚期党人及其后代颇多猜忌，多有杀戮。兴平元年（194）杀中原名士边让及其妻儿。建安十三年（208），曹操杀孔融，灭族；建安二十四年（219），杀杨修，看在老太尉杨彪的面上，未灭族。当其称王称帝野心受阻时，即使为其重用的荀彧，也难逃一死。荀彧是东汉晚期党人之后。祖父荀淑，知名当世，有子八人，有"八龙"之美誉，更与李固、李膺等名士相交，荀彧之父荀绲为八龙之一。而这些，更是曹操对其忌惮而欲杀之的潜在原因。曹操对权力掌控力极强，曹魏统治一线重臣都没有过多参与到争储斗争中。曹丕、曹植二人的派系，主要有一些文坛名士而非朝廷重臣组成。曹植的心腹是二丁、杨修、邯郸淳等。曹丕则是路粹、徐干、吴质等。后曹操又因事废除了在感情上严重倾向曹丕的名臣崔琰、毛玠。

---

① 《后汉书》卷74《袁绍传》，第2376页。
② 同上书，第2402页。

江东政权孙权手下有张昭、张纮、顾雍、诸葛瑾、严畯、虞翻等人，组成江东士林集团。虞翻与孔融多有往来，二人曾就虞翻的《周易注》进行过讨论：

> 翻与少府孔融书，并示以所著易注。融答书曰："闻延陵之理乐，睹吾子之治易，乃知东南之美者，非徒会稽之竹箭也。又观象云物，察应寒温，原其祸福，与神合契，可谓探赜穷通者也。"会稽东部都尉张纮又与融书曰："虞仲翔前颇为论者所侵，美宝为质，雕摩益光，不足以损。"①

孔融与张纮对虞翻的《周易注》给予极高评价，孔融赞之"探赜穷通者"，张纮言其"美宝为质"，可知其水平极高。虞翻脾气刚直，颇为暴躁，是东吴士林中少见的侠儒与诤臣，"翻数犯颜谏争（于孙权），权不能悦，又性不协俗，多见谤毁"②，被孙权贬谪到交州。"虽处罪放，而讲学不倦，门徒常数百人，又为老子、论语、国语训注，皆传于世"，虞翻在此待了十多年，老死于交州。顾雍也是江东一线名士，性格颇为温和，与张昭、虞翻性格截然相反。蔡邕曾在吴地避难，顾雍跟从他学琴。《三国志》转引《江表传》曰："雍从伯喈学，专一清静，敏而易教。伯喈贵异之，谓曰：'卿必成致，今以吾名与卿。'故雍与伯喈同名，由此也。"③ "雍"与"邕"同音，蔡邕非常欣赏他，才将自己之名给予顾雍。蔡邕是东汉晚期大儒，与当时不少名士皆有交接，这必然对顾雍的人脉有一定影响，孙权对顾雍也颇为敬重，《三国志》载："雍为人不饮酒，寡言语，举动时当。权尝叹曰：'顾君不言，言必有中。'至饮宴欢乐之际，左右恐有酒失而雍必见之，是以不敢肆情。权亦曰：'顾公在坐，使人不乐。'其见惮如此。"④ 展示了顾雍在孙权政权中不可小觑的地位。

益州刘璋政权中的许靖是蜀郡太守。许靖是东汉晚期人物品鉴专家许

---

① 《三国志》卷57《吴书·虞翻传》，第975页。
② 同上。
③ 《三国志》卷52《吴书·顾雍传》注引《江表传》，第905页。
④ 同上书，第906页。

劭的堂兄，"少与从弟劭俱知名，并有人伦臧否之称，而私情不协"①，兄弟二人是中原一流的名士，月旦评就是在他们主持下并名扬天下。蜀郡太守在益州各郡中地位最高，可见许靖名望之高。许靖"文休倜傥瑰玮，有当世之具"②，然颇为贪生怕死，荆州牧刘备攻克成都时，许靖准备投降被刘璋发现。刘璋仁厚，放了许靖。此间叛逃未遂是许靖人生污点，东汉晚期士林重尚气节，刘备故而认为徒有其表，后经法正点拨才有所改变。

  辽东公孙度政权亦割据一方，到此避难的名士有国渊、管宁、邴原、王烈等。国渊曾师事郑玄，郑玄对其极为赏识。郑玄称为"国子尼，美才也，吾观其人，必为国器"③，《三国志》载："渊笃学好古，在辽东，常讲学于山岩，士人多推慕之，由此知名"④。管宁也在黄巾大乱时避乱辽东，"（管宁）与平原华歆、同县邴原相友，俱游学于异国，并敬善陈仲弓。天下大乱，闻公孙度令行于海外，遂与原及平原王烈等至于辽东"⑤。邴原为当世名士，郑太曾进言董卓"北海邴原清高直亮，皆儒生所仰，群士楷式"⑥。邴原游学求师过程中与东汉晚期党人交流密切，据《三国志》载："八九年间，酒不向口。单步负笈，苦身持力，至陈留则师韩子助，颍川则宗陈仲弓，汝南则交范孟博，涿郡则亲卢子干。"⑦ 邴原后在孔融处谋职，"时鲁国孔融在郡，教选计当任公卿之才，乃以郑玄为计掾，彭璆为计吏，原为计佐"⑧。邴原以黄巾起义大乱之时至辽东避难，"原在辽东，一年中往归原居者数百家，游学之士，教授之声，不绝"⑨。王烈与邴原、管宁齐名，与东汉晚期党人称师道友，"先贤行状曰：烈通识达道，秉义不回。以颍川陈太丘为师，二子为友。时颍川荀慈明、贾伟节、

---

① 《三国志》卷38《蜀书·许靖传》，第715页。
② 同上书，第717页。
③ 《三国志》卷11《魏书·国渊传》，第255页。
④ 同上书，第266页。
⑤ 《三国志》卷11《魏书·管宁传》，第266页。
⑥ 《后汉书》卷70《郑太传》，第2259页。
⑦ 《三国志》卷11《魏书·邴原传》，第264页。
⑧ 同上书，第263页。
⑨ 同上。

李元礼、韩元长皆就陈君学,见烈器业过人,叹服所履,亦与相亲"①。

刘备政权最初主要由底层武人和寒士组成的政权,并无名士投奔麾下,到后期其经济、军事势力大发展之后才拉拢了不少士人,如许靖、法正等。至建安五年(200)官渡之战前后,军事割据形势已经形成,全国割据集团情况如下表所示:

集团统治者	袁绍	曹操	公孙度	马腾韩遂	张鲁	刘璋	刘表	孙权	士燮	刘备
占据地区	河北四州	中原地区	辽东	西凉	汉中	西川	荆州	江东	交州	刘表治下新野

当时,士人流动极为频繁,从其他割据集团流入曹魏集团有荀彧、王朗、华歆、钟繇等。荀彧原属袁绍,后归属曹操。王朗原属孙策。"太祖表征之,朗自曲阿展转江海,积年乃至。拜谏议大夫,参司空军事"②。为了回中原,从曲阿出发,跋山涉水一年多,才到曹操处。华歆是国之清流名士,曾经做过豫章(江西南昌)太守,孙策攻打豫章时虞翻劝降华歆归于孙策麾下。华歆在文坛上极负盛名,孙策对其极其尊重,以学生自称。华歆经常参加江南士大夫的聚会,每次都是华歆,"皆出其下,人人望风"。后孙策遇刺,曹操假天子之命征华歆回朝。曹操封华歆为议郎、参司空军事。蒯越、韩嵩原属刘表二人,刘表病逝后与刘琮一同投降曹操,后官至光禄勋。钟繇原属李傕,后归曹操。崔琰、陈琳原属袁绍,后亦归属中原曹魏政权。曹魏政权麾下集聚了当时中原名士华歆、邴原、王朗、钟繇、荀彧、崔琰、孔融、杨修等东汉晚期名士及其后代。

流入蜀汉政权中的名士有刘巴、费祎、法正、许靖等。曹操下荆州时期,刘巴归顺曹操。后刘备不久攻克西川,经诸葛亮推荐,任命刘巴为左将军西曹掾。费祎原属刘璋后归刘备。法正、许靖原属刘璋后归属刘备。法正是右扶风人(今陕西西安附近),祖父是关中名士法真,法正善于奇谋堪与郭嘉相比。许靖从豫州刺史孔伷到扬州刺史陈祎,再辗转至吴郡都尉许贡,又到会稽太守王朗,最后到交趾太守士燮处。许靖名重天下,士燮倍加爱重。益州刘璋后来请许靖入蜀,担任蜀郡太守。许靖在东汉晚期

---

① 《三国志》卷11《魏书·王烈传》注引《先贤行状》,第267页。
② 《三国志》卷13《魏书·王朗传》,第307页。

魏初社会中有广泛知名度，入蜀后一直被当作蜀汉群臣之首，诸葛亮亦对其恭敬有加，诸葛亮曾对刘备谏："靖人望，不可失也，借其名以竦宇内"，可知许靖虽未有实权，却声望极高，许靖之子许钦早死，包括诸葛亮在内的蜀国重臣要员一一前来吊唁，亦足以为证。

许靖流落大半个中国，认识和结交很多士人，与不少天下名士关系极好。从其人生经历和交接士人来分析，其有不少阶段虽未有明确记载，但可推断其活动与文学批评和文学审美密切相关。其一，在交趾太守士燮处落脚。许靖名重天下，士燮倍加爱重，士燮原是鲁国汶阳之后，师从刘子奇治《左氏春秋》，并在交趾招集天下数百士人注解讨论经传，许靖必然参与其中，阐发有关于经学的审美批评与讨论。其二，许靖在东汉晚期魏初社会中有广泛知名度，入蜀后许靖一直被当作蜀汉名士之首，以其声望，早年热衷的"月旦评"中人物品鉴活动和清谈活动必然进行，许靖本传载其在刘蜀"靖年已逾七十，爱乐人物，诱纳后进，清谈不倦"。许靖曾说如果在中原，自己的地位不比钟繇差，这也并非自夸，许靖与曹魏政权统治的中原士林集团一直有密切联系，从建安元年（196），许靖和王朗虽二十多年未曾见面，但一直通信往来。袁徽和许靖的私交很好，袁徽给荀彧写信，极力赞美许靖为"英才伟士"。许靖在蜀中做官直至蜀汉司徒，与其通信的中原名士有王朗、陈纪及其子陈群、袁涣、华歆。曹魏政权统治下的中原士林的文士相对安定，文学审美和文学批评已经有较大发展，故而在文士的交往和通信中必然有所涉及，可惜的是没有相关史料的留存。

第二节　士燮交州集团的文学批评发展

据《三国志·士燮传》载：

> 士燮字威彦，苍梧广信人也。其先本鲁国汶阳人，至王莽之乱，避地交州。六世至燮父赐，桓帝时为日南太守。燮少游学京师，事颍川刘子奇，治左氏春秋。察孝廉，补尚书郎，公事免官。父赐丧阕后，举茂才，除巫令，迁交趾太守。①

---

① 《三国志》卷49《吴书·士燮传》，第880页。

据此可知，士燮本是中原鲁国人，祖上有着极深的文化底蕴，后师从刘子奇治《左氏春秋》。士燮担任交趾太守，后又有所升迁，基本控制以交趾为中心的南部七个郡，即南海、苍梧、郁林、合浦、交趾、九真、日南，《三国志》载："汉闻张津死，赐燮玺书曰：'交州绝域，南带江海，上恩不宣，下义壅隔，知逆贼刘表又遣赖恭窥看南土，今以燮为绥南中郎将，董督七郡，领交址太守如故。'"① 交趾是今天的越南地区，远离中原，东汉晚期朝廷崩乱，对交趾的管辖更是鞭长莫及，士燮在交趾权势很大，统治交州四十余年，"燮在郡四十馀岁，黄武五年，年九十卒"，俨然是交州地区的皇帝。"燮兄弟并为列郡，雄长一州，偏在万里，威尊无上。……妻妾乘辎軿，子弟从兵骑，当时贵重，震服百蛮，尉他不足逾也。"正因为士燮有此势力，才能够在交趾地区发展经学。士燮担任交趾太守其间，交结天下名士，据《三国志》载：

　　燮体器宽厚，谦虚下士，中国士人往依避难者以百数。耽玩春秋，为之注解。②

可知东汉晚期乱世，交趾为各方士人避难之所，士燮以交趾太守之尊，招揽天下名士。士燮本人早对《左氏春秋》有所研究，此时又聚集大批有才之士，注解《春秋》。而注解经书本身，就是一种文学批评的方式。士燮统治下的交州，汇集了大批名士，如桓晔、刘熙、许靖、程秉、薛琮、刘巴等，还有一些学者如虞翻、陆绩等短暂停留的学者，一时之间，众多学者会集一堂，进行有关经学批评的活动，交州成为我国南方学术中心：

　　许慈字仁笃，南阳人也。师事刘熙，善郑氏学，治易、尚书、三礼、毛诗、论语。建安中，与许靖等俱自交州入蜀。③
　　程秉字德枢，汝南南顿人也。逮事郑玄，后避乱交州，与刘熙考

---

① 《三国志》卷49《吴书·士燮传》，第881页。
② 同上。
③ 《三国志》卷42《蜀书·许慈传》，第757页。

论大义，遂博通五经。士燮命为长史。①

薛综字敬文，沛郡竹邑人也。……少依族人避地交州，从刘熙学。②

避难交州的名士中不少是著名经学学者，许慈擅长治《周易》《尚书》《三礼》《毛诗》《论语》；程秉博通五经，薛综亦是，三人皆师从刘熙。刘熙是东汉经学家、训诂学家，著有《释名》和《孟子注》，从程秉曾"逮事郑玄"的记载来看，刘熙一派与郑玄经学批评的方法大致相当。避难交州的士人对当地审美风俗也颇有影响：

初平中，天下乱，（桓晔）避地会稽，遂浮海客交阯，越人化其节，至闾里不争讼。③

（袁）霸弟徽，以儒素称。遭天下乱，避难交州。④

众多学者在交州进行经学批评活动，这与交州的实际政权统治者士燮的积极倡导和组织密不可分，而士燮本人经学水平也极高。士燮的著作，据《隋书·经籍志》卷三十二载，有题名为吴卫将军士燮注的《春秋经》十一卷；据《隋书·经籍志》卷三十三载，有记士燮及陶璜事的《士燮集》五卷；《旧唐书》卷四十七志载《士燮集》五卷。士燮本人经学批评在当世即得到极高的赞扬，《后汉书》载：

陈国袁徽与尚书令荀彧书曰："交阯士府君既学问优博，又达于从政，处大乱之中，保全一郡，二十余年疆场无事，民不失业，羁旅之徒，皆蒙其庆，虽窦融保河西，曷以加之？官事小阕，辄玩习书传，春秋左氏传尤简练精微，吾数以咨问传中诸疑，皆有师说，意思甚密。又尚书兼通古今，大义详备。闻京师古今之学，是非忿争，今欲条左氏、尚书长义上之。"⑤

---

① 《三国志》卷53《吴书·程秉传》，第923页。
② 《三国志》卷53《吴书·薛综传》，第924页。
③ 《后汉书》卷37《桓荣传附》，第1260页。
④ 《三国志》卷11《魏书·袁涣传》，第253页。
⑤ 《三国志》卷49《吴书·士燮传》，第881页。

"以儒素称"的袁徽在和中原荀彧的通信中极力赞扬士燮，认为士燮"学问优博，又达于从政，处大乱之中，保全一郡"，更在闲暇之际玩习书传，对《春秋左氏传》的注解简练精微，能够答疑解惑，还兼通古今尚书。袁徽认为士燮的经学注解和批评可以与京师之古今经学研究交流切磋。袁徽的评价，或有溢美之词，但也说明士燮本人在治经方面具有相当水平。

　　当时中原士林流行人物品鉴之风，远在交州的士燮亦进行人物批评。士燮著有《交州人物志》。《交州人物志》为最早记载交州人物传记之书，唐代刘知几《史通·杂说》云：

　　　　交趾远居南裔，越裳之俗也，……求诸人物，自古阙载。盖由地居下国，路绝上京，史官注记，所不能及也。既而士燮著录、刘昞裁书，则磊落英才，粲然盈瞩者矣。向使两贤不出，二郡无记，彼边隅之君子，何以取闻于后世乎？是知著述之功，其力大矣。①

　　与东汉晚期中原人物品鉴的风气相呼应，士燮此书的出现，不是偶然的。这是人物批评在交趾发展的产物。此外，士燮对交州的文化审美批评发展也做出了贡献，交州地区发音与中原地区差异较大，故而在吟诵鉴赏诗对之时颇多怪异，士燮于是"为越人创作'喃'字，假借汉字形声演为越字，为古越文字之嚆矢。士燮并将汉字音韵译作越声，平仄皆有一定方式，越人之所以能吟诗聊对者，皆因此也"②。《殊域周咨录》载：（士燮）"取中夏经传翻译音义，教本国人，始知习学之业。然中夏则说喉声，本国话舌声，字与中华同，而音不同"③。说的也是此事。

　　总之，士燮在远离中原的交州地区对经学批评、风俗发展和文化批评等方面做出了杰出的贡献。

第三节　刘表与荆州的文学批评发展

　　山阳高平刘表是正宗士林出身。灵帝末年"党锢之祸"中搜捕天下

---

① 刘知己、赵吕甫：《史通新校注》，重庆出版社1990年版，第985页。
② 郭廷以等：《中越文化论集·儒学在越南》，中华文化出版事业委员会，第149页。
③ 严从简、余思黎点校：《殊域周咨录》，中华书局1993年版，第236页。

的党人名单中就有刘表。刘表与张俭老乡，二人皆为年轻士子的代表，他们在乡间"讥谤朝政"，利用社会舆论向宦官集团开火。建宁二年，朱并告发张俭与同乡二十四人别相署号，共为部党，图危社稷。其中"以俭及檀彬、褚凤、张肃、薛兰、冯禧、魏玄、徐干为'八俊'，田林、张隐、刘表、薛郁、王访、刘祗、宣靖、公绪恭为'八顾'"。刘表名列党人名单，亡命天涯。中平元年（184），朝廷才正式对涉及党锢的士林解禁，刘表此时结束了亡命天涯的生活，进入权力核心层，在何进处谋职。初平元年（190）董卓乱政，二月挟持献帝移都长安，刘表此时被任命为荆州刺史。荆州居天下之中，土地肥沃。人口繁盛，但也四分五裂。是年，刘表接任荆州刺史，荆州八郡在其控制之下得以统一，《后汉书》载：

> 表招诱有方，威怀兼洽，其奸猾宿贼更为效用，万里肃清，大小咸悦而服之。关西、兖、豫学士归者盖有千数，表安尉赈赡，皆得资全。遂起立学校，博求儒术，綦母闿、宋忠等撰立《五经》章句，谓之《后定》。爱民养士，从容自保。①

刘表主政荆州，实行的是内向保守的政策，"招诱有方，威怀兼洽"，袁绍和曹操争雄中原，他两不得罪，退居荆州而发展儒学。作为士林清流的刘表，对儒学发展有着与生俱来的痴迷。刘表的外治不足，内治有余，在军阀混战争夺天下之时注定难以长久自保。这一点，避乱荆州的士人裴潜看得极为清楚，《三国志》载："裴潜字文行，河东闻喜人也。避乱荆州，刘表待以宾礼。潜私谓所亲王粲、司马芝曰：'刘牧非霸王之才，乃欲西伯自处，其败无日矣。'遂南适长沙。"② 但刘表之举却为儒学的发展保存了最后一方净土。刘表统治荆州二十多年，荆州成为当时天下少有的安居乐业之地，大批贤士来此避难。从某种角度讲，荆州是全国的士林中心，会集了王粲、韩嵩、宋忠、傅巽、蒯越、刘先、裴潜等"关西、兖、豫学士"近千人，刘表对这些人极为礼遇和尊敬：

---

① 《后汉书》卷74《刘表传》，第2421页。
② 《三国志》卷23《魏书》，第671页。

> 长安之乱，（赵岐）客于荆州，刘表厚礼焉。①
>
> 承即表遣岐使荆州，督租粮。岐至，刘表即遣兵诣洛阳助修宫室，军资委输，前后不绝。时，孙嵩亦寓于表，表不为礼，岐乃称嵩素行笃烈，因共上为青州刺史。岐以老病，遂留荆州。②

对避乱荆州的士人，刘表厚礼待之，"安尉赈赡，皆得资全"。刘表统治的荆州主要进行以下儒学活动：其一，设立学校；其二，撰立《五经》章句，从事经学批评；其三，弘扬礼乐文化。这些内容可从王粲的《荆州文学记官志》中得知。王粲的《荆州文学记官志》是总结荆州官学的成就的重要文章，由此说明他是荆州官学的重要成员。《荆州文学记官志》载：

> 乃命五业从事宋衷所作文学，延朋徒焉，宣德音以赞之，降嘉礼以劝之，五载之间，道化大行，耆德故老綦母闿等负书荷器，自远而至者三百有余人。于是童幼猛进，武人革面，总角佩觿，委介免胄，比肩继踵，川逝泉涌，亹亹如也，兢兢如也。遂训六经，讲礼物，谐八音，协律吕，修纪历，理刑法，六路咸秩，百氏备矣。③

从王粲此文中可知，宋衷本为荆州官学的主要负责人，两人在官学中有较多的交往。宋衷（又作宋忠），字仲子，南阳章陵人，任荆州官学五业从事。宋衷治经迥异于北方郑玄，时人虞翻即指出"若乃北海郑玄，南阳宋衷，虽各立注，衷小差玄而皆未得其门，难以示世"。由此可知宋衷的治经不仅迥异于郑玄，也不同于虞翻的今文经学。师从宋衷的王肃曾撰文讥斥郑玄，《三国志》载："（肃）年十八，从宋忠读《太玄》，而更为之解。……肃善贾、马之学，而不好郑氏，采会同异，为《尚书》《诗》《论语》《三礼》《左氏》解，……肃集《圣证论》以讥短玄。"④ 而王粲治学倾向同于宋衷，异于郑玄。王粲曾作《尚书问》以难郑玄，据《颜

---

① 《后汉书》卷74《陈王列传》，第2178页。
② 《后汉书》卷64《赵岐传》，第2124页。
③ 《全后汉文》卷91，第921页。
④ 《三国志》卷13《魏书·王肃传》，第312、315—316页。

氏家训·勉学》篇载："吾初入邺，与博陵崔文彦交游，尝说《王粲集》中难郑玄《尚书》事。"① 从王粲《荆州文学记官志》的记载中可知荆州儒学研究的内容，第一是关注《易》的研究，其次有《尚书》《诗经》《周礼》《春秋》；第二，学宗古文，注重训诂辨义，"《书》实纪言，而诂训茫昧，通乎《尔雅》，则文意晓然"，"《尚书》则览文如诡，而寻理则畅。《春秋》则观辞立晓，而访义方隐"。荆州学派的经学批评与魏晋玄学关系密切，其渊源大致可从如下两点入手，一是其研究内容与魏晋玄学密切相关，都以《周易》为首要关注点，将经学批评方式由原来的烦琐的象数学转向哲学思辨；二是魏晋玄学的奠基者王弼与荆州学派学者王粲关系密切。《三国志》转引《博物记》曰："初，王粲与族兄凯俱避地荆州，刘表欲以女妻粲，而嫌其形陋而用率，以凯有风貌，乃以妻凯。凯生业，业即刘表外孙也。蔡邕有书近万卷，末年载数车与粲，粲亡后，相国掾魏讽谋反，粲子与焉，既被诛，邕所与书悉入业。……魏氏春秋曰：文帝既诛粲二子，以业嗣粲。"② 由此可知蔡邕的藏书极有可能经王粲传给王业，经王业而至王弼，王弼在经学批评方式上直接承继王粲而来。③

刘表有两层身份，一是荆州的政治、军事领袖；二是荆州士林文化领袖。作为领导人物的刘表，在经学、礼学批评等方面亦有建树，如现存的《进谏王赐》《后定丧服》：

> 夫奢不僭上，俭不逼下，循道行礼，贵处可否之间。蘧伯玉耻独为君子。府君不希孔圣之明训，而慕夷齐之末操，无乃皎然自遗于世乎？

> 后定丧服，既除丧，有来吊者，以缟冠深衣，于墓受之。毕事反吉。

> 君来吊臣，主人待君到，脱头绖，贯左臂，去杖，出门迎。门外再拜，乃献。还，先入门，东壁向君让。君于前听进，即堂先哭，乃

---

① （北齐）颜之推撰，王利器集解：《颜氏家训集解》，中华书局1993年版，第183页。
② 《三国志》卷28《魏书》引《博物记》，第592页。
③ 荆州学派与魏晋玄学之关系，历来多有学者关注，著作如汤用彤《魏晋玄学论稿》，论文如《荆州之学与魏晋玄学》，《湘潭大学学报》1992年第4期。

止于庐外伏哭。当先君止。君起致辞,子对而不言,稽颡以答之。

父亡在祖后,则不得为祖母三年,以为妇人之服不可逾夫。孙为祖服周,父亡之后为祖母不得逾祖也。①

上四则引文,后三则属于《后定丧服》的内容。前谈到《后汉书·刘表传》中有刘表与綦母闿、宋忠等撰《五经》章句,谓之《后定》,这个《后定》就是《后定丧服》,此三则引文展现的就其中的具体内容了。公元208年,刘表死后,次子刘琮献荆州于曹操。王夫之在《读通鉴论》中言:"及其(刘备)分荆州据益,曹氏之势已盛,曹操又能人用而尽其才,人争归之。蜀所得收罗以为己用者,江、湘、巴、蜀之士耳。"②据此可知刘表之后,荆州学者进入曹魏政权和西蜀政权中,又以曹氏政权收罗的最多,这些学者不少成为建安文学批评发展的建构者,如王粲、裴潜、司马芝等。王粲为建安七子之一,其诗文的"以情见长"的艺术审美风格为建安文论的重要构成,而其对曹魏政权礼乐制度的贡献则从荆州学派中得益甚多,而到魏晋玄学,则直接受益于荆州学者的研究。

荆州学派的儒学复兴,犹如为东汉帝国的维系吟唱的最后一首挽歌。维系整个东汉运行的,甚至在东汉晚期社会颓败仍然勉强维系东汉帝国的儒学,至郑康成可谓一发展,至荆州学派再而发展,之后便难以复兴了。曹魏即使有努力恢复儒学的行动,但整个社会世风已然大变。据《三国志》载:

(刘靖)母丧去官,后为大司农卫尉,进封广陆亭侯,邑三百户。上疏陈儒训之本曰:"夫学者,治乱之轨仪,圣人之大教也。自黄初以来,崇立太学二十馀年,而寡有成者,盖由博士选轻,诸生避役,高门子弟,耻非其伦,故无学者。虽有其名而无其人,虽设其教而无其功。"③

整个士阶层对于如何维系、是否维系国家、社会之统一、稳定已经不

---

① 《全后汉文》卷82,第824、825页。
② 王夫之:《读通鉴论》卷10《船山本书》,岳麓书社1996年版,第378页。
③ 《三国志》卷13《魏书·刘馥附子刘靖传》,第350页。

再关心，对儒学的功用也心存怀疑。荀粲所说的"六籍虽存，固圣人之糠秕"，虽极具颠覆性，然颇能反映士阶层之心态转变，一统之局既坠，则维系之儒学也被质疑。关注的重心转向消解内心、自我，老庄得以发展。

值得注意的是，汉末割据势力之间的对峙既是经济、军事实力的较量，更是士人人才的竞争。士燮的交州、刘表的荆州，因其军事实力招引了不少的名士归附，得以实现文艺上的发展，并得以称霸一时。曹操得到荆州之后言不喜得荆州，喜得蒯异度，就充分展示了对人才的重视与渴望。而随着曹氏父子经济、军事势力的发展，邺下呈现太平繁荣之象，更多士人归其麾下，形成邺下文士集团，建安文学批评的发展与高潮就是在这样背景下形成的。

第十一章

二曹与建安文士的文论对话及建安文学批评高潮

建安时期，曹丕、曹植与当时文士多有书信往来，文论思想的对话以书信的形式得以展开，诸多泽被后世的文学批评观点如"辞赋小道""文章乃经国之大业""诗赋欲丽"等得以提出。不仅如此，出现了一些专门论文，《文心雕龙·序志》载："详观近代之论文者多矣，至于魏文述典，陈思序《书》，应玚《文论》，陆机《文赋》，仲治《流别》，弘范《翰林》，各照隅隙，鲜观衢路。"① 说明此时期至少有曹丕的《典论》、曹植的《书序》和应玚的《文论》三种文论已经成书。这些文论著作，是对建安及其之前文艺思想的总结，标志着建安时期文学批评高潮的到来。可惜此三种文论除曹丕文尚存，其余已亡佚，难以知晓其具体内容。然从这些仅存的资料中，仍可一窥建安时期文学批评发展的盛况。此时期，文学批评的队伍不断壮大，诸多文士参与其中，诸多反映时代精神的文论观点得以提出并被广泛认可，气与势，风骨观，文如其人论，立德立言观，等等，时代的审美趣味较为集中地展现在诸如清悲慷慨等审美范畴中，这在下文将一一展开。

第一节 二曹与吴质的文论对话

吴质（177—230）才学博通、文学造诣很深，但一生汲汲于功名，对文学的创作和研究不甚重视。其存世作品仅有答曹丕书两篇，答曹植书一篇，《思慕诗》一首。从吴质现存的《与东阿王书》《答魏太子笺》等书信中可以看出吴质与曹丕、曹植的文论思想对话。

---

① 《文心雕龙注》卷10《序志》，第726页。

先看吴质和曹丕的文论对话。吴质是曹丕的挚友和谋士,《三国志》转引《质别传》曰:"帝尝召质及曹休欢会,命郭后出见质等。帝曰:'卿仰谛视之。'其至亲如此。"① 此则记载的可靠性有待探究,一则刘桢曾因平视甄后而几死吏议,曹丕不太可能允许吴质仰视郭后,二则以吴质性格之慎密,也不会做出这等事情。但是这则记载却表现了吴质与曹丕非同一般的亲密关系。吴质多次给曹丕出谋划策,争夺继承权,《三国志》转引《世说新语》曰:"魏王尝出征,世子及临菑侯植并送路侧。植称述功德,发言有章,左右属目,王亦悦焉。世子怅然自失,吴质耳曰:'王当行,流涕可也。'及辞,世子泣而拜,王及左右咸欷歔,于是皆以植辞多华,而诚心不及也。"②

吴质与曹丕关系如此密切,常常在书信中自由地交流思想,建安二十三年(218),曹丕在《又与吴质书》中说:

> 观古今文人,类不护细行,鲜能以名节自立。而伟长独怀文抱质,恬淡寡欲,有箕山之志,可谓彬彬君子者矣。著《中论》二十余篇,成一家之言,辞义典雅,足传于后,此子为不朽矣。德琏常斐然有述作之意,其才学足以著书,美志不遂,良可痛惜。③

曹丕在信中指出,古今文人很少名节两全,徐干彬彬君子,乃是有志有节更有著作流传于世,而应玚虽文采出众,足以著书立说,但终究未有书籍流传于世。曹丕的"著书立说"观由此可见,有志有节且有著作,成一家之言者,方能著书立说以不朽。曹丕以徐干为标准,对当世的文士一一点评,在《又与吴质书》中说:

> 闲者历览诸子之文,对之抆泪,既痛逝者,行自念也。孔璋章表殊健,微为繁富。公干有逸气,但未遒耳,其五言诗之善者,妙绝时人。元瑜书记翩翩,致足乐也。仲宣续自善于辞赋,惜其体弱,不足

---

① 《三国志》卷21《魏书》引《质别传》,第608页。
② 《三国志》卷21《魏书·王粲传》引《世说新语》,第454页。
③ 《全三国文》卷7,第66页。

起其文，至于所善，古人无以远过也。①

曹丕追叙往昔友人间的情谊，认为陈琳章表笔力雄健，但略微冗繁；刘桢有逸气，但遒劲不足，其五言诗之优秀者，同代人无人可比；阮瑀书札有翩翩之美，使人赏心悦目；王粲擅长辞赋，可惜风格纤弱，不能振作文章之气势，而他擅长之文，古人也不能超过。曹丕对建安文士徐干、应玚、陈琳、刘桢、阮瑀、王粲等人的文章风格、行文特色和擅长风格与弊病侃侃而谈，与密友吴质一一交流赏鉴。吴质在《答魏太子笺》中的答复如下：

> 陈、徐、刘、应，才学所著，诚如来命，惜其不遂，可为痛切。凡此数子，于雍容侍，从实其人也。若乃边境有虞，群下鼎沸，军书辐至，羽檄交驰，于彼诸贤，非其任也。往者孝武之世，文章为盛，若东方朔、枚皋之徒，不能持论；即阮、陈之俦也。其唯严助寿王，与闻政事，然皆不慎其身，善谋于国，卒以败亡，臣窃耻之。至于司马长卿称疾避事，以著书为务，则徐生庶几焉。而今各逝，已为异物矣。后来君子，实可畏也。②

吴质赞同曹丕关于陈、徐、刘、应的才学和文章的评价，认为诸子早逝，心愿未遂，令人痛切。然而吴质并未将关注的重点放在曹丕所讨论的诸子文风上，而是转入对诸子无建功立业、匡世救国之用的批评。吴质指出，陈琳、徐干、刘桢、应玚等人都是文士，侍宴酬唱尚可，然于军国大事却无济于事，犹如汉之东方朔、枚皋等文士。吴质的评论，从根本上认为文章辞赋为游宴欢娱之佐，而非匡世救国之义，吴质轻视文赋的态度表露无遗，是当时视辞赋为"小道"文论观的代表。

曹丕在与密友兼谋士的吴质交流中，将自己对文学的喜爱、对建安诸子得失评定一一道出，尤其谈到了能够名节两全且著书立说以不朽的理想人物徐干；吴质也将自己对文士的不屑和欲建功立业的想法坦露无遗，尤其是谈到了自己深以为耻的乃是文士"善谋于国，卒以败亡"，并将原因

---

① 《全三国文》卷7，第66页。
② 《全三国文》卷30，第308页。

归结为"不慎其身",吴质谨慎处世的原则于此可见。

吴质对文赋的不重视与其热衷于政治活动、汲汲于功名追求的人生追求有关,吴质在答曹丕的信中坦言自己的理想在于从政,建功立业,不屑以文才自居。从史料的记载来看,吴质虽然才华出众,但从未全心致力于文学创作。曹丕在《又与吴质书》结尾问道:"顷何以自娱?颇复有所述造不?"询问吴质是否有所创作,可隐约透露出吴质少有佳作的信息。吴质极有才华,是曹丕诸多文学活动的坐上宾。如被曹丕津津乐道的南皮之游,吴质是重要的参与者,《与吴质书》载:

> 每念昔日南皮之游,诚不可忘。既妙思六经,逍遥百氏,弹棋闲设,终以六博,高谈娱心,哀筝顺耳。驰骛北场,旅食南馆,浮甘瓜于清泉,沉朱李于寒水。白日既匿,继以朗月,同乘并载,以游后园,舆轮徐动,参从无声,清风夜起,悲笳微吟,乐往哀来,凄然伤怀。余顾而言,斯乐难常,足下之徒,诚以为然。①

曹丕两封与吴质的书信中皆谈到南皮之游,南皮之游的参与者除了吴质外,还有阮瑀、徐干、陈琳、应玚、刘桢等人。《与吴质书》中表达了对南皮之游的难以忘怀,更有"元瑜长逝,化为异物,每一念至,何时可言"的无限感慨;《又与吴质书》同样感叹,"昔年疾疫,亲故多离其灾,徐、陈、应、刘,一时俱逝,痛可言邪!昔日游处,行则连舆,止则接席,何曾须臾相失!"为曹丕所津津乐道的南皮之游中,曹丕与诸子高谈阔论、音乐为伴,游赏园林,夜以继日,有对儒学经典的探讨,有对诸子文义的切磋,有对音乐的赏析,也有对弹棋、博弈小道的赏玩,诗酒唱和之间更有对文学的赏析点评,文论的对话与交流在其中得以充分的展开。然而这种人生的快乐转瞬即逝,当年的友人多已逝去,唯有向密友吴质倾诉这种人生无常、物是人非的感叹了。曹丕在与吴质的文论对话中,所谈所想大致不离文学批评,在《又与吴质书》的结尾,"年行已长大,所怀万端,时有所虑,至通夜不瞑。……少壮真当努力,年一过往,何可攀援?"隐隐表达了自己欲有所作为的政治理想。曹丕的《与吴质书》创作于建安二十三年(218)二月,曹丕在建安二十二年(217)立为魏王世

---

① 《全三国文》卷7,第66页。

子，实际就是魏太子。此时的曹丕能够以更高更宽容的姿态去评价文士及其作品之得失，故而对文学和文士的价值多持褒扬态度，而吴质自知其价值的实现要通过地位的上升来实现，身家如无保证，文学价值无从谈起，故而作为其心腹，吴质无须掩饰自己的真心以及汲汲功名的真实想法，其对文学价值的不屑一顾和志向在从政的坚定态度就不难理解了。

曹丕之外，曹植也是吴质的文友，二人有关于文学的交流，在《与吴季重书》和《与东阿王书》两封书信中得以体现。曹植在信中对吴质的文采给予高度评价，《与吴季重书》载：

> 得所来讯，文采委曲，晔若春荣，浏若清风，申咏反复，旷若复面。其诸贤所著文章，想还所治，复申咏之也。……古之君子，犹亦病诸？家有千里，骥而不珍焉？人怀盈尺，和氏无贵矣。①

曹植在信中对吴质之文采斐然大加赞赏，认为吴质之文有如春之繁花般灿烂美艳，如清风一样明净浏亮，可见曹植激赏丽文；曹植又言，我反复诵读你的文章，就像看到你本人的面容相貌一样，隐含着文如其人的文论观点。曹植还就写作文章发表自己的看法，认为文章之难，自古至今的创作者皆然，如果家家有千里马，千里骥就不会珍贵，人人怀盈尺之璧，和氏璧又怎么会显得珍贵。曹植信中所展现的对文丽的欣赏与喜爱，是建安文士所共同的，也是其交流与讨论的重点，如吴质在《与东阿王书》中讲：

> 质白信到，奉所惠贶，发函伸纸，是何文采之巨丽，而慰喻之绸缪乎！夫登东岳者，然后知众山之逦迤也；奉至尊者，然后知百里之卑微也。②

吴质在信中极力赞扬曹植行文的华丽之美和大气之美，"是何文采之巨丽，而慰喻之绸缪乎"，和同时期的文艺审美风格相符合，吴质非常重视和强调文章的华丽之美。吴质是支持曹丕一派，与曹植仅为文友而已，这就决定了吴质与曹植的交流中不太可能交心，而仅限于文学层面的探

---

① 《全三国文》卷16，第160页。
② 《全三国文》卷30，第309页。

讨。吴质不仅在行文中收敛了自己的政治野心，谦虚地表达了自己文辞粗劣，"质小人也，无以承命，又所答贶，辞丑义陋，申之再三，赧然汗下"，多谈与其欢饮宴会的愉悦之情，更对曹植之文有过多的推崇和褒扬的溢美之词，探讨的也是当时普遍流行的"诗赋欲丽"文论观。展现了对诗赋辞藻华丽的追求和肯定。如繁钦与曹丕的书信中也谈到了文章之辞丽。《叙繁钦》中载：

> 上西征，余守谯，繁钦从。时薛访车子能喉啭，与笳同音。钦笺还与余，盛叹之。虽过其实，而其文甚丽。①

对"其文甚丽"的赞赏，展现了此时期"诗赋欲丽"已经成为普遍的文艺审美标准。此外，曹植还在《与吴季重书》中表达了对"为文之难"的思考：

> 夫文章之难，非独今也，古之君子，犹亦病诸？家有千里，骥而不珍焉？人怀盈尺，和氏无贵矣。②

认为文章之难古已有之，然文章的价值是无价的，"人怀盈尺，和氏无贵"，这其实已经隐含了著书立说以不朽的文论观。

曹植的《与吴季重书》创作于吴质任朝歌长的第四年，即建安十九年（214）。吴质的《答东阿王书》中称曹植为东阿王，当系后人所改，因为曹植太和四年（229）才徙东阿，本年为临菑侯。建安十九年，吴质已经明确地成为曹丕争夺太子之位的谋士了，此年发生的"废簏纳绢"事件即可为证。吴质在朝歌令任期之内为曹丕立嗣多有谋划，在此种情况下，虽然曹植有招揽之心，"足下好伎，值墨翟回车之县，想足下助我张目也"，吴质也没有表现出过高的热情。

建安时期，曹丕、曹植与吴质的书信往来中对当时的士人及其性格、作品展开讨论，在文、情、志等方面，形成了著书立说以不朽、文章价值论、辞赋小道、诗赋欲丽等文论观点，这些观点是零散的，甚至是不甚明

---

① 《全三国文》卷7，第69页。
② 《全三国文》卷16，第160页。

确，但肯定不是当时文论对话的全部，他们和当时其他的文论对话一起，逐步推进了建安文学批评的高潮。

值得注意的是，此时期，虽然文士与统治阶层的关系相对融洽，文士在较为宽松的环境中探索文学价值和自身价值，然其与统治阶层的地位始终是君臣上下的关系，故而其关系不会实现真正的平等，只要文士在政治中周旋，其文学的独立价值、士作为个体的独立价值就不会真正完全地实现，故而只是文士阶层追求和努力的争取的方向。吴质或许因贪恋权势而备受诟病，然而又可以说其是文士中的清醒者，所以他也是建安文士在文章价值与功业价值纠结中毅然做出抉择的士人代表。

第二节　曹植与杨修的文论对话等

杨修字德祖，弘农杨氏之后，杨震的玄孙，东汉晚期太尉杨彪之子。《后汉书》载："自震至彪，四世太尉"，可知其家世显赫。弘农杨氏以忠烈刚直闻名，祖上杨震衔冤而死，有大鸟盘旋不去，世人甚以为奇，认为大鸟盘旋悲其忠烈衔冤。灵帝时，其玄孙杨奇为侍中，灵帝卖官聚钱以为私藏，问杨奇"朕何如桓帝？"杨奇刚直不阿，对曰："陛下之于桓帝，亦犹虞舜比德唐尧。"如此直率的回答，令灵帝不悦，答曰："卿强项，真杨震子孙，死后必复致大鸟矣。"[①] 杨修之父杨彪与蔡邕、孔融等交好，中原士林的名士中，李膺、张俭、范滂之后，以杨修为代表的新一代士人继承了东汉晚期审美风气和党人精神。

杨修与孔融、祢衡等人关系尤为密切，《后汉书·文苑列传》载："（祢衡）唯善鲁国孔融及弘农杨修。常称曰：'大儿孔文举，小儿杨德祖。余子碌碌，莫足数也。'"[②] 这三人皆有极为浓重的东汉晚期党人习气，性情也极为相似。他们身上有东汉晚期党人的独行、放诞，清议等审美风尚的遗存，还受东汉晚期结党之风的影响。杨修有俊才，然颇为恃才傲物，自恃出身世代簪缨之家又多俊才，不把曹操放在眼中，又与曹植亲近，为其谋划夺权之争，《魏志》注引《世语》："（杨）修年二十五，以名公子有才能，为太祖所器。与丁仪兄弟，皆欲以植为嗣。太子患之，以

---

① 《后汉书》卷54《杨震列传》，第1768页。
② 《后汉书》卷80《文苑列传》，第2653页。

车载废簏，内朝歌长吴质与谋。修以白太祖，未及推验。太子惧，告质，质曰：'何患？明日复以簏受绢车内以惑之，修必复重白，重白必推，而无验，则彼受罪矣。'世子从之，修果白，而无人，太祖由是疑焉。"① 据此可知，杨修与曹植的关系类似于吴质与曹丕的关系，是密友兼谋士，然从引文中似能看出杨修的智谋明显逊于吴质，还招致了曹操的疑心。还有一点，杨修是袁术的外孙，袁术之女为杨彪夫人，这种种复杂原因导致杨修最终被曹操杀害。

杨修的作品，据《全后汉文》载结集两卷，但多亡佚。其现存作品有《答临淄侯笺》《节游赋》《神女赋》《孔雀赋》等。其赋文如《许昌宫赋》和《神女赋》鲜明体现了"诗赋欲丽"的审美风格。建安二十年前后，曹植和杨修的往来书信《与杨德祖书》和《答临淄侯笺》，展现了两个亲密友人对当世文士及其作品的认识，其中蕴含的诸多文学批评思想，这两封书信是东汉晚期至魏初文学审美批评发展的重要标志。

通信中首先是关于作家论的讨论，曹植对当世文士进行点评，认为王粲等人各有所长，《与杨德祖书》载：

> 仆少好为文章，迄至如今，二十有五年矣，然今世作者，可略而言也。昔仲宣独步于汉南，孔璋鹰扬于河朔，伟长擅名于青土，公干振藻于海隅，德琏发迹于大魏，足下高视于上京。当此之时，人人自谓握灵蛇之珠，家家自谓抱荆山之玉也。吾王于是设天网以该之，顿八纮以掩之，今尽集兹国矣。②

"人人自谓握灵蛇之珠，家家自谓抱荆山之玉"，既展示了建安文士之多，作品之繁盛，点出了自己颇为激赏的文士如王粲、陈琳、徐干、刘桢、应玚、杨修等文士自珍其文，其作品各有所长，更谈到了曹氏政权为文士发展提供了极为宽松的环境，动乱中失去东汉帝国庇护的士人，大多会集到曹氏政权中谋取更大的发展空间。

杨修在《答临淄侯笺》中肯定了曹植对文士的赞扬：

---

① 《三国志》卷19《魏志·陈思王植传》，第419页。
② 《文选》卷42，第1306页。

若仲宣之擅汉表，陈氏之跨冀域，徐、刘之显青、豫，应生之发魏国，斯皆然矣。至于修者，听采风声，仰德不暇，自周章于省览，何遑高视哉！①

杨修在答文中对曹植"人人自谓握灵蛇之珠，家家自谓抱荆山之玉"的观点表示肯定。又自谦认为王粲、徐干、刘桢等难以企及。书信中，曹植又阐述了评论修改文章时"仁者见仁、智者见智"，无须有强硬的标准，更表达品评者也应具有相当的才能：

世人之著述，不能无病，仆常好人讥弹其文，有不善者，应时改定。昔丁敬礼常作小文，使仆润饰之，仆自以才不过若人，辞不为也。敬礼谓仆：卿何所疑难，文之佳恶，吾自得之，后世谁相知定吾文者邪？吾常叹此达言，以为美谈。……盖有南威之容，乃可以论其淑媛，有龙泉之利，乃可以议其断割。……人各有好尚，兰茞荪蕙之芳，众人所好，而海畔有逐臭之夫；《咸池》《六茎》之发，众人所共乐，而墨翟有非之论，岂可同哉！②

曹植的论述中表达了自己的诸多观点，首先，文之不善，应当及时修改；文之优劣，各人好尚不同，审美评定标准不一，但努力为之，自得而已；文章的评论者当有才能之人为之。曹植诸多观点，杨修在回信中表示赞同，认为品鉴者要具有相当的才能并认为曹植具有此种能力："伏惟君侯，少长贵盛，体发、旦之资，有圣善之教，远近观者，徒谓能宣昭懿德，光赞大业而已，不复谓能兼览传记，留思文章。"

曹植与杨修的文论对话中，最重要的是二人对于辞赋价值的讨论。曹植认为大丈夫当建功立业，辞赋乃壮士不为之小道：

辞赋小道，固未足以揄扬大义，彰示来世也。昔扬子云先朝执戟之臣耳，犹称壮夫不为也。吾虽德薄，位为藩侯，犹庶几戮力上国，流惠下民，建永世之业，流金石之功，岂徒以翰墨为勋绩，辞赋为君

---

① 《全后汉文》卷51，第528页。
② 《文选》卷42，第1307页。

子哉！若吾志未果，吾道不行，则将采庶官之实录，辩时俗之得失，定仁义之衷，而一家之言，虽未能藏之于名山，将以传之同好，非要之皓首，岂今日之论乎？其言之不惭，恃惠子之知我也。①

曹植赞同昔日扬雄的观点，辞赋乃壮士不为之小道，君子当建立功业。如果自己建功立业的壮志不酬，则可选择退一步著书立说以留名。曹植将文章放在功业之后，其以立德、立功为人生价值追求之首要，而认为辞赋立言不足以实现其立德立功的人生理想。杨修表达了自己与曹植不同的观点：

今之赋颂，古诗之流，不更孔公，风雅无别耳。修家子云，老不晓事，强著一书，悔其少作。若此仲山周旦之俦，为皆有愆邪！君侯忘圣贤之显迹，述鄙宗之过言，窃以为未之思也。……若乃不忘经国之大美，流千载之英声，铭功景钟、书名竹帛，斯自雅量，素所畜也，岂与文章相妨害哉？②

杨修似乎认为曹植的观点有些偏激，认为立言之文自有其价值，立功、立德与立言之间可以平行不悖，杨修没有如曹植过分贬低辞赋文章的功用，也没有像曹丕那样过分抬高辞赋文章的功用，"盖文章，经国之大业，不朽之盛事"，而是采取中立的观点，杨修强调的重点在于指出，文章之美与经国之业、流千载之英名并不相妨，为此他甚至批评祖辈扬雄，认为扬雄"老不晓事，强著一书，悔其少作"。

曹植与杨修的此段关于文章价值的讨论历来备受关注，曹植的陈述如实展现其矛盾的心理，自身极具文学天赋又酷爱文学，然身为王侯又有建功立业之固有观念。曹植虽在信中说文学乃雕虫小技，壮夫不为，却又透露了其对辞赋的喜爱之情。曹植极有文学天赋又钟爱文学，文华盖世堪称一代文宗，然政治上雄心勃勃又不甘于文人，故而说文学不中用之语，典型代表了此时期纠结于文学价值和政治价值之间的士人心态。杨修与曹植的两封通信是建安文学批评的重要组成部分，信中对当时文士作家作品的

---

① 《文选》卷42，第1307页。
② 《全后汉文》卷51，第529页。

评鉴、对文学的社会功用、对鉴赏文学作品的主体水平都有所涉及，说明建安士人已经有意识地进行文学批评活动并形成了相对一致的见解，同时也说明文学批评与鉴赏已经在此时成为文士日常通信中涉及的主要内容之一。从二人的书信交流中不难看出，杨修是东汉晚期魏初文学审美批评的重要参与者。

第三节 《典论·论文》等与建安文学批评的高潮

建安文学批评的高潮至少应包含如下三方面的内容，其一，众多的作品的创作为文学批评的大发展提供了充足准备；其二，众多文士参与到文学批评的行列中；其三，形成了专门的文论著作。

建安文学的繁荣是此时期文论发展高潮的重要前期准备。以曹氏父子为中心，孔融、王粲、刘桢、阮瑀、繁钦等文士竞逞才藻，五言腾跃，文学得以繁荣发展。在此基础上，上至统治上层，下至普通文士，皆有各自的观点与品鉴，积极参与到文学批评活动中，"人人自谓握灵蛇之珠，家家自谓抱荆山之玉"。大量的文学批评思想，于文士的书信交流、日常讨论、奏疏、诗集的序文以及专门的文论著作中得以展现。本书在上两节中，曾专门谈到曹丕与吴质、曹植与杨修书信往来中的文论对话，在此不多赘言。现存其他文士间的文论对话，也蕴含了一些文论思想，如《王繁阮陈路传论》中记载的鱼豢与韦诞（179—253）的对话：

> 寻省往者，鲁连、邹阳之徒，援譬引类，以解缔结，诚彼时文辨之隽也。今览王、繁、阮、陈、路诸人前后文旨，亦何昔不若哉？其所以不论者，时世异耳。余又窃怪其不甚见用，以问大鸿胪卿韦仲将。仲将云："仲宣伤于肥戆，休伯都无格检，元瑜病于体弱，孔璋实自粗疏，文蔚性颇忿鸷。"如是彼为，非徒以脂烛自煎糜也。其不高蹈，盖有由矣。然君子不责备于一人，譬之朱漆，虽无桢干，其为光泽亦壮观也。①

鱼豢说自己寻检前代文之优秀者，如鲁连、邹阳等人，其援引典故、

---

① 《全三国文》卷43，第453页。

譬喻使行文思路清晰而有说服力，再反观今之王粲、繁钦、阮瑀、陈琳、路粹诸文之文旨，远不及前代，鱼豢认为这可能与时代变迁有关。进而与韦诞探讨这些文士不被重用的原因，韦诞直言诸子之弊病，仲宣肥戆，休伯都无格检，元瑜体弱，孔璋粗疏，文尉性忿鸷。鱼豢认为时代与社会原因造成的作家行文风格与内容的变化。而韦诞则从文士自身弊病入手，以"文如其人"的文论观点分析，认为作家的品格、性情和体貌等诸多原因造成建安文士的文体选择、行文风格等皆不及鲁连、邹阳之高蹈。鱼豢肯定了韦诞的观点，又指出"其不高蹈，盖有由矣"，认为不能求全责备，诸子之文，犹如朱漆，虽无桢干，其光泽亦然。鱼豢此论，涉及了中国古典文质论的讨论，韦诞之批评或可认为对诸子其文无实在内容的批评，而鱼豢则强调诸子文之华丽亦然壮观，是其可取之处，表达了对文章形式美的重视。

序文中的文学批评观点，如现存曹植的《前录序》：

> 故君子之作也，俨乎若高山，勃乎若浮云，质素也如秋蓬，摛藻也如春葩。泛乎洋洋，光乎皓皓，与《雅》《颂》争流可也。余少而好赋，其所尚也，雅好慷慨，所著繁多，虽触类而作，然芜秽者众，故删定，别撰为《前录》七十八篇。①

曹植的《前录序》，表达了对文学的重视，对辞赋的喜爱。序文中认为君子之作自有其若高山、若浮云、若秋蓬、若春葩的价值，同时谈到了《前录》的编选原则，删繁去芜。

更多文士的文论思想仅存零散的只言片语，如《文心雕龙》所载刘桢对于孔融的评论：

> 公干亦云："孔氏卓卓，信含异气，笔墨之性，殆不可胜。"②

刘桢云："文之体指虚实强弱，使其辞已尽而势有余，天下一人耳，不可得也。"公干所谈，颇亦兼气。然文之任势，势有刚柔，不

---

① 《全三国文》卷16，第165页。
② 《文心雕龙注》卷6《风骨》，第514页。

必壮言慷慨，乃称势也。①

《文心雕龙》转引的刘桢此两句文论，尤其是第二则引文，极有可能出自刘桢的奏书，《南齐书·陆厥传》载："自魏文属论，深以清浊为言，刘桢奏书，大明体势之致"，与引文内容颇合。刘桢此两句文论，主要从作家的性格、气质对其作品风格的影响来谈的，孔融卓卓之骨气决定了其文章之风格"殆不可胜"。刘桢所论"辞已尽而势有余，天下一人耳，不可得也"，这"一人"指的大概也是孔融，刘桢评价孔融有"卓卓"的"异气"，其文"辞已尽而势有余"，表明他的诗文创作之论是既重气又重势的。刘桢对孔融其人其文中气骨与气势的赞扬表明了其审美取向，而刘桢本人的性格和创作也有重视"气"的特点，《诗品》卷上载："其源出于《古诗》。仗气爱奇，动多振绝。真骨凌霜，高风跨俗。但气过其文，雕润恨少。然自陈思已下，桢称独步。"②据此可知刘桢对孔融的推崇与其自身的爱好有密切的关系。刘桢推崇壮言慷慨的阳刚之美，刘勰颇有微词，"文之任势，势有刚柔，不必壮言慷慨，乃称势也"。似乎批评刘桢只尚壮美之"势"而有失偏颇，这与在《文心·序志》中谈及的"又君山公干之徒，吉甫士龙之辈，泛议文意，往往间出，并未能振叶以寻根，观澜而索源"，所谓"泛议文意，往往间出"批评的是同一方向。

刘桢于建安二十二年（217）死于瘟疫，曹丕在建安二十二年立为魏王世子，延康元年（220）即位。曹丕非常喜欢孔融，曹丕在《典论·论文》中说"孔融体气高妙，有过人者"，称帝后，又重金广为搜罗孔融之文章，如果说此两则出于刘桢的奏疏，极可能是先前写给曹丕的。

最后，其中尤有心得者形成专门的著作。《文心雕龙·序志》载："详观近代之论文者多矣，至于魏文述典，陈思序《书》，应玚《文论》，陆机《文赋》，仲洽《流别》，弘范《翰林》，各照隅隙，鲜观衢路。"③可知，此时期至少有曹丕的《典论》、曹植的《书序》和应玚的《文论》三种已经成书，这些文论著作，是对建安及其之前文艺思想的总结，标志着建安时期文学批评高潮的到来。

---

① 《文心雕龙注》卷6《定势》，第531页。
② 《诗品笺注》，第63页。
③ 《文心雕龙注》卷10《序志》，第726页。

此三种专门论文之书，流传至今的仅有曹丕的《典论·论文》①。其中最突出的文论思想，就是树立了新的文学价值观：

> 盖文章，经国之大业，不朽之盛事。年寿有时而尽，荣乐止乎其身，二者必至之常期，未若文章之无穷。是以古之作者，寄身于翰墨，见意于篇籍，不假良史之辞，不托飞驰之势，而声名自传于后。

曹丕认为，寿命有终，富贵有期，然文章则可以超越生命，传载个体的精神与价值，实现不朽，将文章之立言的意义给予前所未有的肯定。儒家原有"立功、立德、立言"三不朽之说，《左传·襄公二十四年》载："大上有立德，其次有立功，其次有立言，虽久不衰，此之谓不朽。"这里的"三不朽"有前后顺序的，立言放在最末位次，而曹丕则避开了这种次序，直接将文章与经国大业并重，展现了以曹丕为代表的建安时代的文学批评摆脱了前代文学批评的束缚，走向了自觉为文的时代。值得说明的是，虽然曹丕此处将文章与经国大业并重，但在建安二十三年冬的《与王朗书》中，仍将著作文章放在立德之后："生有七尺之形，死惟一棺之土，唯立德扬名，可以不朽，其次莫如篇籍。疫疠数起，士人凋落，余独何人，能全其寿？故论撰所著《典论》，诗赋盖百余篇。"②《典论·论文》中还提出了"文气说"：

> 文以气为主，气之清浊有体，不可力强而致。譬诸音乐，曲度虽均，节奏同检，至于引气不齐，巧拙有素，虽在父兄，不能以移子弟。

认为文章当以"气"为主。作家的气质不同，作品风格也因人而异。曹丕进一步在《典论·论文》谈到，"徐干时有齐气"，"应玚和而不壮，刘桢壮而不密。孔融体气高妙，有过人者，然不能持论，理不胜词"，文士气各不同，然孔融之遒劲刚健之气是曹丕所推崇的。"文艺"在此时期被不同文士撰文讨论，充分说明建安文论尚气崇势的特点。

---

① 《文选》卷42，第1565页。
② 《全三国文》卷7，第69页。

《典论·论文》中对文体论有较为明确的阐释：

> 夫文，本同而末异。盖奏议宜雅，书论宜理，铭诔尚实，诗赋欲丽。此四科不同，故能之者偏也；唯通才能备其体。

曹丕把文体分为四科八类，前两类书论、铭诔为有韵之体，后两类为无韵之体，有意区别散、韵之体。四科八类的划分，基本廓清了广义的文学体裁和两汉所谓的朱子、六艺类的界限，推进了文体论的发展。不仅如此，《典论·论文》提出了"诗赋欲丽"审美观，代表了建安时代的艺术审美精神。

《典论·论文》指出了文学批评应该持有的态度。曹丕在文章开头即点明，"文人相轻，自古而然"，点出了文士相轻的积习，进而谈到了常见的两种错误的批评观，即"贵远贱近，向声背实"；"闇于自见，谓己为贤"，曹丕与当时文士多有交流，身在其中，对当时文学批评的弊病的批评是十分中肯，曹丕认为，解决的方法之一就是"君子审己以度人，故能免于斯累，而作论文"，士人当从自身入手，审慎地反思自己，进而考量别人。

此篇《典论·论文》是建安时期文论的总结之作，其中的观点，不少是曹丕在与友人诸如吴质的书信往来中多有探讨的，如文体论中谈到四科不同，作家各有所长，又各有所短，在《又与吴质书》中已谈到了此问题："孔璋章表殊健，微为繁富。公干有逸气，但未遒耳；其五言诗之善者，妙绝时人。元瑜书记翩翩，致足乐也。仲宣独自善于辞赋，惜其体弱，不足起其文"，说的就是陈琳、刘桢、王粲等人的短长不同。再如《又与吴质书》中谈道"融等已逝，唯干著论，成一家言"，表达了对孔融和徐干的激赏，同样，《典论·论文》中谈道，"鲁国孔融文举……北海徐干伟长、……斯七子者，于学无所遗，于辞无所假，咸自以骋骥骏于千里，仰齐足而并驰。以此相服，亦良难矣！"

更为可贵的是，曹丕的这些观点，虽为"一家之言"，却代表了建安时期文士最为关注的文学批评热点。曹丕将文章视为"经国之大业"，与杨修驳斥曹植之"辞赋小道"的文学批评时所论的"若乃不忘经国之大美，流千载之英声，铭功景钟、书名竹帛，斯自雅量，素所畜也，岂与文章相妨害哉？"有异曲同工之妙。强调文章的价值，这是建安时代不少文士所秉持的观点。再如曹丕在《典论·论文》中指摘当时文学批评的常见弊病"文人相轻""贵远贱近，向声背实"；"闇于自见，谓己为贤"，曹丕提出了"审己度人"的解决方法；曹植在《与杨德祖书》中谈到的文学批评中应持有"仁者见仁智者见智"的评价标准，"人各有好尚，兰茝荪蕙之芳，众人所好，而海畔有逐臭之夫；咸池六茎之发，众人所同乐，而墨翟有非之论，岂可同哉！"也是针对曹丕所言弊病的解决之道，不仅反映了当时文学批评参差不齐的状态，更说明站在时代前端的文士已经关注并着手解决发现的问题，这些都是建安时代文学批评高潮的内容构成。

《典论·论文》的写作时间，大致在建安后期，王运熙先生在《魏晋南北朝文学批评史》中指出："《典论》是曹丕成一家言的著作，写成于建安末。"[①]《典论·论文》短短几百字中，关涉文学批评的诸多核心内容：文气说、作家论、文体论、文学价值观等，反映了建安时期文学批评发展的高度。其提出的"文以气为主""文章，经国之大业，不朽之盛事""文人相轻"等主要思想，其所反映的"诗赋欲丽"等时代审美精神，是自觉地对当时文人诗歌辞赋进行批评的产物，是东汉晚期、建安时期，直至魏晋的诸多文学批评的大总结，和当时诸多文学批评思想一起，构成建安文学批评高潮的内容，同时也是魏晋文论的开山之作。

第四节 建安歌诗中"清"、"悲"、"慷慨"等审美范畴

所谓的歌诗，是指诗歌创作中能够配乐演唱表演的诗歌。音乐性和表演性是其主要特点。歌诗的这两个特点与汉魏士人审美有着密切的联系。一方面，由于歌诗本身具有音乐性、表演性，其结合当时流行的乐器琴、筝等天然地形成了清、悲、慷慨等审美风格；另一方面，由于士人自身的独特气质和社会形势、社会思潮等原因，歌诗的高唱低吟中展现着清、悲、慷慨等的审美趣味。

东汉晚期至建安时期，歌诗作为一种艺术活动流行于社会各个阶层，民间艺人、士人和贵族王室都有歌诗创作，其中民间艺人的创作大多是自娱自乐，有时也反映社会不公平现状；士人阶层既有自我娱乐，更有宫廷

[①] 王运熙：《魏晋南北朝文学批评史》，上海古籍出版社1989年版，第21页。

宴飨、朝廷郊庙祭祀等应制型歌诗。其中士人阶层是创作的生力军。此时期歌诗创作大致有朝廷礼乐歌诗创作、宴飨交友歌诗等类型，与朝廷礼乐歌诗比较，其他类型歌诗更有鲜活的生命力，更能反映时代的审美风格和文学批评的导向，是本书所详细讨论的。先简单看一下朝廷礼乐歌诗的创作情况。

《晋书·乐志》载："汉自东京大乱，绝无金石之乐，乐章亡缺，不可复知。"可知朝廷礼乐在战乱中多有丧失。建安时期，各个割据政权相对稳固之时，宫廷礼乐的重建便势在必行。从史书的记载来看，此时期参与朝廷郊庙祭祀歌诗创作的士人主要有曹魏政权中的王粲、缪袭，东吴政权中的韦昭等人。

王粲、缪袭是东汉晚期魏初宫廷礼乐歌诗的重要创作者。《乐府诗集》转引《晋书·乐志》曰："魏武帝使缪袭造鼓吹十二曲以代汉曲：一曰《楚之平》，二曰《战荥阳》，三曰《获吕布》，四曰《克官渡》，五曰《旧邦》，六曰《定武功》，七曰《屠柳城》，八曰《平南荆》，九曰《平关中》，十曰《应帝期》，十一曰《邕熙》，十二曰《太和》。"① 可知缪袭受命于曹操对汉代的朝廷鼓吹曲进行改造。缪袭的修改，有不少是对王粲所造朝廷歌诗的基础上的再改造，《宋书》载：

> 侍中缪袭又奏："《安世哥》本汉时哥名。今诗哥非往时之文，则宜变改。……自魏国初建，故侍中王粲所作登哥《安世诗》，专以思咏神灵及说神灵鉴享之意。袭后又依哥省读汉《安世哥》咏，亦说'高张四县，神来燕享，嘉荐令仪，永受厥福'。无有《二南》后妃风化天下之言。今思惟往者谓《房中》为后妃之歌者，恐失其意。方祭祀娱神，登堂哥先祖功德，下堂哥咏燕享，无事哥后妃之化也。自宜依其事以名其乐哥，改《安世哥》曰《享神哥》。"奏可。案文帝已改《安世》为《正始》，而袭至是又改《安世》为《享神》，未详其义。王粲所造《安世诗》，今亡。②

可知王粲在缪袭之前是朝廷礼乐歌诗《安世房中歌》的主创，缪袭

---

① （宋）郭茂倩编：《乐府诗集·鼓吹曲辞》，中华书局1998年版，第264页。
② （宋）沈约著：《宋书》卷19《乐志》，中华书局1974年版，第536、537页。

在其基础上对其加以修改，以适应新政权建立的需要。缪袭的修改，虽然建立在王粲的基础之上，但没有比王粲更为出色，《诗源辨体》说："杂言《鼓吹曲》，虽调变《铙歌》而句则出于《郊祀》，然语实猥下，较之仲宣，益不足法。韦昭而下，更多粗率，然竟为后世庙乐之祖。"① 王粲的朝廷礼乐歌诗今多不存，现择取《乐府诗集》所存缪袭《太和》为例：

惟太和元年，皇帝践阼，圣且仁，德泽为流布。灾蝗一时为绝息，上天时雨露。五谷溢田畴，四民相率遵轨度。事务澄清，天下狱讼察以情。元首明，魏家如此，那得不太平。②

缪袭改汉《上邪》为《太和》，言明帝继体承统，太和改元，德泽流布也。实为歌功颂德之作，然作为郊庙之歌行文语言略显粗糙浅陋。当时，东吴政权中还有韦昭等制朝廷礼乐歌诗，《晋书》载："是时吴亦使韦昭制十二曲名，以述功德受命。改《朱鹭》为《炎精缺》，……改《思悲翁》为《汉之季》，……改《艾如张》为《摅武师》，……改《上之回》为《乌林》，……改《雍离》为《秋风》，……改《战城南》为《克皖城》，……改《巫山高》为《关背德》，……改《上陵曲》为《通荆州》，……改《将进酒》为《章洪德》，……改《有所思》为《顺历数》，……改《芳树》为《承天命》，……改《上邪曲》为《玄化》，……其余亦用旧名不改。"③ 和曹魏政权类似，东吴的这些朝廷礼乐歌诗多是对汉歌诗的改头换面，或者直接用旧名不改，较少创造力，其目的在于歌功颂德，鼓吹新政权，其与时代审美风格关联甚少，不能够充分反映此时期文艺审美范畴的发展。

日常自娱、宴飨交游等歌诗是此时期歌诗作品的典型，展现了时代文士对"清""悲""慷慨"等审美范畴的关注，展现了时代的审美风格和审美取向。先看"清"。

"清"是一个融合了中国传统政教、乐教、诗教等多重范畴的语汇。清议乃道德家之风范，诗歌有"肃肃清节士，执德实固贞。违恶以授

---

① （明）许学夷著：《诗源辨体》卷4，人民出版社1987年版，第85页。
② 《乐府诗集》卷18，第269页。
③ 《晋书》卷23《乐志》，第701—702页。

命，没世遗令声"的吟诵。"直道惟清"是中国文人精神的表征；文以清为美，"意气骏爽，则文风清焉"①；音乐中以清乐、清音为美；清风朗月作为古典审美之圆融意象。"清"以其"融朗"和"光亮"，将精神世界和自然景物的清明澄净合为一体。建安士人的创作中对"清"多有涉及：

> 援琴鸣弦发清商。短歌微吟不能长。②
> 弹琴抚节，为我弦歌。清浊齐均，既亮且和。
> 藻泛兰池，和声激朗。操缦清商，游心大象。③

歌诗中的清与"清商三调"相关，"清商三调"是由汉代的"相和三调"演变而来的。《宋书·乐志》记载："相和，汉旧曲也，丝竹更相和，执节者歌。"说的就是汉代的民间歌曲相和歌。相和歌曲的演唱表演中间常用三种调式，所谓的三调，就是平调、清调和瑟调。平调以宫为主，清调以商为主，瑟调以角为主。所谓的汉代"相和三调"指的就是这三种乐调。随着时代的发展，东汉晚期，汉代的相和歌改名为清商乐，汉代的"相和三调"也就改称为"清商三调"。

"清"作为文艺审美范畴在此时期士人歌诗表演活动中也多有涉及，如魏初人孙资的《景福殿赋》中记载：

> 又有教坊讲肆，才士布列。新诗变声，曲调殊别。吟清商之激哇，发角徵与白雪。音感灵以动物，起世俗以独绝。然后御龙舟兮翳翠盖。吴姬擢歌，越女鼓枻。咏采菱之清讴，奏渌水之繁会。④

孙资描述了教坊伎人的歌诗活动中歌唱、表演具有"清"美学风格的新诗，乐是清商乐，歌是清讴，"吟清商之激哇，发角徵与白雪"，"咏采菱之清讴，奏渌水之繁会"。同样，曹植的《七启》中亦对歌伎表演此

---

① 《文心雕龙注》卷6《风骨》，第513页。
② 《全魏诗》卷4《燕歌行》，第394页。
③ 《全魏诗》卷9《四言诗》，第484页。
④ 《全三国文》卷32，第365页。

种风格歌诗的描述,"将有才人妙妓,遗世越俗。扬北里之流声,绍阳阿之妙曲。尔乃御文轩,临洞庭。琴瑟交挥,左篪右笙。锺鼓俱振,箫管齐鸣。……飞声激尘,依违厉响。才捷若神,形难为象。……动朱唇,发清商。扬罗袂,振华裳。"歌舞伎人在表演中"动朱唇,发清商。扬罗袂,振华裳"的舞蹈姿态与琴瑟的清调相结合,传递了清美之歌的艺术表演魅力。

文艺审美的"清",在含义上为清淡,讲求更趋向于本色的自然清淡;此时期乐器所展现的"清音"是一种自然美;而不配乐的清歌,表现出文论中的"虽无意却看到了一切事物的内心和他们之间的和谐"的审美方式。这种审美方式上承道家的自然美和儒家的中和美,与文学理论中钟嵘《诗品》崇尚自然、标榜"自然英旨"等美学审美暗合。

悲。建安时期,"悲"成为此时期士人歌诗、音乐中极为凸显的审美意境,这与社会发展气脉密切相关,是社会、人生在士人心态中的投射。史载马融"性好音,能鼓琴吹笛",《长笛赋记》中记载了他听洛客吹笛为《气出》《精列》两支相和歌,"甚悲而乐之",带有"悲"的审美倾向的音乐受到文人的喜爱。刘勰在《文心雕龙》中指出曹魏三祖的歌诗特点:"观其北上众引,秋风列篇,或述酣宴,或伤羁戍,志不出滔荡,辞不离哀思,虽三调之正声,实韶夏之郑曲也。"① 歌辞的哀思与志向的滔荡相结合,展现了悲情的审美主调。文士此时期的歌诗创作中也多传达出"悲"美:

  冰霜凛凛兮身苦寒。饥对肉酪兮不能餐。夜闻陇水兮声呜咽。朝见长城兮路杳漫。追思往日兮行李难。六拍悲兮欲罢弹。②
  独夜不能寐。摄主起抚琴。丝桐感人情。为我发悲音。③
  长吟远慕,哀鸣感类,音声凄以激扬,容貌惨以憔悴。闻之者悲伤,见之者陨泪。④

---

① 《文心雕龙注》卷2《乐府》,第102页。
② 《全汉诗》卷7《悲愤诗》,第202页。
③ 《全魏诗》卷2《七哀诗》,第366页。
④ 《全后汉文》卷87《鹦鹉赋》,第878页。

在文人创作的众多歌诗中，挽歌能够集中体现"悲美"的审美风格。挽歌本指送葬时，执绋挽丧车前行的人配乐演唱的哀悼死者、追怀往事、表达情怀的诗歌，乐调主悲。源自相和旧曲《薤露》《蒿里》二曲，晋代的崔豹在《古今注》中记载此二曲：

> 《薤露》《蒿里》，并丧歌也，出田横门人。横自杀，门人伤之，为之悲歌。言人命如薤上之露，易晞灭也。亦谓人死魂魄归乎蒿里。故有二章，一章曰薤上朝露何易晞，露晞明朝还复滋，人死一去何时归。其二曰蒿里谁家地，聚敛魂魄无贤愚，鬼伯一何相催促，人命不得少踟蹰。至孝武时，李延年乃分为二曲，《薤露》送王公贵人；《蒿里》送士大夫庶人，使挽枢者歌之，世呼为挽歌。①

据此可知挽歌源自田横门人伤悼田横。李延年后改造此二曲，分别用于王公贵族和士大夫庶人的葬礼中。乐府相和歌挽歌本来只限于使用在丧葬场合，在挽歌的具体使用中，单独配合挽歌演唱使用的乐器比较简单，大概是吹箫、摇铃、振铎而已。发展到东汉晚期，士人开始在日常生活中创作和使用挽歌。《后汉书·周举传》记载了大将军梁商在大宴宾客之际，演唱挽歌《薤露》。"六年三月上巳日，商大会宾客，燕于洛水，举时称疾不往。商与亲昵酣饮极欢，及酒阑倡罢，继以《薤露》之歌。坐中闻者皆为掩涕。"② 上巳节之时，梁商于酒阑倡罢，歌唱挽歌《薤露》，此番演唱使得听闻者皆为掩涕，可知乐曲之悲人肺腑。梁商于大宴宾客酣饮极欢之后歌唱并未偶然，而是社会流俗，《搜神记》记载："汉时京师宾婚嘉会，皆作《魁垒》，酒酣之后，续以挽歌。"宾客宴饮场合的挽歌演唱大都在宾主酣饮极欢之后，作为重要的后续节目。挽歌属相和旧曲，丝竹相和，声调悲凉。在酣饮极欢之后演唱，颇有点乐极生悲之感。反映了当时士人在纵情自适之际，深感岁月不居人生无常，故而慷慨激昂，恣情自娱，抒己情怀。宾婚嘉会皆演唱挽歌，可见这种被评价为亡国之兆的举动恰恰为当时社会的流行，是社会以悲为美审美风尚的典型表现。

挽歌与个体生命的死亡密切关联。挽歌这种文体所特有的与生死相关

---

① 崔豹：《古今注》卷中《音乐》，辽宁教育出版社1988年版，第8页。
② 《后汉书》卷61《周举传》，第2028页。

的悲情吸引着这一时期的士人歌诗创作。挽歌是主悲的，挽歌的悲情所产生的美强烈地吸引着文人。这种悲情是与死亡相联系的，这种美根源于目睹个体生命死亡而产生的悲哀，而最悲哀的不是死者的死亡，是生者由逝者的死亡而产生的对生死的感怀，也就是说不是以死亡为美，而是和死亡相关联的悲情为美，这为悲美进入审美范畴中提供了现实的佐证。长时间的社会动乱、多灾多难使社会多数人的生活陷于颠沛流离、穷困潦倒之中，妻离子散、家破人亡的惨剧成为社会常事。儒家宣扬的伦理道德、烦琐经术等规范、标准、价值，都一一被怀疑和否定。作为歌诗创作主体的这些士人，他们比一般人有着更为睿智的思想、更为犀利的洞察力、更为敏感的神经，他们更能触摸到时代的脉搏，更容易感受到人民的疾苦和国家的命运，一方面他们自己浸染在哀而伤的社会思潮中，备受其影响；另一方面文士群体的歌诗创作行为和文学作品，也促进了社会悲美风格的欣赏品位，他们是以悲为美的审美风格的促成者。

缪袭（186—245）是士人挽歌歌诗创作的代表，其有五言《挽歌》①一首：

> 生时游国都，死没弃中野。朝发高堂上，暮宿黄泉下。白日入虞渊，悬车息驷马。造化虽神明，安能复存我？形容稍歇灭，齿发行当堕。自古皆有然，谁能离此者？②

缪袭此首五言挽歌，无一字写悲，读来却悲从心来，钟嵘《诗品》评曰："熙伯《挽歌》，唯以造哀尔"③，《诗源辨体》也说："缪袭五言《挽歌》一首，在徐干、陈琳之上"④，可知此首歌诗在悲美风格上已有公认。缪袭的《挽歌》歌诗开启了魏晋挽歌诗创作，后有陆机挽歌诗三首，陶渊明挽歌诗三首等，挽歌歌诗的创作进入高峰，也是悲美作为审美范畴被士人欣赏、使用的明证。东汉晚期建安时期，挽歌由葬礼场合的哀婉死

---

① 李善注《文选》卷16陆士衡《叹逝赋》载："痛大暮之同寐，何矜晚以怨早"；"缪熙伯《挽歌》曰：'大暮安可晨。'"据此可疑缪袭挽歌非止此一首，然陆机《挽歌诗》其三有"圹宵何寥廓。大暮安可晨"，此外未有缪袭挽歌有此句记载，可知为李善误记。

② 《乐府诗集·相和歌辞》，第399页。

③ 《诗品笺注》，第234页。

④ 《诗源辨体》卷4，第72页。

者，寄托悼思，逐步发展到日常生活的抒发感慨、寄寓思想、宣泄感情。挽歌广泛地走入士人的歌诗创作中，伴随着许多在今天看来的不合时宜，甚至是难以接受的荒诞行为；而这行为的背后，恰恰反映了时代"悲歌厉响"的社会风尚和审美倾向。

慷慨。慷慨一词涵盖了此时代士人内在人格和外在举止上的诸多追求。论仪容，他们"弱冠慷慨，前世美之"①；论性情，"少忠烈慷慨，有不可犯之节"②、"性严整慷慨，多威仪"③；论品行，他们"志节慷慨"④，"慷慨有大操"⑤；抒发情感，他们"慷慨悲泣"⑥；谈及言语，他们"辞气慷慨，闻其言者，无不激扬"⑦、"慷慨直辞，色不变容"⑧；即使是赴死，他们也是"慷慨死难"、"慷慨暴毙"，而在新声俗乐的"清音"则更加触发了魏晋文人的敏感神经，激发了他们现实世界和精神世界中的慷慨之气，悲怀之叹，与汉魏文人的慷慨和谐的相融相成。此时期士人歌诗创作中对"慷慨"多有关注，"慷慨"作为文艺美学的审美范畴典型代表了此时期士人的审美理想：

> 平调定均，不疾不徐，迟速合度，君子之衢也；慷慨磊落，卓砾盘纡，壮士之节也。曲高和寡。⑨
> 收念还寝房，慷慨咏坟经。庶几及君在，立德垂功名。⑩
> 皮褐犹不全，慷慨有悲心。兴文自成篇，宝弃怨何人。⑪
> 邕邕和鸣，顾眄俦侣。俛仰慷慨，优游容与。⑫

---

① 《全后汉文》卷83，第834页。
② 《三国志》卷6《魏书·袁绍传》引《先贤行状》，第155页。
③ 《三国志》卷13《魏书·王朗传》引《魏略》，第312页。
④ 《后汉书》卷67《党锢列传》，第2216页。
⑤ （北齐）魏收：《魏书》卷33《宋隐传附》，中华书局1974年版，第774页。
⑥ 《后汉书》卷73《公孙瓒传》，第2358页。
⑦ 《后汉书》卷38《臧洪传》，第1886页。
⑧ 《后汉书》卷81《独行列传》，第2691页。
⑨ 《全后汉文》卷93《筝赋》，第935页。
⑩ 《全魏诗》卷3《诗》，第368页。
⑪ 《全魏诗》卷7《赠徐干诗》，第451页。
⑫ 《全魏诗》卷9《四言赠兄秀才入军诗》，第482页。

> 跨马披介胄，慷慨怀悲伤。辞亲向长路，安知存与亡。①

作为审美范畴的"慷慨"，反映在社会生活中首先是东汉晚期魏初士人的率性通脱，上秉东汉晚期党人习气的士人，在社会动荡、政治纷争、天灾人祸的现实中生存，常有岁月不居、生命无常之感，他们在现实生活中任情而动、纵情自适，转向了对自我、个性、情欲的追求。他们当中的"士之先觉者"已经开始追求个体的自由和不受束缚，任情率真，唯求适情，不受礼法束缚。建安时期，社会略有稳定，曹氏政权呈现出一统天下的态势，激发了士人建功立业的强烈愿望，悲美难以代表时代的新风格，慷慨，这个隐含着高蹈向上并于暗沉悲哀中激励人心力量的语汇成为代表士人心中所追寻的理想的语汇。

与慷慨审美范畴密切相关的是"气""风骨"。先说"气"。《文心雕龙》论及此时期文学，多将"慷慨"与"气"同时讨论：

> 观其时文，雅好慷慨，良由世积乱离，风衰俗怨，并志深而笔长，故梗概而多气也。②
>
> 暨建安之初，五言腾踊，文帝陈思，纵辔以骋节，王徐应刘，望路而争驱；并怜风月，狎池苑，述恩荣，叙酣宴，慷慨以任气，磊落以使才；造怀指事，不求纤密之巧，驱辞逐貌，唯取昭晰之能：此其所能也。③

此时期，人们观察人物形貌的着眼点有所转移，更重视人物的精神风貌和气质个性。"五行"之气也用于人气质个性的区分上。汉魏之交的任嘏把所禀之气分为金、木、水、火、土五种，以为禀气不同，人的气质个性也不同："木气人勇，金气人刚，火气人强而躁，土气人智而宽，水气人急而贼。""慷慨"与音乐相关，而"气"在文学理论范畴中也与音乐密切相关，这将"慷慨"与"气"相关联。曹丕在阐述文学文风与体气的关系时，还引入音乐作为比喻："文以气为主，气之清浊有体，不可力

---

① 《全魏诗》卷12《秋风》，第545页。
② 《文心雕龙注》卷9《时序》，第673—674页。
③ 《文心雕龙注》卷2《明诗》，第66—67页。

强而致。譬诸音乐，曲度虽均，节奏同检，至于引气不齐，巧拙有素，虽在父兄，不能以移子弟。"① 气因人而异，各有不同，"故其论孔融，则云'体气高妙'，论徐干，则云'时有齐气'，论刘桢，则云'有逸气'"。

"气"又与"风骨"相连，"夫翚翟备色，而翾翥百步，肌丰而力沉也；鹰隼乏采，而翰飞戾天，骨劲而气猛也。文章才力，有似于此。若风骨乏采，则鸷集翰林；采乏风骨，则雉窜文囿。唯藻耀而高翔，固文笔之鸣凤也"。② "若骨采未圆，风辞未练，而跨略旧规，驰骛新作，虽获巧意，危败亦多。……若能确乎正式，使文明以健，则风清骨峻，篇体光华。能研诸虑，何远之有哉！"③ 文以气为主，归根到底就是文如其人说。风骨之美，最终只能概括为令人振作发奋而使意气飞扬的审美体验。司马迁的"风骨"，是一种与世抗争的道德人格典范，到魏初曹丕等人手中，则是"梗概而多气"、"志深而笔长"的"风骨"之美。

清与悲。汉代张衡的《思玄赋》中写道："双材悲于不纳兮，并咏诗而清歌"，写的就是用清歌咏诗的方法来抒发"悲于不纳"的情感；三国魏的曹丕在《燕歌行》中写道："展诗清歌聊自宽，乐往哀来摧肺肝"，意思是积郁胸中的情结难以抒发，就想用清唱诗歌的方式来自我宽解一下，唱着唱着却悲从中来，以至于"摧肝肺"，可见清歌会引发人对于自身甚至所有生命个体的悲伤的情感。"清"与"悲"连用是此时士人涉及音乐的诗文和歌诗创作的特点：

  筝清声发兮五音举，韵宫商兮动徵羽，曲引兴兮繁弦抚。然后哀声既发，秘弄乃开。④

  琴瑟俱张，悲歌厉响。咀嚼清商，俯视文轩。⑤

  孤雁归兮声嘤嘤，乐人兴兮弹琴筝。音相和兮悲且清，心吐思兮胸愤盈。欲舒气兮恐彼惊，含哀咽兮涕沾颈。⑥

  朝日乐相乐，酣饮不知醉。悲弦激新声，长笛吐清气。

---

① 《文选》，第1566页。
② 《文心雕龙注》卷6《风骨》，第514页。
③ 同上。
④ 《全后汉文》卷69《琴赋》，第712页。
⑤ 《全魏诗》卷7《正会诗》，第449页。
⑥ 《全汉诗》卷7《悲愤诗》，第201页。

> 有客从南来，为我弹清琴。五音纷繁会，拊者激微吟。①
> 高会时不娱，羁客难为心。殷怀从中发，悲感激清音。②
> 嘉肴充圆方，旨酒盈金罍。管弦发徽音，曲度清且悲。③

一方面，清歌是宴歌欢愉场合助兴、令人赏心悦目的表演，然而清所透露出来的"冷"的审美风格往往能勾起人内心的"悲伤"；另一方面，恰恰相反，清悲连用构成的清悲的审美风格，有一种君子淡泊名利、独立傲然的美感在其中，清审美风格中的"淡"缓释了"悲"的进一步发展，而使得审美精粹化。此两种看似冲突而又相融合的审美范畴营造了特殊的艺术魅力。

清与慷慨。清音、清歌的"清"或表示清的含义的语汇与"慷慨"同时存在，例如：

> 弦歌奏新曲，游响拂丹梁。余音赴迅节，慷慨时激扬。④
> 秦筝何慷慨，齐瑟和且柔。阳阿奏奇舞，京洛出名讴。⑤
> 抚节弹鸣筝，慷慨有余音。要妙悲且清，收泪长叹息。⑥

秦筝奏乐有慷慨之音，这与秦筝这种乐器所表现的秦地风土人情有密切关系，东汉晚期建安时期，赵、楚、秦地各地风格的音乐歌舞汇集，其中最能表达士人心声与时代追求的审美语汇"慷慨"被以秦筝演绎，而清与慷慨结合，既有士人的进取与激进，又有君子之清节，这在歌舞的表演中得以充分体现。三国魏人卞兰《许昌宫赋》记载：

> 进鼓舞之秘伎，绝世俗而入微。兴七盘之递奏，观轻捷之翾翾。振华足以却蹈，若将绝而复连。鼓震动而不乱，足相绩而不并。婉转鼓侧，委蛇丹庭。或迟或速，乍止乍旋。似飞凫之迅疾，若翔龙之游

---

① 《全魏诗》卷4《善哉行》，第393页。
② 《全魏诗》卷3《诗》，第367页。
③ 《全魏诗》卷2《公燕诗》，第360页。
④ 《全魏诗》卷4《于谯作诗》，第399—400页。
⑤ 《全魏诗》卷6《野田黄雀行》，第425页。
⑥ 《全魏诗》卷7《弃妇诗》，第456页。

天。赵女抚琴，楚媛清讴。秦筝慷慨，齐舞绝殊。众技并奏，捔巧骋奇。千变万化，不可胜知。①

歌舞艺人之表演令人眼花缭乱，如迅疾之飞鸟，游天之飞龙，慷慨的秦筝制乐与楚女的清歌相得益彰，营造了千变万化的艺术氛围。

悲与慷慨。悲与慷慨的结合具有浑然天成之妙，慷慨本身具有高蹈向上、激动人心的力量，但与时代感伤思潮相融合，慷慨地奋勇向前便被消释了不少。此两种审美语汇的结合反映了士人内心的真实：

> 物顺合于律吕，音协同于宫商。朱弦微而慷慨兮，哀气切而怀伤。②

> 次至衡，衡方为《渔阳》参挝，蹀躞而前，容态有异，声节悲壮，听者莫不慷慨。③

当神学的迷雾渐渐散去，觉醒的士人意识到个体生命无论如何卓尔不凡，都无法超越现实的诸多困苦，慷慨而悲，悲而慷慨，士人在思索中前进，希望在有限生命中建功立业，内心的诸多情绪在悲与慷慨的结合中得以抒发。

清、悲、慷慨。在士人的歌诗创作中、表演及其他与音乐相关的表演活动中，清、悲、慷慨三个审美范畴能够结合在一起，进而形成"清激慷慨"、"悲歌厉响"的艺术审美风格，繁钦《与魏太子书》中写道：

> 顷而诸鼓吹，广求异妓。时都尉薛访车子，年始十四，能喉啭引声，与笳同音。白上呈见，果如其言。即日故共观试，乃知天壤之所生，诚有自然之妙物也。潜气内转，哀音外激，大不抗越，细不幽散，声悲旧笳，曲美常均。及与黄门鼓吹温胡，迭唱迭和，喉所发音，无不响应；曲折沉浮，寻变入节。自初呈试，中间二旬，胡欲傲其所不知，尚之以一曲，巧竭意匮，既已不能，而此孺子遗声抑扬，

---

① 《全三国文》卷30，第312页。
② 《全后汉文》卷66，第671页。
③ 《后汉书》卷80《文苑列传》，第2655页。

不可胜穷,优游转化,余弄未尽。暨其清激悲吟,杂以怨慕,咏北狄之遐征,奏胡马之长思,凄入肝脾,哀感顽艳。是时日在西隅,凉风拂衽,背山临溪,流泉东逝。同坐仰叹,欢者俯听,莫不泫泣殒涕,悲怀慷慨。①

繁钦所言的薛访车子是一位优秀的歌舞艺人,其歌诗表演能够将清激悲吟、哀感顽艳的艺术审美风格传达得淋漓尽致,欣赏者从中感受到北狄之遐征,胡马之长思,诸多情感沁入心脾,产生仰叹俯听泫泣殒涕的艺术效果。曹丕在读了繁钦的信之后,被艺人的歌诗表演所折服,赞叹薛访车子是奇才妙伎,他在《答繁钦书》的回信中谈到自己见到另一个歌诗表演的奇才妙伎孙琐:

> 顷守宫王孙世有女曰琐,年始九岁,梦与神通。寤而悲吟,哀声急切。涉历六载,于今十五,近者督将具以状闻。是日戊午,祖于北园,博延众贤,遂奏名倡。曲极数弹,欢情未逞,白日西逝,清风赴闱,罗帏徒袿,玄烛方微。……于是振袂徐进,扬蛾微眺,芳声清激,逸足横集,众倡腾游,群宾失席。然后修容饰妆,改曲变度,激清角,扬白雪,接孤声,赴危节。于是商风振条,春鹰度吟,飞雾成霜。斯可谓声协钟石,气应风律,网罗韶濩,囊括郑卫者也。今之妙舞,莫巧于绛树,清歌莫善于宋腊,岂能上乱灵祇,下变庶物,漂悠风云,横厉无方。若斯也哉,固非车子喉转长吟所能逮也。②

曹丕所言的妙妓孙琐丝毫不逊色于繁钦所言的薛访车子,擅长悲吟哀声,又能将清激芳声融合其中,"激清角,扬白雪,接孤声,赴危节",显然就是"清激慷慨"、"悲歌厉响"的审美风格的再度演绎,这是那个时代艺术审美的最高水平。

值得说明的是,此时期的乐器与审美风格颇为和谐。清商曲的伴奏乐器,随着时代的变迁和曲调种类的不同也有所出入,大概魏朝在北方演唱的时候,最多的时候曾经用到八种乐器,即笙、笛、篪、节、琴、瑟、

---

① 《文选》卷40,第1249页。
② 《全三国文》卷7,第63、64页。

筝、琵琶。到了晋宋齐各朝在南方演唱的时候，就减少了一些。① 常用的有以琴、瑟、筝。以琴、瑟、筝为代表的清商乐的伴奏乐器符合了魏晋文人的审美追求和审美理想，天然地发出的音调就具有"清"和"悲"、"慷慨"的特点。以筝为例，桓帝侯瑾《筝赋》："于是急弦促柱，变调改曲。卑杀纤妙，微声繁缛。散清商而流转兮，若将绝不复续。""微风漂裔，冷气轻浮。感悲音而增叹，怆憔悴而怀愁。"② 阮瑀《筝赋》："禀清和于律吕"，"故能清者感天，浊者合地，五声并用，动静简易"，"慷慨磊落，卓砾盘纡，壮士之节也。"③《后汉书》所载蔡文姬的诗文中也展现了琴瑟的"悲"的音调特点："乐人兴兮弹琴筝，音相和兮悲且清。"④ 嵇康的更是以琴为乐器来示范他的"清辩"的音乐理论。《晋书》载："尝游乎洛西，暮宿华阳亭，引琴而弹，夜分忽有客诣之，称是古人，与康共谈音律，辞致清辩，因索琴弹之，而为广陵散，声调绝伦，遂授以康。"⑤

这些乐器具有"清"且"悲"的特点，建安及其后代魏晋文人非常喜爱和擅长这些乐器，其中的一种或多种乐器已经与他们生活甚至生命时时相伴。《三国志》载："植常为琴瑟调歌，辞曰：'吁嗟此转蓬，居世何独然！长去本根逝，夙夜无休闲。'"⑥ 具有"清"且"悲"特点的琴瑟如此与魏晋文人形影不离，歌诗的演唱中，他们又常常自主地使用这些乐器，或者有专门的演奏队伍用这些乐器伴奏，于是清音与慷慨之气相得益彰，合为一体，"清激慷慨"、"悲歌厉响"的歌诗审美倾向蔚然成风。"清""悲""慷慨"等审美范畴在音乐、乐器材质、乐器演奏过程、音乐与歌诗传达的审美情感中得到统一，由此又可证中国古典审美范畴的内在交错性和统一性。

以"清激慷慨""悲歌厉响"为美的歌诗深藏着时代文人高蹈的自我价值。曹植的《前录自序》说："少而好赋，其所尚也，雅好慷慨。"这一时期的士人虽然风格异同、性情各异，但喜爱慷慨悲凉的基调，则是共同的。而这种感情基调，交织着建功立业的愿望与人生若朝露的叹息，也

---

① 参见杨荫浏《中国音乐史稿》，人民音乐出版社1981年版，第127—130页。
② 《全后汉文》，第670，671页。
③ 同上书，第935页。
④ 《后汉书》卷84《列女传》，第2803页。
⑤ 《晋书》卷49《嵇康列传》，第1374页。
⑥ 《三国志》卷19《魏书·陈思王传》，第430页。

许就是曹操的"慨当以慷,忧思难忘"。它标志着一种人的觉醒,即使公开宣扬及时行乐,也深藏着一种向上的激励人心的意绪情结,而非炫耀末世的颓废消沉,正是这种力量,潜移默化地浇铸着中国文人士大夫的"魏晋风骨"。

需要指出的是,东汉晚期偏重"悲美","清激慷慨"则自东汉晚期至建安乃至整个曹魏时期被士人所喜爱的审美风格。到了晋代诗歌中,慷慨一词虽然仍然为文人们所津津乐道,但已不再是歌诗中文人常使用的表达自身情感和志向的语汇了,"悲美"继东汉晚期重新成为晋朝歌诗演唱、表演中时代文人的主要审美倾向;而延至六朝,"清激慷慨"的审美风尚几近荡然无存,几乎没有文人在诗歌和歌诗的创作中标举"清激慷慨","悲歌"也丧失了"厉响"的激情,只是悲情了。

结　　语

　　从东汉晚期党锢活动中的人物品鉴，到建安后期曹丕《典论·论文》的完成，本书勾勒这一时期文艺批评从与其他活动纠缠难分，到成熟独立的过程。合抱之木生于毫末，文艺批评的发展就是在点滴累积中得以汇集成奔腾之河流。

　　东汉晚期党锢活动乃士人活动之影响最广者，士阶层在积极参与政治斗争的同时，士精神成为社会的审美主流，士开始精神贵族化、艺术化，有了特定的审美趣味，并能导引社会。士人活动，从风义节操到言语举止皆成为一种美，在残酷的政治旋涡中绽放了自己的人生之美，为人所追慕。士阶层引领了社会诸多审美风气，审美风气之变染与士人活动息息相关，独行、放诞、清谈、尚名、崇义、会葬等，书生的力量，已然根植之东汉晚期社会，成为社会文化与精神的导引者。而最能代表士人品位的活动诸如清谈（议）与人物品鉴最可注意。清谈（议）或可包含人物品鉴，这是代表着士阶层的艺术审美品位的士人活动，人物品鉴自东汉晚期至建安始终伴随着文论的发展。以往我们更多把中国纯文学之觉醒与发展放在建安时代，然从本书对史料的爬梳中不难看出，东汉中叶之后，士大夫之觉醒显然成势，故而士人之觉醒与独立审美之形成更可以东汉中叶尤以东汉晚期桓灵之际的士阶层发展为起点。

　　东汉晚期桓灵之际至建安之间，是建安文学批评大发展的前期准备阶段，也可视之为文学批评的潜在发展时期，文学批评与其他文学逐渐剥离、独立，同时士人活动以极其高扬的姿态与之并行推进。动荡社会提供的宽松环境，士阶层经济上的优越条件，使得士政治上有能力引导社会风向，经济上有条件进行艺术审美，他们更加敏感于时代文学发展的方向，其中之优秀者能敏锐地探寻到文学艺术审美发展之息脉，时代发展的文学艺术、审美批评在这些士人及其活动中得以传承。东汉晚期士人活动与文学精神向建安文学创作与批评的转变，需要敏锐的最能感受时代气息的士人去引领，蔡邕、孔融、徐干等人就是典型的代表。蔡邕和孔融，在官场政治上或是失败者，然却是此时期文学艺术发展中的杰出贡献者，他们是东汉晚期士人活动与文学精神向建安文学创作与批评转变的重要环节，而其悲剧遭遇亦是时代悲剧的折射。

文学艺术的发展与社会的政治、经济发展并不总是同向，东汉晚期的动乱成为艺术审美发展的沃土，政治上的腐败提供了艺术发展的契机，鸿都门学即是例证。鸿都门学对中国书法、绘画等艺术发展贡献极大，包括蔡邕、师宜官、梁鹄等艺术家已经涉及书法领域的诸多美学理念，构建了书法美学理论范畴的雏形。鸿都门学虽为不少士人鄙视，但其中引发的对于文艺价值观念的变迁，特别是对通俗文艺的重视，在东汉晚期建安文学及之后的文学中，得到了彰显与光大，也为东汉晚期士人审美精神与文学批评观念也注入了新的力量。此时期民间的风俗批评与审美批评也在文学审美批评范畴之内，应劭的《风俗通义》、仲长统的《昌言》、徐干的《中论》都有对风俗批评的关注，这是时代转向在士人心中的投射。

建安文学批评发展和高潮与东汉晚期士人活动密切相关，其重要表现之一就是东汉晚期不少名士直接加入前期建安文士行列中，如仲长统、徐干、孔融、杨修等人。他们上承东汉晚期党人遗风，从文学创作、交游交友、政治军事活动等诸多方面影响着建安文学批评的发展，仲长统、徐干文学创作中体现的人文精神和文人审美理想，孔融的东汉晚期烈性文士性格与其诗文之"体气高妙"等，皆经由东汉晚期发展而渗透至建安的文艺思想中。

建安文学批评发展和高潮与东汉晚期士人活动密切相关，其重要表现之二在于新生的曹氏政权与东汉晚期党人关系密切。曹操与东汉晚期名士桥玄、蔡邕关系复杂，与党锢人物李膺、许劭多有交往。曹操出身宦官集团，又追慕东汉晚期党人名士，颇以士人身份自居，后期成为地主阶层领袖，其文学创作中既有传统士人的伤乱忧时悯民，更有建安文士的慷慨气骨，曹操是建安文士心中政治理想与审美理想集于一身的人物，正是如此，建安文艺思想与东汉晚期士人活动密切关联起来。而这些复杂而微妙的关系，直接发展了建安时代文士与帝王的思想对话，以曹操为代表的曹氏父子与建安文士的文艺思想对话具有较之前代更为优越的平等性、宽容性、开放性的特点，这种对话不少通过书信交流、品评而得以实现。从文学批评的文体角度来说，曹氏父子与建安文士的书信体首开风气，而这种方式，彰显了和而不同的中国思想文化与文学批评互动机制，颇令人关注。建安文学批评发展和高潮与东汉晚期士人活动密切相关，其重要表现之三在于此两时期在歌诗创作、表演活动中体现了共同的审美范畴，如清、悲、慷慨等，可知其审美范畴发展的继承性和内在统一性。

文学批评至建安而大发展，曹丕的《典论·论文》和此时期其他一些涉猎文学批评的作品在建安时期出现，这是建安时期政治宽松、统治者如曹操等人倡导的产物，也是承继前期文学发展的必然。建安时期的文学审美风格仍然有其复杂性，一方面，东汉晚期党人遗风颇多，不少由东汉晚期而来的士人对社会审美产生极大的影响；另一方面，时代已然发生变化，建安七子除孔融外多是曹魏政权的拥戴者，主流的审美融合前代审美又有新变，审美的慷慨激昂之高蹈与悲情并存。东汉晚期至建安的文学批评，与社会政治发展关联尤为密切，这是此时期文学审美的特点，也是文学批评早期发展的结果。

文论著作的集中创作，文论思想与对话的展开，文论观点的广泛讨论，标志着建安文学批评高潮的到来。建安文学批评的中心是作家论而非创作论，作家论的盛行与整个社会人物批评风气相关，又与士人地位的上升密切关联。此时期，曹魏统治阶层嗜好文学创作，皇权相对衰落，儒家的传统价值观在动乱的时代已然受到冲击与改变，士人地位上扬，个体的价值得到重视，士人特别是文士的道德品性与创作才华成为文学研究关注的重点，这是建安时期人的觉醒、文的自觉时代所特有的对作家才性论的重视。与此同时，包括曹丕《典论·论文》在内的诸多文士的文学批评，不仅有作家论，更是从作家论进而讨论至文体论、风格论，是对建安文学的理论总结性，其中以气论作家，提出"文以气为主"；探讨了文学的价值和功用，"盖文章，经国之大业，不朽之盛事"，更提出"文非一体，鲜能备善"等文论观点，可知建安后期文学理论的研究已经呈现出更为广阔的发展态势，而这正是人的自觉向文的自觉转型的表现之一。文士个性才华与道德长短的关系经此时期的广泛讨论而逐渐发展成为古典文论经久不衰的话题。

参考文献

（汉）班固：《汉书》，中华书局1962年版。
（晋）陈寿：《三国志》，中华书局1982年版。
（南朝宋）范晔：《后汉书》，中华书局1965年版。
（南朝宋）沈约：《宋书》，中华书局1974年版。
（唐）房玄龄：《晋书》，中华书局1974年版。
（元）马端临：《文献通考》，中华书局1986版。
（宋）司马光：《资治通鉴》，中华书局1956年版。
（宋）徐天麟：《东汉会要》，上海古籍出版社1978年版。
（清）赵翼：《廿二史札记》，凤凰出版社2008年版。
（清）王夫之：《读通鉴论》
（东汉）许慎著，（清）段玉裁注：《说文解字注》，上海古籍出版社1988年版。
（东汉）王符：《潜夫论》，中华书局2010年版。
（东汉）应劭著，王利器校注：《风俗通义校注》，中华书局1981年版。
（东汉）刘邵著，伏俊琏注：《人物志译注》，上海古籍出版社2008年版。
（晋）葛洪著，杨明照校笺：《抱朴子外篇校笺》，中华书局1991年版。
（晋）王嘉：《拾遗记》，中华书局1981年版。
（南朝宋）刘义庆著，余嘉锡笺疏：《世说新语笺疏》，中华书局1983年版。
（南朝宋）刘义庆著，徐震堮校笺：《世说新语校笺》，中华书局2001年版。
（南朝梁）钟嵘著，陈延杰注：《诗品注》，人民文学出版社1980年版。
（南朝梁）刘勰著，范文澜注：《文心雕龙注》，人民文学出版社1958年版。

（南朝梁）萧统著，（唐）李善注：《文选》，岳麓书社2002年版。

（宋）严羽著，郭绍虞校释：《沧浪诗话校释》，人民文学出版社1983年版。

（宋）郭茂倩辑：《乐府诗集》，中华书局1998年版。

（明）胡应麟：《诗薮》，上海古籍出版社1979年版。

（明）许学夷：《诗源辨体》，人民文学出版社1987年版。

（清）刘熙载著，袁津琥校：《〈艺概〉注稿》，中华书局2009年版。

（清）逯钦立辑校：《先秦汉魏晋南北朝诗》，中华书局1983年版。

（清）严可均辑：《全上古三代秦汉三国六朝文》，商务印书馆1999年版。

侯外庐：《中国思想通史》，人民出版社1957年版。

王运熙、杨明：《魏晋南北朝文学批评史》，上海古籍出版社1989年版。

刘汝霖：《汉晋学术编年》，上海书店1992年版。

穆克宏：《魏晋南北朝文学史料述略》，中华书局1997年版。

罗宗强：《魏晋南北朝文学思想史》，中华书局1996年版。

陆侃如：《中古文学系年》，人民文学出版社1998年版。

萧涤非：《汉魏六朝乐府文学史》，人民文学出版社1998年版。

王瑶：《中古文学史论》，北京大学出版社1998年版。

万绳楠整理：《陈寅恪魏晋南北朝史讲演录》，黄山书社2000年版。

曹道衡、刘跃进：《南北朝文学编年史》，人民文学出版社2000年版。

余英时：《士与中国文化》，上海人民出版社2003年版。

袁济喜：《中国古代文论精神》，山西教育出版社2005年版。

刘师培：《中国中古文学讲义》，上海古籍出版社2009年版。

汤用彤：《魏晋玄学论稿》，生活·读书·新知三联书店2009年版。

唐长孺：《魏晋南北朝论丛》，中华书局2009年版。

刘怀荣、宋亚莉：《魏晋南北朝乐府制度与歌诗研究》，商务印书馆2010年版。

后　　记

本书是在博士论文的基础上多次增删修订而成，自2013年7月至2016年12月，历时三年多。三年之间，我从中国人民大学博士毕业，辗转入山东大学古籍所读博士后，再而回到母校青岛大学文学院教书。我的儿子从呱呱落地到进入幼儿园，人事变迁，物是人非，思想在岁月的推进中逐渐沉淀，人生的规划也逐渐明晰起来。

我从来不是聪明的学生，却非常幸运地总是遇到好老师，得以在人生的几次转折点上平稳地发展，何其有幸。进入大学读书至今，受教于几位国内知名的学者：硕士导师为青岛大学刘怀荣先生，博士导师为中国人民大学袁济喜先生，博士后导师为山东大学古籍所郑杰文先生。几位先生学识渊博，治学严谨，犹如严父，耳濡目染之间，给予我无尽的教诲。我常常反思，我能做什么，我该怎么做，才能不辜负老师们的教诲之恩，才能在秉持本真中追寻人生的理想。而这些答案，又往往在几位先生身上获得。

论文的题目，原为《汉末士人活动与文学批评》，2013年6月答辩之时，时任答辩委员会主席的傅璇琮先生在肯定论文基础比较扎实之外，提出可将汉末改为东汉晚期。本书定稿之前，又与袁济喜先生讨论，遂定为《东汉晚期士人活动与文学批评》；论文中相关篇章的发表，得益于郑杰文先生的修改意见和推荐；论文的修改和出版，得到刘怀荣先生的多次催促和鼓励。可以说，此书最后能够出版，和几位先生的帮助密不可分，念念不忘，必有回响，我对几位先生提携帮助心怀感念，在以后的工作中，也会将这些学术界的优良传统继承下去。

古典文学研究，是我一直以来喜爱的，未曾感觉到辛苦。这些年来，常常感觉自己做得不够，感觉自己其实还可以做得更好。我所热爱和坚持的，有时因为家庭、孩子，没有倾注我所有的精力，一个女子要在家庭、孩子和工作中抉择，常常会不由自主地将更多精力放在家庭和孩子身上，有时觉得愧对于家庭和孩子，有时又觉得愧对于工作和专业，患得患失成为常态。

　　论文出版之际，感谢我的诸位导师，一直给予我做人作文的教诲；感谢我的丈夫乔伟杰，多年全力于精神和物质上支持我的学业和工作；感谢我的父母，不遗余力地照看我的孩子，让我有更多的时间读书写作；感谢我的专业，于浮躁的社会中，给我心的安静、生存的信念、为人处世的原则。当下的时代，古典文学实不是一个能迅速转化为经济利益的专业，然恰恰是现在，需要更多的人从古典文学中汲取生存的营养，故而我无悔我的选择，并将继续前行。

　　是为后记。

2016 年 7 月于青岛